俺は
エージェント

THE AGENT

大沢在昌
Osawa Arimasa

小学館

装幀／泉沢光雄
写真／ Getty Images

1

紺地に白く「大衆居酒屋　ますい」と染め抜かれた暖簾《のれん》をはぐり、少したてつけの悪くなった引き戸を、俺は開けた。

「いらっしゃい」

大将のかすれた声と、

「いらっしゃいまし」

という、甲高いおかみさんの声がかぶる。

コの字型のカウンターだけの小さな店だ。すべての席が埋まっても十五人しか入れないカウンターの中で、大将が包丁を使っている。

奥にはおかみさんが立ち、空豆にハサミを入れていた。客はひとりだけ。毎日のようにこの店にいる、七十過ぎの白川《しらかわ》という爺《じい》さんだ。夏場はたいてい着流しに雪駄《せった》という、ひと昔前の極道のようないでたちで端っこの席にいる。

「どうだった？　村井《むらい》ちゃん」

おかみさんが訊《き》いた。

「駄目」

俺はいって、手前側の角に腰をおろした。

「いくら負けたの」

「一万五千円」

大将が首をふりながら、おろしたアジの皮をひいた。

「あそこはでないんだよ。やめるか、よそのパチンコ屋を捜しなよ」

「だって商店街にはあそこ一軒っきゃないんだからしょうがないじゃないねえ」

おかみさんが俺のかわりにいい返し、

「生ビールでいいの？」

と訊《たず》ねた。俺が頷《うなず》くと、サーバーの下にジョッキをかざす。

駅から東にのびる道路沿いに約二百メートルほどの長さで商店街があり、パチンコ屋はその始まりにある。この「ますい」は、パチンコ屋から五十メートルほど先にあり、二階は大将とおかみさんの住居《すまい》だ。向かって右隣が、喫茶店「コスモス」、左隣は洋品屋だったが、去年の暮れに店じまいした。大将の話では、店番をしていた婆《ばあ》ちゃんが脳血栓で倒れ、寝たきりになってしまったという。サラリーマンをやっている息子が店を売りにだしているが買い手がつかないらしい。

商店街には、同じようにシャッターをおろしたままの店が、あと五、六軒ある。

商店街の先には、アパートやマンション、小さな一戸建てが密集していて、決して人口が少ないわけじゃないが、駅の西側に大きなスーパーができたせいで、住人は皆そっちに流れているらしい。

東京の東側、都心から電車で一時間はかからないが、千葉県には十分足らずで着くという、いわゆる「下町」の典型的な商店街なのだ。ひとり暮らしの高齢者が、朝から何をするでもなく、商店街をうろつき、懐《ふところ》に余裕のある爺さんは、陽《ひ》の高いうちから居酒屋で飲み始める。

白川という爺さんもそのひとりだ。のびた白髪をオールバックにして、不精ヒゲも白い。

おかみさんがつきだしの空豆をおいてくれるのを待って、俺はビアジョッキを手にした。

「いただきます」

大将と白川の爺さんにいった。白川さんは冷酒の盃《さかずき》をちょいともちあげた。赤い江戸切り子のグラスで、「ますい」にはそんな洒落《しゃれ》た盃はなく、冷酒用にと白川さんがもちこんだものらしい。

俺はショルダーバッグから文庫本をとりだした。古本屋の百円均一で仕入れた「エージェント・ハリー」シリーズだ。

大将が首をのばした。

「また翻訳ものかい？　好きだねえ」

「村井ちゃんは勉強家なのにね。なんで正社員にしてもらえないんだろう」

おかみさんがいう。

「してもらえないのじゃなくて、なりたくないいんだよ」

俺はいい返した。

「でもさ、じき三十だろう。お嫁さんももらいたいじゃない。それにはやっぱり――」

いいかけたとき、引き戸が開いた。

「センセー、いらっしゃい」

おかみさんの声で、客が誰だかわかった。パチンコ屋の先の一戸建てに住んでいる大西《おおにし》さんだ。あんまり売れてない、六十代の推理作家で、白川さんと同じく、ほぼ毎日のように「ますい」に現われる。それを知っている俺も、ほとんど毎日、ここに顔をだしているのだが。

「おっ、白川さん、それにフリーターか」

大西さんは俺をフリーターと呼んでいる。

「何読んでるんだ」

俺は文庫の表紙を見せた。

「好きだねえ。またスパイものか。でもその『エージェント・ハリー』シリーズは、おもしろかったのは、三巻めくらいまでだろう。それ何巻？」

「七巻」

「じゃ、駄作だ」

商売柄、さすがにミステリには詳しい。

「でもいいんだ、好きだから」

大西さんはレモンサワーを頼み、俺と白川さんのあいだに腰をおろした。

「珍しいよな、本当に。六〇年代のスパイアクションがそんなに好きなんて。今じゃ古本屋以外じゃ、まず見ない」

「俺の憧れなんですよ」

「憧れ」

「スパイになりたかったんです。あの時代に外国で生きてたら、絶対スパイになってた」

大西さんはけたけたと笑った。

「ないない。確かに東西冷戦構造の時代ではあるけど、ピストルぶっぱなしたり、シャンペンとキャビアで美女を口説くようなスパイなんて現実にはいなかったって」

「そうなんですか。憧れなんだけどな、ジェームズ・ボンドとか……」

「それは映画に毒されてるよ。イアン・フレミングの書いた007シリーズは、意外に地味な話とかあるんだぜ。むしろ、007のヒットにあやかって、やたらにでたペーパーバックのスパイアクションが、フリーターの好きな世界だろう。ドンパチとセックスで売ろうって、柳の下のドジョウがそれこそ何百、何千冊とあの頃はでたんだ。テレビじゃ『0011ナポレオン・ソロ』とか、『ジョン・ドレイク』とかやってて、西部劇でまでスパイアクションを作ったくらいだ。古きよき時代」

大西さんはばっさりと切った。

「なんですたれちゃったんすかね。俺も好きでよく見てたんですよ、『ナポレオン・ソロ』。『オープン・チャンネルD』なんちゃって」

　大将が話に加わってきた。

「やっぱり一番大きいのはソ連の崩壊だね。スパイ小説のブームの頃は、東西の対立軸がしっかりあったから、自由主義陣営を善玉、社会主義陣営を悪玉にして、物語が書きやすかった。西側のスパイをヒーローに仕立てて、東側に残酷な殺し屋だの、悪女だのを配置すれば、簡単に勧善懲悪ストーリーができちゃったわけだ。そこに秘密兵器や美女をからめさえすれば、本は飛ぶように売れたみたいだ」

「じゃその時代なら大西さんもベストセラー作家だ」

　俺がまぜっかえすと、

「もちろん」

　大西さんは大きく頷いた。

「あの時代はね、本もよく売れたらしい。作家も出版社もずいぶん贅沢《ぜいたく》だったって話だ」

　俺は首をふった。

「生まれるのが遅すぎたな。五十年早く生まれていたら」

　白川さんを見た。

「白川さんなら、その時代を知ってるでしょう」

　白川さんはにこりともせず、

「まあね」

とだけ答えた。極道みたいな格好に似合わず、物静かで、俺や大西さんの会話に加わってくることはまずない。

「白川さんもあれですか。ショーン・コネリーとか、ディーン・マーチンにかぶれたんですか」

　大西さんが訊ねると、

「ディーン・マーチンて歌手じゃないんですか」

大将が口をはさんだ。

「俳優だ。『誰かが誰かを愛してる』などのヒット曲もあるんだけど、『サイレンサー　殺人部隊』とか『サイレンサー　待伏部隊』といったスパイアクション映画の主演もしているんだ」

「へえ、そうなんですか」

「その前にはジェリー・ルイスと組んで『底抜け』シリーズという、喜劇映画のヒットシリーズをやっていた」

白川さんが静かにいった。

「そうだ、忘れてた」

大西さんがいった。

「ディーン・マーチンはそっちのほうが有名か」

「『部隊』シリーズは、読みました。マット・ヘルムってスパイが主人公ですよね」

俺はいった。大西さんが頷く。

「でもコメディアンまでスパイものをやるのだから、その頃のスパイブームってすごかったんですね」

「まさにネコも杓子《しやくし》もスパイって時代だね。それも日本だけじゃなく、西側世界がすべてといっていいくらいのブームだった。でも、皆、現実にはあんなのはないってわかっていたよ」

「そうなんですか？」

俺は首を傾《かし》げた。

「現実にだって、CIAとかMI6とかモサドって諜報《ちようほう》機関があるじゃないですか。そこには破壊工作のプロフェッショナルがいたんじゃないですか」

「それはいたにはいたろうが、あんなふうにいつもピストルを吊《つ》るして、撃ち合ったりとかはしていない。スパイというのは、情報を集めるのが仕事だ。潜入して盗聴したり、盗撮するとかはあったかもしれないが、実際の破壊工作は、軍の特殊部隊に任せると思うぞ。狙撃や爆破なんていうのは、兵隊のほうが得意だからな」

「夢、ないなぁ」

俺はため息を吐《つ》いた。

「じゃ現実のスパイってのは、地味ぃな仕事ってこと?」

「めちゃくちゃ地味だろう。正体がバレちゃいかんから、家と職場を往復するだけで、目立つことは一切しない。仕事帰りに一杯やるなど、もってのほか、と」

「なんだ、そうなのか」

「スパイに一番必要なのは、忍耐力、だろうな」

そのとき「ますい」の電話が鳴った。今どき珍しいピンク電話がある。

「はい、『ますい』でございます」

おかみさんが電話にでた。

「はい、はい。いらしてます……」

答えて、怪訝《けげん》そうに白川さんを見た。

「白川さん、お電話です」

「私に?」

「ええ。お客さんの白川さんをって」

「そうか、白川さん携帯をもってないからな」

大西さんがいった。

当の白川さんは驚いたようすもなく立ちあがると、カウンターを回りこみ、おかみさんから受話器をうけとった。

「もしもし、電話をかわりました。白川です」

相手の声に耳を傾けた。それを大将やおかみさん、俺と大西さんは興味津々で見つめた。

白川さんが、電話とはいえ、ここの客以外の人間と話すのを見るのは初めてだったからだ。昔の仕事や家族、友人の話をしたことは一度もない。

それなのに「ますい」にまで電話をしてきて、連絡をとりたがる人間がいたのだ。

だが白川さんは表情ひとつかえず、

「そうですか。了解しました」

とだけいって、受話器をおろした。

「失礼しましたね」

おかみさんに軽く頭を下げ、またカウンターの端っこに戻る。

「あの、大丈夫なんですか。何か緊急の用事とか」

大西さんが遠慮がちに訊いた。

「いやいや」

白川さんは盃に冷酒を注《つ》ぎ、首をふった。

「たいした用事じゃありません。私の家に電話をしたがつながらないので、ここにかけてきた古い知り合いです」

「そうですか」

今度は俺が訊ねた。

「白川さんの古い知り合いって、どんな人なんです?」

白川さんはすぐに答えず、盃を口に運んだ。それから首を回し、俺を見た。

「どんな人だと思うかな」

「え?」

あべこべに訊かれ、俺はどぎまぎした。

「いや、そんな……。わかんないですよ。白川さんのプライベートなこと、ぜんぜん知らないですし」

「スパイになりたかったくらいなんだ。想像力を働かせてみなさい」

静かに、しかしどこかおっかない口調で白川さんはいった。

「ええ⁉　それじゃ、えーと――」

俺は宙をにらんだ。

「昔、いっしょに働いていた人」

白川さんは否定も肯定もしなかった。

「それで、かけてきた理由は？」

「うーん、縁起でもない話かもしれませんけど、同じようにいっしょに働いていた誰かが亡くなった」

「なるほど」

白川さんは頷き、また盃を口に運んだ。

「どうです、当たってます？」

白川さんは微笑《ほほえ》んだ。整った顔だちは上品そうだが、どこかいかめしい。酔っぱらって声を張りあげたり、足もとが怪しくなるような姿は、一度も見たことがない。いつも物静かにひとり飲んでいて、いつのまにかすっといなくなる。

考えてみれば不思議な人なのだ。「ますい」の大将もおかみさんも、白川さんの素性をまるで知らないようだ。

「まあ、当たらずといえども遠からず、ですね」

そういって白川さんは今度は大西さんを見た。

「先ほどのスパイの話ですが」

「は、はい」

すっかり毒気を抜かれたようすで大西さんは頷いた。

「一番必要なのは忍耐力、と先生はいわれましたが、私が思うには、度胸だと」

「度胸、ですか？」

俺としては、こっちの質問の答をはぐらかされてしまったようでおもしろくなかった。だがスパイの話となれば、聞かずにはいられない。

　白川さんはいった。

「スパイ、それも若者がなりたがっているような、特殊工作員、いわゆるスペシャルエージェントは、ありとあらゆる土地に、さまざまな人間に化けて潜入しなければなりません。ジェームズ・ボンドは、いつもジェームズ・ボンドと名乗っていますが、実際はそうはいかないでしょう。日本人だけではなく外国人に化ける必要もある。実在の別人に化けなければならないときもあるかもしれません。そうして潜入工作をおこなうわけですから――」

「なるほど。正体がバレたらどうしよう、なんてビクついてたら仕事になりませんんな」

　大西さんが頷いた。

「それで度胸が必要、というわけか」

「と、私なんかは思うわけです」

　控えめに、白川さんはいった。

「だったら観察力も必要ですね」

　俺はいった。大西さんが俺を見た。

「だってそうでしょう。いろんな人間に化けるのだから、それらしい立居ふるまいもできなけりゃいけない。だったら日頃から、観察しておかないと」

「そうだな。化けるのは、外交官やビジネスマンばかりじゃないものな。ときには麻薬商人みたいのとか、殺し屋のふりもしなきゃならない。フリーターもなかなかわかってるじゃないか」

「でしょう。でも実際はいないんですよね。やっぱり、映画や物語の世界だけなんですか」

　俺は白川さんを見て、いった。白川さんは黙って微笑んでいる。

「でも、でも、もし実在するとしたら、いったいどんな人間がやるんでしょうね」

「まず、愛国心が強いことだ」

大西さんがきっぱりといった。

「ＣＩＡとかもそうだが、優秀で愛国心の強い人間を、大学在学中にリクルートするらしい。敵国につかまって拷問されたり、莫大《ばくだい》な報酬を提示されても、決して裏切らないためには、国家に絶対的な忠誠を誓っていること」

俺は唸《うな》った。

「愛国心、か」

「見きわめにくいものではありますね」

白川さんがいった。大将がだしたアジの叩《たた》きを箸でつまんでいる。

「口で国を愛する、というのは簡単です。特に他人が見ている前なら。しかし国家には実体があるようで、ない。家族や友人、恋人も、国家の一部ではありますが、政治家や役人のような連中のほうが、国家らしいといえば、国家らしい存在のわけです。そんな人間のために命をかけられるでしょうか」

「そいつは無理だな」

大西さんが空になったサワーのグラスをつきだしていった。

「やっぱり家族とか友だちのためのほうが、リアリティがある」

「そうですね」

俺は頷いた。

「結局のところ、自分の中で、国家をおきかえるしかないですよね。家族とか、故郷とかに」

「若者は、故郷はどこですか」

白川さんが訊ねた。大西さんは「フリーター」
だが、白川さんは「若者」と、俺を呼ぶ。
「ええと、島根です。でももう、誰もいないので
すけどね」
「いない、とは？」
「親類縁者が皆、早死にしてしまってて。兄弟も
いませんし」
「そうなんですよ。若いのに、独りぼっちなのよ
ね」
おかみさんが口をはさんだ。
「でも寂しいと思ったことはあまりないんです。
その辺が鈍いみたいで……」
その瞬間、白川さんの目に意味ありげな光が宿
った、みたいな気が、俺はした。
「身寄りがない、というのも工作員には必要な条
件です」
白川さんはいった。
「そりゃそうだ。嫁さんや子供のことを思ったら、
命がけの任務なんてできないものな」
大西さんが頷く。
「それだけじゃないですよ。家族を人質にとられ
て組織を裏切ることを要求されるかもしれない。
それってキツいじゃないですか」
俺はいった。大西さんがあきれたように首をふ
った。
「組織、か。スパイものにはよくでてきたな。今
どき組織なんて、なかなか使わない言葉だ」
「やっぱりいいな。あの時代」
俺はため息を吐いた。
「だからそれは実在しない時代なんだって。物語
の中だけで、いくら五十年近く前に戻っても、秘
密工作員がピストルもって走り回っていた現実は

ないんだ」

大西さんが首をふった。

「若者はその時代を知らないから、きっと幻想を抱いているのでしょう」

白川さんは微笑みを浮かべている。

「でもそれは日本の話でしょう。外国、たとえば東西ドイツの国境だったら、ちがったのじゃありませんか」

俺は反論した。

「そんなことがあれば、東側はともかく、西側ではすぐにニュースになったろう。スパイは殺し合いなどしないものだ。殺すとすれば、仲間だ。裏切り者を秘《ひそ》かに暗殺する。それも銃とかじゃなく、毒とかを使って病死に見せかけたのじゃないかな」

「夢なさすぎです、大西さん」

「ますい」の中が大笑いになった。笑いがやむと白川さんがいった。

「おかみさん、お勘定をお願いします」

「あら、もうお帰りですか」

「ええ。さっきの電話で、でかけなけりゃならなくなりました」

「はい、承知しました」

おかみさんが電卓にかがみこむと、俺はいった。

「白川さん、ふだんここにいることを教えている人がいるんですね」

白川さんは俺を見た。

「そうですね。家かここか、私のいるところはどちらかですから」

「そういえば白川さんのお住居がどこか聞いたことがなかったな」

大西さんがいった。

「そこのシンエイコーポです」

「ああ、あの五階建てのマンション」

大将がいった。白川さんは頷いた。

「あそこ、かなり前からありますよね」

「そうですね。私が越してきたときは、まだ『まずい』さんもなかった」

「えーと、うちが開店したのが十七年前で、その前はここは寿司屋《すしや》だったんです」

「私が越してきたのは十八年前です」

おかみさんが顔をあげた。

「二千二百円です」

白川さんはカウンターにおいた巾着袋から財布をだした。近づいたおかみさんに金を払う。そして、

「それじゃ、お先に」

といって、店をでていった。

「不思議な人だな」

やがて大西さんが口を開いた。

「昔何をやっていたのか、まるでわからない」

「何か、大学で教えていたことがあるって、以前おっしゃってましたよ」

おかみさんが、白川さんの使った器を片づけながらいった。

「大学教授。このあたりじゃいないタイプだな」

「独り者みたいですね。きちんとはしてらっしゃいますけど、奥さんとかの話を聞いたことがないです」

大将がいった。

「酒は強いよね」

俺がいうと、大将は頷いた。

「まあ、大酒を飲むのを見たことないけど、酔ってるって思ったのは一度もないな」

俺はおかみさんを見た。

「ね、電話してきたのは、どんな感じの人?」

「どんな感じって、電話だもの。わからないわよ。男の人の声で——」

「若かった? それとも白川さんくらいのお年寄り?」

「白川さんよりは若かったのじゃないかしら。『ますいさんですか。白川さんというお客さんがいらしてませんか』って」

「妙だな」

大西さんがつぶやいた。

「妙って?」

「自分のことをあんなに話さない人が、どうしてここの電話番号を教えたんだろう」

「それって、そんなに変ですか」

俺は訊ねた。

「ここに電話してまで白川さんと連絡をとりたい人間がいる、というのは、よほど緊急の用事が発生するかもしれないからだ。じゃなければ、家の留守電にでもメッセージを残しておけばいい」

「そういわれりゃそうだ。白川さんは夜には家に帰るわけですものね」

大将が頷いた。

「なのに白川さんは平然としていた」

「でも早めに帰りましたよ」

おかみさんが壁の時計を見ていった。

「いつもなら七時くらいまではいらっしゃるのに」

六時を二十分ほど過ぎている。

「緊急っていっても、その程度なのじゃないですか」

俺はいった。そして、

「おかみさん、俺もお勘定お願いします」

と腰を上げた。

「なんだ、フリーターも帰るのか」

「ええ。なんか負け疲れですかね」

「パチンコで一万五千円スっちゃったんだって」

おかみさんがいう。大西さんは顔をしかめ、首をふった。

「もう少し生産的な青春を過ごしたほうがいいぞ」

「帰って本でも読みます」

　金を払い、「ますい」をでた。商店街を、駅と反対側に向かう。二十メートルほどいくと、左に折れる路地がある。そこを曲がって五十メートルほど進んだ右手が、俺の住むアパートだ。白川さんが住んでいるといったシンエイコーポは、斜め向かいにたっている。

　俺は階段をあがり、二階の端にある部屋に入った。ユニットバスのついた1DKだ。ここに引っ越してきて二年になる。

　窓を開けた。シンエイコーポの右側の部屋は、細い路地をはさんだ向かいにある。二階の窓は、特に真向かいだ。いつもカーテンがかかっていて、開いているのを見たことはなかった。

　そのカーテンが開いていた。

　白川さんがこちらを向いて立っている。

「白川さん！」

　白川さんが窓を開けた。

「白川さんの部屋って、そこだったんですか」

　俺は窓から身をのりだしていった。白川さんはにこにこと頷き、いった。

「若者に、話があります」

「え？」

「これからあなたの部屋にいってよいかな」

「え？　かまいませんけど……」

俺はあせって部屋の中を見回した。本を別にすれば、散らかるほど、ものはない。食卓がわりのコタツとシングルベッド、あとは小さなすわり机だ。

「では――」

白川さんはひっこみ、窓を閉め、カーテンを引いた。

俺は窓ぎわのでっぱりに尻をのせ、下の路地を見おろした。小学生くらいの子供が三人、自転車で走りすぎた他は、誰もいない。ただテレビの音や、話し声が少しずつあちこちの家から洩《も》れている。

平和で、俺は、この二階の窓からの眺めが好きだ。

シンエイコーポの玄関を、白川さんがでてくるのが見えた。まっすぐ路地をよこぎり、俺の住むアパートの外階段を上ってくる。

やがてドアが小さくノックされた。

俺は窓を閉め、玄関にいってドアを開いた。

「突然、お邪魔しますよ」

白川さんはいって、雪駄を脱いだ。

「ええと、どこでもすわってください」

白川さんは部屋に入ってくると見回した。

「きれいに住んでいますね」

「まあ、暇なんで、掃除はマメにしています」

白川さんは頷き、窓ぎわに歩みよった。

「先ほどの電話のこと、気になっているのではありませんか」

俺はどきっとした。白川さんが「ますい」をでていったあと俺たちが交わした会話が聞こえていたかのようだ。

「えっ。それは……白川さんに電話なんて珍しいなと思って」

白川さんはふっと笑い、窓に顔を近づけた。

「早いな。やはりか」

とつぶやく。

俺は窓をふりかえった。下の路地に人がいた。あまり見かけないスーツ姿の男が二人だ。

「ここに二人。ということは、バックアップは四人か」

俺は窓を開けようと手をサッシにかけた。それを白川さんは止めた。

「やめなさい」

男のひとりは、カーテンがかかった白川さんの部屋の窓を見上げている。もうひとりが携帯電話を上着からとりだし、耳にあてた。


白川さんの手が俺の腕をひっぱった。思いがけず強い力だった。俺はひきずられるように窓ぎわを離れた。白川さんの部屋を見ていた男がこちらをふりむいたのだ。

白川さんは窓ぎわの壁に隠れ、下を見た。

「大丈夫、見られてはいない」

「カーテン、閉めますか」

白川さんは首をふった。

「よけいなことをしてはいけない。変化はかえって目を惹《ひ》く」

男二人はシンエイコーポの玄関をくぐり、中に入っていった。

白川さんは窓ぎわを離れ、コタツの前にすわった。

俺はベッドに尻をのせた。

「何なんですか」

「一本の電話がこの町にひき起こした嵐だね。まだ小さな嵐だが」

白川さんは俺を見つめ、小さな笑みを浮かべた。

「彼らは私がうけとった伝言を知りたいのだと思う」

「伝言？　さっきの電話のことですか」

白川さんは頷いた。

「その伝言は、平和なこの町での私の生活を終わらせてしまった」

「よく、わからないですよ。何いってるんです？」

「『コベナント』だ」

「『コベナント』？」

俺は訊き返した。

「何ですか、それ」

白川さんは俺の目を見つめた。

「手伝ってもらいたい」

「何をです？」

「いろいろだ。『コベナント』は、私を現役に復帰させる合言葉なんだ」

「現役？」

白川さんは手にしていた巾着から平べったい箱をとりだした。開くと、細くて黒い葉巻が何本も入っているのが見えた。

「吸うかね？」

「葉巻、ですか」

「ますい」で白川さんが煙草《タバコ》を吸っている姿すら見たことがなかった。俺は首をふった。

「吸ってもいいかな」

「どうぞ」

白川さんは細い葉巻をくわえ、巾着からとりだした金のライターで火をつけた。深々と吸いこみ、濃い煙を吐きだす。いい匂いが部屋にたちこめた。

「いい匂いですね」

「ハバナの最高級だ。今、日本に入ってきているのは、ほとんど偽物ばかりだ」

白川さんはいった。目を細め、香りを楽しんでいるように見える。

「あの、何を手伝えばいいんです？」

俺は話を戻した。

「それは、私につきあってくれればわかる。若者は、体力に自信あるかな？」

「ふつう、です。特に頑丈というわけではありませんけど」

「運転免許は？　私のA級ライセンスは、更新を忘れて失効してしまった」

「普通免許なら、あります」

「よしとしよう」

白川さんは頷いた。そして立ちあがった。

「君が憧れていたものに近づく機会だ」

「憧れてたって、スパイ？」

白川さんはにこっと笑った。

「ついてきなさい」

「いや、あの、どこかへでかけるんですか。だったら準備とか――」

「ふだんとちがうことをしてはいけない。君が大好きなパチンコ屋さんにふらりとでかけるように、ここをでるのだ。当分は帰ってこられないが」

「えっ、そんな。ちょっと待ってください。だったら着替えとか――」

白川さんは笑みを消した。

「重たいスーツケースをひっぱって家をでていくエージェントがどこにいる？　これから任務につくと宣伝しているようなものだ」

「それはそうかもしれませんけど、俺は――」

「私の言葉にしたがうほうがいい。好むと好まざるとにかかわらず、君は『コベナント』の復活に巻きこまれている」

「よく、わからないんですけど」

「きたまえ。サンダルはよしたほうがいい。運動靴をはくんだ」

そういう自分は雪駄に足を通し、白川さんはいった。

俺はスニーカーをはき、白川さんにつづいて部屋をでた。白川さんは階段の踊り場に立ち、唇に指をあてた。目で、向かいのシンエイコーポを示した。

白川さんの部屋のカーテンが揺れている。誰かが中にいるのだ。

「泥棒じゃないですか」

俺は小声でいった。

「心配するな。盗られて困るものは何ひとつない。ついてきなさい」

白川さんは階段を降りると路地にでた。あたりを見回し、アパートの裏側にたっている一軒家に近づいた。十坪あるかどうかという、古くて小さなボロ家だ。いつも雨戸が立てられていて、ずっと空き家だと思っていた。郵便受けからは、チラシの類があふれている。

白川さんは巾着から鍵束をとりだした。ざっと十以上の鍵がついている。老眼のせいか、その鍵束を目から遠ざけ、

「どれだっけ」

とつぶやいた。

「何してるんです?」

「この家の鍵を捜してる」

「えっ。ここ、白川さん家《ち》なんですか」

「基地のひとつだ。すまないが若者、鍵を見つけてくれないか。このタイプの鍵のどれかが合う筈《はず》だ」

白川さんは鍵束を押しつけてきた。俺はうけとった鍵束を見つめた。家の鍵だけじゃなく、車の鍵らしきものもある。中にフェラーリのマークが入ったのもあった。

俺はらしき鍵をひとつずつ、空き家だと思っていたボロ家の扉にさしこんだ。

みっつ目が当たりだった。鍵を回すと、カチッという音がして、錠前が外れた。ノブをつかんだ。

「待った」

白川さんが俺の肩をつかんだ。

「ここからは私がやる」

俺は白川さんと位置を入れかわった。白川さんはドアを細めに開けると、腰をかがめた。ドアのすきまに右手をさしこみ、難しい顔をして何かをさぐっている。姿勢のせいか、顔が赤らんできた。

やがて、

「よし」

とつぶやき、腰をあげた。扉を開く。扉の内側に電線がぶらさがっていた。

「何です、これ」

電線の途中にスイッチらしきものがあり、白川さんがそれを探していたのだと俺は気づいた。

「高圧電流の装置だ。不用意に開くと二千ボルトの電流が流れる。一瞬だがね」

「えっ」

「さっ、入って」

白川さんは俺を家の中に入れ、扉を閉めた。まっ暗になる。

パチッという音がして、明かりが点《とも》った。俺はまぶしさと目に入ったものの両方に瞬《まばた》きした。

家の中はがらんどうだった。三和土《たたき》の先に小さな廊下があって、その先は畳もない、木の土台がむきだしだ。かわりにロッカーらしき金属製の箱がいくつもおかれている。

部屋の中央に作業台のような机があった。ほこりっぽく、クモの巣があちこちにかかっている。ひどくむし暑い。

白川さんが歩くと、ミシミシという音がした。天井からぶらさがった蛍光灯は工場のようだ。

「やれやれ」

白川さんはつぶやき、作業台に近づいた。古くさいブラウン管のテレビがのっている。スイッチをパチンと入れた。

四分割された画面が映った。その映像が何だか、俺には最初わからなかった。テレビ放送ではない。どこかの景色が映っている。

見覚えがある景色だと思い、気づいた。

シンエイコーポと俺のアパートがある路地だ。さらに路地の先、商店街からの入口も映っている。そこに男が二人、立っていた。

「さっきの連中のバックアップだ。当分ここをでられない」

白川さんはいって、呆然《ぼうぜん》としている俺を尻目に、並んでいるロッカーのひとつを開くと、着物の帯をほどいた。ランニングシャツ姿になる。

それを見て俺は息を呑《の》んだ。むきだしになった肩からシャツの下にかけて、古い傷跡がいくつもあったからだ。

斬り傷、そしてエクボのような傷跡は、小説で読んだ「銃創」にちがいない。

俺の視線に気づいているのかいないのか、白川さんはさっさと着替えを始めた。まず手にしたのは、アロハシャツだった。淡いクリーム色に幾何学的な模様が入っている。それからベージュのパンツをはいた。さらに麻と思《おぼ》しい、白のジャケットをだし、羽織った。最後にパナマ帽をロッカーからとりだし、頭にのせる。

俺はあぜんとした。こんなお洒落をしている白川さんを見るのは初めてだ。

白川さんは別のロッカーを開いた。そこにスニーカーからブーツに至るまで、さまざまな靴が並んでいた。白と茶のコンビの靴を白川さんは選び、足を通す。

「若者、彼らはまだ映っているか」

ロッカーの扉の内側にある鏡に自分の姿を映しながら、白川さんは訊ねた。

俺はテレビをのぞきこんだ。男たちはいなくなっていた。

「いなくなってます」

「連絡係のところかな」

白川さんはつぶやいた。そしてロッカーの扉を閉めると、床にかがみこんだ。畳をはめこむ土台の板に手をかけ、一枚をめくった。できた空間に腕をさし入れ、ジュラルミンのアタッシェケースをひっぱりあげた。

アタッシェケースを作業台の上におくと、番号錠にかがみこみ、舌打ちをした。

「しまった。老眼鏡がなかったのだっけ」

俺をふりかえった。

「すまないが、この番号を合わせてもらえるかね。ナンバーは、８１１だ」

俺は頷き、歩みよると、ダイヤル式の番号錠を合わせた。白川さんは留め金を外し、アタッシェケースを開いた。

「嘘《うそ》っ」

俺は思わず、声をあげた。

「しっ」

白川さんは唇に指をあてた。

アタッシェケースの中には拳銃が入っていた。

それも一挺《ちょう》ではない。二種類のオートマチックと、予備の銃弾をおさめたマガジン、そして筒型のサイレンサーまである。

「本物じゃないですよね」

俺は白川さんを見た。白川さんはにこりともせず、そのうちの一挺を手にとった。

「偽物をこんなふうに隠しておく理由があるかね？」

「でも……」

「若者は銃に詳しいか？　あれだけスパイ小説を読んでいるのだから、詳しいのだろうね」

白川さんはいって、アタッシェケースに残った銃を示した。

「この銃の名はわかるかね」

「ええと、これはたぶん、ＳＩＧですよね」

俺はつぶやいた。

「そうだ。シュバイツェリッシェ・インダストリー・ゲゼルシャフトの頭文字をとってＳＩＧ。スイスのメーカーで、これはそのＰ２２０。日本の自衛隊も採用している九ミリ口径の軍用拳銃だ。そしてこちらが、ベレッタのＭ82」

白川さんは手にしている銃を示した。

「Ｍ82？」

ベレッタのＭ92は、ハリウッド映画でしょっちゅう見る、アメリカの軍用拳銃だと知っていた。Ｍ82というのは初めてだ。

「M92は、このSIGと同じ、口径九ミリだが、M82は、七・六五ミリを使う。そのちがいは何かわかるか？」

「ええと、口径が小さいということは、威力が低い」

「確かに威力は低いが、七・六五ミリ一発でも、充分、人は死ぬ。ここや、ここにあたれば」

白川さんは自分の鼻や左胸を示した。

「七・六五ミリと九ミリのちがいは、弾丸の速度にある。九ミリパラベラム弾は、音速を超す。バンと聞こえたとき、もう着弾している。だから映画やテレビのように頭をひっこめても間に合わない。というより、撃たれた人間は、銃声を聞けない」

俺はぽかんと口を開けて聞いていた。

「ただし音速を超える銃弾は、銃声を抑えにくいという欠点がある。九ミリで銃声を抑えたかったら、火薬量を減らしたり、種類をかえたりと、工夫が必要だ。そこでこの七・六五ミリだ。サプレッサーをとりつけることで、銃声をかなり抑えこむことができる」

アタッシェケースからとりだしたマガジンをベレッタにはめこみ、さらに二十センチはある黒い筒をとりだし、ベレッタの銃口にかぶせた。

「このベレッタにはあらかじめ、サプレッサーをとりつけるためのネジが切ってある」

「ていうか、白川さん、なんでそんなものもってるんですか」

俺は家の扉のほうを横目でうかがいながらいった。

「まだわからないのかね」

アロハシャツの裾をまくりあげ、ベレッタをパンツのウエストにさしこんで、白川さんはいった。アロハをおろし、ジャケットを閉じると、銃はまるで目立たない。

「私がシークレットエージェントだからだ。他に理由があるとでも？」

「いえ、そんな、えっ、まさか……」

俺は自分でも意味不明な言葉を口にしていた。

「日本にも、私のような工作員がいたんだ。もっともずっと前のことで、必要とされなくなってから、長い時間がたった」

「待ってください。ええと、つまり、白川さんは自衛隊かなにかにいて――」

「いいや」

白川さんは首をふった。

「我々がいたのは、オメガという組織だ。腕時計メーカーではないぞ。日本一国ではなく、世界中にその支部があった。私はオメガ日本支部のA5。五人目のエージェントという意味だ」

「わかんねえ」

俺は頭を抱え、しゃがみこんだ。

「ふつう、エージェントって、国家公務員じゃないんですか。CIAとかMI6とか」

「MI6というのは通称だ。SISが正しい。彼らともよく仕事をした。確かにスパイには国家公務員が多い。だが当時の日本には、CIAやSISのような組織はなかった。公安警察官か、そのOBによって作られたところしかなく、連中ときたら、拳銃一挺、まともに扱えない、ど素人ばかりでね。そこで我々、オメガエージェントが働いたというわけだ」

「働くって、その、東側のスパイと戦ったとか？」

「我々が戦ったのは、東側のスパイとではない。

むしろKGBとも協力をした」

「じゃ、どこと戦うんです?」

「その話はあとだ。『コベナント』が発動した以上、他のオメガエージェントと合流しなければならん」

「他にも白川さんみたいな人がいるんですか」

「いったろう。私はA5だ。A1からA4まで、日本にはあと四人のエージェントがいる」

「信じられない」

俺はつぶやいた。

「だろうな。が、君は協力しなければならない。さっき私の部屋に侵入したのは、敵のエージェントだ。彼らは、君が私と行動を共にしていると、いずれ気づくだろう。もし私とこなければ、君は拉致される」

「拉致って……。北朝鮮にでも連れていかれるのですか」

白川さんは微笑んだ。

「そんな手間などかけない。拷問して私に関する洗いざらいを吐かせ、あとは頭に一発。そして決して見つからない場所に死体を埋める」

「そんな!」

「エージェントとはそんな仕事だ。殺すか、殺されるか」

「でもさっき、大西さんは、スパイが殺すのは仲間だけだって……」

「我々の敵はちがう。オメガエージェントとわかれば、即座に殺しにくる」

白川さんはテレビを示した。

「君も見たろう。彼らが私の部屋に不法侵入したのを。殺すつもりだから、平然と鍵をこじ開けて入ったのだ」

「警察は？　通報したら――」

　白川さんはあきれたように首をふった。

「君の読んできたスパイ小説で、警察が頼りになった話はあったかね？　もちろん、オメガエージェントは、警察ともパイプがある。が、敵もまた、警察とコネをもっているんだ。いずれにしても、警官が助けにくるとは思わないことだ。交番の巡査など、あっさり撃ち殺されるか、上司に触るなと威《おど》されるかどちらかだ。我々の戦いは、警察が手をだせない法の外側でくり広げられているのだからね」

「いや、でも、やっぱり。えーっ」

　俺は唸り声をたてた。

「君が私に協力したくないというのなら無理強いはしない。ただ、今後は私といる以上の安全を、君に保証できない」

　俺は白川さんを見つめた。

「俺もヤバいってことですか」

「もちろんだ。君は私の助手をつとめるか、ここで死ぬか、ふたつにひとつしかない。君の憧れていた、エージェントになるいい機会だ。それとも、やはり君は物語の世界にしか生きられないのかな？」

「そんなことはないです」

　俺は思わずいっていた。

「俺はエージェントに本気で憧れてます」

　俺はＳＩＧが残されたアタッシェケースを見つめた。

「ではいこうか」

　白川さんはいって、アタッシェケースを閉じた。そして床下に戻した。

「銃の扱いに不慣れな君には、まだもたせられない。あやまって自分を撃つのが関の山だ」

俺は少なからず、がっくりきた。ホルスターに拳銃を吊るしたエージェントが、俺の理想なのに。

「いくって、どこへいくんです？」

白川さんはすぐに答えず、宙を見やった。

「まずはこの街から脱出することだ。敵の目的は、私以外のオメガエージェントの居場所を見つけ、抹殺することにある。そのために長年、私を監視下においてきたのだ」

白川さんの言葉は、ふつうに聞いていたら、誇大妄想にとりつかれているかボケが始まっているとしか思えない。だが、ボケ老人が空き家を改造した基地をもち、拳銃まで隠しているわけがなかった。

「この街を、脱出、ですか」

そんなの駅まで歩いて電車に乗れば簡単にできる、といいかけ、俺は言葉を呑みこんだ。路地にいた男たちが妨害に現われるかもしれない。

「小さくて居心地のいい下町の商店街だったが、こうなると、かなり危険な罠《わな》になる」

「罠」

「そうだ。街をでていくには、駅の方に向かうにしろ、反対の方角にいくにしろ、一本道の商店街を抜けなければならない。つまり彼らは商店街さえ見張っていれば、私を発見できる」

俺は頷いた。確かにその通りだ。駅と反対の方角に向かう道は、商店街が切れた少し先で環七通りとぶつかっている。そこまでいけばタクシーも拾えるだろうが、手前を見張られていたら必ず見つかってしまう。商店街の左右には、今二人がいるような細い路地が何本もあるが、袋小路だったり、ぐねぐねと曲がったあげく、また商店街に戻ってしまう道ばかりだ。

「じゃあ、ここにずっといたらどうです？　ひと晩待てば、あきらめるのじゃないですか」

俺がいうと、白川さんは首をふった。

「彼らを甘く見てるね。戦ったことがないのだから、しかたがないが。彼らは決してあきらめない。私がこの街をでていったという確信をもてない限り、ずっと見張りをつづける。そしてやがては、この近辺の家やアパートをシラミ潰しに調べ始める」

「調べるって、どうやってですか」

「警官か消防署員に化ければいい。制服を着て、一軒一軒を回ればすむことだ」

こともなげに白川さんはいった。

「それって犯罪になるのじゃないですか」

「これから人を殺そうという連中が、官名詐称ていどの罪を気にすると思うかね」

俺は息を吐いた。確かにその通りだ。だが、どうしてもそこまで危険があるとは思えない。この、小さな商店街が罠になるなんて、そんなことがあるのだろうか。

「若者に頼みたいことがある」

俺が考えこんでいると、白川さんがいった。さっきの鍵束の中から、車のキィと思しき一本をとり外し、さしだした。

「駅の反対側に新しい駐車場ができたのを知っているか」

「潰れた居酒屋の跡ですよね」

チェーン系の居酒屋があったが、去年潰れて月《つき》極《ぎめ》の駐車場になった。

「そうだ。そこに、非常用の車が一台、止めてある。それを環七通りまでもってきてほしい」

俺は駅周辺の道を頭に思い浮かべた。

「ぐるっと回らないと。商店街は、この時間、抜けられないですからね」

午後五時から八時まで、商店街は車輛《しゃりょう》進入禁止になる。

「そうだな。三十分近くはかかる」

白川さんは腕時計をのぞいた。

「今、七時五分だから、七時三十五分、余裕をもって、七時四十分に、環七に車をつけてくれ」

「携帯で連絡をとりましょうか」

いって、俺は気づいた。

「白川さん、携帯って――」

「もっていない。もっていたら、二十四時間、居場所を把握される。だからもたないようにしていた」

携帯電話をもたないエージェントって、どうなんだ。だからこそ、「ますい」に伝言の電話がかかってきたのだけど。

「でも番号を知られなければ、大丈夫だったのじゃないですか」

「そんなに甘いものではないよ。私がもし携帯をもっていたら、番号は必ず、敵に知られていたろう。知られていないと思いこみ、もち歩いたら、より危険が増す」

白川さんは首をふった。

「もたないのが一番だ。携帯電話ほど、さまざまな情報を筒抜けにしてしまう道具はない。通話先、メールのやりとり、盗まれでもしたらそれきりだ。だから私はもたない」

いわれてみればその通りだ。携帯もパソコンも、個人情報のかたまりだ。使っていたら、いつ盗まれないとも限らない。

一九六〇年代のスパイは、携帯もパソコンももってなかった。せいぜいもっているのは小型の無線機だから、盗まれて情報を奪われる心配などなかった。

「わかりました。いってきます」

俺は車のキィをうけとり、いった。

「いつも通りにふるまいたまえ。走ったりせず、知り合いに会ったら挨拶をして、その辺にちょっとでかけるだけだ、というフリをするんだ。だが、決して気を許してはいけない。私のことを何か訊かれても――」

「もちろん喋《しゃべ》りません」

俺はいった。

「では――」

白川さんはもう一度テレビの画面をチェックして、玄関に歩みよった。右手にベレッタを握りしめ、扉を細めに開けて外をうかがう。

スパイ映画そのものじゃないか。

ちがうのは、この家の外が、ニューヨークやロンドン、モスクワじゃなくて、東京の、どこにでもあるような下町の商店街に過ぎないというだけだ。

これが、青山とか六本木とかだったら、まだリアリティがあるかもしれない。

白川さんを見つめながら、俺は思った。だっておよそ、撃ち合いだの尾行だのが、似つかわしくない場所なのだ。

「よし、いきたまえ」

白川さんが小声でいった。

「七時四十分だ」

俺は頷き、家の外にでた。背後で扉が閉まった。

日が暮れていた。人通りはなく、どこかの家からプロ野球中継が流れている。犬の鳴き声がして、おいしそうな煮物の香りが路地に漂っていた。

なんだか全部が夢みたいだ。

だが俺は掌《てのひら》に車のキィを握りしめている。そういえば、車が何であるのか、白川さんに訊くのを忘れた。

キィを見た。メーカーの名前が入っていない。わざわざ作らせたスペアキィのようだ。

ＢＭＷかアウディか。メルセデスは悪役が乗るのが相場だから、ないな。

渋いところではマセラティとか。やっぱり足がある車じゃないと、カーアクションをこなせない。

俺は商店街にでた。「ますい」の前を通る。暖簾の向こう、ガラス戸の奥に大西さんの顔がまだある。他にも、さっきはいなかった常連が何人かいるのが見えた。

大西さんはきっとたまげるだろう。いや、まず信じないな。「ますい」の前を歩きすぎながら、俺は思った。

白川さんが拳銃をもったシークレットエージェントだなんて話したら、夢でも見たのかって笑われるのがオチだ。

駅まで五十メートル。潰れた洋品屋の前を過ぎると、右側に八百屋、左側がおいしくないラーメン屋で、隣は、俺もコロッケやメンチをよく買う肉屋。その向こうが電器屋で、向かいがコンビニエンスストアだ。

どきっとした。コンビニの中、雑誌スタンドのところに、さっきのスーツの奴らがいる。立ち読みするフリをしながら、外の通りをうかがっていた。

俺は目をそらした。ちらっと見た感じでは、ふつうのサラリーマンのようにしか見えない。年齢は、三十代半ばと四十くらいか。

駅が正面に見えた。パチンコ屋と携帯電話ショップが向かいあっている。駐車場は、駅を抜けた反対側で、大型のスーパーマーケットが駅前にたっている。

駅には線路の下を抜ける地下通路があって、くぐれば反対側にでられる仕組みだ。

その通路にもスーツの奴らがいた。二人ひと組で、入口と出口に立っている。

やっぱり見張っているのだ。俺は背中にじわっと汗が浮かぶのを感じた。全員、上着のボタンをきちんとかけている。拳銃を隠しているのだろうか。

地下通路を見張っているスーツの奴らのかたわらを俺は歩きすぎた。一瞬、目が合う。

口笛でも吹いてやろうか。いや、かえってわざとらしい。俺は視線をやりすごし、そのまま歩きつづけた。

駅の反対側にでた。白川さんがいっていた駐車場は目の前だった。大きなスーパーが正面にある。

駐車場には十台近い車が止まっていた。想像していたような外車は一台もない。軽や営業用の社名が入ったバン、あとは軽トラックとかで、ふつうのセダンはプリウスだけだ。

スパイがプリウスはないよな。エコなスパイって、言葉が矛盾している。

だとしたら、いったいどれが「非常用の車」なんだ。社名入りのバンか、軽トラックか。まさか一番奥に止められている、地味な軽自動車か。田舎の奥さん連中が買物とかの足がわりに使っているような、白い軽自動車だ。

キィをつっこんでみればわかるだろう。鍵が合わないからって盗難防止装置がクラクションを鳴らすような高級車じゃない。

でもこれがそうだったら、かなりがっかりだ。拳銃で盛りあがった胸が少ししぼむ。オメガは民間の組織だみたいなことを白川さんはいってた。予算が厳しいのだろうか。確かに拳銃は、予算がないからナイフってわけにはいかないだろうが、フェラーリでも軽でも、車は車で、移動の道具であることにはかわりがない。

とりあえず軽自動車のドアにキィをさしこんだ。すごく残念なことに、キィは回ってロックが外れた。つまりこれなんだ。

「村井ちゃーん」

そのとき声がして、俺はかたまった。声は駐車場の金網の向こうから聞こえた。スーパーの入口がある。

そこに「ますい」のおかみさんがいた。

「何やってんの?」

おかみさんはにこにこ笑っている。

「お、おかみさんこそ何してんですか」

「ネギが切れちゃったから買いにきたのよ」

「そうなんですか。はは」

「村井ちゃん、車なんてもってたの?」

おかみさんは前掛けにジーンズという、店の格好のままだ。

「え、ええ。友だちのなんですけど、借りてて」

俺は答えて、あわててドアを開けた。このやりとりを、見張っている奴らに聞かれなかったかが心配だ。

「じゃ、乗っけていってよ」

おかみさんはいった。

「えっ」

「どうせ環七のほうに回るんでしょ。あっちにいい八百屋さんがあるの。他にも欲しい野菜あるし」

急ぎます、ともいいづらい感じだった。

エージェント・ハリーなら、なんていいわけするだろう。いきつけのパブかレストランのママに、「買いだしにつきあって」と頼まれたら。

「世界平和はネギより大切だ」

とても無理だ。

おかみさんはずんずん歩いて、金網の切れ目から駐車場に入ってくる。

俺はしかたなく助手席のロックを解いた。

「ああ、助かった」

おかみさんはいって、助手席に乗りこんできた。

「どこいくところだったの?」

バタンとドアを閉じて訊ねた。やはりそうきたか。俺はこの一瞬のあいだに考えていた嘘をいった。

「車返しに、そいつのとこへ」

「ふーん」

俺は鍵穴にキィをさしこんでひねった。キュルキュルキュルという音がしたが、エンジンはかからない。ずっと動かしてなかったからだろうか。けどセルモーターが回るのだから、バッテリーがあがっているわけではないようだ。

キュルキュルキュル、ぶるん、と軽自動車のエンジンが息をした。ほっとする。

フロントグラスはよごれていた。ウインドウオッシャーとワイパーを動かすと、

「ずいぶん乗ってなかったみたいね」

おかみさんがいった。

「そうなんですよ。借りたものの、ぜんぜん乗らないんで返すんです」

「駐車場代も払って?」

「ええと、これは一カ月なら礼金とかいらないって、不動産屋さんにいわれたんで」

「だってここ、アケボノ商事の駐車場でしょ。あのケチな社長がそんなことといったの。へえ、珍しい」

アケボノ商事は、このあたり一帯の賃貸物件を扱っている地元の不動産屋だ。俺が今いるアパートを仲介したのもアケボノ商事だった。

俺は燃料計をまず見た。さすがにガソリンは満タンだ。車の中には私物らしいものは何ひとつない。

腕時計を見た。七時二十分。何とか四十分には間に合うかもしれない。

サイドブレーキをおろし、シフトレバーをドライブレンジに入れた。車の運転をするのはいつ以来だろう。この二年、ほとんどペーパードライバーだったのだ。

アクセルをそろそろと踏みこみ、駐車場の出口へと向かった。環七にでる道は、確か正面の一方通行を進み、最初の交差点を左折し、どこかでもう一度左折だ。

一方通行路はビルとビルのあいだの細い道で、両側にびっしりと自転車が駐輪されているため、ひどく走りにくい。

「もう、こんなとこに自転車止めて。走りにくいったらないわよね」

おかみさんが俺のかわりに怒っている。俺はひっかけないように運転するのに必死だ。

スパイ映画じゃしょっちゅう屋台をひっかけて

果物を散乱させたり、はねとばされそうになった通行人が危うくとびのいたりというシーンを見るが、自転車一台倒しただけで任務遂行の危機におちいるエージェントってなさけない。しかも隣に乗るのは、美女ではなく居酒屋のおかみさんときた。

「あの、その八百屋さんて――」

「こっちからいくと、一通の出口のとこだから、環七でいいわ」

俺は頷いた。待っている白川さんを見られるかもしれないが、おかみさんなら大丈夫だろう。

ようやく一方通行を抜け、交差点を曲がると、片側一車線の道にでた。

「まったくねえ、前はうちの近くにも八百屋さんがあったのよ。お爺ちゃんとお婆ちゃんでやってたのだけど、先にお婆ちゃんが倒れちゃってね……。男って駄目ね。連れ合いに先にいかれちゃうと、まるで商売する気がなくなっちゃって」

おかみさんは喋っている。

「そうなんですか」

俺は適当にあいづちを打っている。

左折すると環七だ。片側三車線の、びゅんびゅん車が走る幹線道路で、俺は生唾を飲みこんだ。撃ち合いに匹敵する緊張感がある。

「あ、そこでいいわ。その路地の先にあるの」

おかみさんがいった。俺は時計を見た。七時四十分だ。

何とその一方通行の道を、白川さんがやってくる。いつもと格好がちがいすぎるので、おかみさんは気づかないのか、何もいわない。

俺はブレーキを踏んだ。うしろからきたタクシーがクラクションを鳴らす。あわててハザードランプを点した。

タクシーはさんざんクラクションを浴びせ、追いこしていった。

「うるさいわね、もう。ブーブー鳴らしたってしようがないじゃない。こっちには用事があるのだから。ねえ」

おかみさんはいった。白川さんは俺とおかみさんの両方に気づいて、立ち止まった。

「ここでいいんですか」

「そうよ。ありがとう。白川さん、乗っけるの?」

おかみさんがにこやかに訊いた。

「え」

エプロンの下からひょいと拳銃が現われた。白川さんがベレッタにつけたのと同じようなサプレッサーがついている。

「いいお客さんだったのに残念」

おかみさんはいって、それを俺のわき腹に押しつけた。

ビシッという音がして、おかみさんがいきなり俺にもたれかかった。何がなんだかわからない。

「――おかみさん?」

おかみさんは目をみひらいたままだ。拳銃を握った手がだらんとたれさがった。

左のサイドウインドウに、丸い小さな穴が開いていた。その延長線上にあったおかみさんのこめかみから、血がひとすじ流れている。後部席のドアが開いた。白川さんが乗りこんでくると、

「早くだすんだ」

といった。

何が起こったのか、ようやく俺はわかった。

おかみさんを白川さんが撃ったのだ。

「し、死んだんですか」

右のサイドミラーをにらみながら訊いた。

「死んでなければ、君が死んだ」

「嘘でしょう」

ウィンカーをだし、ハンドルを右に切ってアクセルを踏みこんだ。走りだすと、白川さんがおかみさんの体をうしろからまっすぐにした。そうすると、ぱっと見には生きているようだ。おそらく。

白川さんは手をのばし、助手席のサイドウインドウをおろした。丸い穴が隠れる位置までハンドルを回す。

「ど、どうするんです。一一〇番……」

「一一〇番してどうする？　殺人犯だと、私をつきだすのか。私は君の命を救っただけだが」

俺は深呼吸した。パニックだ。急ブレーキを踏んだ。前のトラックが信号で止まったのを見落としていた。


「運転に集中しろ！　まだ死にたいのか」

白川さんが怒鳴った。

俺ははっとした。

「どこへいくんです⁉」

「そうだな……。Ａ１のところにいくつもりだったが、先に死体を処分しなけりゃならん」

「でも、いったいなんで、どうして、おかみさんが――」

「見ての通り、敵のエージェントだった」

「そんな！　おかみさんですよ、『ますい』の」

「彼女がもっているものは何だ？　大根か」

俺はちらりと横を見た。力なくたれさがった手にあるのは、やはり、まぎれもなく拳銃だ。

「彼女は何といった。最期に」

「『いいお客さんだったのに残念』」

「つまり君を殺す気だった」

俺は深呼吸した。喉の奥が震えた。視界が涙でにじむ。悲しいとかそんなのは通りこして、ただ涙がでてきた。

「考えてみろ。なぜこんなに早く敵が動いた？　私あての伝言があったことを知らせた人間がいたからだ。それができるのは、『ますい』にいた者だけだ」

「そうですけど、でもおかみさんが……」

「『ますい』が開店したのは、私がこの町に越してきた少しあとだ。私を監視するために送りこまれたと考えるのが順当だ」

「白川さんを監視するため、ですか」

「そうだ。オメガ日本支部の工作員は五人しかいない。誰かひとりを見つけて監視していれば、残りの四人を見つけるのはたやすい」

「見つけてどうするんです？」

訊いてから愚問だと気づいた。

「抹殺する」

それ以外にない。

「白川さんの敵って、いったい何なんです」

「いずれわかる」

俺は息を吐き、運転に集中した。日が暮れているので、助手席に乗っているのが死体だと周囲の車には気づかれない、と思う。

「ますい」の大将を思いだした。おかみさんを殺されて、きっと怒り狂うだろう。だけどあの夫婦がエージェントだったなんて、とても信じられない。

「ますい」で俺が大西さんとスパイ小説の話をするのを、いったいどんな気持で聞いていたのだろうか。

それをいうなら、この白川さんだってそうだ。

「若者、電話ボックスがあったら止めてくれ」

「電話ボックス？　今どきそんなのありませんよ。もしあっても、中に人がいたらかえって目立ちます」

　環七の流れに乗って走ることに慣れてきた俺はいった。電話ボックスはないわけではないだろうが、使われているのをめったに見ない。

「それもそうだな。では、携帯電話を借りたい」

　俺はポケットから抜くと、うしろにさしだした。

「どこに電話をするんです？」

「それが問題だ。下手なところに電話をすると、この携帯を追跡されかねない」

「下手なところ？」

「たとえば警察だ。かつては警視庁公安部に、オメガの担当者がいた」

「じゃ、そこに――」

「たぶんもういない。オメガはもう二十年、活動をおこなっていない」

「そんなに⁉」

　だが考えてみれば白川さんは七十代だ。

「担当者がいなくても、オメガに関する情報は申し送られているだろう。だからといって、警視庁が味方かどうか、今の段階では判断がつかない」

「とりあえず電話をしてみて、探りを入れてみたら」

「その結果は、この携帯の番号を知られることになる。警視庁が味方ではなかったとき、この電話を捨てざるをえない」

「いやいや、捨てられちゃ困ります」

　俺はあわてていった。

「じゃ、どうするんです。このまま死体乗っけてひと晩中走るんですか」

「昔なら、そのあたりに捨てていくのも簡単にできた」

「いやいや昔でも死体をその辺には捨てられませんて」

「二十年前にはNシステムも防犯カメラも、今のように多くはなかった」

Nシステムが、主要道路を走る車のナンバーを二十四時間撮影しているカメラのことだというのは、俺も知っている。だが白川さんのいいたいことはわかった。おかみさんの死体をどこに捨てるにせよ、都内だったら、きっと防犯カメラに写されてしまうだろう。そこからNシステムを使えば、この軽自動車のナンバーが割りだされる。環七にはそれこそ山ほどカメラが設置されている。

白川さんは息を吐いた。

「そうなると、アメリカかロシアか、中国だな」

「逃げるんですか」

「逃げる？　任務を放棄してかね」

白川さんの声が尖《とが》った。

「だって今、アメリカかロシアか中国って……」

「協力を求める相手の話だ。死体を処分し、新しい車が必要だ」

「え、アメリカやロシアが助けてくれるのですか」

「少し黙ってなさい」

いらついたように白川さんがいったので俺は黙った。うるさいし邪魔だからと、俺も撃たれるかもしれない。

「ロシアだな。彼らは駐在期間が長い」

ひとり言のようにいって、携帯電話のボタンを押す気配があった。

「もしもし、ロシア大使館ですか。バランコフさんと連絡をとりたいのですが、いらっしゃいますか」

　相手の返事を聞いていた。

「わかりました。それでは私の番号を申しあげます――」

　俺は携帯の番号をいい、それを白川さんが伝えた。

「はい、お待ちしています」

　俺は黙って運転をつづけていたが、我慢できなくなった。

「誰なんです、バランコフって」

「元ＫＧＢ、今はＳＶＲの顧問だ」

　ＳＶＲが、ロシア対外情報庁のことだというのは、本で読んだ。

「友だちなんですか」

　白川さんが答えるより前に、携帯が鳴った。白川さんは耳にあてるなり、

「ドーブルイ・ヴェーチェル・ワシリー！」

　といった。ロシア語のようだ。

「リェータ・ズダローフ」

　何をいってるか、まるでわからない。が、次には日本語になった。

「そうそう。『夏は元気ですか』。なつかしいね。ワシリーは元気なの？」

　日本語でも意味不明だ。夏というのは、誰かのコードネームなのだろうか。

「私も歳をとったよ。七十四になった。ワシリーは？　六十八か、そうか」

　本当になつかしそうだ。

「奥さんは元気か。ケイコさん。よかった」

　白川さんの声の調子がかわった。

「連絡をしたのは昔話のためじゃない。そうだ、

現役に戻ったんだ。訓練じゃない」

白川さんは相手の言葉に耳を傾けていた。

「そうなんだ。できれば私もそんなことをしたくはなかったのだが、否応《いやおう》なく、ね。助けてもらいたい。荷物がひとつあって、車も必要だ」

荷物というのが死体を意味しているのだと、俺もわかった。

「今は車で移動中だ。どこへでもいく。荷物も積んでね。了解した」

電話を切った。

「どうなりました?」

「連絡をくれるそうだ」

「あの、『夏』って誰です?」

「夏は夏だよ。あれは互いを確認するための合言葉だ。『夏は元気ですか』と訊かれたら、『冬ほど元気ではありません』と答える。それでお互い、本物とわかる」

合言葉だ。俺は気づいた。「山」、「川」ってのと同じだ。

思わずため息がでた。この時代に合言葉かよ。やはり年寄りどうしだからなのだろうか。

「古くさいと思っているのかな」

俺の考えを見抜いたように白川さんがいった。

「ええ、まあ……」

俺は口ごもった。

「確かに。だが指紋や虹彩はコピーできても人間の記憶はコピーできない。会わずに会話だけで互いを確認するのに、合言葉ほど簡単かつ確実な手段はないのだ」

「はあ」

何となく納得がいかない。いきつけの居酒屋のおかみさんがエージェントだったと知った今、もう誰も信じられない気分だ。それなのに大使館に電話して合言葉をいうだけで、死体の処分を手助けしてくれるなんて、都合のいい話があるものだろうか。

白川さんの手の中でまた携帯が鳴った。

「はい。わかった、ちょっと待ってくれ、ドライバーにかわる」

白川さんは相手の言葉を聞くと、携帯を俺にさしだした。

「いや、まずいっす。運転中です。つかまっちゃいますって」

俺はあわてていった。

「駄目なのかね」

「お巡りがいたら必ずつかまります」

携帯がひっこんだ。

「ドライバーがつかまると怯《おび》えている。どうすればよいかな」

相手が喋った。

「なるほど。なるほど。ちょっと待ってくれ」

俺に訊ねた。

「吉原《よしわら》までどのくらいでいける？」

「よ、吉原って、あの吉原ですか」

「そうだ。ソープ街のある吉原だ」

「えっと――」

俺は計算した。環七をどこかで左折して荒川を渡り、さらに隅田川を渡れば浅草で、吉原は浅草の近くにあった筈だ。

「三十分もあれば……」

「三十分といっている。『シャカラート』だな、わかった」

問題は、吉原の具体的な場所が、俺にはよくわからない、という点だ。自慢じゃないが、ソープランドなんて二十のときに、新宿で一回いったきりだ。

「吉原に『シャカラート』というソープランドがある。そこに向かってくれ」

　電話を切った白川さんがいった。

「ソープランドにですか」

「そうだ。『シャカラート』とは、チョコレートのことだ」

　いや、そういうことを訊きたいわけじゃないのに。死体を乗せた車でソープ街なんていって大丈夫なのだろうか。

「あの、近くまではいけるのですけど、ソープ街がどの辺なのか、わかりません」

　この軽自動車にカーナビはついていない。白川さんの考え方に基づけば、ついている筈がない。カーナビの履歴から情報が洩れる。携帯やパソコンと同じで、危なくて使えない。

「大丈夫だ。私がわかる」

　白川さんは断言した。

「えっ、ソープ、よくいくんですか」

　思わず俺は訊ねていた。

「今はいかないが、昔はよく利用した。誤解しないように。ああいうところの客は、他の客に興味を示さないものだ。したがって秘かな接触をはかるには好都合なのだ」

　なるほど。そういえばスパイ映画でも何度か、娼婦《しょうふ》の館みたいなところで主人公が密会するシーンを見たような気がする。

　映画とはいえ、本物のやることをちゃんと参考にしていたんだ。俺は感心した。

　だけどたいていそういうシーンでは、刺客の美女が主人公を襲ってきて、あべこべに殺されちゃったりするのだけど。

幸い、検問とかで止められることもなく、俺は浅草までいきつくことができた。隅田川にかかる吾妻橋《あづまばし》を渡ると白川さんがいった。

「まっすぐいってつきあたったら右折だ。その先、千束《せんぞく》五差路を右斜め方向に向かえばソープ街に入っていく」

「わかりました」

俺は言葉にしたがった。雷門までくるともう浅草の繁華街で、車も人も通行量が一気に多くなる。そのぶんスピードが落ちるので、助手席に乗っているのが死体だと周囲に見つかるのじゃないかと気が気じゃない。

もしお巡りに止められたら、白川さんはどうするのだろう。まさか拳銃ぶっぱなして逃げようとはしないよな。そんな展開になったら、俺も立派な共犯だ。

いや、ここまで運転してきただけで充分、共犯か。

驚いてるだけじゃすまないところにきてしまった。エージェントになりたいなんていわなけりゃ、こんなことに巻きこまれなかった。

エージェントっていう職業は、これが日常なんだと、ようやく俺も気がついた。あっさり法を犯し、一歩まちがえたら殺されるか、一生刑務所で過ごさなきゃならなくなる。

わくわくなんかこれっぽっちもしない。心臓がばくばくして口からとびだしそうだ。ハンドルをつかんでなけりゃ、きっと手も震えている。

「よし、そこを右に曲がって、最初の路地を左だ。ワシリーの話では『シャカラート』はその先にある筈だ」

あった。ミニチュアのクレムリン宮殿みたいな、趣味の悪い建物が左手に見えた。カタカナで「シャカラート」とネオンが点っている。ロシア語のキリル文字で看板をだしても、誰も読めないだろうから当然だ。

「地下駐車場があるとワシリーはいっていた。そこに車を入れなさい」

「P」の文字と矢印が、入路を示している。俺はそこに軽自動車を乗り入れた。

キャップにマスクを着けた大男の係員がいて、俺ははっとした。係員は助手席のおかみさんを見ても平然と、手で誘導した。

指示されたスペースに俺は軽自動車を止めた。係員が、

「ここで降りてください」

と訛《なまり》のある日本語でいった。白川さんがドアを開けたので、俺もエンジンを切り、車を降りた。係員は手に銀色のシートをもっている。俺が運転席のドアを閉めると、そのシートを軽自動車の屋根に広げた。

「若者、手伝え」

白川さんが命令した。俺は白川さんを手伝って、銀色のシートを軽自動車にかぶせた。シートは大きめの自動車カバーで、おかみさんの死体が乗った軽自動車をすっぽりとおおい隠す。

そのあいだ、いなくなっていた係員が駐車場の入路を降りてきた。手に「P」と矢印の看板をもっている。一般客がこの地下駐車場に車を乗り入れないようにするためだと、俺にもわかった。

看板を壁にたてかけた係員がキャップとマスクを外した。白人の顔が現われた。

「ワシリー！」

「シラカワ！」

二人は抱きあい、背中を叩きあった。

「助かった。やはりもつべきものは友だ」

体を離し、白人の手を握った白川さんがいった。どうやらこの白人が、ＳＶＲの顧問をやっているバランコフらしい。

バランコフが俺を見た。

「彼は？」

「私のアシスタントだ。名前は村井」

「ムローイ！」

バランコフはいって右手をさしだした。熊のように毛むくじゃらだ。発音のちがいを訂正する気力もなく、俺はその手を握った。

「頼まれたモノは用意した」

バランコフは、地下に止まっている別の車を目で示した。国産のＳＵＶだ。シルバーで品川ナンバーがついている。

「助かる。で、荷物はどうする？」

「心配いらない。この『シャカラート』には大きなボイラーがあるんだ。ソープランドは、お湯がたっぷり必要だからね」

バランコフはいって、ワッハッハと笑い声をたてた。

「そこで荷物を処分するのか」

「そういうことだ。骨も残らない」

バランコフはまた大声で笑った。白川さんは六十八といっていたが、若く見える。

「さて――」

バランコフは白川さんの肩に手を回した。

「上でゆっくり昔話でもしようじゃないか」

2

地下駐車場の隅にエレベータがあった。ボタンは「B」と「6」しかない。俺たちを先に乗りこませ、バランコフが「6」を押した。エレベータは軋《きし》みをたてて上昇した。

六階につくとバランコフは赤っぽいカーペットのしきつめられた廊下を進んだ。廊下の左右には窓のついた扉が並んでいるが、どれもまっ暗だ。つまりこの階には仕事中のソープ嬢はいないというわけだ。

廊下のつきあたりにある「貴賓室」と書かれた扉をバランコフが押した。その扉にだけ窓がない。

中は革ばりのソファと大理石のテーブルがおかれた応接室だった。その奥にもう一枚扉があり、窓から浴槽が見える。

「すわって」

バランコフはソファを俺と白川さんに勧めた。

「飲み物をとってこよう。待ってください」

俺たちの返事も聞かずにでていった。

「昔話なんてしていていいんですか」

白川さんは腰をおろしたが、俺は落ちつかず、立っていた。

「もちろんいいわけはない。が、彼が何の見返りもなしで私たちを助けてくれるとは思えないな」

とりだした葉巻に火をつけ、白川さんはいった。

「見返り……」

「そうだろう。死体を処分し、新しい車まで用意してくれたんだ。それなりの礼はしないと」

「お金、ですか」

まさかというように白川さんは首をふった。

「私の活動再開に関する情報だ。それ以外に何がある？」

俺は息を吐き、ソファに腰をおろした。おかみさんの死体からは解放されたが、まるで安心できなかった。

「ここは……いったい何なんです」

「ソープランドだ。五階から下は、今この瞬間も営業している」

「なんでソープランドに――」

「経営者は日本人だが、出資したのはＫＧＢなのだ。今となってはロシア人エージェントでもここのことを知っている者は少ないだろう。ここはかつて各国大使館関係者が利用していた。外国人客にもサービスを尽くす美女揃《ぞろ》いだという評判でね」

「じゃあソープ嬢は皆スパイだったのですね」

「まさか」

煙を吐き、白川さんは首をふった。

「外国語を話せる女性は多かったようだが、ＫＧＢは撮影していただけだ。いざというとき取引の材料に使えるからね。まあ、ほとんどは使われることがなかった」

「貴賓室」の扉が開いた。飲み物が入ったプラスチックの小さなカゴを手にしたバランコフが現われた。缶ビール、コーラ、ウーロン茶、そしてウォッカのミニチュアボトルだ。

「どれにしますか」

「ビールをいただこう」

白川さんが缶ビールを手にとり、俺はウーロン茶を選んだ。ウォッカを選ぶかと思ったバランコフはダイエットコーラだ。

「カンパイ！」

バランコフが缶を掲げた。ひと口飲み、

「さて、現役に戻った理由を話してもらえるかな」

いって、缶をテーブルにおいた。その目はなぜか白川さんではなく、俺に注がれている。

「俺ですか」

バランコフは首をふった。

「シラカワに訊いている」

「君の表情を見ているのさ。私の嘘は、君の顔に表われる。君がアマチュアだとワシリーは見抜いている」

白川さんがいった。バランコフはにっこり笑い、頷いた。

「その通りだ。シラカワが嘘をついたら、責任はムローイにとってもらう」

「責任て……」

「そういう威しはよくない、ワシリー。大丈夫だ、私は嘘をつかない。つこうにもあまりに情報が少ないのだから」

バランコフはようやく目を白川さんに向けた。俺はほっと息を吐いた。それほどバランコフの目は鋭かったのだ。

「すでに死体がひとつあるのに?」

「あれは、私を監視していたエージェントだ。私に協力した彼を殺そうとしたので、やむなく撃った」

「なぜ殺そうとした?」

「彼らは私を捕えようとした。現役復帰のコードである『コベナント』が発動されたからだ」

「『コベナント』。いつだ?」

「今日の夕方だ。そう、あれは五時三十分頃だったかな」

白川さんは落ちつきはらっているが、俺はまた息苦しくなっていた。バランコフがにらんでいる。

「発動者は誰だ」

「知らない。いきつけの居酒屋にいたら電話がかかってきて、ただひと言、『コベナント』と告げて、切ってしまった」

「居酒屋に？　なぜ直接シラカワにかけなかったんだ」

「私が家にいなかったからだ。携帯電話はもたないし」

信じられないというようにバランコフは眉をひそめた。

「本当か」

「本当だ。あんなものをもつのは、情報をたれ流しにするのと同じだ」

バランコフは息を吐き、首をふった。表情豊かな熊が話しているようだ。

「私もずいぶんトラディッショナルだといわれるが、君ほどではない。今どき携帯電話をもたないエージェントがいるとはな」

「もたなかったから、こうして生きていられる」

白川さんは平然といって、缶ビールを傾けた。

「君の敵は何者だ？」

バランコフが訊ねた。俺は思わず白川さんの顔を見た。それこそ知りたい〝答〟だ。

「『コベナント』の発動を阻止したい者たちだろう」

白川さんは答えた。

「それは答になっていない」

バランコフは唸るようにいった。

「敵の正体を簡単に決めつけるのは、この業界では早死にの原因だ。味方も、だが」

バランコフは大きく肩を揺らし、舌を鳴らした。手にした缶コーラがまるでミニチュア缶のようだ。

「彼らなのだろう」

「だから決めつけるのはよくない。二十年以上も、彼らは活動していないのだ」

「『コベナント』の発動も初めてだ」

バランコフがいって、白川さんとにらみあった。俺は我慢できなくなり、訊ねた。

「あの、『コベナント』って何です」

「それは説明した。私を現役に復帰させるコードだ」

白川さんは俺のほうを見もせず答えた。

「何か意味があるんですか」

「『誓約』という英語だ」

「誓約……」

「シラカワの誓約は何だ？」

バランコフが訊ねた。

「復帰することだ」

「復帰して、何をする？」

バランコフの目が俺に向けられた。白川さんは一瞬沈黙し、いった。

「他のオメガエージェントに接触する。彼らに現役復帰を促すのが、私の最初の任務だ」

「現役復帰。本気でいっているのか」

バランコフが俺をにらんだまま、目をみひらいた。

「それがミッションだ」

俺は小さく頷いた。確かに白川さんはそういった。

「皆、年寄りだろう」

「そうだ。だが私は、オメガエージェント全員を訪ね、復帰を促さなければならない」

「何人いるんだ？」

「私を含めて五人」

「全員、年寄りなのか」

「私が最年少だ」

　バランコフは首をふった。

「意味がわからないな。私ですら、オールドソルジャーだというのに、それ以上のオールドソルジャーを現役復帰させて、何をしようというのだ」

「それは全員が復帰してみなければわからない」

「『コベナント』を君に伝えたのは、オメガエージェントではないのだな」

「ちがう。もっと若々しい声だった」

「君の考えを聞かせてくれ」

　バランコフはいって、白川さんに目を移した。

「なぜ今になって、『コベナント』が発動されたと思う？」

　白川さんは手を広げた。

「想像もつかない。だが発動された以上、任務を遂行しなければならない。それが我々、エージェントの使命だ。もちろん――」

　いって、白川さんは息を継いだ。

「このまま永久に発動されないかもしれない、と私自身、考えていたことは否定しないが」

「そうであったらよかったと思っているだろう」

　白川さんは一拍おいた。

「当然だ。人を殺したのも二十年以上ぶりなのだからな」

　人を殺したのも二十年以上ぶり――白川さんの言葉を聞いて、俺の体は固まった。

　そりゃシークレットエージェントなのだから、殺し合いがあっても当然だ。映画や小説で〝学んで〟いた俺の理性は、そうわかっている。が、現実に目の前で、それも俺も知っていた人間を殺した白川さんの口から、人殺しを過去もしたと認める言葉を聞くのはショックだった。

「問題は、『コベナント』の発動だけではない」

バランコフはいって、白川さんに目を移した。

「君を殺してまで、その発動を阻止しようと考えるグループの存在だ。五人のオールドソルジャーに現役復帰を促す『コベナント』の発動も理解しにくい出来事だが、それを阻止しようとする者たちの意図は、さらにわからない」

「それについては、私も同じ意見だ」

白川さんが答えた。バランコフは首を傾げた。

「君は何か重要なことを私に隠しているのではないか」

白川さんは微笑んだ。

「何も隠してなどいない。恩人に隠しごとなどしない」

バランコフは俺を見た。

「ムローイはどう思う?」

「俺、ですか」

いきなり訊かれ、俺はびっくりした。

「俺になんかわかるわけないじゃないですか」

「君の仕事は何だ?」

「フリーターです」

「フリーター」

バランコフは眉根を寄せた。

「ええと、翻訳サービスをやっている会社で、契約社員をしています」

「翻訳?」

バランコフは首を傾げた。

「何語の翻訳だ?」

「主に英語ですが、最近は中国語も増えています」

「すると君はその二カ国語を話せるわけだ」

俺は首をふった。

「話せません。俺の仕事は、下訳やメモをパソコンに打ちこんで、クライアントに渡す仕上げ作業なんです。翻訳は、外注の翻訳家さんに頼んでるんで」

バランコフは理解できないように顔をしかめた。

「すると――」

「オペレーターです」

俺は空中でキィボードを打つ真似《まね》をした。

「まあ、それ以外の雑用もこなしますけど」

「なぜシラカワのアシスタントをしている？」

「なりゆきだよ、ワシリー」

白川さんがいった。バランコフは白川さんをふりかえり、首をふった。

「この世界に〝なりゆき〟など存在しない。結果には必ず原因があるものだ」

「それはですね、あのう、スパイ小説のファンだったからです」

俺がいうと、バランコフはぽかんとした顔になった。

「スパイ小説？」

「主に一九六〇年代に世界中で流行したスパイ小説です。007とか、『エージェント・ハリー』シリーズとか」

「ペーパーバックの？　私も何冊か読んでみたが、荒唐無稽で、実に下らないお伽話《とぎばなし》だった」

白人の口から「コウトウムケイ」とか「オトギバナシ」という言葉を聞くと、妙な気分になる。

「でも好きなんです。俺、シークレットエージェントに憧れてて、よくそういう話を『ますい』でしてたんです。あ、『ますい』ってのは、俺や白川さんがいきつけの居酒屋で――」

「下の車で死んでいるエージェントは、そこのおかみだ」

白川さんがあとをひきとった。

バランコフは真剣な表情になった。

「君らはその店に何年通っていたんだ？」

「十五年くらいだろうか」

白川さんがいい、

「二年くらいです」

俺は答えた。

「『ますい』が開店したのは十七年前で、私が今の住居に移ってきたのが十八年前だ。おそらく『ますい』は、私を監視するための拠点として、あの場所に作られた」

説明されると、確かにそうとしか考えられない。

でも、十七年も居酒屋をやりながら監視するなんて、ちょっと考えられない。

「白川さんが常連にならなかったら無駄じゃないですか」

「無駄ではない。あの商店街をほぼ毎日のように私は歩く。店内からそれを監視できるし、近隣の住人から私の情報を集めることも可能だ。いざとなれば、知り合いを通じて店に呼び寄せ、客にする。対象者にさりげなく近づき親しくなる方法を、エージェントは叩きこまれる。情報収集の第一歩は、まず友人になるところから始まるのだ」

「すごい手間暇かかるじゃないですか」

「撃ち合うだけが任務ではない。エージェントの仕事の九割は、人と話すことだ」

俺はため息を吐いた。残りの一割に憧れていたのだが、今となっては十割が話すことならよかったのに、とすら思う。

「十七年居酒屋を経営し、本来の任務についたとたん殺されたのか、車の女性は」

バランコフが訊ねた。

「そうだ」

「ありがちな話だ」

バランコフは息を吐いた。

「スリーパーは、平穏な日常に慣れる。慣れなければ、スリーパーとしての日々はむしろ苦痛なものになる。が、平穏に慣れた結果、危機への対応力が低下する。現場で命を落とすエージェントの多くが、復帰直後のスリーパーだ。撃たれるばかりではない。交通事故に巻きこまれたり、興奮のあまり脳梗塞や心臓発作で亡くなる者もいる。スリーパーには高齢者も多いからな」

「私たちオメガエージェントもそうなる、と考えているのだろう」

白川さんがいった。バランコフは両手を広げた。

「そう考えてはならない理由はどこにもない。現場に復帰することすらおぼつかないエージェントもいるのではないか」

「確かに」

「最高齢者はいくつなのだ？」

一瞬間をおき、白川さんは答えた。

「八十四歳だ」

俺はたまげた。八十四歳って、いくらなんでもエージェントとしては、年をとりすぎだろう。

「生存しているのか」

「死んでいれば、連絡があった筈だ」

険しい表情で白川さんは答えた。

「君はこれから、八十四歳を頂点にする四人のエージェントを訪ね、復帰を促すというわけか」

「そうなる」

バランコフは黙り、俺に目を向けた。

「ムローイもそれに同行する、と」

「えっ」

「もちろんだ」

俺の言葉をさえぎるように白川さんはいった。

「私は運転免許を失効させてしまったし、彼の協力が車の運転の他にも必要になると考えている」

「いや、白川さん、それって――」

「君は私の助手をひきうけたのではなかったのかね？」

「それは確かにそうですけど――」

「確かにこの二時間のあいだに起きた出来事はこれまでの君の人生においてはありえない事態の連続だったかもしれない。だがこれこそ、君が望んでいた、エージェントの実際だ。君はそれに不満を感じているのかね」

「不満とかそんなのじゃなくて……」

俺は口ごもった。恐《こわ》いと素直にいうのははばかられる雰囲気だ。

「恐怖を感じるのは、人として自然だ。恥じることはない。恐怖を感じない人間は、危険を予知する能力に欠ける」

バランコフがいった。

「恐怖か」

白川さんがつぶやいた。なんだ、そんなことかという表情だ。

「だって人が撃たれるところを初めて見たんですよ」

「君を撃たせないためだ」

「いや、それだって、ただ車を運んだだけなのに……」

白川さんは黙り、バランコフと顔を見合わせた。

やがて白川さんがいった。

「君の憧れていたヒーローは、なぜ逃げなかったのかな」

「そりゃヒーローだからですよ。物語なんだし」

俺はいい返した。

「それだけかね?」

「それだけ?」

「彼らを危険に立ち向かわせた理由は?」

「任務、だからじゃないですか」

「任務」という言葉を格好いいと感じていた。エージェントにはつきものだ。「仕事」とはちがう。

「何のための任務だ?」

「えっ、それは——」

給料じゃない。給料のためだったら、それは仕事でしかない。


「世界平和とか、正義とか……」

俺は口ごもった。言葉にすると、自分がアホに思える。だが、

「その通りだ」

「同感だね」

白川さんとバランコフがいった。

「シークレットエージェントが何のために存在するのか。それは大きな戦争を回避するためであり、悲惨な事件を未然に阻止するためでもある。善悪をいっているのではない。西側が善で、東側が悪だ、などという六〇年代の常識に基づくなら、このワシリーなど大悪党だ。どちらの陣営も、それぞれの側の平和や正義のために戦っていた」

「それぞれの側の正義、ですか」

「そうだ。対立するふたつの陣営がある。片方が善だったら、もう片方は悪だ、とふつうは考える。

だが、実際は、どちらの側も自らを正義と信じている」

「ええと、いってることはわかります。戦争とかがそうですよね。どっちも自分たちが正しくて、敵が悪い、と思っている」

「戦争の場合、同僚兵士が死ぬため、もはや正義とか悪ではなく、敵を滅ぼしたいという憎悪に支配されてしまう。それこそ、エージェントが最も防がなければならない事態だ」

「それが任務――」

「その通り」

バランコフが頷いた。

「エージェントが体力知力の限りを尽くすのは、金や勲章や、まして美女にもてたいという理由ではない。多くの人がおちいるであろう危機から救う、いいかえれば世界をかえることが、彼らの使命だからだよ」

「使命……」

「シラカワにはその使命が下った。客観的に見て、危険だし、その成果はかなり疑わしいものだ。だが任務を命じられた以上、どれほどの困難があろうと、エージェントは遂行する義務を負う。そうしなければ、世界を危機から救えない」

「なんか、エージェント・ハリーみたいだ」

「エージェント・ハリーが、現実を真似たのだよ」

白川さんがいった。

本当にそうなのか。俺はわからなくなってきた。

「世界を救う手伝いから、君は逃げるのか」

バランコフが俺を見つめた。

「そんな……」

俺は口ごもった。白川さんは世界を救おうとしているのか。「ますい」のおかみさんをあっさり撃ち殺した白川さんが。

「君は、自分が正義の側にいるという確信が得たいのではないか」

バランコフが訊ね、俺ははっとした。

「そうです！」

バランコフは白川さんと目を見交わした。

「現実は、それほど単純ではない。だが、こう考えたらどうかね」

白川さんがいった。

「『ますい』のおかみは、君をずっとあざむき、そして撃ち殺そうとした。私に協力した、というだけの理由でだ。それが正義の側に属する人間のとる行動かな？」

俺は考えた。

「彼女は私に射殺された。結果だけで判断すれば、彼女は被害者で、私は加害者だ。しかしそうならなければ、君と私の二人が被害者で、彼女が加害者になったろう。では先に相手の死を望んだのは、どちらだ？」

「——おかみさん、です」

それはまちがいない。

いいお客さんだったのに残念、そういっておかみさんは俺のわき腹に銃口を押しつけた。白川さんが外から撃たなければ、俺を撃ったにちがいなかった。

「それは判断材料にならないのかな？」

バランコフが訊ね、俺は頷いた。

「わかります。白川さんは悪くない」

「結論がでたようだな」

「いや、でも、俺がどうして——」

「君は正義の側のシークレットエージェントにな

りたいと憧れていた。今がそうなるチャンスだ」

白川さんがいった。

「でも訓練も何もうけてない、ただの素人です」

「現場ほど訓練に適した環境はない」

バランコフがいう。二人に俺は追いつめられていた。

「わかりました。でも、もう人が死んだりするのは嫌です」

「私とてそれは望まない。あくまでもこちらの被害を回避するためだ」

「教えてください。『ますい』のおかみさんは、どこのスリーパーだったんですか」

「それを結論づけるのは早い、とワシリーに私がいったのを聞いた筈だ」

「だってそれだけじゃ俺にはわかんないです。バランコフさんには、きっと心当たりがあるんでしょう。彼らっていったじゃないですか」

白川さんは咎《とが》めるようにバランコフを見た。バランコフは手を広げ、肩をすくめた。どちらも何もいわない。

「まだ彼らと決まったわけではない」

やがて白川さんがいった。

「だからその彼らってのは何なんですか」

白川さんはバランコフを見た。

「ワシリー。君が説明すべきだ。そのほうが公平だ。君はオメガではないのだから」

バランコフは目をみひらき、白川さんを見つめた。が、息を吐いた。

「しかたがない」

俺に目を移した。

「彼らにはもともと名などなかった。007の世界とはちがって、法を犯してまで利益を得ようとする者は、集団名などもたないものだ。自らの組織名をもつ、日本のヤクザグループは別として」

俺は黙って聞いていた。

「始まりがどこにあったのか、今ではもうわからない。ただ一九九一年のソビエト連邦崩壊より早かったことはまちがいない。東西の冷戦構造がひび割れ始めた頃から、彼らは活動を開始し、その存在に気づいた各国の情報機関が、初めはおのおの対応していた。当初は、彼らの目的とするものがわからず、苦慮したものだ」

「何だったんです？　目的って」

「混乱、秩序の崩壊、大規模ではない戦争」

白川さんが短く答えた。

「それで誰が利益を得るのです？」

「たとえば武器商人、あるいはそこに武器を提供する軍需産業、大がかりな密輸の専門業者、外交のロビイスト、金やダイヤモンドを商品として扱う者たち。平和は、そうした人間にとって金儲《かねもう》けの機会をもたらさない」

「よくわからないのですけど、『ますい』のおかみさんは武器商人だったのですか」

白川さんは首をふった。

「彼らはいわば、ある種の代理店だ。そのクライアントが、今いった武器商人や軍需産業だ。広告代理店を想像すればわかりやすいかな。広告代理店はイベントをしかける。イベントにより人が集まり、さまざまな企業に利益が発生する」

バランコフがあとをひきとった。

「情報機関や軍隊にいたプロフェッショナルが退職後、そうした代理店を作った。代理店は、混乱や紛争の原因となる噂《うわさ》を流し、ときには破壊工作をおこない、対立をエスカレートさせる。その資金を提供するのが、クライアントだ。代理店の仕事は、戦争そのものではなく、戦争を起こすことだ。秩序が不安定な国や地域では、一発の銃弾で大きな戦闘の引き金をひき、和平をもたらそうという動きには妨害工作をおこなう。組織的集団による、混乱の演出だ。当初、集団の存在は仮説でしかなかった。だが、じょじょに確認されていった」

「だったらなぜ――」

「潰さなかったか？」

俺の問いに白川さんがいった。俺は頷いた。

「潰せなかったのだ。なぜか。集団を形成しているのが、各国情報機関にいたプロフェッショナルだったからだ。CIA、KGB、SIS、モサド、DGSE。戦おうにも手の内を知り尽くされていた。経験豊富で幅広いネットワークをもつ集団だ。潰そうとすれば、自らの手足を切断するほどの被害を覚悟しなければならない」

「オメガが生まれた理由だ」

バランコフがいった。

「ネットワークにはネットワークで対抗するしかない」

「ネットワーク……」

「彼らは情報機関や軍隊に所属していた、いわばプロ中のプロを中心に形成されている。映画や小説と異なるのは、ボスが存在しないことだ」

「ボスがいない？」

俺はバランコフに訊き返した。

「ボスがいないのにどうして――」

「もちろん小さなグループ単位でのリーダーは存在する。十人、二十人単位、場合によってはもう少し大きな集団にリーダーはいるが、それらすべてを束ねるようなリーダーは存在しない」

「それで機能するのですか」

「する。むしろひとりのボスが組織全体を支配しているほうが、我々の対処ははるかに楽だったろう。ボスひとりを排除すれば、組織は崩壊する。小集団が横につながった彼らは、ひとつの集団を潰しても別の集団がその後釜にすわるだけだ。情報工作や破壊活動の専門家であるだけに、自分たちの利益には敏感で、チャンスを逃さない」

白川さんがいった。

「なんか、聞いてると、テロリストグループみたいですね」

「彼らをテロリストと区別するのは難しい」

バランコフがあっさりといった。

「テロネットワークの中心にいる人物たちをかつて訓練したのが、現役時代の彼らだったからだ。ひとりの中心メンバーに権力や情報を集中させる危険を、彼らは知り抜いている。東側、あるいは西側の陣営に弾圧され、それにゲリラ戦で対抗していた民族集団が、現在のテロネットワークの原型だ。当時、彼らのリーダーは、次々に暗殺された。頭を潰せば集団は機能を失うと、弾圧する側は考えたからだ。その経験から、ゲリラグループは縦構造の組織をもたなくなった。思想や大義を共有しつつも、命令系統は異なる。それが現在のテロネットワークだとすれば、彼らは混乱によって生じるビジネスチャンスをクライアントに提供するという目的意識を共有している」

「名前はないんですよね」

俺がいうと白川さんはわずかに沈黙した。

「アルファという名を、つけられている」

「アルファですか」

「アルファは始まりを意味する。混乱や紛争の始まりを彼らは演出する。それを防ぐ、あるいは収束させるためにオメガがある」

「つまりアルファがいたから、オメガがある？」

「そういうことだ」

　バランコフが答えた。

「なんか泥縄っぽくないですか、それって。茶化す気はないんですけど」

　二人は黙った。怒ったのだろうか。俺は心配になった。

「若者のいう通りだ」

　やがて白川さんがいった。

「まさしく、オメガは、泥縄式に設けられた機関だった。なぜなら現役のエージェントたちは、それぞれの機関が属する国や陣営の利益を優先させなければならず、ときにはその利益とアルファの利益が一致することすらあり、アルファの排除に苦慮したのだ」

「さらにもうひとつ」

　バランコフが指を立てた。

「アルファには、各機関のベテランOBが多くいる。現役のエージェントは、いわば彼らの教え子だ。教師を超える生徒はなかなかいない」

「だからオメガにもベテランをそろえたのですか」

　俺は訊ねた。海千山千のベテランに対抗できるのは、同じベテランしかいない。

　白川さんは頷いた。

「若造では太刀打ちできない、というわけだ」

　俺は考えこんだ。まだわからないことはいっぱいあって、だがそのひとつひとつを訊ねても、結局大きな疑問は解消されないような気がしていた。

何かがしっくりこない。

バランコフがいった。

「ムローイなら、なぜアルファが生まれたのか、理解できるのではないか」

「え？」

俺は顔をあげた。バランコフは試すような目でじっと見つめている。

「俺が、ですか」

「そうだ。スパイ小説を愛しているのだろう」

「でもフィクションと現実はちがいます」

「シラカワはさっき何といった？　エージェント・ハリーが、現実を真似たといわなかったか」

「ええ」

「それならわかるのではないか」

「ワシリー、それはいくらなんでも難しすぎないか」

白川さんの言葉にバランコフは首をふった。

「いや、君のアシスタントをつとめるなら、当然、理解できると思うがね」

バランコフの言葉は厳しかった。

「ムローイ、答えたまえ」

答えられなければ、俺はアシスタント失格というわけだ。それならそれでほっとするとも思ったが、答えられないのはくやしい。

俺は少し考え、口を開いた。

「思いつく理由はふたつ、です」

「ほう。ふたつもあるのか」

バランコフは皮肉めいた笑みを浮かべた。

「ひとつは冷戦の終結。東西の対立軸が失われたことで、知識やスキルをいかせる場を、多くのエージェントが失った」

スパイ小説が読まれなくなった理由でもある。

「ベテランであればあるほど、新しい世界に対応するのは難しいじゃないですか。企業にパソコンが導入された直後、それにとまどったベテランサラリーマンがいたように」

「いい答だ。もうひとつは？」

白川さんがいった。

俺は白川さんとバランコフを見比べた。

「報酬だと思います」

二人は無言だ。無言でいることが、俺の考えの正しさを証明しているような気がして、勢いがついた。

「冷戦時代、現役だったエージェントは潤沢な予算をあてがわれ、華やかなスパイ活動ができた。冷戦が終わると、予算は削られたでしょう。当然、それはおもしろくないわけです。世界を股にかけて飛び回っていたのに、いまさら事務仕事なんてやってられない。命がけで果たした任務は昔話になってしまって、コンピュータを上手に使える若い奴には馬鹿にされる。そういう人たちからすれば、もっと自分たちは報われるべきだと思って不思議はないでしょう。さっき、バランコフさんは、金や勲章や美女のためじゃないといいましたけど、それはスパイ活動の価値が認められてこそ、です。もし認められないのなら、せめて金くらいもらわないと。自分たちのスキルを使えば大金が作れることを、知っている人たちなのですから」

「素晴らしい」

バランコフがいった。

「みごとな答だ、ムローイ。今、君がいった通りの境遇に、多くのすぐれたエージェントがおかれた。冷戦終結の前に、いずれ自分たちは、役立たずの用なしになってしまうと気がついた。国家のお荷物になり、いくらかの退職金と年金をつけられ、所属する機関を追いだされるだろう。安い勲章のひとつやふたつはもらえるかもしれないが、それが何になる?」

バランコフは横を向き、はあっと大きなため息を吐いた。

「あの頃がなつかしい。死と背中合わせではあったが、この世界を背負い、戦っていると信じていた。それは何ものにもかえがたい充実感だった」

あまりに感情がこもっている。俺は不安になった。

「バランコフさんはアルファのメンバーなのですか」

「いいや。私には先見の明がなかった。もしあればアルファに加わっていたろう」

「そうじゃない。ワシリーには大きな責任があった。解体されるKGBの最期を見届けるという。若者、見かけは恐ろしいが、彼は真の愛国者であり、誠実な人柄なのだ。だからこそ今も現役にとどまっている」

白川さんがいうと、バランコフは、さも恥ずかしいというように、手で顔をおおってみせた。

俺は笑い、白川さんとバランコフも笑った。

「でもわからないことがまだたくさんあります」

笑いやむと俺はいった。

「ムローイ、すべての疑問の答を得られない限り、君はシラカワを助けられないというのか」

「そうじゃありません。ひとつだけ、ひとつだけ教えてください」

俺はくいさがった。白川さんとバランコフは顔を見合わせた。

「何だね」

白川さんが訊いた。

「なぜ、今なんです？　白川さんは二十年以上、現役を離れていた。でもアルファはきっとこの二十年間も活動をしていたと思うんです。だったらどうして、今になって白川さんが現役に復帰しなけりゃならないのですか」

「その答は、私も知りたいね」

バランコフが頷いた。

「日本には、白川さんたち以外のオメガエージェントがいて、ずっとかわりに戦っていたとか」

俺が訊くと、白川さんは首をふった。

「それならとっくに我々はお役御免になっていただろう。バランコフのいう通り、年寄りばかりなのだから」

「じゃあ、なぜです？　これまで日本では確認されていなかったような活動を、アルファが始めた？」

「その可能性が一番高い。『コベナント』を発動した者は、日本でのアルファの活動を認知した。同時にアルファ側も、『コベナント』の発動を予測し、私の行動を妨害しようと考えた」

「『ますい』のおかみさんも元スパイだったんですかね」

「いや、彼女はおそらくフリーランサーだろう。アルファはフリーのエージェントを使うことが多い。暗殺や破壊工作などのウエットワークは、冷戦終結以降はフリーランサーに依託することが多かったからだ。それは日本にシークレットエージエントが少なかったせいだ」

「日本のアルファってどんな人たちなんです？日本のシークレットエージェントっていうと、自衛隊くらいしか思いつかないのですけど」

「そういう人間もいる、と聞いたことはある」

「白川さんはどこに属していたんです？」

「私が所属していたのは、日本の情報機関ではない。今でこそ情報工作の重要性に日本政府も気づきだしているが、かつてはすべて同盟国頼みだったからね。日本政府は、外には目を向けず、中ばかりを見ていた時代が長かった」

白川さんは答えた。

「どこです？　ＣＩＡ？」

「それはどうでもいいことだ。この国にもオメガエージェントが必要だとわかったとき、適当な人材を日本政府は提供できなかった。そこで私を含む五人がリクルートされた。オメガもアルファと同じく、縦構造の組織ではない。日本でのアルファの活動を阻止する必要性を感じたＡ１が、私をリクルートしたのだ」

白川さんが自分をＡ５だといったのを俺は思いだした。

「それは何年前です？」

白川さんは微笑んだ。

「私がまだ四十代の頃だ。一番高齢のＡ１でも六十にはなっていなかった」

つまり二十五年以上前ということになる。

「幸いなことにアルファの活動が、我が国ではそれほど活発になることはなかった。オメガ日本は、創設されてほどなく休眠状態に入った。欧米のオメガエージェントはずっと忙しくしていたようだが……」

オメガやアルファがネットワークだという意味が、ようやく俺にも理解できた。それぞれの土地でそれぞれの機関が独自に活動しているわけだ。日本でアルファの活動が見られなければ、オメガの出番もない。

「A1はどんな人なんですか。その人がオメガ日本を作ったんでしょう」

「佐藤伝九郎《さとうでんくろう》という人物だ」

「八十四歳なんですよね」

「そうだ。スパイの世界では、おそらく最も知られた日本人エージェントだ」

白川さんはいった。俺はバランコフを見た。

「会ったことはありますか」

「もちろんある。最後に会ったのはウクライナのキエフだった。百キロ北にあるチェルノブイリで起こった事故の詳細を知ろうと、世界中からエージェントが集まっていたときだ。佐藤は、カレイスキーに化けて活動していた」

「カレイスキーって何ですか」

「朝鮮族系ロシア人だ。東洋人のスパイがソビエト連邦で活動しようとするなら、カレイスキーに化ける他、当時は方法がなかった」

白川さんが答えた。

チェルノブイリの原子力発電所で大きな事故が起こったという話は俺も知っている。もっとも俺が一歳のときのことだが。

「A1は、伝説的なスパイといっていいだろう」

「今はどこにいるんです?」

「それをここで口にするわけにはいかない。ワシリーを信用していないのではない。万一、ワシリーがアルファにつかまったときのことを憂慮している」

白川さんがいうと、バランコフがにやりと笑った。

「アルファだと認めるのだな」

白川さんはため息を吐いた。

「速断は避けたいが、若者と話すうちに、私の中で状況が整理され、やはりアルファにまちがいない、と思えてきた」

「アルファのメンバーを、誰か知っているのですか」

俺は訊いた。

「中心的な人物については、知っていなくもない。もちろん、今どこで何をしているかの知識はないが」

「ムローイにも興味が生まれてきたようだな」

バランコフがいったので、俺はあわてて首をふった。

「そんな。興味とはちがいますよ。白川さんの助手をしていたら、アルファにいつ殺されるかわからないじゃないですか」

「私の考えでは、もうシラカワが狙われることはない。状況は第二段階に入っている」

「第二段階……」

「シラカワを殺そうとしたのは、『コベナント』の発動を阻止するのが目的だ。しかしスリーパーのチームが失敗したため、シラカワの居どころを彼らは見失った。シラカワは今後Ａ１からＡ４までのオメガエージェントに接触していくことになる。おそらく次の襲撃は、シラカワが第二のオメガエージェントと接触したときだろう。アルファが、他のオメガエージェントの居場所をつかんでいるなら、そこでシラカワを待ち伏せられる」

「私も同じ考えだ。私に尾行がついていない限り、彼らは自分たちの知るオメガ関係者のポイントで待ち伏せする以外、手がない」

白川さんが頷いた。

「知られているんですか？」

「私の住居を彼らは知っていた。知られていないと断言はできない」

「でも『ますい』まで作って白川さんを監視していたのだとしたら、知らなかったのかもしれません」

　俺はいった。

「なぜそう思うのかね」

　白川さんが訊ね、バランコフも興味深げに俺を見た。

　調子に乗りすぎただろうか。俺は不安を感じた。が、ここは喋るしかない。

「敵は、『コベナント』が発動すればまっさきに白川さんに連絡がくることを知っていた。だからこそ白川さんの周囲にスリーパーをおき、十七年も監視をつづけてきたんです。それには時間だけじゃなく費用もかかる。もし他のオメガエージェントの居場所を知っていたら、それぞれを定期的に監視すればすむことです。もちろん他のオメガエージェントの周囲にもスリーパーを配置していたかもしれませんが、それなら急いで白川さんを殺す必要はない。白川さんが他のエージェントと接触する前に殺そうとしたのは、敵がその人たちの居場所を知らなかったからだ。居場所を知っていたら、今までにいくらでも殺すことができた。それができないから、白川さんを監視していたんです」

「私の居場所だけが彼らに知られていたとして、私をこれまで殺さずにいた理由は？」

「白川さんを殺してしまったら、最初に『コベナント』の発動を知るオメガエージェントは、他の人になる。その居場所を知らなければ、敵は監視できず、『コベナント』の発動も知りようがない」

「シラカワ、君は素晴らしいアシスタントを見つけたようだ。ムローイの話は実にロジカルで、おそらくその考えは正しい」

　バランコフがいった。白川さんは頷き、じっと俺を見つめた。

「現場でのショッキングな体験から、若者がこれほど早く立ち直るとはな。人は見かけによらないものだ」

「そんなことありません」

　俺はあわてて首をふった。後悔していた。べらべら喋りすぎた。これ以上認められたら、何をさせられるかわからない。

「ではそろそろ任務に向かうときがきたようだ。若者の考えが正しければ、この先の我々の行動を妨害する者はいないことになる」

　白川さんがいった。

「このままずっと安全に行動できるとは思わないほうがいいぞ。今はインターネットという手段がある。他のオメガエージェントの本名を知られていたら、そこから所在を知る手がかりを得、周辺で網をはっているかもしれん。君らが近づけば、網を絞りこむという作戦だ」

　バランコフが首をふった。

「インターネットか。そんなもので我々の活動を予測できるとは思えないがね」

　白川さんはつぶやき、俺を見やった。

「行こうか」

3

「シャカラート」の地下駐車場に俺たち三人は再び降りた。カバーをかけられた軽自動車に嫌でも目がいった。中には「ますい」のおかみさんの死体がある。

だが白川さんはまるで気にもしていないかのように、バランコフが用意したというＳＵＶに歩みよった。

「鍵はついている。もちろんナンバーは偽造だから、警察官に止められないように」

バランコフが俺にいった。

「わかりました」

俺が頷くと、バランコフは白川さんに親指を立てた。

「グッドラック」

白川さんは頷き、ＳＵＶの助手席に乗りこんだ。

俺は運転席にすわりシートベルトを締めると、イグニションキィを回した。ＳＵＶのエンジンがかかり、コンソールパネルに明かりが点った。カーナビゲーションもついている。

燃料計をチェックした。満タンだ。

白川さんが助手席の窓をおろした。

「いろいろ世話になった。いずれこの借りは返す」

「いずれ？」

バランコフが訊き返し、にやりと笑った。

「シラカワ、我々老兵に『いずれ』などという未来はない」

白川さんは一瞬沈黙し、頷いた。

「そうだな。返せなければ、これきりというわけだ」

バランコフは頷き返した。白川さんが窓をあげ、俺にいった。

「出発だ」

俺はＳＵＶの向きをかえ、発進させた。バランコフが先回りし、駐車場の出入口においた看板をどけてくれた。

吉原のソープ街の一方通行路にでると、俺は訊ねた。

「どこへいくんです。A1のところ？」

白川さんは深々と息を吸いこんだ。

「まずは警視庁だ」

俺は思わずブレーキを踏んだ。

「警視庁⁉」

声が裏返った。白川さんは何を驚いている、というように俺を見た。

「警視庁公安部には、アルファとオメガの担当官がいる。そこで情報を得ると同時に、今後の行動の自由を確保しておきたい」

「で、でも、警察にいったら、つかまりませんか」

「その心配はない。オメガは、この国では超法規的存在だ」

「本当に？」

「本当だ」

白川さんはきっぱりといった。

「でもそれって、二十年以上前の話ですよね」

「そうだが？」

それがどうしたというように白川さんは俺を見た。

「今の警官は知らないかもしれません」

「ありえない。たとえ担当官が停年になっても情報は申し送りされる。だから警視庁には必ず、担当する者がいる」

俺は息を吐いた。

「君は何を心配しているんだ？」

白川さんが怪訝そうに俺を見つめた。俺は口ごもった。警視庁にいくのだけは避けたい。

「心配してるっていうか……。二十年もたって、警察も色々事情がかわっているかもしれないじゃないですか。実際、オメガもずっと何もしてこなかったのでしょう？　それをもし、今警視庁にいってですよ、これこれこうで人を殺したが、超法規的存在だから大丈夫だよなといっても、通らないかもしれません」

「警察が私を拘束すると？」

「とりあえずはそうするのじゃないでしょうか。それにおかみさんの死体をどこにやったかいえば、バランコフさんに迷惑がかかります」

白川さんは首をふった。

「わざわざ人殺しをしたと、私が報告する義務はない」

「それはそうですけど……」

白川さんは俺を見つめていたが、いった。

「だが君のいうことにも一理ある。二十年間に警視庁のスタンスが変化した可能性はないとはいえない。あるいはアルファにとりこまれているかもしれん。安易な接触は、現段階では危険を招くか」

俺は何度も頷いた。白川さんは考えている。

「ええと、まずA1に会うのですか」

「『コベナント』の発動手順にしたがえば」

「どこにいるんです？」

「横須賀《よこすか》だ」

答えて白川さんはちらっと腕時計を見た。年季の入ったロレックスだ。

「この時間では難しい。夜七時以降は面会を制限される」

「病院ですか」

「ちがう」

そっけなく白川さんは答えた。

「じゃあどうします？　どこかで朝まで待ちますか」

「A2に会いにいく」

「わかりました。A2はどこに？」

「世田谷《せたがや》区の深沢《ふかさわ》だ」

「白川さんはオメガエージェント全員の住所を知っているんですか」

「もちろんだ。暗記している」

「じゃA2の住所をいってください」

俺はカーナビゲーションに手をのばした。

「それを使うのは許可できない」

「白川さんは道を知ってるんですか。深沢のA2のところへいく」

「いや」

「だったらカーナビを使いませんか。世田谷なんて俺もぜんぜんわかりませんし、そのほうがまちがいなく早く着けますよ」

「君は東京の地理にそれほど詳しくないようだな」

「それどころか、車の運転だって久しぶりで、知らない道を走るのはおっかないです。道に詳しい人がいいのなら、タクシーの運転手をアシスタントにすればよかったんです」

俺は少しむっとしていった。バランコフは俺を認めてくれたが、白川さんはそうでもないようだ。

「いいだろう、住所を入力したまえ」

白川さんはあきらめたようにいって、住所を口にした。マンションではなく、一軒家のようだ。一般道優先でルート検索する。すぐにルートが表示された。六本木通りから駒沢《こまざわ》通りにでて、まっすぐいく道順だ。

「じゃ、いきます」

俺はいって、アクセルを踏んだ。まずは南西に向かって皇居にぶちあたり、霞《かすみ》が関《せき》から溜池《ためいけ》を経て、六本木に向かう。

「六本木だな」

交差点の赤信号で止まると、白川さんがいった。

「そうです」

「懐かしい。この街でもいろんな人間と接触した。かつてはエージェントが最も多く集まる街だった」

「ドンパチとかもあったんですか」

「いや。この街で事件を起こすことはエージェントの不文律で禁じられていた。外国人に対する目が厳しくなったら、一番困るのはエージェント自身だからな」

「なるほど」

「七〇年代は、六本木と赤坂が情報の集積地だった。外国人がレストランやバーにいて目立たなかったのがその二地点くらいだったのだ」

「ある意味、ラクだったんですね」

「ラク？」

「そうじゃないですか。今は外国人なんてそこら中にいます。東京だけじゃなく、地方にもね。しかも日本人と区別のつかない中国人もいっぱいいる」

「確かにそうだ。この二十年で、国内の外国人事情は劇的にかわった。昔は日系アメリカ人や日本語のうまい東洋人をリクルートするのが主流だったが、これだけ外国人が増えたら日本人に化ける必要もない」

やはりスパイ小説なんて古き良き時代のお伽話

ということになるのだろう。考えてみると昔のスパイ小説は、怪しい奴は全部悪人と決まっていた。

夜の六本木は空車待ちのタクシーばかりで渋滞している。華やかだけど、俺には縁のない街だ。もっとも、縁がないといったら、銀座にだって渋谷にだって縁がない。

「若者、車を止めろ」

何度も信号待ちをして、ようやく六本木の交差点を通過したとたん、白川さんがいった。

「えっ」

「A2に会う前にすることがある」

俺はハザードを点し、客待ちの空車の列に割りこんだ。

「何をするんです?」

俺の問いには答えず、

「このあたりに車を止めておけるか」

と白川さんは訊ねた。

「いや、路駐はまずいでしょう。すぐそこに警察署もあるし」

百メートル先の左側に麻布《あざぶ》警察署があった。

「では駐車場を捜したまえ」

走り回ったあげく、ようやくコインパーキングを見つけ、俺はSUVを止めた。六本木ヒルズの近くだ。

車を降りると、白川さんは俺を見つめた。

「君のその格好を何とかしなけりゃならん」

「え?」

白川さんはあたりを見回した。ヨーロッパブランドのショップが通りをはさんだ向かいにある。

「きなさい」

いって、白川さんはそこに向かって歩きだした。ショップは俺でも名前を知っているようなイタリアの超高級ブランドだ。

　ショウウインドウにレザージャケットやスーツを着せられたマネキンが並び、ガラス扉の向こうにスーツ姿の店員が立っている。白川さんが近づくと、店員が扉を引いて開いた。それだけで俺は気後れした。こんな高級ブランドショップに入るのは初めてだ。

　白川さんは平然としている。

「お客さま、申しわけございませんが、当店はあと十五分ほどでクローズいたします」

　扉を引いた店員がいった。背が高く、まるでモデルみたいにスーツを着こなしている。白川さんだけを見ていて、あとをついてきた俺には目もくれない。

「十五分あれば充分だ。彼に洋服を選びたい」

　白川さんはいって俺を示した。モデルが初めて俺を見た。

「こちら様でございますか」

「そうだ。今すぐ着られる服を選んでもらいたい。上から下まで、靴も含めて。エレガントでシックなコーディネートを頼む」

　モデルは目をぱちぱちさせた。

「いらっしゃいませ！」

　店の奥でやりとりを見守っていた女が進みでてきた。タイトスカートにすごく高いピンヒールをはいている。三十代半ばくらいだろう。まっ赤に塗った唇を思いきり大きく開けた笑顔を白川さんに向けた。

「できる限りのお手伝いをさせていただきます。ご予算はございます？」

　ん、と白川さんは頷き、ジャケットから財布をだした。

「金額は問わない」

財布から黒いカードをだすと、ネクタイが並んでいるテーブルにおく。それを見て女の表情がかわった。

「わかりました。お任せください」

十分後、まるで別人になった自分を、俺は鏡の中に見ていた。ものすごくやわらかい黒のレザージャケットに光沢のあるピンクのシャツを着ている。胸もとは紺のスカーフで、明るいベージュのパンツに、バックスキンのブーツはまるで裸足《はだし》みたいな軽さだ。

「パンツの裾は仮り留めでございますから、後日、きちんと裾あげいたします」

女がいうと、白川さんは頷いた。

「悪くない。どうかね、若者」

「はあ……」

俺は何と答えていいかわからなかった。白川さんがすっと近づき、俺の耳もとでいった。

「これからいくところは、ジーンズというわけにはいかない」

そして女をふりかえった。

「ではこれをひと揃い、いただくことにする」

「承知いたしました。七十八万二千七百円になります」

俺は腰が抜けそうになった。七十八万て、どんな洋服なんだ。

白川さんからカードをうけとった女は、

「お支払いはご一括でよろしいでしょうか」

と訊ねた。

「もちろんだ。それと若者が今着ていた服を袋に入れてくれたまえ」

「白川さん——」

「気にする必要はない」

白川さんは手を振った。女が意味深な目で俺たちを見ている。きっとゲイカップルだと思っているにちがいない。

さしだされた紙に、白川さんはさらさらとサインした。

「ありがとうございます」

でていくときは、モデルが俺にも最敬礼した。

「とてもお似合いです」

ブランドショップをでると、白川さんは立ち止まり、点検するように俺の頭から爪先までを見た。

「悪くない。君は意外に高級品が似合う」

「でもめちゃくちゃ高かったじゃないですか。俺、返せないです」

「必要ない。経費で落とす」

こともなげに白川さんはいった。そんなに経費が使えるほどオメガが金持の組織だという話は聞いていなかった。だが今さらそんなことをいっても始まらない。

「どこにいくんです、こんな格好で」

俺は訊ねた。

「それが問題だ。私が知っているのは、二十三年前のそこで、今も同じ場所にあるかどうかはわからない。まあ、ついてきなさい」

白川さんはすたすたと歩きだした。六本木ヒルズを背に西麻布の方角に向かい、左に折れて、さらに細い路地を曲がる。

黒い鉄柵で囲まれた洋館があった。

「ほう。まだあったな」

鉄柵には頑丈そうな扉がはまり、そこに金色のプレートがはめこまれていた。

「グランボアール共和国大使公邸」と記されてい

る。

「グランボアール共和国？」

俺はつぶやいた。聞いたことがない。

「東アフリカの小国だ。外貨獲得手段の限られた国でね」

白川さんはいって、かたわらのインターホンを押した。数秒後、英語の返事が流れでた。

白川さんが英語を喋った。そのあと、俺が聞いたことのない言葉をつづける。

ブーッとブザーが鳴った。ガシャンとロックの外れる音がして、扉が何センチか内側に動く。嬉《うれ》しそうに白川さんがつぶやいた。

「合言葉はかわっていなかった」

「また合言葉ですか」

「『遠方よりの友は歓迎すべし』。スワヒリ語だ」

白川さんは扉を押した。俺たちは扉をくぐった。


洋館まで十メートルほど通路があり、そこにスーツを着たでかい黒人が二人立っている。

「ウエルカム・サー」

ひとりがいって、俺たちを通せんぼした。もうひとりがスティック状の機械を白川さんの胸の前にかざし、動かした。ピーッという信号音がした。

「アイム・ソーリー」

白川さんは肩をすくめ、上着の下からベレッタをとりだした。黒人の掌の上にのせる。どうやら金属探知機のようだ。俺も調べられ、携帯電話がひっかかった。黒人が英語でまくしたてた。預かる、といっているようだ。俺も白川さんを真似して肩をすくめた。

二人が道をあけ、俺たちは洋館の中に入った。

映画や小説でしか知らない世界がそこにあった。

ルーレット盤が回り、パラパラとカードがシャッフルされている。ドレスアップした白・黒・黄さまざまな男女がいて、いろんな国の言葉がとびかい、ぶ厚い札束やチップがラシャを張ったテーブルの上をいききしている。

カジノだ。生まれて初めて、俺はカジノに足を踏み入れていた。

「ギャルソン」

白川さんが白いお仕着せ姿のボーイを呼び止めた。シャンペングラスが林立したトレイを支えている。そこからふたつグラスをとり、ひとつを俺にさしだした。

「飲みすぎるな。シャンペンは足をとられる」

小声でいった。

シャンペンを飲むのも初めてだ。甘酸っぱいサイダーのような味がする。

「ヨースケ!」

不意に声がかかった。でっぷり太った白髪のタキシード姿の黒人だった。かなりの大物らしく、カジノの客をかき分けて、まっすぐ白川さんに向かってくる。

「ロング・タイム・ノーシー、ヨースケ!」

「チーフ!」

白川さんが黒人の手を握った。すごい速さの英語で二人は話し始め、何といっているのかまるでわからない。

「ヘイ、ヒー・イズ・マイアシスタント、ムライ」

白川さんは俺をふりかえり、紹介した。黒人は俺にも手をさしだした。ナイス・トゥ・ミートユー、何とかかんとか。わけもわからず俺は頷き、にこにこして手を握り、ちょっと自己嫌悪におちいった。これじゃハリウッド映画にでてくるダサい日本人そのまんまだ。

チーフと呼ばれた黒人と白川さんは再び英語で話を始めた。やがてチーフが、

「アー・ユー・ルッキングフォー・サガン?」

と白川さんに訊ね、白川さんは頷いた。チーフは左腕にはめた宝石だらけのごつい腕時計をのぞいた。

「ヒーズ・カミング」

「トゥナイト?」

「トゥナイト。ビフォア・ミッドナイト」

サガンてのを捜しているなら、今夜十二時までにはくるぞ、というのは俺にもわかった。

白川さんは礼をいい、チーフの手を握った。

「サンキュー」

「グッドラック」

チーフは答え、離れていった。

「あの男は、この屋敷の主《あるじ》の弟で第一秘書だ。いわばここの支配人だな」

白川さんは小声でいって、シャンペンをひと口飲んだ。目が油断なくカジノを見渡している。

「他に知っている人はいますか」

俺が訊ねると白川さんは小さく笑った。

「いないね。二十三年ぶりだぞ」

「でもサガンて人は知り合いなのでしょう」

「そうだな。まだここに奴が出入りしているというのは驚きだ。生き残っていたとは」

「何者なんです?」

「殺し屋の代理店だ」

俺はぎょっとして言葉を失った。

「だった、というべきかな。奴も年をとったから引退しているかもしれない。外国から殺し屋を呼び寄せ、東京で仕事をさせて帰す、というビジネ

スをかつてはしていた。したがって日本国内における外国人のプロの動向には詳しい」

「プロの動向……」

白川さんは葉巻をくわえた。

「かかわった者すべてに危険を及ぼすというほどではないが、檻《おり》に入れたコブラよりは注意を払ったほうがいい相手だ」

その葉巻にライターの火がさしだされた。何人《なにじん》かはわからないが、明らかに日本人ではない、ものすごくグラマーな女が俺たちのかたわらに立っていた。肌が浅黒く、髪は黒で、濃い化粧をしている。紫色の超ミニのドレスを着ていて、胸もとからメロンくらいありそうなおっぱいを半分はみださせていた。

「ハイ、ミスター」

女は白川さんに微笑みかけ、パチリと金のライターを閉じた。日本語でいう。

「昔、会ったことありますね。わたしたち」

白川さんは驚いたように女を見直した。

「私の友人にしては、あなたは若過ぎる」

女は首をふった。

「わたし、ここにずっときています。あなたの名前は――」

思いだすように目を閉じた。

「ヨースケ」

白川さんがいうと、ぱっと開いた。長いつけまつ毛がその瞬間、バサッと音をたてたような気がした。

「そう、ヨースケ」

白川さんは表情を変えず訊ねた。

「君の名前は？」

「デオドラ」

「デオドラ。チーフとは親しいのかね？」

デオドラと名乗った女は意味ありげに唇をつきだし、

「ボーイ・フレンド」

と囁《ささや》いた。

「なるほど」

何か、いかにも怪しい。こんな風に近づいてくる女はだいたい「敵のスパイ」と決まっている。

白川さんがいった。

「残念だがデオドラ、今夜は君につきあえそうもない。彼と予定が詰まっている」

俺を目で示した。デオドラは初めて気づいたように俺を見た。頭の先から爪先まで、目を細めて観察すると、

「キュートね」

とつぶやいた。舌の先がまっ赤な唇をなめた。


「三人でもOKよ」

白川さんは冷やかすように俺を見た。

「君は彼女と楽しみたいかね」

「えっ、いや、そんな……」

いきなりいわれ、俺はしどろもどろになった。

「というわけだ。彼は残念ながら、女性に興味はない。つけ加えれば、私もだ」

デオドラがあからさまにがっかりした表情を浮かべた。

「残念。あなたたちはストレートだと思ったのに」

「昔はストレートだった。だが年をとって趣味がかわった」

白川さんは小声でいった。デオドラはくるりと背中を向け、その場からいなくなった。

「何だったんです。俺は敵のスパイかと思いまし

た」

「客を捜していただけだろう。あるいは見慣れない顔なので、そのフリをしてようすをうかがったのかもしれないが」

　俺はほっとしたような、がっかりしたような気分になった。がっかりした中には、デオドラと、もしそんな展開になったら、いったいどんなことになるのだろうという興味があったのも確かだ。

　それを見すかしたように白川さんはつけ加えた。

「なかなか魅力的な女性ではあったが」

　その目がカジノの入口に向けられた。

「サガンだ」

　扉が開き、白い麻のスーツにパナマ帽をかぶった黒人が現われた。スーツの下はひらひらのついたまっ青なシャツだ。顔の下半分を短く白いヒゲがおおっている。

「サガン」

　白川さんは呼びかけた。黒人の口が「Ｏ《オー》」の字に広がった。

「ハーイ！」

　こちらに近づいてくる。その目はじっと俺に向けられていた。

「ヨースケ」

　白川さんとサガンは握手した。

「元気そうで嬉しいです。あなた死んだと思ってました」

　サガンは少し高い声でいって、俺をふりむいた。日本語がうまい。

「このボーイは？」

「私のアシスタントだ」

「初めまして」

　サガンのさしだした手を俺は握った。硬くて乾いた掌が、やけに強く俺の手を握った。

「チャーミングね」

　俺の目をのぞきこんでいう。

　さすがの俺も気がついた。サガンの好みは男だ。

「どこで見つけたの。こんなにチャーミングなアシスタントを」

「引退していたんでね。アシスタントなしでは現場に戻れない」

　サガンは目を丸くした。

「復帰したの」

「そうらしい。その気はなかったんだが。サガン――」

　白川さんはいって、サガンの肩に手をあてた。

「パティオで少し話さないか」

　俺にいった。

「シャンペンを、彼のぶんも頼む」

　そして入口とは反対側の扉に向かった。中庭に面しているようだ。

　俺は新たなシャンペングラスを三つ手にして、あとを追った。

　中庭には噴水があり、サイやライオン、フラミンゴなどの石像が並んでいる。石像と石像のあいだにはベンチがおかれ、そのうちのひとつに白川さんとサガンがかけていた。

　俺は二人にグラスをさしだした。サガンは人さし指を俺に向けた。

「あなたもここにいて」

　俺はどうしていいかわからず、白川さんを見た。白川さんは無言で頷いた。

　しかたなく二人の前につっ立った。三人ですわるにはベンチは小さい。

　サガンは俺に目を向けたまま、シャンペンをひと口飲んだ。首をふる。

「モエはやめてっていってるのに。おいしくない」

「チーフにはこだわりがあるのだろう」

何の話か、俺にはさっぱりわからなかった。

「君は引退したのか」

白川さんが訊ねた。

「できるほどお金があったらここにはこない。いまだに憐《あわ》れなセールスマン」

サガンは俺を見つめたまま、悲しげにいった。

「そのスカーフ、外して、ボタンをひとつ開けてごらんなさい」

「俺ですか」

「ヨースケの体なんて、誰が見たいの。決まってるじゃない」

白川さんが頷いた。俺はいわれた通りにした。

「セクシィ！」

サガンは身をよじって喜んだ。

「で、最近何か、注文はあったかね」

「そんな話できるわけないじゃない。ボタン、もうひとつ、いやふたつ、外して」

白川さんには目もくれようとせず、サガンは俺を見ていった。白川さんがまた頷いた。

これって色仕掛けだよな、一種の。

俺は言葉にしたがって、ボタンを外した。

「前を開けて。いいわ。マッチョは嫌いだから、それくらいがちょうどいい！」

サガンは俺を手招きした。俺が前にでると、手をのばし指先で俺の胸や腹に触れる。

「まだそんなに鍛えてないのね。でもそこがいい」

指先が俺のベルトで止まった。

「これも外しなさい」

「ギブアンドテイクだ、サガン」

白川さんがいうと、初めて横を見た。

「嫌な人」

「君の好みはわかってる。レザージャケットにシルクのシャツ。それで下半身は何もなし。燃えるだろう」

つまり俺にお洒落をさせたのは、そのためってことだ。

サガンの指がベルトを離れた。

「燃えるけど、これ以上は喋れない。残念」

俺の目を見た。

「ヨースケ抜きで、いつでもここにきていいのよ。次はゆっくり話しましょう」

シャンペンを一気呑みして立ちあがった。そして白川さんを見つめ、いった。

「お互いせっかく長生きしたのだから、残りの人生は楽しみにだけ使いましょう。ただでさえ残り少ないのに、それを短くするなんて馬鹿げてる。私はもう東京にお墓も買った。犬たちとそこに入るって決めてる」

「用意周到だな」

白川さんはいった。

「死ぬときの準備くらい、しておかないと。あなたはどうなの、ヨースケ」

「死して屍《しかばね》拾《ひろ》う者なし」

白川さんが答えると、サガンは首を傾げた。

「難しい言葉ね」

「エージェントとはそんなものだよ」

意味を教えようとせず、白川さんはいった。

4

カジノをでた俺と白川さんはコインパーキングに戻るとSUVに乗りこんだ。

「洋服を買ってくれたのは、サガンから情報をひきだすためだったんですね」

憂鬱な気分で俺はいった。

「あれじゃ色仕掛けのエサだ。レザージャケットにシルクのシャツ、下半身は何もなし！」

「実際はそうならなかった」

「なったらどうしました？　俺がおかま掘られるのを黙って見てたんじゃないですか」

俺が責めるようにいうと、白川さんは真面目な顔で首をふった。

「見《み》はしない。人の情事を楽しむ趣味はない」

「つまり、やらせた？」

「若者、ハニートラップはスパイ活動の基本だ。それが男女の性愛だけだと考えるのは視野が狭い」

「そういうことじゃないでしょう」

「エージェントは、使えるものは何でも使う。自分の体も、他人の体も」

「でもサガンから何も情報は得られなかった」

俺がふくれっ面でいうと、白川さんは首をふった。

「いや。得られた。好みの男を前にするとガードが下がるのは、サガンの昔からの癖だ」

「どんな情報です⁉」

「彼はいった。『燃えるけど、これ以上は喋れない』。依頼が入っている証拠だ。君の体に気をとられていなければ、『何もない』ととぼけた筈だ。

私の質問に対し、つい彼は答を思い浮かべた。だがそれを口にはできない。そこで本音がでた。

『喋れない』とね。収穫はあった」

「つまり殺し屋が動いているってことですか」

「そうだ。標的が誰かはわからないがね」

いって、白川さんは腕時計を見た。

「A2を訪ねるには今日はもう遅いようだ。どこかで一泊しよう。私も眠くなった」

アクビをかみ殺していった。

「どこに泊まるんです？」

まさか家に帰るとはいわないよな。

「久しぶりに一流ホテルのホスピタリティを味わうのも悪くない」

麻布にある超高級ホテルの名を白川さんは口にした。

「そこに泊まるんですか⁉　俺も？」

「部屋は別にしよう。私はサガンとはちがう」

白川さんは答えた。

ホテルまで車で十分とかからなかった。車を駐車場に止め、フロントに歩みよっていくと、若いホテルマンが荷物のない俺たちに怪訝そうな目を向けた。

「部屋をふたつ頼む」

「ご宿泊でございますね。ご予約は承っておりますでしょうか」

「支配人は今、誰かな」

「支配人でございますか。西沢《にしざわ》です」

「西沢君が支配人か。時が流れたのだな」

ホテルマンの背後の扉が開いた。髪が薄く、小太りの中年男が現われた。眼鏡の奥の目をまん丸くして叫んだ。

「白川様！」

「久しぶりだね」

白川さんは微笑んだ。

「お久しぶりでございます！　どうしていらっしゃるかと思っておりました。お部屋はいつも通りでよろしいでしょうか」

白川さんは頷いた。そして俺を示した。

「彼にも一部屋頼む」

「かしこまりました」

中年男は若いホテルマンを押しのけ、カウンターの内側のパソコンを叩いた。

「では白川様には一二〇一のスイートを、こちら様には一一二二のツインをご用意いたします。あ、こちら様もスイートルームのほうがよろしいでしょうか」

俺は急いで首をふった。

「いや、ふつうの部屋でけっこうです」

「では」

鍵がふたつ、カウンターに並べられた。

「あっ、白川様、ソバガラ枕はやはりご用意したほうがよろしいですね」

「覚えていてくれて嬉しいよ」

白川さんは頷いた。

「とんでもございません。のちほど、いつも通り、シャブリの冷えたボトルをお部屋にお届けします」

「ありがとう」

答えて白川さんは鍵のひとつを俺にさしだした。

「ではいこうか」

「顔なんですね」

エレベータに乗りこむと俺はいった。似たようなシーンを映画で見た。もっとも映画では支配人は敵のスパイだった。

考えてみるとスパイ映画って、主人公に近づいてくるのは全部敵だな。

「古馴染《ふるなじ》みというだけだ。空腹ならルームサービスを注文するといい。今夜はゆっくり寝て、明朝九時にはここを出発する。いいね」

上昇する箱の中で白川さんはいった。俺は頷いた。

十一階で俺は降り、「おやすみなさい」と告げた。

部屋に入った。立派なツインルームだ。

ベッドに腰をおろす。自然に大きなため息がでた。まったくなんて一日だったんだろう。

だがまだ寝ちまうわけにはいかない。

俺は白川さんに買ってもらった服を脱ぎ、シャワーを浴びた。部屋に備えつけの冷蔵庫には、缶ビールやミネラルウォーターが入っている。

ビールを我慢してコーラにした。

ひと息に半分ほど飲む。ゲップをすると、少し気分が晴れた。

ベッドに腰をおろし、携帯電話を手にした。暗記している番号を押す。三回コールして、一度切り、もう一度呼びだした。

「はい」

「『アルバイト』です」

「現在地を」

「麻布クレッセントホテル一一二二」

「対象者は？」

「同じく一二〇一」

「確認する、待て」

「トロイメライ」のオルゴールをたっぷり一分間、聞かされた。

「確認した。管理官が面会を希望している。可能か」

「ホテル内は不可」

「では待て」

また「トロイメライ」だ。

「二十分後、ホテルの敷地の外に車輌を向ける。その車内で」

「車のナンバーは？」

「品川の四五二九」

「品川の四五二九。了解」

電話を切って、発信履歴から番号を削除した。六本木の洋服屋で包んでもらった、自前のジーンズを着て、俺は部屋をでた。

一階のロビーに降りる。白川さんの姿がないのを確認して、ホテルをでた。

「品川の四五二九」は、すでに止まっていた。シルバーのワゴンだ。少し離れたところに、赤色灯を点したパトカーもいた。

ワゴンの後部席に俺は乗りこんだ。運転手の他に、もうひとり助手席に男がいた。俺の管理官の清水《しみず》警視だ。

「どれくらい時間がある」

挨拶抜きで清水警視は訊ねた。

「朝まで大丈夫だと思います。たぶん」

「わかった。ひと回りしよう」

清水警視がいうと、ワゴンは発進した。

「しかし驚いたな、今になって『コベナント』が発動するとは。君の任期はあとどれくらいだった？」

「二年経過していますので、残り半年です」

清水警視は息を吐き、首をふった。

「マル対のようすは？」

「落ちついています。一名、射殺しましたが」

「何っ」

清水警視は目を丸くした。白いワイシャツにグレイのスーツを着て、体はそう大きくないし陽にも焼けていない。刑事には見えないタイプだ。

清水警視は警察庁から外務省に出向し、戻ってきて警視庁に配属になった。オメガ担当になって三年目だから、俺と一年くらいしかちがわない。

「誰を射殺したんだ？」

「『ますい』という居酒屋のおかみです。マル対は常連でした」

「現場は？」

「環七に近い歩道です。おかみは私の運転する軽自動車の助手席にすわっていました。車外から窓ごしに消音器つきの拳銃で撃ったんです。即死でした」

「常軌を逸してる。なぜ路上で居酒屋のおかみを射殺する必要があるんだ。確か『ますい』には何年も前からマル対は通っていたのじゃないのか。マル対と不倫関係にでもあったのか」

清水警視はあきれたようにいった。

「ちがいます。そのときおかみは俺に拳銃をつきつけていて、撃つ寸前でした。マル対は俺を助けるために撃ったんです。素早くて正しい判断でした」

「君を撃とうとしていただと。君がそのおかみと関係していたのか」

いってから馬鹿げていることに清水警視は気づいたようだ。

「そんなわけはないな。おかみはどこで銃を手に入れたんだ？」

「もともともっていたんです。おかみはスリーパーでした。マル対を監視するために『ますい』はあったんです。『コベナント』が発動したのを知って、マル対と、マル対に協力している俺を排除しようとした」

「『コベナント』の発動をなぜ知られたんだ?」

「マル対が『ますい』にいるときに電話がかかってきたんです。そんなことはこれまで一度もなかった。何かあると、監視チームにはすぐわかった筈です。電話のあとマル対はいつもより早めに家に戻り、俺も同じ行動をとりました。マル対から協力の要請があったのは、その直後でした」

俺は白川さんが部屋に現われてからの行動を話した。

「君を協力者に選んだという点では、接近に成功したわけだ」

「運転免許が失効しているので、運転手が必要だったようです」

「それだけか」

「あと、ハニートラップのエサですかね。サガンというアフリカ人から情報を引きだすための」

清水警視はため息を吐き、目頭をつまんだ。

「妄想ではないのか」

「妄想?」

「マル対は妄想にもとづいて現役復帰し、元KGB職員と接触し、グランボアール大使公邸の地下カジノで、そのサガンに会った」

俺はあきれた。

「なかったことにしたいのですか?」

「何?」

「マル対の現役復帰を、なかったことに清水さんはされたいのですか」

「そうじゃない。だがなぜ今なんだ? 二十三年だぞ。ずっと何も起こらず、オメガなど冷戦時代の化石だった」

「お言葉を返すようですが、アルファの出現は、冷戦構造の崩壊がきっかけです」

　清水警視は舌打ちをした。

「そうだったな。わかってる。だとしても二十三年だ。だいたいマル対はもう七十四だろう。それがオメガの最年少エージェントなんだぞ。そんな年寄りばかりでいったい何をしようというんだ」

「アルファの活動を妨害することではないのですか。オメガはそのために存在する」

「アルファの活動が我が国で認知されたことはない。オメガ日本は、勝手にアルファ日本の存在を確認し、設立された。当時日本政府は、オメガ日本の必要性はない、と主張したが、アメリカ政府に押し切られ、設立を認めざるをえなかった。警視庁公安部で対処できるのに、ＣＩＡは無理だと判断したんだ」

　無理に決まってる。居酒屋のおかみに化けたスリーパーを見抜ける刑事はいない。射殺されて終わりだ。事実、俺はそうなりかけた。

「オメガの監視は、二十年間ずっと、うちのお荷物だった。常に一名人員をとられ、経費もかかる。何度も廃止しようという話がでた。が、そのたびに外務省からなくすなといわれつづけた。アメリカの顔色をうかがったんだ」

「アルファの活動が確認された以上、廃止しなくて正解でした」

「アルファの活動？　居酒屋のおかみに拳銃を与え、君を殺そうとしたことか」

「たぶんおかみさんはアルファのメンバーではないと思われます。アルファに雇われたフリーランサーではないかと、マル対はいっていました」

「君はマル対のいう言葉をすべて鵜呑《うの》みにしているようだな」

　いらだったように清水警視はいった。

「そうではありません。ですが、状況へのマル対の対応は的確であるように思えます」

　清水警視は小さく首をふった。

「冷静になれ。『ますい』のおかみが君を撃とうとしたのは真実だったのか。本当に銃をもっていたのか。見まちがえではないといい切れるか」

　俺は清水警視を見つめた。

「もちろんです。疑うのなら、吉原の『シャカラート』を調べたらどうですか。今頃は燃やされているでしょうけれど」

「そんなことができるわけないだろう。我々の監視活動が麻布台《あざぶだい》に筒抜けになる」

　麻布台とはロシアのことだ。大使館が麻布台にある。

「じゃあどうします？　マル対をひっぱりますか。少なくとも銃刀法違反でなら現逮できますが」

　半ばやけくそで俺はいった。清水警視はこの事案にふり回されるのが嫌でしかたがないようだ。オメガ担当の責任者のくせに、アルファの存在に疑問をもっているのだから、ある意味、当然だ。俺だってこの二年、自分の任務にずっと疑いを感じてきた。下町の商店街で爺さんひとりを見張ることに何の意味があるのか、と。

　それが今日、根底からひっくりかえった。

　スパイ小説を好きだというのは、白川さんに近づくための偽装《カバー》ではなかった。本当に学生時代から愛読していたのだ。だからこそ大学を卒業し、警視庁に入庁してからは公安部門をずっと志望した。警視庁公安部こそが日本のＣＩＡだと信じたからだ。

「もう少し監視をつづける」

清水警視は首をふった。

「明日以降の行動予定を聞いているか」

「まずＡ２に接触するようです」

「住所は？」

俺は一瞬ためらい、首をふった。

「聞いていません」

世田谷の深沢で、番地までわかっている。が、それを教えたら清水警視は張り込みをおくだろうし、白川さんはまちがいなく見抜く。

そのことですぐ俺がスパイだとばれるわけではないが、疑いはもたれる。スパイだと確信されたときは殺されるかもしれない。

生きのびるためには、味方すら信頼できない、というわけだ。

「では尾行をつけるしかないか」

「それはやめてください。年はいってますが、マル対は優秀です。尾行をつけたらすぐに気づかれます」

「単独で監視をつづける、というのか」

俺は頷いた。

「俺の携帯を追跡すれば、現在地をいつでも知ることができます。もし尾行に気づかれたら、マル対は俺に疑いをもち、携帯をとりあげようとするかもしれません」

清水警視は考えていた。

「俺を信じてください」

「拳銃を所持する、妄想にとりつかれた老人を野放しにしろと君はいうのか」

「妄想かどうかは、まだわかりません」

「妄想に決まっている。アルファなど、引退したスパイの妄想だ。たとえ存在したとしても、今はとっくに消滅している」

あんたがそう思いたいだけだ、という言葉を俺は呑みこんだ。清水警視は決して無能ではないが、想像力というものがおよそ欠如している。

「まあいい」

清水警視は息を吐いた。

「監視をつづけてくれ。ただし、マル対が今後、誰かを傷つけたり殺すようなことがあったら、ただちに通報したまえ。拘束する」

「了解しました」

俺は頷いた。ほっとすると同時に心細い気持になった。上司を頼ることもできず、任務を続行するのだ。

だが、これこそシークレットエージェントというものだ。

5

午前八時五十分に部屋から降りていくと、白川さんはすでにロビーで待っていた。

「車をだしてきます」

白川さんから駐車券をうけとり、俺は駐車場に向かった。ＳＵＶをだし、ホテルのロータリーにつける。

「まっすぐ深沢ですか」

白川さんが乗りこんでくると俺は訊ねた。

「そうだな。今日はもう、時間を無駄にできない」

俺はカーナビゲーションの指示にしたがい、車を走らせた。六本木通りにでて、駒沢通りへ左折する。

舌打ちしたくなった。尾行がついている。

尾行は軽ワゴンとバイクの二台だ。清水警視は、俺を信用できないようだ。

「どうしたね」

ミラーを何度も見ていると、白川さんが訊ねた。

「誰かに尾行されていないか、気になっちゃって」

「その可能性は充分ある」

白川さんがいったので、俺はどきりとした。

「でも、きのうは誰も尾《つ》けてきませんでした」

「きのうの時点では、我々は敵に先行していた。だが宿泊をした結果、敵との時差はなくなったと判断すべきだろう」

「でもどうやって俺たちがあのホテルに泊まったとつきとめたんです?」

「アルファのエージェントの中に、あのホテルを私が愛用していたことを知る者がいても、不思議はない」

俺は少しほっとし、同時に疑問を感じた。

「バレるかもしれないのに、あそこに泊まったんですか」

「これもひとつの作戦だ。敵のでかたをうかがう。オメガエージェント全員がそろうのを待って、暗殺をしかけてくるのか、A2と私の抹殺ですますのか」

「もしあとのほうだったらどうするんです?」

「『ますい』のおかみと同じ運命をたどるだけだ。A2は、私よりはるかに情け容赦のないエージェントだからな」

やばい。尾行しているのがアルファじゃなく、警視庁の人間だと教えたほうがいいかもしれない。しかし正体を明かさずにどうやってそれを白川さんに納得させればいいのか、俺は思いつかなかった。

「A2は、どんな人なんです?」

「会えばわかる。君がアルファに拉致される可能性を考慮すると、教えるわけにはいかない」

俺は頷く他なかった。

駒沢オリンピック公園を過ぎると、カーナビゲーションが先の交差点で左折を指示した。打ちこんだ住所まであと五百メートルもない。

「尾行はついているかね」

バイクは途中でいなくなっていた。軽ワゴンはぴったり追尾してきている。

「そうかもしれない、という車は一台います」

白川さんは手をのばし、ルームミラーを自分の見やすい角度にかえた。

「どれだ?」

「二台うしろの銀のボルボです」

とっさに嘘をついた。軽ワゴンは、ボルボのうしろを走っている。

「車を左に寄せろ」

俺はハザードを点し、ハンドルを切った。あたりは商店街で、止まっている車も多い。ボルボは俺たちのSUVを追いこしていった。軽ワゴンは通りすぎて二十メートルほど先を左に曲がった。

「気のせいだったかな」

俺はつぶやいた。喉が渇いていた。軽ワゴンを運転している奴がすぐに止まるような間抜けじゃなくてほっとしていた。

「少し待とうか」

白川さんはいって、葉巻に火をつけた。

「昨夜は眠れたかね?」

「すぐは無理でした。何となく寝つけなくて、あと腹も減ってて」

「ルームサービスをとらなかったのか」

「頼みかたがわからないのと、メニューを見たら、すごく高いんで、散歩がてら、近くの牛丼屋にいきました」

「なるほど」

その声に、どこか納得したような調子があった。もしかすると俺がでかけたことを、白川さんはフロント係などから聞いていたのかもしれない。

「ホテルに戻るとき、異常は感じなかったかね？」

「それが情けない話で、腹がいっぱいになったら急に眠くなってきて、まっすぐ部屋に帰って寝てしまいました。もしかしたら誰かに尾けられていたのかもしれませんが、確かめる余裕なんてなくて」

「しかたがない。それにアマチュアが、プロの尾行を見抜くのは簡単ではない。とはいえ、尾行をするのと見抜くのとでは、するほうが何倍も技術がいる」

まったくその通りだ。年はくっていても、白川さんの頭はどこも鈍っていない。刑事としてヒヨコの俺でもそれくらいは知っていた。

白川さんは腕時計をのぞいた。

「二十分待とう」

「二十分、ですか？」

「かりにあのボルボの乗員が尾行者だったとする。先行し、我々に見られる心配のない地点で停止して、我々が動きだすのを待つだろう。その場合、待ち時間を彼らは設定する。何キロも離れているわけではないので、五分ないしは十分と設定する筈だ。十分、三十分、一時間といった長さは、人間が何らかの行動を決定するための基準に用いられやすい時間単位なのだ。まれに十五分という単位もあるので、二十分待って彼らが引き返してこなければ、尾行をあきらめたか尾行者ではなかったと判断できる」

俺は納得した。同時に、パターン化した行動を、エージェントは逆手にとるのだと知った。

二十二分たった。

「よし、いこうか」

白川さんがいったので、俺はSUVを発進させた。軽ワゴンが左折した信号を左に曲がる。軽ワゴンの姿がなかった。尾行が発覚するのを避けるため左折した軽ワゴンは、二十分以上そこにとどまらなかったのだ。つまり白川さんの読み通り、移動したというわけだ。

やがて俺はカーナビゲーションの指示する住所の前で車を減速した。


「ここです」

それはさして大きくもない一戸建ての家だった。敷地は三十坪あるかどうかだろう。道路に面して小さな門があり、すぐ奥に玄関の扉がある二階屋だ。建物も特にかわった形ではなく、ごく平凡な一軒家だった。たぶん建てられてから二、三十年は経過している。

門柱に「藤枝《ふじえだ》」という表札がある。

「一周してみよう。監視している者がいるかもしれない」

白川さんがいったので、俺は言葉にしたがった。あたりには似たような大きさの家がたち並んでいる。中には少し大き目の家もあるが、目を惹くようなランドマークは何もない。マンションも中、低層のものばかりだ。

平日の午前中ということもあって、路上に止まっている車は宅配便のトラックくらいで、それも見ている前で移動していった。

「電話番号は知らないのですか」

「A2のかね？　それなら知っている」

「だったらかけてみましょうか。もし監視されていたらわかるのじゃないですか」

「どうやって？」

「得意の合言葉とか」

「確かに。が、その時点で監視者に君の携帯電話の番号を知られる危険をおかすことになる。それにA2に監視者がいて、万一A2がそれに気づいていない状況なら、私は監視者を排除しなければならない。『コベナント』の発動には、あらゆる行動制限の排除が優先される」

「排除って――」

「排除は排除だ。手段は問わない」

冷ややかに白川さんはいった。

「車はどうしますか？」

「この先の角を曲がったところで私をおろし、君は周辺にいたまえ。安全を確認するか、排除が完了した時点で、君に電話をする」

俺はA2の家から二十メートルほど離れた場所で白川さんをおろした。

清水警視にA2の住所を教えなくてよかった。もし教えていたら、白川さんは張りこんでいる刑事を射殺したかもしれない。

白川さんにとって、行動を制限する存在は、すべて「敵」なのだ。白川さんの頭に警察は存在していない。アルファとの戦闘がすべてで、法を破ることに何のためらいも感じていないようだ。

それはある意味当然だった。俺が物語や映画で知るシークレットエージェントは、全員がそうだった。飲酒運転など屁《へ》でもなく、街なかで殴り合おうが撃ち合おうが、警察につかまることなどなかった。超法規的存在というか、法律を守っていたらシークレットエージェントの任務など果たせない。

　俺は自分の愚かさを知った。警視庁公安部が日本のＣＩＡだなんて、大馬鹿だった。警察官とシークレットエージェントは対極の職業だ。

　なのに俺は警察官になってしまって、シークレットエージェントと行動を共にしている。

　携帯が鳴った。

「私だ。車をどこかに止めて、こちらと合流してもらいたい」

　白川さんはいった。

「Ａ２とは問題なく接触できたんですか」

「まだだ」

　白川さんは答えて、電話を切ってしまった。

　俺はコインパーキングを見つけ、ＳＵＶを止めると、徒歩でＡ２の家に向かった。途中、尾行してきた軽ワゴンやバイクがいないか、注意を払う。

　Ａ２の一軒家の前に着き、インターホンを押した。屋内で鳴るチャイムの音が聞こえた。木造モルタルの、実にあたりまえな家だ。そこそこのサラリーマンが三十年ローンを組んで買ったといわれたら、疑う理由は何もない。ローンはじきに払い終わるが、主は頭がはげ、奥さんはでっぷり太って旦那の世話を焼かなくなり、子供たちはまるで父親を尊敬していない。そんな家族が住むのにぴったりの家だ。

　つまりシークレットエージェントが住む家には、およそふさわしくない。

　だからこそ選んだのかもしれないが。

扉が開いた。ジャージを着た、茶髪の女が顔をのぞかせた。明らかに寝起きらしく、瞼《まぶた》が腫れている。化粧をしてないのに、マツ毛だけが異様に長い。不機嫌そうに俺をにらみ、

「はい？」

と語尾をあげた。

茶髪のところどころは金髪に近く、年齢は二十を少し超えたくらいだろう。化粧をして今どきの格好をすれば「ギャル」に見えなくもないが、ジャージ姿で俺をにらむ目つきは、むしろ「ヤンキー」だ。

予想もしなかった女の出現に、俺は一瞬、あっけにとられた。空想した、この家の住人としてはぴったりだが。

「なに⁉︎」

黙っている俺に、女はいらだったようにいった。

「いや、あの、知り合いがここを訪ねてる筈なんですが」

「バアちゃんの知り合いだっつう、あのジジイ？」

「バアちゃん？」

訊き返した俺に女は返事をせず、ドアを広げ、入れと首を傾けた。

「お邪魔します」

俺はいって、玄関をくぐった。上がり框《がまち》の左手に階段、正面と右側に扉がある。正面の扉を、女はさも重たいものを押すように開いた。安物の応接セットと大型テレビがあり、ソファのひとつに白川さんがすわっていた。

女は顎をしゃくった。すわれということらしい。

白川さんと目が合った。

「彼女はでかけているらしい。こちらは留守番されていたお孫さんのようだ」

A2は女性だったのだ。

「別に留守番じゃねーよ。クラブで遊んでて、始発で帰ってきて寝てたら、あんたがきたんだよ。ねみーよ、マジで」

女はいった。

「本来なら出直すべきなのだろうが、急ぐので無理に入れてもらった。おばあさんは、いつ帰られるかな?」

女はひとりがけのソファにすわると膝を立て、テーブル上のスマホに手をのばした。

「今、かあちゃんにメール打った。二人でデパートいってんだよね。バアちゃん、デパート、マジで大好きだからさ」

大きくアクビをして、かたわらに転がっているペットボトルからコーラを飲む。

「とりあえず自己紹介をしておこうか。私は――」

白川さんがいいかけると、

「いいよ、別に。覚えるのたりーし」

女はさえぎった。俺は思わず白川さんと顔を見合わせた。この女はA2の孫らしいが、口のききかたがめちゃくちゃだ。

「じゃあ、せめてあなたの名前を教えてくれないかな」

「え? ミク。もいっかい寝よっかな。けどあんたらほっといて寝たら、かあちゃんにキレられっからな」

スマホをいじりながら女はいった。

「ミクさんは、学生かな?」

「ちがう」

「じゃ、どこかにお勤めで今日は休みとか」

「ちがう」

画面から目を離さず答え、爪の長い指を動かしていたが、舌打ちした。

「しくった。話しかけるから」

「ゲーム？」

俺は訊ねた。

「そっ」

しばらく沈黙がつづいた。女はずっとスマホでゲームをやっている。俺と白川さんはそれを見ている他ない。何とも気まずい時間が流れた。

「あ、メールきた」

ミクはいって、白川さんを見た。

「やっぱ、名前何だって？」

「白川です」

つづいて俺を見たので、

「村井です」

と答えた。メールを打つ指の動きが異様に速い。

やがて、

「バアちゃん、帰ってくるから待っててくれってよ」

といって立ちあがった。大きく伸びをする。

「あんたらオッケイみたいだから、あたし寝るわ。じゃね」

細い体に不釣り合いな、でかい胸に俺の目は釘《くぎ》づけになった。

ミクが部屋をでていくと、階段を上る軽い足音が聞こえた。

俺たちはしばらく無言だった。やがて白川さんが息を吐いた。

「なかなか、個性的なお孫さんだ」

「ですね」

しかたなく俺も頷いた。

「ま、エージェントになるわけじゃないでしょうから」

「学生でも勤めてもいないといったが……」

「フリーターかニートってとこじゃないですか」

「エージェントは家族には恵まれないものだ」

「結婚していたんですね。孫がいるってことは」

「それは知っていた。ご主人は電機メーカーのサラリーマンで、A2の仕事を知らなかった筈だ。もう亡くなったが」

「この家は？」

「A2の娘さんのご主人が建てたのだろう。確か、父親と同じ電機メーカーの社員と娘さんは結婚したと聞いている」

　A2の娘がさっきの女の「かあちゃん」というわけだ。

「娘さんは知っているんですかね」

「もちろん知らないだろう」

　家族、それも娘夫婦や孫までいっしょに暮らしているシークレットエージェントってどうなんだ。

　そのとき、がちゃっと玄関のドアが開く音がした。つづいて、

「はいはい、ごめんなさいね。すっかりお待たせしちゃって。タクシーで大急ぎで帰ってきましたからね」

　ひとり言のようにいう声が聞こえた。部屋の扉が開き、サマーセーターにジーンズを着た、丸っこい体の婆さんが入ってくる。背中に小さなリュックをしょっていて、白川さんを見ると、背すじを伸ばした。

「おやおや、久しぶりじゃないの」

「久しぶりですな、A2」

　白川さんは立ちあがった。

「やめてよ、そんな呼びかた。藤枝富子《とみこ》っていう

名前があるんだから」

婆さんはいって俺を見た。

「村井です。白川さんのアシスタントです」

俺が自己紹介すると、婆さんはしげしげと見つめた。

「ミクにはちょうどいいわね。あなた、結婚してる？」

「いえ、独身です」

「あらよかった。孫には会った？　いい人がいないか探してるのよ」

「えっ」

「A2、いや、藤枝さん――」

白川さんがいいかけると、さっとふりむき、

「富子でいいわよ。おトミさんとか。そのほうが親しげでしょう」

婆さんはいった。

「そうですか。じゃおトミさん、『コベナント』が発動された」

婆さんはぽかんと口を開いた。

「何だっけ、それ」

白川さんがあせる顔を初めて見た。目をみひらき、ものもいわずに口をパクパクさせる。

「あ、思いだした。『コベナント』ね、はいはい」

スーパーで買うものを忘れていたかのように、婆さんがいった。

白川さんがほっと息を吐いた。

「よかった。覚えていてくださった」

「嫌ね。なんで今頃なの。あなた何か聞いてる？」

婆さんは白川さんを見つめた。答がないとわかると、今度は俺を見る。

「ええと、おトミさん。私の任務は、あなたを含めて四人のエージェントに『コベナント』の発動

を知らせることです」

白川さんがいった。

「うん、そうだったわね。思いだした。で?」

「で、とは?」

「どうするの?」

「だから、A3、A4、A1に『コベナント』の発動を知らせなければならないんです。あなたの協力が必要だ」

「あたし? 無理よ、もう。いくつだと思ってるの」

「いや、あなたが必要だ。アルファは我々を抹殺するつもりでいる」

白川さんは身をのりだし、いった。婆さんは一瞬驚いたように目を丸くし、次に笑いだした。

「何いってるの。こんな年寄りを今さら殺してどうするの。ほっておいたってみんな、あと何年もしないうちに棺桶《かんおけ》に入るのに」

「そうかもしれませんが、アルファは私の周辺にスリーパーを配置していました。スリーパーは私を消しそこなった」

「そのスリーパーはどうしたの?」

白川さんは無言で首をふった。婆さんは長い息を吐いた。

「死体は?」

「処分しました。発見されることはない」

「あらよかった」

婆さんは平然といった。

「でも困ったわ。あたし家を空けられないのよ。浩太郎《こうたろう》さんが入院しちゃって。娘の旦那さんなのだけど、それで娘が病院に通わなけりゃいけなくて。家事をやってあげないと」

「家事って——」

「おそうじとか洗濯よ。ミクちゃんにご飯も用意しなきゃならないし」

「おトミさん、いや、Ａ２、そんなことをいってる場合ではない。アルファの活動を阻止しなければ――」

「わかってるわよ。でもね、世界平和も大切だけど、家庭も大事なの。男の人でひとり身のあなたにはわからないでしょうけど」

婆さんはいらだったようにいった。白川さんの顔が冷たくなった。

「ではＡ２の協力は得られない、と」

「そこまでいってないわ。必要に応じてアドバイスはする。担当を果たせばいいんでしょう」

「わかってるのか。あなたの担当は――」

「訊問《じんもん》」

婆さんがぴしゃりといった。

「ボケたわけじゃないのよ。ただ体はひとつしかないっていってるだけ。あなたたちと行動を共にしなくても、随時連絡をとれるようにしておけば、可能でしょう」

「随時連絡をとるといっても、私は携帯電話をもっていない」

「あなたは？」

婆さんは俺を見た。

「もっています」

「じゃあ簡単じゃない」

白川さんは咳《せき》ばらいをした。

「そういう問題ではない。彼の携帯電話の番号をあなたに教えれば、あなたに何かあったとき、私たちも即座に危険にさらされる」

婆さんは少しだけ納得したようだ。黙っていたが、ぱっと顔が輝いた。

「じゃあこうしましょう。あなたにアシスタントがいるのだから、あたしも専属の連絡係をもつ。あなたたちと行動を共にして、必要なときに連絡をもらえばいいでしょう」

「連絡係って」

悪い予感がした。

「ミクちゃーん！　ちょっと降りてきてえ」

婆さんは叫んだ。

「本気ですか。お孫さんを危険にさらしていいんですか」

「あら、ミクちゃんなら大丈夫よ。それにこちらのお兄さんだって、そんなに訓練をうけているように見えないけど」

婆さんは俺を横目で見た。

「秘密保持はどうなるんですか」

「それなら大丈夫。ミクちゃーん！」

階段を降りてくる足音がした。

「うっせえな。何だよ」

ミクが扉から顔をのぞかせた。眠っていたのか、目が赤い。

「ごめんね。おばあちゃんのかわりにこの人たちとでかけてくれないかしら。おばあちゃん、ママと約束しちゃって家をでられないから」

「はあ？」

ミクはあきれたような声をだし、ソファにどすんと腰をおろした。

「ほら、前に話したでしょう。おばあちゃんの大昔の仕事。この人はそのときの仲間なのよ」

俺と白川さんは同時に目をむいた。

「ああ、ああ、ああ、ああ」

ミクは頭をかいた。長い茶髪がくしゃくしゃになる。

「エージェントね」

「バイト代はだすから。どう？　ママにもうまくいっとく」

婆さんは猫なで声をだした。

「いくられんの？」

「一日、これでどう？」

指を一本たてた。

「一万かあ。来週から渋谷のキャバでバイトしようかと思ったんだよね」

ミクはアグラをかいた。

「キャバクラ嬢なんてよしなさい。どんなお客さんがくるかわかったものじゃない。危ないわよ」

危ないって。どっちが危ないと思ってるんだ、この婆さんは。

「でもさ、キャバはもうちょっと稼げるんだ」

「しかたないわね、じゃ二万」

「いいよ」

あっさりミクは頷いた。

「しゃあない。でも前払いしてくんない？　二日分くらい」

「何それ」

「マスカラとか新しいの買いたいんだよね」

白川さんが咳ばらいをした。

「ミクちゃん、無駄づかいするから。ママにそれでいつも怒られてるじゃない」

さらに大きく咳ばらい。二人が気づいた。

「何だよ」

「どうしたの？」

「お孫さんが心配じゃないのですか」

「あら、ミクちゃんはもう大人よ。自分のことは自分でできるわよ、ねえ」

「そういう問題ではなくて、ですね。相手はプロのエージェントだ。若いお嬢さんが太刀打ちできることでも？」

「こんなおばあちゃんよりはマシよ」

「別にあんたに迷惑かけねーし」

　ミクは三白眼になって白川さんをにらんだ。やっぱり「ヤンキー」だ。

　白川さんは婆さんに目を向け、大きく息を吐いた。

「いいんですな、本当に」

「もちろんよ。まずはどこいくの？」

「A3に接触します」

「啓一《けいいち》さんね。息子さんといっしょに暮らしている筈よ。そのあとはA4？」

　白川さんは頷いた。

「最後がA1ということね」

「おそらく敵は、我々の中ではA1を最も排除したいと考えている筈です。A1と接触するまでには、こちらの態勢を整えておかなければならない」

「あたし着替えてくるわ」

　話にはまるで興味なさそうにミクは立ちあがった。片手を婆さんにつきだす。

「前払い」

「もう……」

　婆さんはリュックからガマグチをとりだすと、小さく畳んだ一万円札を二つ、その手にのせた。

「銀行いってないからこれしかないわ」

　ミクは舌打ちした。

「しょうがねえな。明日払えよ」

　部屋をでていく。足音が聞こえなくなると婆さんがいった。

「あの子、中学二年のときに登校拒否になってね。しばらくあたしと二人暮らししたのよ」

「そのときに昔のことを話したと」

白川さんの言葉に婆さんは頷いた。

「言葉づかいは乱暴だけど、本当はとても頭のいい子なの」

「申しあげておくが、お孫さんの身の安全を私は保証できない。よろしいかな」

白川さんは婆さんを見つめた。

「大丈夫よ。そんなに危ないことなんてないから」

人ごとのように婆さんは首をふった。

「私の話をお忘れか。スリーパーが、私たちを消そうとした、といったのを」

「はいはい、そうだったわね。で、そのスリーパーのカバーは何だったの？」

「居酒屋のおかみだ。私と彼がいきつけにしていた」

「手がこんでるじゃない。他に仲間はいたの？」

「おそらく亭主も一味だろう」

婆さんの顔が真剣になった。

「二人だけ？」

「いや、外部から応援も呼んでいた」

「つまり組織的に監視・妨害する行動計画が作られていた。スリーパーの訊問はした？」

やつぎばやに婆さんは問いを発した。

「いや。その暇はなかった。無力化する以外、彼を救う手段がなくて」

白川さんは俺を目で示した。

「あなたの腕が落ちていなくてよかった。スリーパーはアルファのメンバーかしら」

「ちがうと思う。フリーランスだろう」

「あたしも同じ意見。スリーパーをおけるほど、アルファジャパンにはメンバーの余裕がない。少なくとも二十年前までは」

　婆さんはいって宙を見つめた。

「A3に接触する前に、妨害者の排除を勧める。スリーパーを訊問できれば、背後関係を把握できたのだけど」

「おそらくサガンがかかわっている」

「サガン……」

　婆さんは顔をしかめた。

「えーと、えーと、ちょっと待ってて。ここまででかかっているから、いわないで」

　こめかみに指をあて、考えている。ぱっとその顔が輝いた。

「思いだした。ゲイのアフリカ人。革を着せておかまを掘るのが大好きな奴」

　およそ似合わない言葉を口にした。

「そいつだ」


　婆さんは俺を見た。

「ちょうどいいエサがあるじゃない」

　頭がだんだん現役に戻ってきたみたいだ。

「それは試した。その結果、サガンがフリーランスを手配した可能性があるとわかったのだ」

　白川さんが答えた。

「じゃ、次は簡単ね。サガンを訊問する。大丈夫、ミクちゃんならうまくやれる」

「あたしが何だっつうの」

　階段を降りてきたミクがいった。少しでもかがんだらパンツが丸見えになりそうな革の超ミニに、ハイネックのぴっちりしたセーターを着ている。

「ミクちゃんたら！　そんな短いのはいて。お腹《なか》冷やしたらどうするの。女の子なんだから」

　エージェントがただの婆さんに戻った。

「うっせーよ。地味なカッコするより、このほうが目立たないだろ」

別の意味では目立つだろうが、その意見には俺も賛成する。何より、眺めがいい。

ミクはどしんとソファに腰をおろした。拍子に紫色の下着が見えた。

「それよりあたしの話、してたろ」

「この人たちを襲った殺し屋の元締めがわかったの。ミクちゃん、あたしのかわりに訊問して」

「何だ、それ」

「誰に仲介を頼まれたのかを吐かせるだけでいいわ。簡単でしょう」

簡単じゃないだろう。

ミクは考えていた。

「わかんねえけど、やってみるわ」

婆さんはにっこり笑った。

「大丈夫、ミクちゃんなら大丈夫じゃないって。

「昔、バアちゃんに教わった通りやりゃいいんだろ」

「そうそう。わかんなくなったらおばあちゃんに電話ちょうだい。教えてあげるから」

漬けものの作り方の話でもするように婆さんはいった。白川さんを見る。

「サガンが先。そのほうが安全よ」

「お孫さんの協力が期待できるなら」

しぶしぶ白川さんはいった。

「決まりね。いってらっしゃい」

にこやかに婆さんは頷いた。

6

「こうして行動を共にすることになった以上、これまでの経過を話しておいたほうがよいだろう」

　俺がとってきたＳＵＶに乗りこむと、白川さんがいった。ミクは助手席だ。

「いいよ、メンドいから。別に知りたくねーし」

　ミクはそっぽを向いて答えた。肩からかけたバッグからマルボロのメンソールをとりだし、くわえた。

「あのさ、マツキヨかどっか、大きな薬屋あったら止めてくれる？」

　俺の肩を叩いていった。俺は頷いた。

「あとさ、あたしのことジロジロ見んの、やめな。事故るから」

　足を組み、いった。煙を吐くと同時にアクビをする。

「尾行は？」

　白川さんがあきらめたように訊ねた。

「いません」

　ミラーを確認し、俺は答えた。

「また六本木ですか」

「いや、この時間、サガンはオフィスにいる筈だ。かわってなければ、サガンのオフィスは赤坂だ」

　かわっていた。白川さんの記憶を頼りに向かった、サガンのオフィスがあった場所には超高層ビルがたっている。まだできて一、二年だろう。

「ここに入っているとは思えんな。夜を待つ他ないか」

　赤坂通り沿いに止めたＳＵＶからビルを見上げた白川さんがつぶやいた。

「何つうの、そいつのオフィス」

　ヘッドレストに頭を預け、ずっと目を閉じていたミクが訊ねた。

「サガンのかね。確か、『カサブランカトレード』といった」

「怪しい名前」

いってミニのポケットからだしたスマホの画面を指でいじった。

「あったよ。代表、ドミニク・サガン。住所、港区南青山一丁目、フローレスビル五階」

こともなげに読みあげた。

「お嬢さん、それはいったい……」

白川さんが目を丸くした。

「ミクでいいよ。別にスマホで検索したらでてきただけだし」

眠そうにミクはいった。そのあいだに俺はカーナビに住所を入力した。

「あのさ、薬局」

肘で俺のわき腹をつついた。

「そうだった。ごめん」

忘れていた。カーナビの指示にしたがって走る途中に大きな薬局があり、俺はハザードを点した。

「ここでいいかな」

「サンキュ」

ミクはいって車を降り、薬局に入っていった。

「携帯電話でなんでもつきとめられる時代なのかね」

白川さんの声は暗かった。

「なんでも、じゃないですよ」

「正直、自信をなくしかけている」

白川さんはつぶやいた。

「A2のいうように、本来なら現役復帰するような年ではないのだろうな」

「でも他にかわる人がいないから、白川さんは任務を果たしているのでしょう」

俺はルームミラーを見ていった。

「おそらくは」

「白川さんに『コベナント』の発動を知らせてきた人間はどうなんです？」

「ただのメッセンジャーだろう。ある決まった手順で知らせがきたら私を探し、『コベナント』を伝言する。それ以上の任務も情報も与えられていない人間だ」

　俺は息を吐いた。

「すると任務を与えられているのは五人だけ、ということですか」

「彼女と君を別にすれば」

　大きな紙袋を手にしたミクが薬局からでてきた。

　助手席に乗りこむとサンバイザーをおろし、とりつけられた鏡を相手に、買ってきた化粧品を使い始めた。その場に俺や白川さんがいるのを、まるで気にするようすはない。

「あのさ、マツ毛長いよね」

　俺はいった。素顔だったときから、マツ毛だけが異様に長かった。

「これ？　エクステだもん」

「エクステ、とは？」

　白川さんが訊ねた。

「つけ毛だよ」

「マツ毛につけ毛ができるのかね？」

「できるよ。あっ」

　ミクは舌打ちした。

「アイライン、失敗しちゃったじゃん。話しかけっから」

「そんなに化粧しなくても、充分きれいだと思うけどな」

　俺がいうと、ミクがにらんだ。

「別にあんたのためにしてるわけじゃねーし」

「青山に向かおう」

ため息を吐いて、白川さんがいった。

サガンのオフィスが入ったビルは、外苑東通《がいえんひがし》りを一本外れた場所にあった。新しいが、あまりテナントの埋まっていない八階だてのビルだ。埋まっていないとわかったのは、入口の案内板に空欄が多かったからだ。五階の五〇一には「カサブランカトレード」の名があったが、五〇二は空き室らしい。

「どうします？　見張って、でてくるのを待ちますか」

俺はSUVを止めるといった。

「内部のようすがわからないことには、いきなり乗りこむわけにもいかないな」

白川さんが答えた。

「あたしが見てきてやろっか」

ようやく化粧を終えたミクがいった。見ちがえるほど美人になっていたが、OLや女子学生とは決して思われないだろう。

「どうやって？」

「ただノックして開ける。キャバクラかモデルクラブの事務所に面接うけにきたって。部屋まちがえたっていえばすむことじゃん」

俺と白川さんは顔を見合わせた。めちゃくちゃ単純だが、ミクの容姿なら、あっさり通りそうだ。

「しかし――」

「いいんじゃないですか。時間の節約にもなります」

渋った白川さんに俺はいった。

「怪しまれて、いきなりつかまることもないでしょう」

「じゃ、いってくっから」

ミクは助手席を降りると、すたすたビルに入っていった。住居用のビルではないので、オートロックもないようだ。

「もしサガンがひとりだったら、どうするんです？」

俺は訊ねた。

「彼が仲介した殺し屋について訊問する」

「簡単に喋りますか」

「難しいだろうな。仲介者が情報を洩らすようでは、クライアントと殺し屋の両方の信頼を失う。訊問にかけてはＡ２は抜群の能力をもっていたのだが……」

「ミクにやらせる？」

「彼女にそんなことができると思うかね」

俺は黙った。

ミクがフローレンスビルをでてきた。助手席のドアを開け、

「ひとりだよ」

と告げた。

「まっ白いヒゲのアフリカンだろ」

「そうだ」

「デスクは他にふたつあったけど、今はそいつひとりしかいない」

「トイレに入ってたとか」

俺がいうと、ミクは首をふった。

「確かめた。トイレ貸してってつって」

白川さんがあきれたように訊ねた。

「住所をまちがえたフリした上に？」

「すごくつらそうな顔していったら、どうぞって。どうすんの？　他のスタッフがどっかにお使いにでてるだけだったら、すぐに戻ってくるかもしれないけど」

せきたてるようにミクはいった。

「やろう」

白川さんはベレッタを抜き、サプレッサーをとりつけた。ミクはそれを平然と見ている。

「見たことあるの?」

俺は訊いた。

「久しぶり。前にバアちゃんと二人暮らししてるときに見た」

ミクは答えた。登校拒否だったときのことのようだ。

「まだあの頃は、バアちゃんも若かったからね。いろいろ見せてくれた」

「ご両親は知っているのか」

白川さんが訊ねた。

「昔のバアちゃんのこと? まさか。聞いたら卒倒するね」


「君にだけ話したんだ」

俺はいった。

「あたしは才能があるんだって」

「いこう」

俺たちは車を降りた。

「訊問はどこで?」

「サガンのオフィスでおこなう。資料などもそろっているだろうし」

「パソコンは二台あった」

ミクがいった。俺はちょっと感心した。ちゃんと観察していたのだ。

「こういうミッションは単純なほどうまくいく。時間をかけず必要な答を手に入れ、離脱する」

サプレッサーをはめたベレッタを腰のうしろにさし、白川さんはいった。

「ミクさんはここに残りたまえ。もし誰かがこのビルに入っていったら、若者の携帯電話に知らせるんだ」

「じゃ誰が訊問するの」

「私だ」

白川さんは答えた。ミクは目をぐるりと回した。

「いーけど、別に」

「電話番号を教えて。鳴らすから」

俺はミクにいった。ここに彼女を残していくことに、俺も賛成だった。拳銃をふり回すような場面に立ちあわせたくない。

番号を教えあうと、俺は白川さんとフローレンスビルに入った。エレベータで五階に上る。やはり五〇二は空き部屋らしく、五階の廊下は静かだった。

五〇一の扉の前で、白川さんは立ち止まった。

「私からのメッセージをもってきた、というんだ」

小声でいった。俺は頷き、ドアの横にとりつけられたインターホンを押した。

「イエス?」

英語の返事がかえってきた。

「昨晩お会いした、白川さんのアシスタントです。メッセージをもってきました」

俺はいった。ミクは何といって入ったのだろう。

「オウ」

ガチャッとドアロックが外れ、扉が開くとサガンが顔をだした。今日は花柄のシャツを着ている。

「やあ」

隠れていた白川さんがその顎の下にサプレッサーをあてがった。

サガンの目が丸くなった。

「ヨースケ」

「いささか礼儀に欠けるやりかただが、勘弁してもらいたい」

サガンを部屋の内側に押しやって、白川さんはいった。俺はあとから入ると、ドアをロックした。

オフィスは、ミクがいったようにデスクが三つあるだけのシンプルな造りだった。そのうち二台にパソコンがのっている。

白川さんは何ものっていないデスクと対の椅子にサガンをすわらせた。

サガンは特に怯えるようすもなく、白川さんを見上げた。

「古い友人にこの仕打ちはどうなの？」

「その古い友人を殺すオペレーションを仲介したのは君だ」

「何のこと？」

「昨夜の話し合いだ。これ以上は喋れない、と君はいった。つまり仲介をうけおったということだ」

「そうかもね」

「クライアントの情報をいただきたい」

サガンは首をふった。

「そんなこと喋ったら、私は終わりよ。喋るわけがない」

白川さんは数歩退き、ベレッタを手にした腕をまっすぐのばした。サガンがとびつこうとしてもその前に発砲できる。

「だったら今死ぬかね。残りの人生を楽しみたいと君はいっていたが」

「いっしょよ。喋っても残りの人生はない。だったら、簡単に、醜くないやりかたで殺してもらったほうがいい」

俺に目を移した。

「このボーイを見ているから、撃ってちょうだい」

俺は緊張して白川さんを見た。まさか撃たないよな。丸腰で、あきらめている人間を撃つようなら、俺はついていけない。

白川さんはじっと銃口をサガンの顔に向けていたが、すっとおろした。

サガンが微笑んだ。

「やっぱり。あなたにはできない」

白川さんは無表情だったが、わずかに唇をかんでいる。

俺の携帯が振動した。ミクだった。

「どうした」

「喋った？」

「いや」

「あたしがいく」

俺が何かいう前に、ミクは通話を切った。


「彼女がきます」

俺は白川さんにいった。白川さんは息を吸いこんだ。

「誰、彼女って。そんな仲間がいるの？」

サガンが訊いた。俺も白川さんも答えない。

オフィスの扉がノックされた。

「あたし」

ミクの声がした。俺は扉を開けた。ミクが入ってくると、

「やっぱりね」

サガンが顔をしかめた。

「怪しいと思ったのよ。こんな派手な娘がいきなりくるなんて」

ミクは薬局の袋を手にしていた。サガンを無視してオフィスの中を見回す。パソコンに近づくとケーブルをひっこ抜いた。

「何すんの」

　サガンが訊いても答えない。ミクはさらにコード類を何本か調達して俺を見た。

「こいつを椅子に縛って。痛がって暴れるだろうから」

　サガンが瞬きした。白川さんが頷き、俺はミクからケーブルやコードをうけとった。

「きつく縛ってよ。相当痛がるから」

「何なの、あんた」

　ミクは完全にサガンを無視し、袋の中をのぞきこんでいる。

「訊問の専門家だ」

　白川さんが答えた。

「こんな小娘が？　オメガもどうしちゃったの。若返りにしたってあんまりじゃない」

　ミクはまるで聞こえていないかのように無表情だ。

「どれにしようかな」

　マニキュアの色でも選ぶかのようにつぶやいた。

　サガンの顔に怒りが浮かんだ。

「ちょっと、あなた名前何ていうの。誰を相手にしているかわかってるの」

　縛りつけられた椅子ごと身をよじった。

「しょうがないな」

　袋からガムテープをとりだした。

「先に訊くけど、アレルギー性鼻炎か、蓄膿症《ちくのうしょう》もってる？」

　初めてサガンに話しかけた。サガンはあっけにとられたようにミクを見上げていたが、首をふった。

「じゃ大丈夫だ」

　ベリッとガムテープを切り、サガンの口に貼りつけた。

「あの、口を塞いだら訊問できないんじゃない」

俺はいった。

「うっせーよ」

ミクは紙袋からビニール製の使い捨て手袋をだし、手にはめた。次に黒い色をした小壜《こびん》をとりだす。

「最初はこのへんかな」

ひとり言のようにいう。サガンは目をみひらいてミクの手もとを見ている。その顔には不安があった。わけのわからない小娘がいったい自分に何をするのか予測がつかないようだ。

ミクが一切サガンの呼びかけに答えなかった理由が俺にもわかった。人間味を感じさせなければ、恐怖がふくらむ。

ミクは俺をふりかえった。

「ちょっとさ、こいつの顔を上に向けさせて」

使い捨て手袋をさしだす。

「これして。悪い病気もってるとマズいから」

俺はいわれた通り手袋をはめた。

「どうやる？」

「こう」

ミクはサガンの顎と頭を両手でつかみ、ぐいと上を向かせた。俺はいわれた通りにした。

ガムテープの内側でサガンが何かいった。

ミクは小壜をとりあげた。醬油だった。

「あのさ、いっとくけどかなり痛い。だから声がでる。でもあたしはやめない。あんたが訊かれたことに答える気になったら――」

サガンにいって、縛られたうしろ手をつっついた。

「掌を開いたり閉じたりして。わかるよね」

サガンは瞬きした。額にうっすらと汗が浮かんでいる。

「ま、わかんなくてもあたしはいいけどね」

サガンにかがみこんだ。手袋をした指先で、片ほうの瞼をこじ開けた。サガンが唸り声をたてた。

醤油をサガンの左目にたらした。サガンが悲鳴をあげ、体をよじった。かなり痛いみたいだ。ミクが俺に合図をし、俺は手を放した。

サガンが顔を伏せ、頭を振った。床にぽたぽたと醤油が落ち、香ばしい匂いがした。

サガンは悲鳴とも呻《うめ》き声ともつかない唸りをたてている。

「喋るか」

白川さんがいった。サガンは激しく首をふった。

「じゃ、もいっこの目にいく」

ミクがいって俺に頷いた。俺が顎をつかむと、サガンの唸り声が大きくなった。

醤油が右目にたらされた。サガンは両目を閉じ、暴れ回った。そこから流れる醤油が血のようで、かなりおぞましい形相だ。

ミクがそれをスマホで撮影した。

「何してる？」

白川さんが訊ねた。

「バアちゃんに送る。好きなんだよね、こういう写真」

スマホがチロン、と音をたてた。

「どうだね、サガン」

白川さんが訊いた。サガンは首をふった。

「ねえ、もしかしてこのおっさん、ゲイ？」

ミクが訊ねた。白川さんが頷くと、ミクは舌打ちした。

「なんだよ、それなら早くいえよ。もっといい手があったのに」

トイレに入った。濡《ぬ》らしたタオルを手に戻ってくると、サガンの目をこすった。

「開けてみ、目」

サガンは瞬きした。大粒の涙が流れ、まっ赤に充血している。すぐに目を閉じた。開けていられないようだ。

「ったく、駄目じゃん。先に目を潰しちゃって」

いらだったようにミクはつぶやいた。

「いい手とは？」

白川さんが訊いた。

「鏡を見せておかなきゃなんないんだ」

「鏡を？」

「ゲイってさ、基本、ナルちゃんなわけ。だから自分の顔が不細工になってくのは耐えらんないんだ」

紙袋から毛抜きをだした。

「でもしょーがない。とりあえず眉毛からいっとく。鼻は裂いちゃうと、息できなくなるし」

サガンが獣じみた音を喉の奥でたてた。

「白川さん」

俺はいった。サガンの手がグーとパーとを作っている。

ミクが一歩退いた。白川さんが進みでて、サガンの口からガムテープをはがした。ヒゲがいっしょに抜け、サガンは悲鳴をあげた。

「あなたたち、覚えてなさいよ」

目をぎゅっと閉じたままサガンはいった。涙をぼろぼろ流し、薄まった醤油で顔がまだら模様になっている。

「それをいいたかったのなら、彼女に仕事をつづけてもらう」

「ちがうわよっ」

サガンは叫んだ。白川さんは銃口を眉間にあてた。

「静かに」

サガンは歯をくいしばった。

「クライアントの情報を」

「『シルバータスク』というPMCよ、南アフリカの」

PMCとは、プライベート・ミリタリー・カンパニー、民間軍事会社、昔でいう傭兵《ようへい》のことだ。リタイアした各国の特殊部隊の兵士がその技術を金で売っている。

「南アフリカのPMCが日本での作戦を依頼してきたのかね」

「バイパスよ、もちろん。『シルバータスク』は、オペレーションを仲介しただけで。PMCはそういうカバーもよくひきうける」

「PMCに依頼したのは誰だ」

「私が知るわけがない。知っていたらバイパスの意味がない」

「確かにその通りだ。『シルバータスク』の情報を」

「社長はシュミット。元GSG‐9」

GSG‐9とは、ドイツ国境警備隊第九部隊。攻撃能力の高い警察特殊部隊だ。

「珍しいな。PMCなのに、デルタフォースやSEALsの出身ではないとは」

「戦地での活動より、ボディガードやインベスティゲイションが得意なのよ」

「なるほど。『シルバータスク』が日本人を警護したことはあるのか」

「知らない」

短くサガンは答えた。

「あるのだな。誰を、どこでだ」

サガンは唇をかみしめた。どうやら白川さんの質問は的を射たようだ。

「つづけよっか」

ミクがのんびりした声でいった。サガンが目をぱっと開いた。

「もう目を開けられるみたいだし。眉毛、片っぽう落とす。落とすっていっても、一本ずつ抜くのだけどね。かなり笑えるよ」

「あんた、殺す」

ミクは目を丸くした。指で自分をさす。サガンが頷いた。

「警護した日本人の名と場所を」

白川さんが促した。

「ミムラ。ミムラカズノリ。『トーヨーコーザン』て、資源開発会社の現地所長、西アフリカで」

ミクがスマホを手にした。

「あった、これだ」

さしだした。「東洋鉱山株式会社、執行役員、三村和典《みむらかずのり》」とある。

「この三村の関係者が『シルバータスク』をバイパスにして、君に仕事を発注した」

サガンは無言だった。

「何人、エージェントを用意した?」

「五人。うちひとりは行方不明。あなたが連れていった」

「なるほど」

「彼女はどこ？　ベテランで料理がうまいから重宝していたのよ」

「どこにもいない」

冷ややかに白川さんが答えた。サガンはふーっと息を吐いた。

「覚悟したほうがいいわよ。五人は彼女を中心にしたチームだった。ビジネス抜きで、あなたは追われる」

「仕事にリスクはつきものだ。チームと連絡をとる方法は？」

「オペレーション中はない。向こうからしか連絡はこない。このオペレーションにキャンセル条項はないから」

「もうオペレーションは終了した筈だ。彼らの任務は私の監視だった」

「と妨害。妨害はまだつづく」

白川さんは首をふった。

「二度と出会わないことを願おう」

そして俺とミクに告げた。

「先に降りていてくれ」

俺はどきっとした。まさかサガンの口を封じるつもりなのか。

ミクはさっさと道具を袋にしまった。

「いくよ」

迷っている俺にいう。

「白川さん――」

俺は白川さんを見つめた。

「いいから下にいきたまえ」

「早く」

いらだったようにミクがいった。俺は息を吸いこんだ。警察官であることを告げれば白川さんはサガンを助けるだろうか。

ありえない。ここに転がる死体がひとつ増えるだけだ。

俺は黙ってミクのあとにしたがった。

車に乗りこみ、上を見つめた。ミクは何が起こるかまるで気にしていないようだ。またスマホをいじくっている。

「あの醤油を使った拷問――」

黙っていられず、俺はいった。

「あんなの拷問のうちに入んねーよ」

間髪いれずミクがいい返した。

「でも相当痛がってた」

「痛いけど、さっさと目医者いけば失明とかないし。最初にとり返しのつかないことしちゃうと、相手があきらめちゃうんだよね。あきらめたら、結局何も喋らないで殺されることばかり願うようになる」

淡々とミクはいった。

「それ、実際経験したことあるの？」

「ねーよ。バアちゃんの受け売り」

面倒くさそうにミクは答えた。俺はため息を吐いた。

「白川さん、サガンを殺すのかな」

「知らない」

「気にならないの？」

「別に。もう二度と会わないし」

やっぱり普通じゃない。よほど神経が太いのか、自分以外の人間にはまるで興味がないのか。

白川さんがでてきた。その顔には何の表情も浮かんでいない。サガンがどうなったのか、訊きたいが恐ろしくて俺は訊けなかった。

「殺した？」

ミクがそれをあっさり訊ねた。

「君らは知らなくていいことだ」

白川さんは答えて車に乗りこんだ。俺はまたため息がでた。

「で、これからどうします？　『東洋鉱山』の三村ですか」

「百パーセント確実ではないが、おそらく『シルバータスク』を介して『ますい』のおかみたちを雇ったのは三村だろう。三村がアルファジャパンのメンバーだと考えてよいと思う」

白川さんはいった。俺はＳＵＶを発進させた。

「『東洋鉱山』にいきますか」

「サガンの事務所とはちがう。『東洋鉱山』は一般企業だ。乗りこんで銃をつきつけるわけにはいかない」

「でも三村はサガンと連絡をとりあっていますよ。サガンに何かあったとわかったら、逃げだすかもしれない」

俺はいった。本当は逃げだしてくれたほうがありがたい。これ以上拷問や人殺しにつきあっていられない。といって、白川さんを逮捕するなんて、俺にはできそうもなかった。

「三村の情報をとる」

「どこから」

「警視庁の公安部だな。西アフリカにいたというのは、資源開発事業にかかわっていたからだろう。公安部にはそうした日本人に関する情報がある」

「どうしてです？」

答を知っていたが、俺は訊ねた。

「スパイとして使うためだ。現地大使館でもつかめないような情報を、民間企業の駐在員は知っていることがある。だから定期的に情報を吸い上げる」

「断られないんですか」

「断われない。協力を拒否したら渡航を禁じる。そういう官僚的な圧力のノウハウには、日本の役所は長《た》けているのだ」

「じゃあ警視庁ですか」

白川さんは考えこんだ。

「直接私がおもむくのは、賢明ではない。君が昨夜いっていたように、警察の内部がどう変化しているか、情報がない。メッセンジャーとして君にいってもらう」

「俺に⁉」

「大丈夫だ。担当官にこちらから連絡を入れておく。地下鉄の駅のところで止まりたまえ」

地下鉄の乃木坂《のぎざか》駅が見えていた。

「かなり数は減ったが、駅にはまだ公衆電話がある筈だ。私が警視庁の担当官に連絡しておくから、君は桜田門に向かってくれ」

助かったような困ったような展開だ。

「担当官の名は何ていうんです」

「まだわからない」

いって白川さんはミクを見た。

「車の運転はできるかね」

ミクは無言で頷いた。

「じゃあ若者とここで運転をかわりたまえ」

俺はハザードを点し、ＳＵＶを路肩に止めた。ミクを残し、白川さんとＳＵＶを降りる。

階段を降りて、乃木坂の駅に入った。白川さんの言葉通り、公衆電話はあった。白川さんは歩みよると硬貨を入れ、ボタンを押した。一一〇番ではない。直通番号を知っているようだ。

俺は少し離れてそれを見ていた。けっこう長い時間、白川さんは話している。やがて受話器をおろし、俺を手招きした。

「担当官と話せました？」

「話すことはできたが、状況が理解できないか、相当頭の悪い男のようだ。とにかく桜田門にこい、の一点張りだった。いく、といったが」

「いくのですか」

「君がな」

「でも――」

「彼らには私を拘束する理由を作れても、君を拘束する理由は作れない。君には何の背景もないからだ。ちがうかね？」

見つめられ、俺は鼓動が速まった。

「ちがいません」

白川さんは頷いた。

「担当官の名前は清水というらしい。横柄な喋り方だったが、たぶんたいした階級ではないだろう。せいぜい巡査部長か、いって警部補といったあたりだ。とりあえず清水に面会を求めたまえ。警視庁公安部の清水と受付でいえばでてくる筈だ。受付では白川と名乗ったほうがいいな。三村の情報を集めておくようにはいってある」

「相手が俺でも渡してくれますかね」

「もし渋ったら、アメリカ大使館の担当者にここまでの経緯をすべて流すと私がいっている、と伝えたまえ」

「アメリカ大使館にも担当者がいるんですか？」

「ＣＩＡがな。ＣＩＡも信用はできない。だが警視庁はＣＩＡに情報が流れるのをいやがる筈だ。オメガジャパン創設時に恥をかかされたことがある」

清水警視もいっていた。

「わかりました」

「拘束はされないと思うが、警視庁をでたら君にはすぐ尾行がつくだろう」

「まくんですか」

「状況を見て判断する」

白川さんは答えた。

7

白川さんと乃木坂駅で別れた俺は、地下鉄千代田線で霞ケ関に向かった。霞ケ関駅から警視庁まではは歩いてもそう遠くない。

警視庁内に入ると、受付で清水警視の名を告げた。

「あなたは?」

「白川さんの代理の者です」

「お名前とお勤め先を」

「村井といいます」

「村井さん……」

しかたなく俺はつけ加えた。

「所属は公安総務課です」

受付係は首を傾げた。清水警視は公安総務課の管理官だ。なぜ直属の上司に会うのに、いちいち受付を通すのだ、という顔をしている。

まったくその通りだ。が、ここは白川さんの指示通りに動こう、と俺は決めていた。

内線電話で話していた受付係が訊ねた。

「身分証はおもちですか」

俺は首をふった。潜入捜査中なのだから、もっているわけがない。

受付係は受話器を俺にさしだした。

「清水さんです」

「もしもし」

俺がいうと、

「村井くんか」

清水警視が訊ねた。

「そうです」

「どうしたんだ、急に」

警視が驚いたようにいったので、俺は舌打ちしそうになった。ついさっき白川さんと電話で話したのだから、俺がなぜ警視庁に現われたのか、推測がつく筈だ。

「マル対の指示です。あなたに接触しろ、といわれました」

「さっきの電話か。いきなり鉱山会社の社員の情報を要求してきた」

「それです」

「いったい何をやぶから棒にと思ったが。君のことにマル対は気づいたのか」

「いいえ。俺はただのメッセンジャーです。いただいた情報を、マル対のところにもち帰ります」

「何だと」

「それが俺の役割です。先ほどマル対が口にした人物は、アルファとつながっている可能性があります」

警視庁の入口でいったい俺は何を話しているのだ。馬鹿馬鹿しくなってきた。

「あの、身分証をもっていないので、入庁ができないのですが」

清水警視の返事を待たずにいった。それでようやく、清水警視も気がついた。

「わかった。入庁証をださせる。上がってきなさい」

受話器を受付係に返した。清水警視と話した受付係は、外来者用の入庁証を俺に発行した。

「行先は――」

「十四階。わかってます」

俺はいって、エレベータに乗りこんだ。公安部の公安総務課は庁舎十四階にある。

エレベータを降りると、清水警視が待っていた。係長の大野《おおの》警部もいっしょだ。

「こっちへ」

二人は俺を使っていない小会議室へ連れていった。

「どうなってる」

清水警視はすわるなり訊ねた。

「尾行をまいたな」

「マル対の指示です。尾行がつくのを見越していました」

「君の正体に気づいたのか」

大野警部が訊ねた。俺は首をふった。

「マル対は年はくってますが、スキがありません。指示にしたがわなければ、俺も殺される危険がありました」

「だから拘束すべきだといったんだ」

いらいらした口調で清水警視はいった。

「A2に接触しました。その足で、サガンという代理人の事務所に向かったんです」

「サガン？　ドミニク・サガンか。ナイジェリア人の」

大野警部が訊いた。

「そうです。昨夜、グランボアールの大使公邸で、マル対はサガンに接触しました。マル対を監視、妨害するためのフリーランスのグループを手配したのがサガンだと、そのときつきとめたんです」

「つきとめたって、どうやって？」

「俺をエサに、色仕掛けで誘導しました」

「君をエサに？」

大野警部があきれたように目をむいた。

「サガンはゲイなんです。革ジャケットを着た若い男が大好きで、わざわざそのために俺の洋服をマル対は用意しました」

「色仕掛けなんかどうでもいい。それでサガンは何といったんだ」

　清水警視は先を急いだ。

「サガンはフリーランスを手配したことを認めました。南アフリカの『シルバータスク』というPMCの会社を経由していますが、クライアントは『東洋鉱山』の三村和典という幹部です」

「サガンがそれをぺらぺら喋ったのか」

　大野警部が信じられないという口調で訊ねた。

「知っているのかね、サガンなる人物を」

　清水警視が大野警部を見た。

「昨年、監視対象から外されるまで、外事《ソト》三課がずっと張っていました。日本を拠点に、兵器とオペレーターの手配を行っていますが、国内法に抵触しないよう、上手に立ち回っています。外三の監視は、アメリカからの依頼でした」

「またアメリカか」

　清水警視は舌打ちした。

「我々はラングレーの下請けじゃない」

「依頼してきたのはＣＩＡではなく、ＮＳＡです」

　大野警部は冷静にいった。俺はちょっと感心した。ノンキャリアだが百戦錬磨だといわれているのを思いだした。

　清水警視は黙りこんだ。

「で、どうなんだ？」

　大野警部は俺を見つめた。

「少し、痛めつけました」

　俺はしかたなく答えた。

「どうやって？」

「醤油を目にたらして」

「は？」

「すごく痛いらしいです。あと眉毛を抜く、と威しました」

「マル対がそれをしたのか」

「Ａ２のアシスタントです」

「Ａ２のアシスタント……。Ａ２は何者だ」

「藤枝富子という女性で、年齢は七十九になる、と聞いています」

「七十九ぅ」

　清水警視はあんぐりと口を開いた。

「訊問の専門家なのですが、義理の息子が入院中で家を離れられない。そこで孫娘を我々に同行させました。孫娘は二十代前半のフリーターで、祖母に訊問の訓練をうけています」

「フリーターだと。いったい、何が起こってるんだ、オメガに」

「高齢化し、実際に活動できるエージェントはいない、ということだと思います。それでもマル対は、アルファのメンバーと思しい人物をつきとめました。かなり優秀だと思います」

　俺はいった。

「君とフリーターの娘の協力を得て、だろう」

「手段は問題ではありません。重要なのは、アルファのメンバーらしき人間が特定されたことです」

　大野警部は冷静だった。

「そんなものがアテになるか。サガンが口からでまかせをいったかもしれない」

「それは調査をつづければ判明することです」

　俺はいった。清水警視は目をみひらいた。

「君はまだ行動をともにする気でいるのか」

「管理官」

大野警部が清水警視の耳に口を寄せた。小声で何かいっている。清水警視は聞いていたが、大きく息を吐いた。

「わかってる。だがな、マル対がこれ以上何かしでかしたら――」

大野警部が耳打ちした。清水警視の寄っていた眉根が離れた。

「なるほど、そういう手か。わかった」

「あとは打ち合わせておきますので」

大野警部がいうと、清水警視はほっとしたように頷いた。

「いいのか。任せるぞ」

「大丈夫です。報告はすべてあげます」

清水警視は立ちあがった。俺を見る。

「大野警部に任せた。よく打ち合わせておいてくれ」

会議室をでていった。

二人きりになり、俺は大野警部を見つめた。年齢はもう五十をいくつか過ぎている筈だ。

「三村和典がアルファのメンバーだという確証を得るには、我々ではなく、君らの調査に任せたほうがいい、といった」

大野警部はいった。

「名の通った企業の執行役員にいきなり事情聴取をかけるわけにはいかない」

俺は頷いた。

「三村がアルファのメンバーだとして、目的は何だと思う?」

大野警部が訊ねた。

「『コベナント』の発動に伴う、オメガの活動再開の妨害ですかね」

「オメガの活動再開を恐れる理由は？」

俺は首をふった。

「それは不明です」

大野警部は息を吐いた。

「マル対にも思いあたる節はないのか」

「そのあたりは正直、俺にもわかりません。マル対は高齢者ではありますが、判断力、行動力、ともに非常に優れています」

「そうだな。だから厄介なのだが。正直、私もアルファだのオメガだのという組織が今も活動をおこなっているとは思っていなかった」

「アルファの活動は、純粋に利益の追求です。冷戦構造が崩壊し、技術や経験に価値を見出《みいだ》されなくなった、トッププロのスパイたちが所属する機関を頼らず、自ら利益を作りだそうとしている」

大野警部はちょっと驚いたような顔になった。

「それを君に説明したのはマル対かね」

「いえ。バランコフというロシア人です」

「彼か。元ＫＧＢ。将棋の名人でもある」

「将棋の？」

「ああ。何度か対局した。アマ三段くらいの腕前だ」

それがどれくらいのレベルかわからず、俺は黙っていた。

「アルファの活動再開が確実なものであるなら、それはまちがいなく大きな社会不安をもたらすようなテロ活動につながる。それを大金に換える術《すべ》を知りつくしているのがアルファという組織だ。しかしアルファには長期間、活動実態はない。アルファもオメガも骨董品《こっとうひん》のような組織で、もはや実活動をおこなえるとは、私は考えていなかった。何年も、先輩からの申し送り事案の中でしか名称を見ていない。このまま五年もすれば、保管資料の中におさめられ、その名を聞いたことのある者は現場からいなくなっていたろう」

「俺も正直、マル対の監視任務には疑問を感じていました。こうなるまでは」

「君はよくやっている。清水さんはマル対を確保したいと考えておられるようだが、万一、アルファに活動実態があるとすれば、我々ではそれを把握するのは難しい。サガンに対する訊問のような活動は、我々にはおこなえない。それをせずにつきとめようとすれば、時間と人員が恐ろしく必要となる」

　俺は頷いた。

「鍵となるのは三村だと思います。三村はマル対などとはちがい、現役世代です。企業の執行役員であることを考えれば六十歳以下の筈で、それはつまり引退したスパイではない」

「資料によれば、三村和典は五十一だ。まさしく現役といっていい。どこでアルファとかかわりをもったのか……。アフリカ駐在中に洗脳をうけたのかもしれない」

　俺はいった。

「今、思いついたのですが」

「アルファがマル対を狙ったのは、活動開始にあたり、妨害をうけないよう、先手を打ったのではないでしょうか」

「それは私も考えた。が、フリーランスまで使って殺す、というのはかなり極端だ。死者がでれば、警察や海外情報機関の注目を惹くのではないか」

「そのフリーランスは五人組のチームで、うち一名をマル対に排除された結果、復讐《ふくしゅう》に走るだろうとサガンは予告しました」

「五名の内訳は？」

「たぶんそうだろうと思えるのは、『ますい』の大将くらいです。居酒屋の親爺《おやじ》の。マル対が排除した『ますい』のおかみと夫婦でしたから。あとの三名については……」

「ますい」には夫婦以外の従業員はいなかった。となると、想像がつかない。「ますい」の常連や商店街の住人の誰かだろうか。

いくら何でも作家の大西さんがフリーランスの殺し屋である筈がない。

「その四人が今後もマル対や君の命を狙ってくる可能性があるというのだな」

大野警部の言葉に俺は頷いた。

「そちらのほうが問題かもしれん。残る四人が君らを対象に市街地で発砲などすれば、清水さんはマル対の確保を即座に決断されるだろう。結果、アルファの活動を調査できる人間がいなくなる。いいかえれば、アルファの今後の活動予測さえつくなら、いつでもマル対を拘束してもかまわないわけだ」

「マル対は、警視庁をそれほどアテにしてはいません。しかし妨害をうけると考えたら、他の機関、それこそＣＩＡなどに協力を求めるかもしれません。マル対にはいろんなネットワークがあると思われます」

「そんなに強力なネットワークがあるなら、君を必要とする理由はなかった。君は少しマル対を買いかぶっていないか」

いわれてみればその通りだ。俺は頷く他なかった。確かに俺は白川さんを過大評価しているかもしれない。

「我々の目的は、マル対を泳がせることでアルファの活動実態をつきとめるというところにある。実態が把握できれば、ただちにアルファのメンバーを拘束し、活動を停止させる。その際、法を犯したオメガのメンバーに対しても、断固たる措置をとる。超法規的存在のエージェントなど、この国には必要ないし、活動を許さないという点ではアルファに対する姿勢とかわらない」

厳しい口調で大野警部がいい、俺は気分が重くなった。シークレットエージェントが生きられる時代ではない、ということだ。

「とりあえず、三村の資料は用意した。三村和典にはナイジェリア大使館出向中の警察庁職員が数度、接触している」

大野警部が資料をさしだした。パスポートのコピーと三村の経歴だった。俺は目を通した。

三村は外国語大学を卒業後、大手商社を経て、現在の、「東洋鉱山」に十二年前転職している。政治活動や市民運動に参加した経歴はなく、結婚歴もない。

「結婚歴がない、というのがひっかかりますね」

「サガンとはそこが共通する。もちろんゲイが全員、破壊活動をおこなっているということではないぞ。もし三村がゲイなら、同好の士としてサガンに対し他の業者より信頼をもつだろうといっているだけだ」

大野警部がいいわけをするようにいった。俺は気づいた。サガンへのエサに使われたという理由で、俺をゲイだと疑っているのだ。

「この資料をもとに、マル対は三村に接触すると思うかね？」

「おそらく」

俺は頷いた。

「サガンにおこなったような拷問を加え、アルファの活動について知ろうとする?」

「可能性はあります」

「それで答が得られれば、君の潜入は成功だ。ただちにアルファの活動に関する報告をあげてくれ。関係者を拘束する」

「マル対も、ですか」

「当然だ。そのほうが彼も安全だろう。残ったフリーランスの四人組に狙われているとするなら」

「そうですね」

しかたなくいった。

正直、きれいなやりかたとはとてもいえない。白川さんに手を汚させ、情報を得るだけ得ておいて、全員をつかまえてしまおうというのだ。

もちろんそうする他ない、ということもわかっている。もしそこで拘束しなかったら、アルファの活動阻止のために、白川さんはA1からA4までのエージェントも巻きこんで、本格的な戦闘に入るだろう。それこそスパイ映画もどきの撃ち合いや爆破をそこら中でくり広げるかもしれない。

たとえ、アルファの活動を阻止できるとしても、警察がそれを見逃すことはとてもできない。

俺が警察のスパイだとわかったら、白川さんはどう思うだろうか。

きっと腹を立てる。それも俺ではなく、自分に対して。

ミクがスマホで次々と検索してみせたときの寂しげな白川さんの表情を俺は思いだした。自信をなくしかけている、と白川さんはいった。

自分が時代にそぐわない存在であることを、白川さんだってわかっている。わかっているが、任務は任務としてまっとうしようとしているのだ。

それなのに俺がスパイであることすら見抜けなかったとなれば、本当に自信を失い、生きていく価値すら見失ってしまいかねない。

白川さんが逮捕されたら、いったいどれだけの罪状に問われるか。

ちょっと想像しただけで、俺は嫌になった。それらがすべて有罪ということになれば、生きているうちは決して刑務所からでられないだろう。

なのに白川さんは正義のために戦っていると信じている。

最悪だ。

警視庁をでた俺は徒歩で銀座に向かった。そうするよう白川さんに指示されていたからだ。

俺には必ず尾行がつく。それを確かめるのは徒歩が一番容易だ。徒歩での尾行は、最も困難とされている。対象者に存在が発覚しやすいからだ。急に立ち止まったり、ふりかえったりという、車などでは簡単にできない確認が可能だ。

徒歩で尾行をおこなうときは必ず六人以上のチームを作り、衣服や眼鏡などで変装しながら交代で尾行にあたる。それでも尾行に気づかれて断念することが多い。

尾行を警戒している人間を、そうと気づかれずに尾行するのはほぼ不可能だと俺は習っていた。

案の定、警視庁をでたときから俺には尾行がついていた。これは大野警部とも打ち合わせずみだ。もし俺に尾行がつかなかったら、むしろ白川さんは疑いを抱くだろう。

また、それを俺があっさりまいたら、それはそれで白川さんに怪しまれる。何の訓練もうけていない筈の俺が刑事の尾行をまけるわけがないからだ。

白川さんの指示は、徒歩で銀座に向かい、四丁目交差点の三越に入ってエスカレーターでおもちゃ売り場にあがること、というものだった。

おそらくその途中で尾行者の人数とメンバーを確認しようという狙いがあるにちがいない。デパートは、通常のビルと異なり、出入口の数が多い。一階だけでなく地下にも出入口があるので、尾行をまくにはうってつけでもある。デパートに入られてしまったら、尾行側はすべての出入口に監視を用意しなければならなくなる。三越クラスの大きさだと、二十人は必要で、当然間に合わない。

俺が気づいた限り、尾行は四人いた。たぶん他にも最低四人はいる筈だ。

エスカレーターでおもちゃ売り場のある階にあがった俺は、あたりをぶらぶらと歩き回った。このあとは白川さんからの接触を待つだけだ。

携帯がメールを受信した。ミクからだ。

「電車で新宿。最低二回は乗り換えること」

そっけない文章が並んでいる。

俺は日比谷線、千代田線、JRと乗り継いで新宿に向かった。公安に配属された直後の訓練を思いだす。

狙ったわけではないが、車輛の扉が閉まるタイミングで、顔のわかっている尾行が脱落した。

驚いたのはJR新宿駅に到着してすぐ、ミクからメールが届いたことだ。歌舞伎町の映画館に向かえという指示だった。

映画館とは。接触に映画館を使うなんて、古いスパイ映画と同じだ。暗闇で隣りあわせ、情報のやりとりをする。

が、今の映画館は入れ替え制が多い上に、昔より明るく、防犯カメラがそこら中にしかけられている。接触地点としては決して安全とはいえない。

だが指示にしたがわないわけにはいかない。

俺はチケットを買い、映画館に入った。前の回が上映中でロビーで待たされる。平日のまっ昼間なので、中で上映時間を待つような客はいなかった。当然それを予測したのか、尾行者らしい奴は入ってこない。デパートとちがい、映画館は出入口がひとつだから、外で待ちかまえればすむし、上映開始ぎりぎりに入場して俺を捜せばいいと考えたのだろう。

人けのないロビーに俺はぼんやりとすわっていた。すると「スタッフオンリー」と記された扉が開き、白川さんが顔をのぞかせた。

俺を手招きする。

俺は立ちあがった。扉をくぐると、白川さんが階下へと降りる階段の踊り場に立っている。俺の姿を確かめ、階段を降りた。

機械室のような広い部屋だった。そこを急ぎ足で白川さんは横切り、反対側にある階段を上った。通路を歩いて、正面にある扉を押した。

映画館の外だった。西武新宿駅の近くだ。

ＳＵＶがハザードを点して止まっている。運転席にミクがいた。俺たちが乗りこむとすぐ、ミクは車を発進させた。

「白川さん、今のは――」

「昔、よく使った道だ。ありがたいね。まだ残っていた」

白川さんは感慨深げにつぶやいた。

「つうかさ、お巡りに携帯の番号とか知られてない？」

ミクが訊ねた。

「いや」

「ならいいけど。携帯バレてたら尾行する必要ないから。GPSで追っかけられるし」

「いちおう電源切っとくよ」

フン、とミクは鼻を鳴らした。

「清水には会えたかね」

俺は頷き、預かった三村の資料を掲げた。

「確かに偉そうでした。部下みたいのに俺を押しつけて、すぐいなくなりました」

「逮捕すると威されたか」

「少し。でも逮捕したら、アルファの活動がつかめなくなるって、部下が止めました」

「部下というのは？」

「名前はいいませんでした。五十くらいのおっさんです」

あまり詳しく警察側の話をするのもためらわれた。

白川さんは黙っている。やがて訊ねた。

「彼らは『ますい』のおかみの一件に気づいているようすだったかね」

「わかりません。でも俺が白川さんと地元の知り合いだということは話しました。関係をいろいろ訊かれたので」

「私に協力する理由については何と答えた？」

「スパイに憧れていたから」

「はあ？」

ミクがあきれたような声をだした。

「マジ？　それ」

それには答えず、

「あと、お金ももらうことになっている、といいました」

俺はいった。

「なるほど」

「自分がやっていることがわかっているのかといわれました。清水というのは相当の馬鹿です」

いって、少しすっきりした。

「アルファもオメガも年寄りばかりで、今さら何ができるって調子でした」

「三村の情報をどこで得たのかは訊かれなかったのかね」

「訊かれました」

「何と答えた」

「本当のことを」

「本当とは?」

「サガンを拷問したと」

「あたしのことも喋ったってこと?」

ミクが尖った声をだした。

「しかたなかった。話さなけりゃだしてもらえる感じじゃなかった」

ミクが舌打ちした。

「最低の素人だね」

「君だって素人だろう」

むっとして俺はいった。本当は俺は素人じゃない、といってやりたいが、そうもいかない。

「あたしは答をだしてる。あんたはお使いにいくだけで、ぽろぽろ情報をもらしてる」

「やめなさい。彼にとって初めてのことなんだ。あるていどはしかたがない」

白川さんがいった。

「警察は、白川さんが三村からアルファの活動開始の理由とその目的を調べだすのを待っているのだと思います。それができたら――」

俺は黙った。

「私を逮捕する?」

「つもりだと……。拷問とかは警察にはできませんから」

「となると、三村には監視がつくね。尾行をまいたって、うちらが接触した時点で、警察にはまるバレになる」

　ミクがいった。その通りだ。

「それはかまわない。我々の行動が妨害されないのなら」

　白川さんは平然としていた。

「何か切り札があるんですか」

　思わず俺は訊ねた。

「切り札？」

「警察は白川さんをつかまえられないと思っているみたいに見えます」

「私が、かね」

「はい」

「そうではない。優先順位の問題だ。警察か、オメガか。どちらがより世界平和に貢献できるのか。警察がもし私の活動を妨害するなら、アルファと同じく、断固として排除する」

　容赦しない、ということだ。

　俺は板ばさみになる。白川さんと警察の。すごく嫌な予感がしたが、あと戻りはできそうになかった。

　警視庁から渡された資料には三村の自宅の住所が記されていた。それによれば、中央区月島のマンションに住んでいる。

「三村をじっくり調べる時間も人の余裕もない。月島に向かいましょう」

　白川さんはミクにいい、俺はSUVのカーナビにマンションの住所を入力した。

「どうするんです？」

「三村の自宅に侵入し、帰宅するのを待つ」

「えっと、それ難しいかも」

ミクがいった。

「なぜかね」

「ロビーのオートロックは抜けられても、部屋の鍵が開かない。今のマンションは電子ロックだからピッキングじゃ無理」

「そうなのか」

「部屋番号が二八〇二ってことは、高層マンションだから、まちがいなく電子ロックがついてる」

白川さんは小さく息を吐いた。確かに白川さんの現役時代には電子ロックなんてなかったろう。オートロックのマンションだって、もしかしたらなかったかもしれない。

「じゃあどうすればいい？」

俺はいった。

「三村が帰宅するのを待ってラチる」

「警察が見ている前で？」

「しかたないじゃん。他に手がないんだから」

「三村の会社はどこです？」

「『東洋鉱山』は新橋のビルにある」

老眼鏡をかけ資料を読んでいた白川さんはいった。

「じゃそっちでつかまえましょう。スーツにネクタイさえしめていれば、あのあたりじゃ目立ちません」

ミクを見ていってやった。

「君は目立ちすぎる」

ミクは返事をしなかった。

「銃をつきつけるのかね」

「いえ、あんな人目の多いところでそれはマズいです。別の作戦があります」

俺は答えた。

8

夕方まではまだ時間があったので、俺と白川さんは新橋の量販店でスーツを買った。紺色の安物だ。白いシャツとネクタイも調達する。白川さんは床屋で髪を黒く染めた。

スーツに着替え、「東洋鉱山」が入る新橋のビルの前に立った。通行人は多いが、三村の写真は警視庁の資料に何枚もあったので、見分ける自信はあった。

陽焼けし、いかにも精力的な顔つきをした男で、体格もよさそうだ。

俺と白川さんは別々の位置でビルの出入口を見張った。ビルに裏口はあるが、新橋駅には正面玄関が近い。ふつうに考えれば、三村は必ずそちらからでてくる。

一応、用心のため、裏口にはSUVに乗ったミクをおいた。一方通行の路地だが、人が乗った車を止めておくぶんには問題はなさそうだ。

六時を過ぎ、あたりが暗くなりかけた頃、三村が現われた。グレイのジャケットに黒いパンツをはき、シャツの胸もとを開けている。サラリーマンというよりは遊び人のようだ。

俺は白川さんに合図し、JR新橋駅のSL広場をよこぎる三村に歩みよった。

「三村さんですね。『東洋鉱山』の」

横から近づき、声をかけた。三村は、俺をふりむき、目を細めた。

「警視庁公安部の者です。お手間をとらせて申しわけないのですが、少しお話をお聞かせ願えませんか」

その間に白川さんが反対側から三村をはさんだ。

「国内勤務の俺に今さら何の話を聞きたいんだ?」

三村は俺たちが本物の刑事かどうかを疑わなかった。前にも同じようなことがあったにちがいない。

「あるPMCのことです。南アフリカに本社のある」

白川さんがいうと、三村の顔が緊張した。

「PMCって?」

「ご存じの筈です。民間軍事会社。昔でいう傭兵です。『シルバータスク』という会社と三村さんは契約をされていますね」

俺はいった。

「ああ、ボディガードをやってたところだろ。契約したのは俺じゃなく、会社だよ、会社」

「いずれにしてもお話を。会社に押しかけるのは失礼かと思いまして」

白川さんはいった。三村は白川さんを見つめた。

「あんた、どこかで会ったことないか?」

白川さんは三村から目をそらし、あたりを見回した。不意にその顔がこわばり、

「伏せろっ」

と叫んだ。

パンパン! という音がして、三村が目を丸くした。それが銃声だと、少ししてから俺は気づいた。

三村がすとんと地面に膝をついた。シャツの胸に赤い染みが広がっている。

わあっという声がして、SL広場の人々がいっせいに駆けだした。

俺はひざまずきながら、あたりを見回した。どこから誰が撃ったのか、まるで見当がつかない。

「正面！　ドラッグストアの前だっ」

　白川さんが叫び、そっちの方角を見た。あっと思った。スーツを着た男が店内に入っていく。その横顔に見覚えがあった。「ますい」の大将だ。

「三村さん！」

　俺は三村をふりかえり、声をあげた。三村は目をみひらいたまま動かない。

　白川さんが三村の頸動脈《けいどうみゃく》に指をあて、首をふった。

「駄目だ」

「何てこった」

　俺は呆然と三村を見つめた。三村は、白川さんへの復讐のとばっちりをくらって死んでしまった。

「ここを離れよう」

　白川さんがいった。

「え？」

「残っていてはまずい。警察がきて身動きがとれなくなる」

　白川さんは小声でいって、俺たちを遠巻きにしている野次馬に叫んだ。

「誰か、救急車を呼んでください。それと君はすぐ会社に連絡だ！　部長を連れてこい！」

　俺にいった。一瞬何をいっているかわからなかった。それが野次馬に聞かせるためのセリフだと気づいたのは、

「早くいけっ」

　と白川さんが小声でくり返したからだ。

「白川さんは？」

「あとで合流する。早くっ」

「わかりました」

　俺はいって立ちあがった。

「すみません！　ちょっと通してください」

野次馬の中に突進した。制服警官が走ってくるのが見えた。

野次馬をかき分け、新橋駅の構内に入った。

駅の反対側に抜けると、SL広場の騒ぎが嘘のようだった。俺はほっと息を吐いて、上着を脱ぎ、ネクタイを外した。

大回りして、ミクがいるSUVにたどりついた。

「車をだして。ここから離れよう」

助手席に乗るなり、俺はいった。ミクは、はあ、という顔を俺に向けた。

「三村が撃たれて死んだ。白川さんとは別々にこの場を離れることになった」

ミクは無言でSUVを発進させた。五十メートルほど一方通行を走ったところで急ブレーキを踏む。

マッサージ屋の看板にもたれかかるようにしてうずくまっている酔っぱらいがいた。Tシャツに上着をはおっている。

「危ねぇ」

酔っぱらいが顔を上げると白川さんだった。

白川さんはSUVの後部席にすばやく乗りこんだ。

「無事でしたか」

俺はほっとしていった。SUVは新橋の雑踏を抜け、虎ノ門の方角に走っている。サイレンを鳴らしたパトカーと何度もすれちがった。

「ワイシャツには三村の血がついていたんで捨てた」

白川さんはいって上着を脱いだ。Tシャツに汗がにじんでいる。

「久しぶりに全力疾走をしたよ」

「撃ったのは『ますい』の大将です」

俺はいった。

「君も気づいたか」

「スーツを着ていたけど、まちがいありません」

「誰、それ」

ミクが訊ねた。

「俺と白川さんが通っていた居酒屋の親爺で、サガンが雇ったエージェントのひとりだ」

「そいつがなんでいたの？」

「白川さんを狙ったのだと思う。サガンもいっていたろう。ビジネス抜きで追われるって」

俺は答えた。

「そんなことを訊いてるんじゃない。どうしてエージェントが新橋にいたのかって訊いてるの。うちらがそいつらに尾行されたのじゃない限り、新橋にいるってわかる筈ないじゃん」

俺と白川さんは顔を見合わせた。その通りだ。

ミクがきっぱりといった。

「尾行はいなかった。新宿からずっとチェックしてたから」

「じゃあどうして俺たちが新橋にいるってわかったんだ」

「居酒屋にあんたの携帯、教えてた？」

「教えてない」

俺は首をふった。

「うちらが尾行もされず、あんたの居場所をつきとめる方法がそのエージェントになかったとしたら、新橋で待ち伏せできる筈ないじゃん」

ミクは尖った声をだした。どうしても俺のせいにしたいようだ。

「そんなことをいわれても、本当に『ますい』の大将には携帯の番号を教えてなんかいない」

俺の声も大きくなる。

「待ちなさい。『ますい』の大将があそこにいた理由は、他にも考えられる」

白川さんがいったので、俺とミクは口をつぐんだ。

「とりあえず、どこいく？　このまま走り回る？」

やがてミクが訊いた。

「いや、それは得策ではない。といって君のおばあさんの家も今は近づけない」

白川さんはいって考えこんだ。

いきなりミクがハンドルを切った。ハザードを点し、ＳＵＶを路肩に止める。地下鉄の神谷町駅の近くだ。

「あのさ、前から思ってたんだけど、オメガやアルファに本部ってないの？」

ミクがいった。

「オメガにはあったが、閉鎖された。アルファに関してはわからない」

白川さんが答えた。

「閉鎖って、いつ？」

「もう二十年は経過している。新宿のヒルトンホテルの一室が、オメガの日本支部だった。Ａ１がそこで暮らしていた」

「Ａ１て、いくつ？」

「今年八十四だ」

「生きてないよ、それ」

ミクは息を吐いた。

「じゃ、どこにいきます？」

俺は訊ねた。白川さんは宙を見つめた。

「以前なら、こういうとき支援の手をさしのべてくれた人物もいたのだが……」

「たとえば？」

ミクがスマホをとりだし訊いた。白川さんは首をふった。

「いや、無駄だろう。大富豪だったが、今は落ちぶれてしまったと聞いた。もうひとりは亡くなった」

「ＣＩＡはどうです？」

俺はいった。

「確かにＣＩＡは一時的には我々を保護するかもしれない。が、担当官によっては、先ほどの清水のようにかかわりを嫌がる可能性がある」

「嫌がったらどうすんの。殺す？」

ミクが頰をふくらませた。

「そんな無駄はしない。放りだすか、警視庁に引き渡すだけだ」

「うちら〝お荷物〟ってことね」

「まあ、そうだ」

ミクは舌打ちした。

「しゃあないな」

スマホをいじり、耳にあてた。どこかにかけている。

「あ、もしもし。そう、ミク。ちょっとヤバいことになっててさ。一日か二日、かくまってほしいんだけど」

ぶっきら棒に相手に告げた。

「あんたん家？　いってもいいけどやれないよ。あたしひとりじゃないから。え？　女じゃないよ、バーカ。じいさんとトロい兄ちゃん」

俺は首をふった。いったいどんな奴に助けを求めているんだ。

ミクは、相手の声に、うん、うん、と頷き、

「大丈夫なの？」

と訊いた。

「わかった。車は止められる？　あっそう。今か

ら三十分くらいでいく」

　電話を切って、首をふった。

「このスマホもヤバいよな。アホが警察にあたしの名前、教えっから」

　わざと俺に聞こえるようにいった。

「警察は君のスマホまで調べないと思う」

俺はいった。

「だからアホだっつってんだよ！」

　ミクはいきなりキレた。

「何だよ」

「新橋になんでエージェントがきたか。うちらを尾行してなかったのなら、三村を張ってた以外ありえないじゃん。三村にうちらが会いにいくって知ってたのは誰だよ。警察しかいねーだろ。気づけよ、トンマ！」

　俺は思わず息を止めた。その通りだ。

　資料を渡したからには白川さんが三村と接触するのを、当然清水警視や大野警部は予期していた筈だ。

　だが、もしそうなら警視庁にアルファのスパイがいるということだ。

　二重のショックだった。ミクにもわかることが俺にはわからず、しかも上司の中にスパイがいる。

　黙りこんだ俺に、白川さんも何もいわない。

「ますい」の大将が新橋にいた理由が他にもある、といったのはミクと同じ考えだったのだろうか。

「渋谷のクラブでＤＪやってる友だちが、使ってないヤリ部屋をいっこ貸してくれるって。売人《プッシャー》だから、あんまりかかわりたくないけど、こういうときは正直、役に立つ」

「その部屋というのはどこかね？」

　白川さんが訊いた。

「松濤《しょうとう》。すげえ金持の、愛人の子なんだよね。だからマンションとか車とかあてがわれてて」

ミクはＳＵＶを発進させた。

渋谷の高台にあるタワーマンションだった。地下駐車場のシャッターの前にど派手なハマーが止まっていて、男がよりかかっていた。

ニットキャップにＴシャツ、ずり落としたパンツという格好で、耳や鼻にはピアスがはまり、まくった袖からはタトゥがのぞいている。年齢の見当はつきにくいが、二十四、五だろう。どう見ても愚連隊だ。

「よう。だっせえ車乗ってんな」

ミクがＳＵＶを止めると、体を起こした男がいった。俺と白川さんには目もくれない。

手にしたリモコンを男は掲げた。駐車場のシャッターがあがり始めた。

「駐車位置は五番。あと部屋のキィだ」

男は歩みよってきてカードとリモコンをミクに渡した。

「食いもんは入ってないけど、冷蔵庫のビールとワイン、シャンペンは飲んでいいぜ」

「サンキュ」

俺と白川さんの前で、ミクは窓ごしに男とキスをした。

「助かるよ、ケン」

男はちらりと俺たちを見やった。

「クスリとかはいらなそうだな」

「大丈夫」

「じゃな。使わなくなったら連絡くれや」

男は手をふってハマーに乗りこんだ。エンジンをかけたとたん、大音量のヒップホップが流れだす。

ハマーが走りさり、ＳＵＶはマンションの地下駐車場に入った。「５」と書かれたスペースにＳＵＶを止め、俺たちはカードキィを使ってエレベータに乗りこんだ。スキャナーにカードキィをかざすだけで、エレベータは勝手に動いた。

四十三階でエレベータは止まった。まるでホテルのような廊下を歩き、並んでいる扉のひとつのノブをミクは引いた。カードをもっているとロックが解除される仕組のようだ。

黒で統一された豪華な部屋が広がっていた。壁はすべて窓で渋谷から六本木にかけての夜景が一望できる。革ばりの巨大なソファやトリプルサイズのベッドまで黒だ。

「すごいな」

俺は思わずいった。あんなチンピラが、こんな豪華な部屋を、それもひとつじゃなくあてがわれているなんて、世の中どうなっているんだ。

ミクは勝手知ったるようすでキッチンに入った。冷蔵庫の扉を開け閉めする音がした。

「何か飲む？」

「ビールがいいかな」

さすがに白川さんも驚いた顔をしている。

「あんたは？」

意外にもミクは俺にも訊いた。

「同じのを」

ミクはシンハビアの缶を手に三本もって戻ってきた。

「タイが大好きなんだよね、あいつ。クスリ仕入れにいってるし」

白い缶を俺たちにさしだしながらミクはいった。ベッドの上にアグラをかくとパンツが丸見えになり、俺は目をそらした。

「エージェントが新橋にいた理由はもうひとつ考えられる」

ビールをひと口飲んだ白川さんがいった。

ミクはバッグから煙草をだし、火をつけた。

「何?」

「『シルバータスク』というPMCをバイパスに使ったとはいえ、三村は、『ますい』の大将のクライアントだ。おかみを私に殺され復讐したい大将が、私の情報を得るために三村に近づこうとした。たまたまそこに私たちが現われた」

白川さんはいった。葉巻をとりだし、火をつける。

「バイパスを使ってるなら、クライアントの正体がわかるわけないじゃん。エージェントには教えないのが鉄則じゃないの」

ミクは鼻を鳴らした。

「サガンがいる。連絡の方法はないと我々にはいったが、拷問された仕返しに、エージェントに知らせたかもしれない」

「ちょっと! あのおっさん、生きてんの」

ミクがあきれたように訊ねた。白川さんは小さく頷いた。

「信じらんない。消したとばっかり思ってた」

「以前ならためらわなかった。が、私も年をとったようだ。丸腰の人間を撃てなかった」

それを聞き、俺はほっとした。

「サガンは、その日のうちに日本を離れると私に約束した。おそらく言葉通りにした筈だ」

「そういうことじゃねーよ。あんたのせいでうちらが狙われるんだっつうの」

「そのいいかたはないだろう。嫌なら降りろよ」

俺は思わずいった。ミクは目を三角にした。

「降りたいよ、あたしだって。けど降りらんなくしてんのはあんたらだろうが。サツにあたしの話はするし、ここだってあたしが用意したんじゃん」

俺は唇をかんだ。返す言葉もない。

「ミクさんを巻きこんだのは申しわけないと思っている。だがさすがにA2が仕込んだだけのエージェントだ。あなたがいてくれなければ、我々はとっくに手詰まりだったろう」

白川さんがいうと、ミクはそっぽを向いた。夜景をじっと見つめていたが、口を開いた。

「小学校のときから、周りの子が馬鹿に見えてしかたがなかった。調べたら、IQが一五〇だか一六〇だかあるっていわれて、そんなの別に嬉しくなかった。中学で学校いくのが嫌になって、親は『どうしてふつうにできないんだ』ばっかり。人とちがうのが駄目で、とにかく目立つなって叱られた。あたしに味方してくれんのはバアちゃんだけで、初めてほめてくれたのもバアちゃんだった。バアちゃんは、あたしにはエージェントの才能があるって。ただこんな時代に果たしてエージェントが必要とされるかどうかわからないけどって。でもいろんなことを教えてくれて、学校の何倍もおもしろかった」

「確かに、あと三十年早く生まれていたら、すばらしいエージェントになっていたろう」

白川さんがいった。その通りかもしれない。正直、俺なんかよりはるかに頭がいいし、決断力もある。いや、今だって警視庁の公安部でかなりいい線いくだろう。

女性警官に向いてるかどうかを別にすれば。

「別にあんたらとつきあうのは嫌じゃない。キャバクラでバイトするよりぜんぜん飽きないし」

ミクは俺と白川さんに目を戻した。

「でもこれからどーすんの。三村はアルファにつながる糸だった。それが死んだんじゃ、別の糸を捜さなきゃなんない」

「別の糸か」

白川さんは腕を組んだ。

「あの、初歩的なことを訊いていいですか。『コベナント』の発動を決めたのは誰なんです？」

俺は訊ねた。

「『『コベナント』を発動できるのは、私を含めた五名のオメガエージェントだ。アルファによる破壊活動を察知したとき、現役復帰を促すコードが『コベナント』だ」

「そのコードを白川さんに連絡してきたのはただのメッセンジャーなんですよね。だとすると、白川さんとおトミさん以外の三人のうちの誰かが『コベナント』を発動させたことになる。その人が手がかりをもっているのではありませんか」

「A1、A3、A4のうちの誰かか」

「みんな生きてんの？」

ミクが訊いた。

「死ねば連絡がくることになっていた。だから今も生きている筈だ」

「あとの三人の名前、教えて」

ミクはスマホをだした。

「使うの」

俺は思わず訊いた。

「あんたじゃん。警察は追っかけないっていったのは」

「でも警察にアルファがいたらわからない」

ミクは舌打ちした。部屋を見回す。

「ケンてさ、エロサイト見るためにパソコンをヤリ部屋においてる筈なんだ」

ベッドのヘッドボードにある、もの入れを開いた。

「あった！」

小型のタブレットをとりだした。電源を入れ、使えることを確認する。

「三人の名前」

「まず、佐藤伝九郎」

ミクがタブの表面で指を動かした。

「ヒットしない」

「駿河《するが》啓一」

「あった。けど、五十歳の大学教授？」

「ちがう。八十になる」

「じゃ別人だ。あとひとり」

「山谷登《やまたにのぼる》」

「いた。山谷釣具店経営。えっと八十一？」

「そうだ」

「品川で釣り具屋やってる。ホームページに写真がでてる。この人？」

ミクがタブをこちらに向けた。老眼鏡を鼻の上にのせた、偏屈そうな爺さんだった。髪がほとんどない。

白川さんはじっと見ていたが、小さく頷いた。

「そうだな。髪型がだいぶかわっているがＡ４だ」

「住所はすべて暗記していたのですよね」

俺はいった。

「ああ」

「じゃ調べた意味ないじゃん」

ミクはふくれっ面になった。

「電話番号も暗記していたのですか」

「いや。電話はかわる可能性があるので、すべては覚えていない」

「だったら意味がある。少なくともＡ４とは電話で連絡ができます」

「そうだな。電話番号はでているのかね」

「でてるよ」

ミクはタブをさしだした。俺は番号を覚えた。

白川さんは時計を見た。

「テレビでニュースを見よう。新橋の事件がどう処理されたかを知りたい」

ミクが壁にかけられたテレビの電源を入れた。ニュースチャンネルをリモコンで捜す。

新橋の事件は大きなニュースになっていた。

「帰宅途中の会社員　三村和典さん五十一歳」が、胸などを撃たれて死亡。犯人はその場から逃げさった。警察は防犯カメラなどの映像から、殺害される直前に三村さんに近づいた二人組の男が事件に関係していると見て、行方を追っている――。

「カメラに映っていたなら、我々が撃ったのではないことを警察は知っています」

俺はいった。

「だからって捜さない理由にはならない」

ミクが二本めのビールを開けた。

「どのみち警察は我々を捜すだろう。三村の資料を私が請求したことと殺害が無関係だとは誰も思わない」

「警察しだいだと思います。三村の資料をよこしたのは警視庁の公安部で、殺人事件の捜査をするのは刑事部の捜査一課です。本とかで読むと、公安部と刑事部ってあまり仲がよくないみたいなんで、もしあの清水って刑事が資料を渡したことを捜査一課に黙っていたら、白川さんについては伝わっていないかもしれません」

　俺は言葉を選びながらいった。おそらく清水警視は、三村の資料のことを喋っていない。そんな気がしていた。

「その清水ってのがアルファのスパイなら、よけいいわない」

　ミクが賛成したので、俺はちょっと嬉しくなった。

「だよな」

　ミクにいったが、無視された。

「たぶん公安と捜査一課は、別々であんたらを捜してる」

「捜査一課についてはそんなに心配することはないのじゃないですか。問題は公安部です。この事件を理由に白川さんを拘束しようと考えるかもしれない」

「あんたもね」

「その通り。これからどうします？」

　白川さんは考えこんだ。

「警察にアルファのスパイがいるかどうか確かめりゃいい。いたら、そいつからたぐる」

　ミクがいった。

「確かめる方法は？」

　ミクがタブをさした。

「この釣り具屋の爺さんをエサにする。公安はあんたを追っかけるから、爺さんに接触すればつきとめるっしょ。エージェントがそこまで現われて殺そうとしたら、警察にアルファのスパイがいるってことになる」

「俺がやるのか⁉」

「あんたしかいないじゃん。絶対、携帯番号とかバレてるし」

それはそうだ。

白川さんはじっと俺を見つめ、

「やってくれるかね、若者」

と訊ねた。

9

翌日、俺は渋谷から電車を使って品川に向かった。山谷釣具店は、京浜急行の青物横丁駅から東にのびる商店街にあるのだ。

白川さんとミクは、どこからか俺を見張っている筈だった。正確にいえば、俺ではなく、俺を待ちうけているであろう、アルファのスパイを、だが。

携帯電話の電源は切ってある。

とてつもない不安に、前の晩はほとんど寝られなかった。警察に、裏切り者がいるかもしれない。

露ほども疑ったことのない可能性だ。

白川さんを年寄りと馬鹿にし、オメガを「冷戦時代の化石」だと切り捨てた清水警視が、実はアルファのスパイかもしれない。

もちろん、清水警視がスパイと決まったわけではない。大野警部かもしれないし、二人以外の、俺の活動を知る公安部の誰かという可能性もある。だが、いずれにしても警視庁に裏切り者がいることは、まちがいないのだ。

白川さんのいった、サガンがエージェントに教えたという仮説を俺は信じていなかった。仮りにそうだとしたら、あの場に「ますい」の大将が現われたタイミングがよすぎる。さらに「ますい」の大将が三村を撃ったのも妙だ。

三村が撃たれたのは、明らかに「口封じ」が理由だ。そう思うのは、「ますい」の大将がその場から逃げだしたからだ。

もし白川さんや俺を狙った弾丸があやまって三村に当たったのなら、大将はつづけて撃ったにちがいない。プロなら当然そうするし、それ以前に、プロが標的を外すことはありえない。

つまり大将は、初めから三村を狙っていたのだ。たまたまその場に、白川さんや俺が居あわせたに過ぎない。

これは何を意味するのか。

大将が三村に雇われたエージェントだと、俺や白川さんは考えていた。が、今はちがうということだ。自分のクライアントを殺すエージェントはいない。大将は、三村よりさらに上のアルファエージェントにその後雇われ、口封じを命じられたのだ。

それが清水警視である可能性すらでてきた。

俺は警視庁警察官だという正体を隠して白川さんと接触し、行動を共にしてきた。その意味では、俺もまた白川さんを裏切っている。

裏切られた裏切り者が俺だ。

今さら真実を告げることなどできない。殺されても不思議はないし、たとえ殺されなくても、今後行動を共にすることはできなくなる。

ひとりぼっちになった俺にいくところはない。警視庁にのこのこ戻れば、「ますい」の大将に引き渡され、拷問と死が待っているだけだ。清水警視がそうであるかどうかはともかく、警視庁にいるアルファのスパイは必ず俺を〝売る〟だろう。

スパイ小説をたっぷり読んできた俺には、自分の未来が手にとるようにわかった。

裏切り者には必ず死が待っているのが、スパイ小説のお約束だ。

殺されないでいるためには、白川さんにしがみつく他ない。白川さんとミクだけが、今の俺を守ってくれる存在だ。

青物横丁の商店街は、俺と白川さんが住んでいた商店街とよく似ていた。古い店と建て直された新しい店が入り混じっていて、歩いているのは大半が近くの住人と思しい年寄りばかりだ。

その中ほどに「山谷釣具店」があった。格子ガラスの戸がはまった二階屋で、ガラスには変色した魚拓が、外から見えるように貼ってある。「スズキ　九十八センチ」とか「黒鯛《くろだい》　五十・二センチ」と書かれていた。

ガラスの向こうは薄暗く、人の気配がない。

俺はいったん「山谷釣具店」を通りすぎ、二軒先にあるコンビニエンスストアに入った。

雑誌を並べたコーナーで立ち読みするフリをしながら、あたりを観察する。

午前中の商店街に似合わない人間、たとえばスーツ姿の男たちとかはいない。

俺は深呼吸し、携帯電話をとりだすと電源を入れた。警視庁にアルファのスパイがいたら、これで動きだす筈だ。

心を落ちつけるために、水着姿の巨乳のグラビアを眺める。ギャルっぽいモデルは、メイクのせいか、ミクに似ていた。

そう思ったら下半身が反応した。まさか、今かよ。自分にあきれる。

というか、これって、俺はミクのことが好きなのか……。

携帯が振動し、思わず雑誌を落とした。ミクじゃないだろうな、バレる筈もないのに罪の意識を感じた。

　表示されているのは知らない番号だ。応えるか迷い、俺は「罠のエサ」であることを思いだした。

「はい」

「今どこにいる？」

　流れてきたのは清水警視の声だった。

「Ａ４の家の近くです」

「Ａ４？　何をしている」

「接触のタイミングをはかっています」

「まだそんなことをやっているのか。君らは新橋の件で追われているのだぞ」

「やったのは俺たちじゃありません。防犯カメラの映像をご覧になったでしょう」

「じゃ誰がやった？」

「『ますい』の大将です」

「その人物を雇ったのが三村だと君らはつきとめたのじゃなかったのか」

「さらに上のアルファに雇われ、口封じをされたと考えています」

「口封じだと？」

「三村の存在を我々がつきとめたという情報が洩れたんです」

「どこから」

　あんたからだといいたいのを俺はこらえた。

「わかりません。サガンが警告したのかもしれません」

「ドミニク・サガンは、今朝、自宅の浴槽で死んでいるのが発見された」

　俺は息を吐いた。何てこった。

「知ってたのか。まさか――」

「ちがいます！　俺はずっといっしょでした。マル対ではありません」

「非常に危険な状況に君はいる。わかっているのか」

「はい」

「ただちに出頭したまえ。可能ならマル対といっしょに」

「できません」

「何？　何といった？」

「三村に関する情報がどこから洩れたのかを確かめるまでは、マル対と行動を共にします」

「それはどういうことだ」

　清水警視の声が異様に冷たくなった。

「申しわけありません。これから移動しなければならないので」

「村井！」

　俺は電話を切った。同時に電源を切る。エサとしては、ここまでがせいいっぱいだ。


　雑誌を棚に戻し、コンビニエンスストアをでた。山谷釣具店をめざす。

　今の通話で俺の居場所をあるていど絞りこめたとしても、パトカーを急行させるような真似はできない筈だ。Ａ４が誰だか、まだ清水警視は知らない。

　たてつけの悪いガラス戸を、あちこちつっかえながら俺は開けた。

「ごめんください」

　ホコリと生臭さが入り混じった匂いがする。釣り道具なのだろうか、ビニールに入った小物や紙箱が、曇ったガラスケースの中に並んでいた。ウルシ塗りの高そうな釣り竿《ざお》が天井から吊るされ、かたわらにプラスチックのバケツが重ねられている。

「ムシエサありません」

貼り紙があった。あります、じゃなくて、ないというのをわざわざ断わっているのも妙な話だ。

返事はない。

「すいませーん！」

俺はもう少し大きな声をだした。

「はい」

店の奥に一段高くなった居間があり、その先の廊下から返事が聞こえた。

「今、いきますよ」

茶色いカーディガンを着け、老眼鏡を胸もとに吊るした爺さんが姿を現わした。柱にすがりながら居間から降り、下駄をつっかける。

「何をさしあげますかね」

俺のほうは見ずに、積みあげられた紙箱をごそごそと動かした。

「ソロバンムシ、おいてありますか」

爺さんの手が止まった。

「今、なんて？」

「ソロバンムシ、ありますか」

爺さんは初めて俺を見やり、瞬きした。

「あれはもう長いこと入荷してないけど、お客さん何を釣るのかね」

「『コベナント』」

爺さんは何もいわなかった。壁ぎわにおかれたタンスに歩みより、ひきだしを開けた。「ソロバンムシ」は合言葉だった。白川さんに教えられたのだ。

爺さんはこちらに背中を向け、ひきだしの中をいじっていた。何かを探しているようだ。

「聞こえませんでした？　『コベナント』を釣りたいんです」

「聞こえたよ」

ふりむいた爺さんの手に馬鹿でかい銃があった。拳銃じゃない。銃身を途中で切り落とした、水平二連の散弾銃だ。俺の両手がぱっとあがった。

「撃たないで」

爺さんの表情はまるでかわらなかった。

「何者だ？　誰に指示されてここにきた？」

この距離で散弾銃をぶっぱなされたら百パーセント助からない。俺の体は四方八方に散らばることになる。たぶん。

「む、村井といいます。白川さん、Ａ５にいわれて会いにきました」

爺さんはまるでこちらの言葉が聞こえていないかのように、銃口を俺に向けている。

「本当です。『コベナント』が発動されたんです」

爺さんはゆっくりと首を動かした。ガラスケースを回りこみ、近づいてくる。

「とっくに知っておる。Ａ５はどこだ？」

「近くで待機しています。情報がアルファに洩れている危険があるので」

「なるほど」

「『コベナント』を発動したのが誰なのか、知ってますか」

爺さんは俺には目もくれず、ガラス戸の外を眺めた。

「知っとるよ」

「誰です？」

「その前に、あの男たちは知り合いか？」

俺はふりかえった。商店街に止まったバンから、作業着姿の男が二人降りてきた。腰に工具ベルトを巻いている。ひとりは「ますい」の大将だった。

俺は息を吐いた。もうきたのか。これで清水警視が裏切り者であると確定した。

「アルファが雇った殺し屋です」

爺さんは小さく頷いた。顎で居間を示した。

「奥にいきなさい」

俺は大急ぎで店の奥に入った。

「靴は脱がんでいい」

四畳ほどの部屋の中央にコタツがあり、右手に仏壇がおかれている。

大将はいっしょにバンを降りてきた若い男と立ち話をしている。まだ俺がこの釣り具屋にいることはつきとめていないようだ。俺は居間にあがり、体を隠した。爺さんが店の奥においた丸椅子に腰をおろす。散弾銃は積んだ箱の陰だ。

若い男がこちらに向かってきた。ガタガタ音をたててガラス戸を引く。俺は頭をひっこめた。

「いらっしゃい」

「すいません。『関東ガス』って工事会社の者なんすけど――」

「はい、はい。何をさしあげますか」

「いや、ガス工事の者なんですけど」

「エサはないよ。仕掛けはおいてるけど」

「工事！　お爺さん、工事にきたの」

「コウジムシ？　あれは今扱ってないね」

男はフンと鼻を鳴らした。

「ボケてんのかよ」

「何です？　ボケジャコは関西にいかんとね。こっちじゃ売っとらん」

「はいはい、わかった。お邪魔しました」

ガタガタ、戸を引く音がした。

「A5の他に誰と接触した？」

爺さんが背中を向けたまま訊ねた。

「え？　A2です」

「富《とみ》さんか。元気でやっておったかね」

「ええ。お孫さんが今、いっしょです」

「孫？　ほう。あの美人に孫がねえ。それはそれは……」

「で、『コベナント』を発動したのは誰なんです？」

爺さんは息を吐いた。

「私に連絡をしてきたのは、A3の息子だ」

A3、確か駿河啓一という名だった。

「息子さんですか？」

「子供がいるオメガエージェントは二人だけだ。A2とA3。A3は、息子に跡を継がせた」

「継がすって、オメガエージェントを、ですか？」

「そうだ」

「その息子さんは今どこにいるんです？」

「待て」

ガラス戸の向こうにまた人影が立った。「ますい」の大将だった。

俺は首をひっこめた。大将はガラス戸を引き、店に入ってきた。

「いらっしゃい」

爺さんがいったが無視している。

「何をさしあげますかね」

「いるんだろう、村井！」

大将がいった。

「お客さん――」

「お前を殺しにきたのじゃない。話がある。でてこい」

俺はそっと店をのぞいた。入口をくぐったところに大将は立っている。

「さもないとこの爺さんを殺すぞ」

大将はいって、右手をのばした。サプレッサーをつけたオートマチックの銃口がまっすぐに爺さんの顔を狙っていた。

「やってみるがいい、若いの。お前さんの頭が吹き飛ぶ」

爺さんがいって、散弾銃を箱の上にのせた。指が引き金にかかっている。大将はぎょっとしたように目をみひらいた。

俺は居間の中央に進みでた。

「大将……」

大将はじっと俺を見つめた。

「手を焼かせやがって。まさかお前を助手にするとはな。白川はどこだ」

俺は首をふった。

「おかみさんのことは――」

いいかけた俺の言葉を大将はさえぎった。

「死んだのか」

俺は小さく頷いた。

「お前が殺《や》ったわけじゃないよな」

「白川さんだ。おかみさんは俺を撃とうとしてた」

「くそ。十七年、コンビを組んでた。あんな年寄りに殺られるとはな」

「年寄りをなめんほうがいい」

爺さんがいった。大将は爺さんを見た。

「お前も白川の仲間か」

「そういうお前は？」

「アルファが雇ったフリーランスのエージェントです」

俺はいった。爺さんは小さく首をふった。

「エージェントだと？　こういう輩《やから》のことはエージェントとは決していわん」

ふん、と大将は笑った。

「オペレーターというのが最近の呼び名だ、爺さん。その古臭いショットガンはまだ弾がでるのか」

「自分の体で試してみるか」

大将は息を吸いこんだ。

「村井、お前は巻きこまれただけだ。白川の居場所を教えれば死なずにすむぞ」

「信用できない。きのう大将が新橋に現われた理由を考えると」

俺はいった。清水警視は俺の正体を大将に話しているだろう。

「理由だと？　あれは偶然だ。三村を消すためにいったら、お前らがいた」

「嘘だ。俺たちが三村に会いにくると、あんたは聞いていた筈だ」

「誰から？」

「三村の上のアルファエージェント」

わざと清水警視とはいわなかった。

「あんたの今の雇い主だ」

大将は首をふった。

「お前は何もわかってない。この爺さんもな。昔とはまるでちがうんだよ」

「どういうことかね？」

白川さんが俺のうしろからいったんで、俺は腰を抜かしそうになった。いつのまにか家の中に入りこみ、居間の陰にいたのだ。

「久しぶりですね、Ａ４」

白川さんは爺さんにいった。

「裏口から入ったか。古い錠前だからな」

爺さんに驚いたようすはなかった。

「アルファはかわったってことだ。お前ら骨董品がどうにかできる組織じゃない」

大将がいった。

「フリーにしては詳しいな」

白川さんはいった。

「お前の動きは全部読んでいた。サガンに会いにいくことも、だ。奴は、俺たちの筋書き通りに三村の話をしたんだ」

「なんと。囮《おとり》か」

白川さんはつぶやいた。

「そういうことだ。『シルバータスク』を使ってオペレーターを雇ったというのは、全部こちらが用意したストーリーだ。その結果お前らは警察に追われる羽目になった」

「そういうあんたもだろう」

俺はいった。よくわからないが、三村がアルファエージェントだというのはサガンがつかまされた作り話だったようだ。

「三村の排除は決まっていたことだ。どうせ死ぬ人間だから利用した」

「つまりお前がアルファのエージェントということか」

白川さんはいった。

「大将がアルファのエージェント⁉」

俺は思わず白川さんをふりかえった。笑い声が聞こえた。大将だった。

「まったく……」

首をふり、あきれたように笑っている。

「お前ら骨董品の頭の中は、冷戦時代とまるでかわってないな」

「どういう意味だ」

俺はいった。大将の笑っている理由も言葉の意味も、まるでわからない。白川さんはただ無言で大将を見つめている。

「ひとつの思想、片方の陣営、そうしたものによりかかっていれば、存在理由を見つけられたのがお前らの時代だ。村井、お前もそうだ。警視庁に身を置いて、この爺さんを見張るのが、お前の仕事だった。何の疑問もなくやっていたのだろう。アルファとオメガ、対立するふたつの組織が存在すると信じて」

俺は何もいえなくなった。俺の正体が警官であると大将は知っていて、それをあっさり暴露した。が、白川さんにも爺さんにも驚いたようすはない。

「アルファのエージェントでなければ何だ?」

白川さんがいった。

「世界はもう、お前らが考えるような単純な対立軸では動いていない。アルファが悪で、オメガが善だと、村井、お前は本気で思っていたのか。警官だから善の味方をするとでも? 何もお前はわかってない」

「わかってることもある。あんたは三村を撃った殺人犯だ!」

やけになった俺は大声でいった。大将の顔から笑みが消えた。

「三村がなぜ排除されたのか、お前は知らないのだろう。三村はアフリカで活動するテロリストグループの支援者だった。思想で共鳴したのではなく、テロリストが支配下におく地域での利権を求めたんだ。今はテロリストだがこの状況が数年もつづけば、新たな国家となるだろう。そこで排除が決まった。どう思う? これは真実だ。テロリストグループを支援する男を排除した俺は悪者か」

俺は言葉に詰まった。わからない。何が何だかわからなくなってきた。

「いいか。この世界にはもう正義の陣営など存在しないんだ。誰もが正義であり、見かたをかえれば誰もが悪になる時代だということを、お前らはわかっていない」

「私は、自分を正義だと思ったことなどない」

白川さんがいった。

「オメガが求めているのは、平和と安定。ただそれだけだ。アルファとはまったく逆だろう」

「平和か。確かに世界は平和だった。冷戦時代はな。ソビエト連邦が崩壊して、東ヨーロッパや中東、アフリカで何が起こった？　お前らはそのすべてに対処できると思っているのか。お前らはただ懐かしんでいるだけだ。もうあの時代には決して戻らない。現在の、この混沌《こんとん》に、オメガができることなど何ひとつない。さっさと退場しろ。老い先短い年寄りを殺したいとは、俺も思ってない」

釣り具屋の中は静かになった。白川さんと爺さんは何もいわなかった。

俺も、何といっていいかわからなくなった。

「お前らはなぜ私を監視し、排除しようとしたんだ」

やがて白川さんが訊ねた。力のない声だった。

「『コベナント』の発動で、被害が予測されたからだ。時代遅れの年寄りどもが、古臭い価値観を動機に、微妙なバランスを崩すことをネットワークは懸念した。ネットワークだ。お前らオメガとはちがう」

ネットワーク。俺はその言葉に目をみひらいた。公安部の講習で教わった言葉だ。世界中のテロリストは、もはやひとつの国家やリーダーに縛られてはいない。思想で共鳴し、横につながるネットワークで、個々が活動している。したがって国家やリーダーが失われても、テロ活動に終わりはない。

「お前たちはやっぱり犯罪者だ！」

　俺は叫んだ。

「ネットワークという言葉を今、使った。そこにあるのは、平和を破壊する思想への共鳴だ」

　大将はあきれたように息を吐いた。

「テロリストネットワークと我々のネットワークをいっしょにするとはな。いかにも警察教育に洗脳された小僧の考えそうなことだ」

「では訊くが、アルファネットワークをひとつにまとめている思想は何だ」

　爺さんが訊いた。大将が向き直った。

「新たな利益の創出だ。安定は富を偏在させる。とはいえ不安定は平和を破壊する。平和を失うことなく、偏在する富の移動を促す。それがアルファの思想だ。国際的な紛争、テロをなくそうと考えたのがオメガで、その思想は敗北した。アルファは、決してなくならない複数の対立から富を生みだす。それが世界経済の繁栄につながる」

「さっぱりわからん」

　爺さんが首をふった。俺も同感だ。

「だったら引っこんでいろ」

「引っこむだと？　人の店に銃をもって押し入ってきた者が、何をふざけたことを抜かす」

　大将は首をふり、銃をおろした。

「おだやかに話を進めようと思ったんだが、頭の固い年寄りを相手には難しいようだ。だからひとつだけいって、引きあげることにする。村井！」

「何だ」

　大将は俺を見つめた。

「自分の立場を見失わないことだ。アルファでもオメガでもないお前は、お前だけは、自分の立場を見失った瞬間、存在する価値をなくす」

「俺の立場」

「そうだ。お前の立場こそが、この世界の現実を象徴している」

大将はいって、くるりと背を向けた。

「待てよ！」

ガラス戸に手をかけた大将に俺は呼びかけた。

「サガンを殺したのはあんただろう」

大将の体が止まった。

「サガンが殺された？」

白川さんがつぶやいた。

「俺ではない」

背中を向けたまま大将が答えた。

「じゃ誰が殺したんだ」

「さあな。ネットワークの誰かかもしれないし、お前が知っている人間かもしれん。確かなのは、『コベナント』の発動にお前たちが執着する限り、今後も死人がでるということだ。平和を壊しているのはオメガだ」

いい捨て、大将は釣り具店をでていった。若い男とバンに乗りこみ、そのバンが走り去るのを俺は見ていた。

誰も何もいわない。やがて、

「サガンが殺されたというのは本当か」

白川さんが俺に訊ねた。

「本当です。今朝、自宅の浴槽で死んでいるのが見つかったそうです」

俺は答えた。

「君の上司からの情報か」

「はい」

俺は覚悟を決めた。この場で撃ち殺されても文句はいえない。

「そうか」

白川さんがつぶやいた。

「白川さん、俺は――」

「心配するな、若者。君を責める気はない。君が任務で私に接触したことは、初めからわかっていた」

「本当ですか」

白川さんは頷いた。

「私が疑っていたのは、君がどこまで警視庁の汚染におかされているかだった。警視庁内部にアルファにつながるスパイがいる。あの男のいいかたを借りればネットワークだが。そのスパイに利用されているのか、それとも一味なのか。一味ならば、生かしておくことはできない。だが君はどうやら利用されているだけだとわかった。ならばそばにおき、逆に利用しようと考えた」

「このうすらぼんやりした小僧が警官だと?」

爺さんがいった。

「警視庁もろくな人材がいないようだな」

白川さんは首をふった。

「そんなことはない。彼の化けっぷりはなかなかだった。スパイ小説以外には何の興味もないようなおたくにしか見えなかった。もっとも、人はまるで異なる人格には偽装できないものだ。少しぼんやりしたところは、実際の性格かもしれない」

俺は黙って頷いた。

「清水という男が君の上司なのか」

白川さんが訊ねた。

「そうです。オメガ担当官の警視です」

「そいつが怪しいな」

爺さんがいった。

「さっきの男がどうやってここをつきとめたかを考えると」

立ちあがり、散弾銃をぶらさげたまま居間にあがってきた。邪魔だというように、俺に顎をしゃくった。

俺がどくと、洋服ダンスのひきだしを引いた。風呂敷包みがふたつ入っていた。それをひっぱりだした。

「ここにはもういられん」

タンスの裏側から小さなスーツケースをひっぱりだすと、風呂敷包みをしまいこんだ。

店に降り、ガラス戸にねじこみ式の鍵をかける。「休業」と書かれたボール紙を外に向け、ガラス戸の内側のカーテンを閉めた。

店の中央に立ち、中を見回す。

「この地で二十年、釣り具屋をやった。性に合っていたが、潮どきか」

自分にいい聞かせるようにつぶやいた。

「A4」

白川さんがいった。爺さんは首をふった。

「いいんだ。カバーに安住しておるようなエージェントは使いものにならん。現役に戻らんとな」

そして、

「いこうか」

とつぶやいた。

「君の本業のことはしばらくミクさんには秘密にしておこう。彼女には駅で待機するように命じたので、さっきの男とのやりとりを聞かれていない筈だ」

ミクと待ちあわせたという青物横丁の駅に向かって歩きながら白川さんがいった。

「あの、俺はいっしょにいていいんですか」

　白川さんは立ち止まり、俺を見た。

「君は任務から離脱したいのか」

　スーツケースを引いてあとをついてきた山谷の爺さんも止まった。

「警視庁の任務という点でいうなら、俺はとっくに離脱しています。清水警視は俺に、白川さんを連れて出頭しろと命じました。でも警察内部にスパイがいる疑いがある以上、とても出頭などできません」

「それにもかかわらず、私といる理由は何かね」

「誰がスパイなのかがわからないからです。白川さんといれば、警視庁やオメガ、アルファで何が起こっているのかをつきとめられるかもしれない」

「それだけじゃなかろう」

　爺さんがいった。

「A5といれば安全だと思ったからではないか。警察官のくせに警察が信用できんとなったら、心細くてたまらん。A5なら、お前さんの命を守ってくれるかもしれん。うすらぼんやりしておっても保身の術にだけは長けておるというわけだ」

　厳しい言葉だが、まちがってはいない。白川さん以外、俺には頼る人間がいない。

「その通りです」

　俺は素直に認めた。

「だが後悔するかもしれんぞ。どうやらアルファは、我々が現役だった頃とは様相がかわっているようだ。昔はあんな理屈をこねるエージェントなどおらんかった。現場ででくわせば、殺し合うか知らんふりをするか、どちらかしかなかったものだ。あの男の言葉がどこまで信用できるかはわからんが、この先、誰が味方で誰が敵なのか、さっぱりわからん状況になるだろう。いつ、どこから弾が飛んでくるか……」

駅が見えてきた。商店街の切れ目で、不意にミクが俺の横に現われた。

「うしろにいる爺さんは誰？」

「Ａ４」

「なんでいっしょなの？」

「これからは私もあんたらといっしょだ。よろしく、Ａ２の娘さん」

爺さんがいった。ミクは顔をしかめた。

「娘じゃねえっての。孫」

「孫。そうか、お富さんもそんな年か」

「何いってんだよ」

「車は？」

俺は訊ねた。

「そこのコインパークに止めてある。で、どうだったの？」

ミクは白川さんに訊ねた。

「現われた」

白川さんは短く答えた。

「消した？」

あたりまえのようにミクは訊いた。

「いや」

「なんでだよ⁉」

ミクの目が三角になった。

「興味深い話し合いをした。それについてはゆっくり聞かせる」

10

渋谷のタワーマンションに俺たちは戻った。部

屋に入った爺さん――山谷さんはさほど驚いたようすもなく、

「なかなかいい部屋だ。家具の趣味は悪いが」

といって、スーツケースを開けた。風呂敷包みをひっぱりだし、ベッドサイドのひきだしを開けると、中に押しこむ。

「何やってんだよ」

それを見たミクがいった。

「ここは我々のセーフハウスなのだろう。だったらしばらくは滞在するわけだ。着替えをおいちゃいかんか」

「あんたの部屋でもホテルでもないんだから勝手なことすんなよ」

「誰の部屋であろうと関係ない。任務の遂行に最適な環境を作るのが、潜入工作の第一歩だ」

いって山谷さんはスーツケースの底から散弾銃をとりだした。ひきだしにおさめようか考えたようだが、結局元のスーツケースに戻した。

ミクは白川さんをにらんだ。

「老人ホームじゃないんだ」

「心配はいらん。少しかわってはいるが、Ａ４は信頼ができる」

ミクはあきれたように首をふった。

「本当かよ」

「それより車の中でした、大将の話」

俺はいった。渋谷に向かう道すがら、「ますい」の大将がした話を、俺が警官だという部分を除いて聞かせていた。

「ネットワークって何を意味すると思う?」

「そんなこと」

馬鹿にしたようにミクは鼻を鳴らした。

「決まってんじゃん。かつての組織のように、上意下達のピラミッド構造じゃないっていいたいだけだ。ネットワークは、縦ではなく横のつながりを意味する。宗教や思想、利益追求といった共通点を軸に形成される集団だけど、境界があいまいで構成員の把握が難しい。たとえば活動地域の異なる、AとBの集団があるとする。ふたつの集団の指導者がちがうとしても、目的に共通性があり、構成員の一部に人的交流があればネットワークを形成する。縦構造の組織なら、末端の構成員どうしのつきあいが活動の方向性に影響を与えることはなかったが、横構造の組織では情報が水平に拡散するため、互いに呼応し、近い形での活動をとることがある」

「それによる利点は何かね」

　山谷さんがスーツケースから道具箱をひっぱりだした。釣り具をおさめるような把手《とって》のついたプラスチックケースだ。

「単一の指導者を仰いでいる集団は、その指導者が失われると崩壊する。その集団が大きく歴史があればあるほど、指導者の存在も大きい。つまり暗殺のターゲットにされやすい。小さな集団ならば、指導者が失われても、共通の目的をもつ他集団に組みこまれることで活動は維持される」

「かつて、世界の平和を脅かす集団の指導者を暗殺するのは、我々のようなエージェントの任務だった」

　白川さんがいった。

「指導者の愛人をたらしこみ、要塞のような秘密基地の所在地をつきとめ、忍びこんで爆弾をしかけ、抜け穴から脱出する」

　山谷さんが嬉しそうにつづけた。道具箱の中には電線や粘土みたいなかたまり、工具類がきちんと並べられている。

「スパイ衛星と無人攻撃機の出現が、そういう破壊工作を時代遅れにした」

ミクがいった。

「このふたつのせいで、指導者にとって安全な場所は、世界中のどこにもなくなった。忠誠を誓った命知らずの親衛隊がどれだけの数いようと、居場所を衛星で特定され、無人機がピンポイントでミサイルを撃ちこむ。そうなれば標的とされる指導者になりたがる者などいない。秘密基地に潜入しても、そこにいる全員を殺さない限り、集団の活動を阻止するのは不可能。それがネットワークであることの強みなの」

「アルファもそういう集団に進化した、と」

白川さんがつぶやいた。

「たぶんね。だからアルファのリーダーをつきとめようとか、活動を妨害しようという、オメガの存在意義は失われたって、いいたかったんじゃん」

「そうなのか……」

「じゃアルファとそうでない人間はどう見分ければいい？」

俺は訊いた。

「ネットワークに帰属しているという意識が本人にあるかどうか、だけだね。意識がなくてもネットワークに近い目的をもっていれば、無自覚に活動に協力している者はいるだろうし、意識をしていても、活動できる環境にない場合は、その状況が訪れるまでは休眠しているのと同じ」

「『ますい』の大将はまさにそれだったってことか」

「かもしんない。『コベナント』の発動が、大将に活動する環境を与えた」

　ミクが白川さんを見た。

「大将はどうやって『コベナント』の発動を知ったわけ？」

「私あてに『ますい』にかかってきた電話だ」

「『ますい』にかかってきたって？」

「白川さんは携帯をもってない。だから『ますい』にかかってきて、おかみさんがその電話をとりついだ」

　俺が説明した。

「なんで『ますい』にかかってきたの？」

　ミクが訊ねた。

「私の自宅以外の、非常用の連絡先として『ますい』を教えておいた。大将がエージェントだとは、さすがに私も見抜けなかった」

　白川さんが答えた。

「教えたって、誰に？」

「連絡員だ」

「連絡員」

　ミクが訊き返し、俺も白川さんを見つめた。連絡員がいたなんて話を聞くのは初めてだった。連絡員がいるならば、オメガにエージェント以外のメンバーが存在するということだし、それはつまりオメガが組織的な活動をおこなっている証拠でもある。

「エージェント活動を休止するにあたって、連絡員に経過報告する義務が我々には課せられた。そうだな、Ａ４」

　山谷さんは頷いた。

「私の連絡員はなかなか色っぽい声の女だ」

「それはうらやましい。私の相手はただの機械だった」

「どーゆーこと? ちゃんと説明して」

ミクが眉根をよせた。

白川さんはとりだした葉巻に火をつけた。

「教えられている番号に電話をする。私の場合は留守番電話だった。機械が、メッセージを吹きこめという。そこで何も変化がないとか、『ますい』で飲んでいることが多い、とかを吹きこんだ」

ミクが天を仰いだ。

「ありえねえ。留守番電話かよ」

「山谷さんの連絡員は女性だったんですよね」

俺は山谷さんを見た。

「留守番電話にはかわりがない。ただ機械の声じゃなく、あらかじめ吹きこまれた女の声だったというだけで」

ミクが肩を落とした。

「はあ」

「それは携帯電話ですか、それとも固定電話?」

俺は訊ねた。

「固定電話だ」

白川さんがいった。固定電話なら契約者と住所をつきとめられる。

「じゃさ、そこに電話してこの状況を話したら、誰かが何とかしてくれるわけ?」

ミクがいった。白川さんと山谷さんは顔を見合わせた。

「何をしてもらうんだ?」

山谷さんが訊いた。

「何って……、帰るとこもないんじゃん。それにアルファの活動阻止は不可能だって、居酒屋の大将がいったんだろ。だったら、そう留守番電話に吹きこんだら、誰かが何とかしてくれんじゃゃねえの？」

　ミクはあきれ顔でいった。

「私はここで満足している。立派なセーフハウスだ。それに敵の言葉を信じて手をひくエージェントなど聞いたことがない」

　山谷さんはいった。ミクの目が三角になった。

「あのさ、いい加減気づけよ。あんたらただの年寄りで、何もできないって」

「待った、待った」

　俺は割って入った。

「現実に人が死んでいて、それはオメガエージェントの活動を阻止するのが目的だと考えたら、何もできない筈はない。何かをされたくないから、アルファは三村やサガンを利用し、殺したんだ」

「若者のいう通りだ。我々の活動を恐れている人間が確かにいる」

　白川さんがいった。

「問題は、それがどこにいる誰かってことです。大将のいった言葉を鵜呑みにはできないけれど、サガンを殺したのは自分じゃないといっていた。ネットワークの誰かかもしれないし、俺が知っている人間かもしれないって」

「うむ」

　山谷さんが頷いた。

「奴はこうもいったぞ。『コベナント』の発動に我々が執着する限り、今後も死人はでる。平和を壊しているのはオメガだと」

　俺は山谷さんを見た。

「山谷さんに『コベナント』の発動を教えたのは、A３の息子だといってましたね」

「それは本当かね」

　白川さんが訊いた。

「本当だ」

「奇妙だな」

白川さんはつぶやいた。

「何が奇妙なんです?」

俺が訊く。

「『コベナント』の発動の通知は、A5から始まる一方通行というのがとり決めだ。私だけにまず連絡があり、そこから私が他の四人に発動を知らせていく。そういう手順になっていた」

「その手順を決めたのは誰さ?」

ミクがいった。

「A1だ」

ミクは山谷さんに目を移した。

「A3の息子というのは誰よ」

「駿河啓治《けいじ》という。初めて電話をするといって、昨晩、店にかけてきた」

「なんで息子なわけ?」

「跡を継いだといっておった」

「死んだんですか、A3は?」

「どうやらそのようだ」

俺の問いに山谷さんは答えた。

「ちょっと待って。跡を継ぐってどーゆーこと? エージェントって世襲制なの?」

「そうではないが、子供に才能が遺伝することはある。実際、ミクさんにも遺伝しておるではないか」

「あたしは子供じゃなくて孫だから」

「孫でも子孫にかわりはない。お富さんの若い頃にそっくりで、あんたは美人だし、頭も切れるようだ」

山谷さんがいうと、ミクは鼻を鳴らした。

「ありがとさん。嬉しくねーけど」

「息子はどうやって『コベナント』の発動を知ったのでしょう?」

俺はいった。

「さてな。父のかわりに連絡しました、といっただけだ」『コベナント』が発動されました、といっただけだ」

山谷さんは肩をすくめた。俺は白川さんを見た。

「A3はどこに住んでいたんです?」

「埼玉だ。大宮の住所を私は覚えている」

「私の聞いた話はちがう。息子は今、目黒に住んでおるといった」

山谷さんがいった。

「調べるっきゃないね、その大宮の住所を」

ミクがいって、部屋にあるタブレットを手にした。

「住所いってみて」

「埼玉県大宮市——」

いいかけるとミクがさえぎった。

「埼玉県さいたま市大宮区だね」

「そうなのかね?」

「ええ、大宮市は大宮区になりました」

俺は頷いた。

「えーと、つづきの住所だが……」

少し考え、白川さんは町名と番地をいった。

「一戸建てってこと?」

部屋番号がないのでミクが訊き返した。

「そう聞いておる」

ミクの指がタブレットを操作した。

「それで家がわかるのかね?」

「グーグルマップだろ?」

俺はいった。ミクは無言で頷いた。

「何だ、それは?」

「住所を打ちこむと、そのあたりの写真がでるんです」

「日本中どこでもかね？」

「世界中だよ。一部地域をのぞいて」

ミクが答えると、白川さんは首をふった。

「信じられない。確かにエージェントなど必要のない時代のようだ」

山谷さんは黙っている。が、同じ気持らしいのは顔でわかった。

「あー」

ミクがいった。

「その住所に家はないね。マンションが建ってる。えーと、マンションの名前で築年月日を検索すると……」

五年前に建てられたものだということがわかった。

「じゃあＡ３は五年くらい前に亡くなって、息子が土地を処分したのかもしれませんね」

俺はいった。

「それはいいとしよう。『コベナント』の発動をどうやって知った？」

白川さんがいった。

誰も何も答えなかった。

「本人に訊くしかないのじゃありませんか」

俺はいった。

「そうだな。だが連絡手段は？」

「スルガケイジの字は何て書く？」

ミクが訊ね、山谷さんが教えた。やがて、

「フェイスブックやってるみたいだ。同姓同名の別人かもしんないけど」

ミクがいった。

「フェイスブックとは？」

白川さんがいった。

「えーと、インターネットでつながるお友だちグループです。出身地や学校、職場、趣味などで、仲間を見つけられる」

　答えながら、絶対理解できないだろう、と俺は思った。

「山谷登Ａ４で、お友だち希望だしてみよっか」

　ミクが俺に同意を求めた。俺を信頼してるからじゃなく、フェイスブックについてわかるのが俺しかいないからだ。

「でもそのタブじゃまずくない？」

「そうだ。じーさん、携帯もってる？」

「もっとらんよ」

　ミクは目玉を回した。

「駄目じゃん」

　そのとき玄関のドアがいきなり開いた。タトゥとピアスだらけの、ケンとかいうこの部屋のオーナーだった。カードキィを手にしている。

「何だよ、ケン！」

　ミクが目を丸くした。

「お前のスマホつながんないからさ」

　ケンがいった。

「で、何なわけ？」

「悪いけど、今すぐここをでてってほしいんだよね。今日ちょっと使わなきゃいけなくなってさ」

　いいながらケンは、俺と白川さんや山谷さんをじろじろ見た。

「話、ちがうじゃん。しばらく大丈夫だっつったのに」

「すまん」

　ミクはじっとケンの顔を見つめた。

「何か隠してる」

「何を」

ケンは訊き返した。

「うちらにでてけっていう理由。あんたが使うんじゃない。誰かに追いだせっていわれた」

ケンは瞬きした。

「何いってんだよ。本当に俺が使うんだってばよ」

ミクは首をふり、ケンに詰めよった。

「いいや、ちがう。あんたの嘘つくときの癖をあたしが知らないと思ってんの？　嘘ついた、今」

「うっせー！」

ケンが声を荒らげ、俺は緊張した。が、ミクにはまったく怯むようすはない。

「ほら、そうやって大声だすのも、ヤバいときの癖」

ケンは舌打ちした。

「ホントお前ってやりにくい奴だな。いろいろあって断われねえんだよ。頼む、でてってくれ」

「よいかね、若者」

白川さんがいった。

「よくねーよ。爺さんはひっこんでろ。これは俺とミクの話だ」

ケンがいった。

「口のききかたを知らん若造だ。しつけがなっとらん」

山谷さんがいって、スーツケースに手をのばした。中には散弾銃が入っている。

「ちょっと待ってください」

俺はケンとミクのあいだに立った。

「ご迷惑をおかけしたのならあやまります。ただ、いきなりでていけといわれても我々にも事情がありまして。それに今、いろいろあって断われないといいましたが、何を断われないのでしょう」

ケンはいらついたように頭をかいた。唇をかみ、俺とミク、そして白川さんと山谷さんを見やった。

「お前ら、何やらかしたんだよ」

やがてケンはミクに訊いた。

「何？」

「お前らのこと、捜してるんだ」

「誰が」

「磯崎《いそざき》連合」

「誰それ」

「極道だよ。爺《じじ》い二人と男女の四人組って。きのうの夜回ってきて、やべえと思った」

「うちら別に極道ともめてないし」

「そんなの知らねえよ。けどお前らかくまってたら、俺もヤバいんだよ」

「どうヤバいのですか」

俺は訊いた。


「だから磯崎連合とはいろいろつきあいがあってさ。にらまれると――」

いいかけたケンがヒップポケットに手をやった。スマホをとりだし、画面を見て舌打ちした。

「もう、かよ！」

耳にあてる。

「あ、俺っす。すいません、ちょっと待ってください。いや、それが――」

息を吐き、スマホをおろした。とたんに壁にとりつけられたインターホンが鳴り、付属の画面が点った。ひと目でやくざとわかる男たちが数人、映しだされている。エントランスにいるようだ。

「下にきてるんだ」

ミクがいった。ケンはうつむいた。

「つまりあんた、うちらのこと売ったんだ」

「だから、穏便にすまそうと思って、きたんだよ」

　インターホンがさらに鳴らされた。オートロックを開けろとやくざが要求している。

「あけてやんなさい」

　白川さんがいった。

「なぜやくざが動いているのかを知りたいものだ」

　ミクが白川さんを見た。そのスキにケンが動いた。インターホンのドアオープナーを押す。

　画面の中にいたやくざが動いた。

「何人おるんだ」

　山谷さんがいった。

「なんで」

　ケンが訊き返した。

「いいから答えろ」

　スーツケースからだした散弾銃をケンに向ける。

　ケンはぽかんと口を開いた。

「マジかよ」

「五人」

　ミクがいった。

「カメラに映ってたのは五人だった」

「ではまず全員、部屋の中に入れよう」

　白川さんはいって、とりだした拳銃にサプレッサーをつけた。ケンの口がますます広がった。

「これって映画のロケか何か？」

「わけねえじゃん！」

　ミクが怒鳴って、ケンをつきとばした。

「うちら売った以上、覚悟してるよね」

「か、覚悟って――」

　ケンの口が閉じた。銃口をケンに向けた白川さんが唇に指をあてたからだ。

「彼らがあがってきたら、ドアを開け、全員を部屋の中に入れるんだ」

「そ、それ本物かよ」

「ミクさん、正面に立って。君がいれば、入ってきた者はまず君を見る」

ミクは白川さんの言葉通り、リビングの中央に立った。

「A4は、そちらに。散弾銃は音がでかい。使うのは最悪の場合に限られる」

「了解」

山谷さんは客室とのドアの境に立った。白川さんが俺にいった。

「君はこの若者と、全員を中に案内する役だ。あがってきた者全員が室内に入ったら、ドアを閉め、ロックをかけるように」

「わかりました」

ドアホンが鳴った。白川さんはケンを見た。

「わかっていると思うが、妙な真似をしたら、君は死ぬ」

「いこう」

俺はケンにいった。ドアホンが再度鳴らされた。

リビングと玄関をつなぐ通路に、ケンの背中を押しやった。

「何なんだよ、あんたら」

ドンドン、とドアを叩く音がした。向こうで何か喚《わめ》いている。

「やべえ」

ケンがつぶやき、ドアロックを解いた。

「遅えんだよ、こらぁ」

ジャージを着たドチンピラという感じの男がドアを開け、怒鳴った。うしろに四人並んでいる。チンピラのすぐうしろに四十くらいの髪の薄い男が立っていた。スーツを着て眼鏡をかけている。

「いるのか、全員」

その男がケンにいった。

「はい」

ケンは頷いた。チンピラがケンを押しのけ、あがりこんだ。横に立つ俺をつきとばす。

「邪魔だ、おら」

リビングに向かった。俺は目を伏せた。スーツの男がつづき、俺をにらんだ。俺は目を伏せた。さらに三人の男が部屋に入った。

玄関の外の廊下に誰もいないことを確認し、俺は扉を閉め、鍵をかけた。

入ってきたやくざたちは、リビングにあがりこむと、ミクをとり囲んだ。リビングの左右の端に、白川さんと山谷さんが立っている。二人は銃をもった手を背中に回し、隠していた。

「お前らか」

スーツの男がいった。

「お前らかって、何の話よ」

ミクが訊き返した。

「あの――」

ケンがいいかけた。俺はその肩をつかんだ。ふりむいたケンに首をふる。よけいな警告をするなという意味だ。

「知らねえとは驚きだな、おい」

やくざのひとりがわざとらしくいった。

「見つかりしだい本部に連れてこい、といわれているのに、理由を本人たちが知らねえってか」

「あの、小杉《こすぎ》さん――」

ケンが俺の腕をふり払っていった。

「我々が何をしたというんだ?」

山谷さんがいい、ケンをふりむきかけたスーツの男が首を巡らした。この男が小杉のようだ。

「さあな」

小杉はじろじろと山谷さんを見つめた。

「お前ら、警察にも追われてるらしいじゃねえか。だからこいつのとこに逃げこんだのだろうが」

ケンを顎で示す。

「ヤバいですよ、小杉さん」

ケンはいった。

「何がヤバいんだよ⁉　ワケわかんねえことといってんじゃねえぞ、このクソプッシャーがよ」

ジャージのチンピラがケンをつきとばした。

「無意味な暴力はやめなさい」

白川さんがいった。チンピラが向き直った。

「今、何つった？　おい」

白川さんに詰め寄る。

「誰が暴力ふるったっつんだよ」

下から白川さんの顔をにらみつける。

「君だ。暴力で人を支配する快感には中毒性がある。が、その快感に溺れていると、結局は命を縮めることになる」

チンピラはぽかんと口を開けた。

「意味わかんねえ。何いってんだ、爺い」

「殺しちゃえば」

ミクがいった。

「は？」

チンピラがミクを見た。

「誰が誰を殺すんだ？　こら」

ミクの首に手を回した。

「しょうもねえことといってると、今この場でつっこむぞ！」

ミクをひき寄せようとする。ミクがその手首をつかみ、逆に捻《ひね》りあげた。

「あっ、痛っ、放せ！　この――」

チンピラは呻き声をたてた。ミクがさらに手首をねじりあげると、床に膝をつき、わめいた。

「クソ女！」

「おいおいおい！」

やくざのひとりがミクに手をのばそうとして、固まった。白川さんがサプレッサーつきの拳銃を向けたからだ。

「何だ、それは」

小杉が目をみひらいた。

「いっておくが、オモチャではない。映画やテレビのロケでもない」

小杉の表情がかわった。

「どういうことだ」

ミクがチンピラの手首を放し、つきとばした。つんのめるようにして山谷さんの足もとに転がったチンピラが、ひっと息を吞んだ。

山谷さんが散弾銃をかまえていたからだ。

「我々を連れてこいといっているのは、本部の何者かね？」

白川さんが小杉に訊ねた。小杉は白川さんをにらんだ。

「そんなことをベラベラ喋ると思ってんのか、爺い！　撃てるものなら撃ってみろや」

白川さんが撃った。小杉がぎゃっと叫んで左膝を抱え、もんどりを打った。

「手前《てめえ》！」

「何しやがる」

やくざたちが凍りついた。

「撃てといったのはこの男だ。君らの世界では、度胸は能力をはかるひとつのモノサシになるかもしれないが、我々の世界では、ああいう発言は愚かな挑発でしかない」

白川さんはいった。

「お前らの世界ってのは何なんだ」

小杉が歯をくいしばっていった。

「シークレットエージェント」

山谷さんが答えた。

「はあ?」

小杉が目をむいた。ミクがバスルームからタオルをとってきて小杉に投げた。

「これで縛っときな、出血多量で死にたくなけりゃ」

「待った」

山谷さんがいった。タオルを手にした小杉の顔に散弾銃を向ける。小杉は頭を抱えた。

「この男はまだ質問に答えていない。お前たちの中にも答を知っている人間はいる筈だ」

残りのやくざにいった。今にも撃ちそうだ。

「撃つなっ」

やくざのひとりが叫んだ。

「本部長の長野《ながの》さんだよ」

「なるほど。本部長の長野という男が、我々を捜し、連れてこいと命じた。年寄り二人と男女という組み合わせのグループで、警察に追われていると説明したんだな」

「そうだよ」

山谷さんは小杉に顎をしゃくった。

「携帯電話をだしてもらおう」

小杉が血まみれの手を震わせながら、スマホをだした。ミクがうけとり、操作した。

「長野って二人いるけど、どっち?」

「本社ってついてるほうだ」

小杉が答えた。

「あの、俺、帰っていいすか」

ケンが不意に訊ねた。

「これ以上、巻きこまれたくないんすけど」

「ムシのいいことといってんじゃないよ」

「ふざけんな!」

ミクとやくざの両方に怒鳴られ、ケンは首をすくめた。

「お前もこいつらの仲間なのか」

小杉が苦しげに訊いた。

「ちがいます! 本当に、ただの知り合いです」

「そんなことより、これからその長野という男に電話をする。なぜ我々を捜しているのかを訊いてもらいたい」

白川さんがいった。ミクに頷く。

「スピーカーホンにするからね」

ミクはいってスマホをいじり、小杉に返した。

呼びだし音が鳴っている。やがて、

『はい、長野』

横柄な男の声が応えた。

「お疲れさまです。渋谷の小杉です」

『おう、お疲れさま。どうした?』

「本部からの通達にあった四人組の件でお電話しました」

『見つけたのか⁉』

長野の声のトーンがあがった。

「それが……」

『見つけたのか、見つけてないのか、どっちだ⁉』

「かわろう」

白川さんがいって手をさしだした。スマホを渡した小杉は、ここまでで限界だったのか、タオルを膝にあて床につっ伏した。

「電話をかわらせていただいた。私は、君らが捜している人間のひとりだ」

白川さんが告げた。

『何だと』

長野が息を呑んだ。

「私と君ら暴力団とのあいだに接点はない。なのになぜ捜すのか、その理由を知りたくて小杉さんの手をわずらわせた」

『あんたの名前を教えてくれ』

「白川という」

長野が大きなため息を吐くのが聞こえた。

『理由は、本部にきてくれたら話す』

「そうはいかん。君らは、我々の口を塞ぐよう、要請されているのではないかね」

『今日び、極道に人殺しを依頼するような奴はいない。アウトソーシングって奴でね。人殺しは外注が基本なんだ』

長野は答えた。

「では、誰かに引き渡すということか」

『そいつはきてくれるまで答えられない。悪いが、小杉に電話を戻してもらえないか』

「それはちょっと難しい」

『なぜ』

「私が膝を撃った。痛みで今、気絶している」

『何だと⁉』

「君の答をもらえないと、小杉さんとそのお仲間全員をここで殺さなければならない」

「おいっ」

「何てことをいいやがる」

「しっ」

山谷さんがやくざたちにいった。

『手前、本気でいってるのか』

長野の声にすごみが加わった。

「君らの依頼人は、私たちが何者なのかを教えなかったのか」

『聞いてねえ』

「そうか、残念だ」

白川さんはいって、ミクにスマホをさしだした。

「切っていい」

ミクは一瞬目をみひらいたが、うけとり、通話を切った。

すぐにスマホが振動音をたてた。画面を見たミクが、

「今の奴」

といった。白川さんが頷いた。ミクがスマホを操作した。

『もしもし！』

長野が叫んだ。スマホを手にした白川さんが、

「何かね」

と訊いた。

『殺してねえだろうな⁉』

「まだだが、これから始める」

『俺がそっちへいく！　だったらいいだろう？』

長野が訊ねた。

「君がきて何をする？」

『あんたらと話し合う』

「私は話し合いを望んでいるわけではない。私の欲しいのは情報だ。その対価が、君の仲間の命だ」

『手前、本気でいってるのか』

白川さんはジャージのチンピラにスマホを向けた。

「どう思う？　我々は本気じゃないかね？」

山谷さんがチンピラの後頭部に散弾銃をあてがった。チンピラの顔がくしゃくしゃになった。

「こいつら本気っす！」

チンピラは泣き声をだした。

『わかった、わかったよ！　あんたらを連れてこいといったのは、新宿のラオさんだ』

「ラオ？」

白川さんはくり返した。

『そうだ』

「面倒な奴がでてきおった」

山谷さんがつぶやいた。

「知り合い？」

ミクが訊ねた。山谷さんは頷いた。

「ラオには私から連絡をしよう。連絡先を教えてもらいたい」

白川さんが長野にいった。

『それはできねえ。勝手に連絡先を教えたと知れたら、ラオさんが怒る』

「彼とは旧知の仲だ。久しく会ってはいないが」

『本当か⁉』

「龍虎《りゅうこ》という二人のボディガードを連れているラオだろ？」

白川さんがいうと、しばらく間が空き、

『その通りだ』

と長野は認めた。

「まだ生きていたとはな」

山谷さんは首をふった。

『ラオさんに連絡をつけるには、新宿の「西国《さいごく》酒家」って飯屋に電話をして、ラオ会長にとりついでくれというんだ』

長野はいった。

「『西国酒家』のラオ会長だな」

『そうだ。教えたのだから、そいつらを殺さないでくれ』

「わかった。解放しよう」

『あんた、いったい何者なんだ?』

「小杉さんに訊くのだな」

いって、白川さんは電話を切った。切りかたは、ミクの操作を見て覚えたようだ。

「何なの、そのラオって」

ミクがいった。

「それに答える前に」

白川さんはやくざに目を向けた。

「いきさつは聞いた通りだ。ひきとってもらおうか」

やくざたちは顔を見合わせた。小杉を抱え起こし、チンピラがおんぶする格好で背負う。

いっしょにでていこうとするケンをミクがひきとめた。

「ケンは待った」

ケンはいきなり土下座した。

「勘弁してくれ。いくらでもここにいていいから。サツにもいわない、本当だ」

ミクは腰に手をあてた。

「信用できない」

「信じてくれ。サツに知られたら、俺だって困るだろ?」

「貸して」

ミクは白川さんに手をさしだした。

「この若者を撃つのかね?」

ミクは頷いた。

「あたしらを売った報いはうけさせなきゃ」

「許してくれよ!」

ミクは首をふった。

「許さない」

「殺すことはないよ」

俺はいった。

「あんたは黙ってて。裏切られたのはあたしなんだ」

「人を殺したことがあるのかね？」

白川さんが訊ねた。

「ない。でも平気」

「頼むよ、ミク。この通りだから」

ケンは額を床にこすりつけた。

「銃は貸せない」

白川さんは首をふった。

「ケチ」

「私のを貸そう」

山谷さんがいった。

「ただし、これだとあとの掃除に苦労するが」

「山谷さん」

俺は非難の意味をこめて見つめた。


「何だね？　エージェントをやっておれば、いずれは経験することだ」

俺を見返し、山谷さんは散弾銃をミクにさしだした。うけとったミクは、

「重っ」

とつぶやいた。

「しっかり握って撃たんと、弾があちこちに散らばって、たいへんなことになる」

ミクは唇をひき結んだ。散弾銃をケンの顔に向ける。わあっと叫び、ケンは床につっ伏した。

ミクの人さし指が散弾銃の引き金にかかった。

ミクはぐっと頰をふくらませた。

「ミクさん――」

俺はいった。ミクがフンと鼻を鳴らした。銃口が床を向いた。

「やめとく。こんな奴殺して、嫌な気分になりた

くねーし」

　俺はほっと息を吐いた。山谷さんが手をだした。

「では返してもらおう」

　ミクは無言で散弾銃を返した。

「撃てるとは思っておらんかったよ。命拾いしたな、若い衆」

　山谷さんは笑い声をたてた。ケンの返事はなかった。のぞきこむと、白目をむいて失神していた。

11

「ラオというのは何者なんです？」

　とりあえずケンを縛りあげてバスルームに閉じこめた。そこなら垂れ流しても困らない。

「中国人だ。台湾《タイワン》出身とも中国本土出身ともいわれている。台湾と中国の双方の情報機関とつきあいがあり、そのときそのときの情勢で、どちらの味方にもなるし敵にもなる」

「いかにもすぐに殺されそうな男ですけど？」

　俺はいった。

「それはスパイ小説の中での話だ。現実の社会では、そうした情報通を殺す者などいない。生かしておいたほうが役に立つ」

　白川さんが答えた。

「パイプと同じだ。何かと何かをつなぐ役割を果たしておる。塞ぐのは簡単だが、そこにパイプがあるとわかった上で利用するほうが便利だろ」

　山谷さんがいう。ミクはおとなしかった。ケンを撃てなかった自分に腹を立てているようにも見える。

　何か言葉をかけてやりたいが、何といっていいかわからず、俺はラオの話を始めたのだった。

「ラオは昔から日本の裏社会ともつながりがあった。日中の密貿易に深くかかわっているからな。そのラオが我々を連れてこいと暴力団に命じるとはな」

「ラオがアルファのメンバーだという可能性はありませんか」

俺はいった。

「いや。ラオとアルファに関係があるという情報はなかった。ラオが動くとすれば、中、台どちらかの国の利益がからんでいる」

「我々をつかまえて、中国や台湾が得をするとは思わんがの」

山谷さんがいった。

「バランコフに訊いてみるか」

白川さんはつぶやいた。

「奴なら、何か知っているかもしれん」

「いいけどさ、A3の息子の件はどーすんの?」

ミクが口を開いた。

「『コベナント』の発動を誰が教えたのか調べるんじゃねーの?」

「それもそうだった。どうも忘れっぽくていかん」

「この際、ふた手に分かれませんか」

俺はいった。

「ふた手?」

山谷さんが訊き返す。

「ラオについて調べるチームと、A3の息子について調べるチームに分かれるんです」

俺は答えた。

「そうだな。どちらかを後回しにするというわけにもいかないし、四人の構成を敵に知られてしまった以上、二チームに分かれるのが賢明かもしれ白川さんが頷いた。

そうなれば当然、白川さんと俺、山谷さんとミクという組み合わせになる。俺とミクが組んでも、まともな調査ができるわけがない。

白川さんと俺チームがラオを、山谷さんとミクチームがＡ３の息子について調べることになった。

「ここには戻ってこないほうがいいでしょうね。さっきの連中が仕返しにくるかもしれない」

俺がいうと、

「じゃ、どーすんの」

とミクが訊いた。

「あまり気は進まないが、バランコフに頼んでみるか」

白川さんはいった。

「元ＫＧＢのか。信用できるとは思えんが」

山谷さんが首をふった。

「確かに全面的に信用できるとはいいがたい。だがこの状況で信用できる者がいるかね？　警察もおそらくＣＩＡも信用できない」

白川さんがいうと、山谷さんは頷いた。

「確かにな。アルファも我々が知っていた頃とは変化している。いったい誰を敵に回しているのか、わからなくなってきた」

「それについて知っている可能性があんのが、Ａ・３の息子じゃない？」

ミクがいった。

「ラオもな。ただしラオがアルファだとは思えんが」

「よし。とにかくふた手で動こう。車は――」

「そっちで使っていいよ。うちらはケンの車を使う」

ミクがいって、バスルームに入っていった。やがてキィを手に戻ってきた。

「気がついてた?」

俺は訊ねた。ミクは頷いた。

「助けてやるから車をよこせっていったら、大喜びでよこした」

俺は白川さんを見た。

「では我々が先に出発する。連絡は――」

「A1のところで落ち合うというのはどうだ? まだ横須賀にいるのなら」

山谷さんがいった。

「知っていたのか」

「もちろんだ」

「ではそうしよう。ランデブータイムは十五時だ」

山谷さんが頷き、白川さんと俺はケンの部屋をでた。

「いつの午後三時に会うんです?」

エレベータに乗りこむと、俺は白川さんに訊いた。

「毎日、午後三時だ。明日両方がこられたら明日。こられなければ明後日《あさって》。ただし必要な情報を入手してから、ということになる」

悠長というか、気の長い話だ。

「そういうのって、よくするんですか?」

「日にちを決めない、ランデブーかね。そうだな。私の知り合いは、東ドイツ時代のベルリンで、四年間、毎日十六時に、とある公園のベンチにすわっていたことがある」

俺は息を吐いた。あたりまえの話だが、スパイも派手な仕事ばかりじゃないってことだ。

今だったら携帯電話があるからそんな必要はな

いと考えがちだが、現実には俺もミクも携帯をもっているのに使えない状況だ。昔だって手紙や無線があった。それが監視されていたら使えないという点では、かわらない。

結局、時代がかわっても、安心できるやりかたは限られているというわけだ。

渋谷のタワーマンションをでた俺は白川さんにいわれ、SUVを新宿に向け走らせた。この車も、いつまでもは使えない。公安部にナンバーを知られている以上、Nシステムで動きを簡単につかまれてしまう。

「バランコフに、新しい車を頼めませんか」

俺はいった。

「Nシステムか。狭い国土に対応したシステムともいえる。歌舞伎町の区役所通りに向かいたまえ」

「了解しました」

時刻は夜九時を過ぎ、さすがに俺も疲れていた。区役所通りはタクシーの空車が連なっている。

「どこか駐車場に車を止めるといい」

白川さんがいったので、俺はゴールデン街の入口に近い立体駐車場にSUVを止めた。

駐車場をでると白川さんは、区役所通りを職安通り方向に歩きだした。

「やっぱりラオは新宿にいるのですか」

歩きながら俺は訊ねた。

「やっぱりとは？」

「中国人といえば新宿というイメージがあるので」

「いや、今私が向かっているのは今夜の宿だ。若者も疲れたろう」

「宿？」

俺が訊き返すと、白川さんは頷き、区役所通りを右に折れた。歌舞伎町のホテル街だ。まだ時間が早いが、けっこうカップルが歩いている。

「エルミタージュ」というホテルの前で白川さんは立ち止まった。

「ここがいい」

「男二人では入れてくれないと思います」

「試してみよう」

白川さんは入口をくぐった。部屋の写真を並べたパネルがある。空き部屋には明かりが点り、使用中の部屋は消えている。半分近くの部屋が使用中だった。

最上階に、番号ではなく「クレムリン」と書かれた部屋があり、使用中になっている。そのボタンを白川さんは押した。

「いや、そこは――」

俺がいいかけると、パネルの裏の受付に向かい、

「ダーイチェ、パジャールスタ、クリューチ、アトノーメラ」

といった。すると、ガシャンとキィホルダーのついた鍵が押しだされた。

「入れてもらえたようだ」

すました顔でいって、白川さんはキィホルダーをつまんだ。エレベータに向かう。

俺はようやく気づいた。「エルミタージュ」という名前といい、ここも「シャカラート」と同じく、ロシアの情報機関が経営しているにちがいない。

「今の合言葉は何ですか」

エレベータの中で俺は訊ねた。

「部屋の鍵をください、だ」

「クレムリン」は、ダブルベッドがふたつおかれ

たスイートルームだった。そのひとつに腰をおろし、俺はほっと息を吐いた。

長い一日だった。できればシャワーを浴び、すぐにでもベッドにもぐりこみたい。だがそうはいかないことはわかっている。

案の定、部屋のチャイムが鳴った。白川さんがサプレッサーつきの銃を手に、入口に向かった。

バランコフだった。今日は若い男をしたがえている。白人ではなく、日本人のようだ。

「シラカワ、こんなに早く再会することになるとはな」

若い男は部屋の入口にとどまり、バランコフだけが中に進んできた。今日はスーツにネクタイをしめている。

「ワシリー、どうやら私はあまりに長く現役を離れすぎていたようだ。理解に苦しむ事態になっている。君の力を借りなければ動きがとれない」

バランコフは右手の人さし指を立て、俺を見た。

「若者、貸した車はどうした？」

「区役所通りの立体駐車場にあります」

バランコフが手をさしだしたので、俺は白川さんを見た。白川さんは頷いた。駐車券とキィをバランコフに手渡す。

バランコフは入口で控えていた男に指を鳴らした。男が進みでてキィを俺にさしだした。

「一階の駐車場に止まっているプリウスだ」

どうやら車をとりかえてくれるらしい。

「ありがとうございます」

「いや。ミムラを消したのはシミズかね？」

バランコフが訊いたので、俺は固まった。

「何を驚いている。君が刑事だというのは、あのあとすぐ調べがついた。シミズの下で、シラカワの監視任務についていたのだろう？」

俺は頷いた。

「おっしゃる通りです」

「サガンと三村を消した者たちの目的がわからない」

白川さんがいった。

「私たちは三村がアルファのメンバーで、サガンの口を封じたと考えていた。が、それほど単純な話ではないようだ」

バランコフは白川さんを見た。

「ミムラの狙撃犯の名を我々はつきとめている」

「『ますい』の大将ですか」

俺がいうと、バランコフは苦笑した。

「タイショウ？　『コック』と呼ばれているが、タイショウと『コック』は同じ意味なのか」

「料理人という意味では同じだ。フリーの殺し屋ではないのか」

白川さんがいった。

「フリーといえばフリーだが、十数年、仕事をしておらず、引退したと考えられていた。一方、ミムラはＣＩＡが日本の警察に監視を依頼していたテロネットワークのスポンサーだった。『コック』がミムラを殺した結果、ネットワークは資金面での打撃を受けるだろう」

「三村はアルファのメンバーではなかったのですか」

俺は訊ねた。大将がアルファなら、その大将に殺された三村がアルファだとは考えづらい。

「元アルファ、というべきだな。アルファも組織内で分裂が起こっているようだ」

バランコフは答えた。

「分裂の内容は？」

白川さんの問いに首をふった。

「そこまではつきとめられない。『コック』は、我々の調査では、創設時のアルファメンバーに雇われ、シラカワを監視していたようだ」

「そのメンバーとは誰だ？」

「タカムラ。ケイスケ・タカムラだ」

「高村。死んだと聞いていたが」

「誰です？」

俺は白川さんに訊ねた。

「高村圭介は、本名をジョージ・タカムラという日系二世だ。ＣＩＡの駐在員として日本にいたが、ＫＧＢに買収され、裏切った」

「あのときのＣＩＡはタカムラに復讐しようと躍起だった。タカムラがボディガードに雇ったのが、若い頃の『コック』だ」

バランコフがいった。

「じゃ、若い頃から相当腕がよかったんですね」

俺はいった。

「なぜそう思う？」

「だってＣＩＡが狙っている人間を守るなんて、腕がよくなけりゃ無理でしょう」

バランコフと白川さんは目を合わせた。

「狙われた期間は短い。せいぜいひと月かそこらだ」

白川さんがいった。

「えっ。そんなにすぐ殺されちゃったのですか」

「いや。ＫＧＢに寝返ったとはっきりした時点で、逆情報を流すパイプとして利用されたのだ」

白川さんが答えた。

「あのカウンターには参った。タカムラの情報を重要評価していた人間は皆、痛い目にあった。クレムリンは、一時タカムラを消すことを考えたほどだ」

バランコフがいった。カウンターというのは、わざと流された偽の情報のことだろう。

「それじゃあＣＩＡと同じじゃないですか」

そんな昔話を聞くだけで、スパイ小説好きの俺はわくわくする。

「そういうことだ。が、ＣＩＡと同じ理由でクレムリンも暗殺を躊躇《ちゆうちよ》した。使い途《みち》があると踏んだわけだ」

白川さんがいった。

「考えてみると、タカムラがアルファの創成メンバーであるのは当然ともいえるな」

バランコフが頷いた。

「どうしてです？」

「高村は、ＣＩＡからもＫＧＢからも、信用のできないダブルエージェントの烙印《らくいん》を押された。東西どちらにも助けを求められず、結局信用できるのは、金を払った者だけという立場になった。優秀なエージェントが帰るべき祖国を失えば、ビジネスに生きるしかない」

俺にもその言葉の意味が何となくわかった。祖国からも敵からも信用されないスパイは、糸の切れた凧《たこ》と同じだ。だが経験豊富で頭の切れるスパイなら、生きのびる方法を見つけられる。ただしそれには金が必要だ。

「タカムラはまだ生きている筈だ。中国人に化け、今は香港《ホンコン》で暮らしていると聞いた」

バランコフがいった。

「中国人に？」

「金で香港の永住権を買ったのだ。香港からカナダやアメリカに逃げだす者が多い時代に、逆をしたわけだ」

「その道すじをつけたのは誰だ?」

白川さんが訊いた。

「さあ。なぜそんなことを気にする?」

バランコフは首を傾げた。

「裏社会の人間を使って、我々を追っている者がいる。それがラオだという情報を得た」

白川さんはいった。

「ラオが? なぜだ」

「ラオとアルファは無関係だと思っていたが、今の話を聞いて、そうではないような気がしてきた。高村に香港籍を手配したのがラオなら、アルファとつながりがあることになる」

「なるほど。ラオに会いにいくか」

「そのつもりだ」

「では私たちもつきあおう。君らだけでは、ラオと会うのは難しい」

バランコフはいった。

「ラオはあいかわらず『西国酒家』を本拠地にしているようだ」

白川さんがいった。

「『西国酒家』か。あそこで中国安全部の連中と何度やりあったことか。頭の固い奴らばかりで参ったものだ」

バランコフは首をふった。

「いこう」

白川さんはいって立ちあがった。

ホテル「エルミタージュ」を徒歩で俺たちはでた。バランコフともうひとりにしたがい区役所通りを渡り、バッティングセンターの裏の方角へと向かう。

「西国酒家」はすぐにわかった。俺自身、このあたりにくれば何度も見ている建物だった。古い一戸建てで、蔦《つた》が屋根から壁にかけ、びっしりとからんでいる。もう何十年も、歌舞伎町のここにあるとひと目でわかる古さだ。老舗といえば聞こえはいいが、見かたをかえればお化け屋敷だ。

三階だての木造の建物は、大地震がきたら倒壊しそうに見える。

入口のすぐ奥に、円卓が並んでいた。入ったとたん、俺は嫌な予感がした。一階の円卓の大半が埋まっていて、それがすべてやくざの客だったからだ。

「イラッシャイマセ」

白いシャツに蝶《ちょう》タイをつけた中年の男が我々を迎えた。

「四人ですか」

バランコフが頷いた。

「ミスター・ラオは上にいますか?」

「会長ですか? はい、います」

蝶タイの男が答えた。うしろを気にしている。

案の定、やくざのひとりが立ちあがり、近づいてきた。

「ラオ会長に、どんなご用件でしょう?」

バランコフの顔をのぞきこむ。

「あなたは?」

バランコフが訊ねた。

「私は、ラオ会長の友人で長野といいます。ラオ会長のボディガードですよ」

磯崎連合の長野にちがいない。白川さんがここにラオを訪ねてくると考え、先回りしたのだろう。

「ボディガード? 大丈夫です。私はラオさんとは古い友だち」

バランコフがいうと、長野はうしろにいる俺たちに目を向けた。小柄だが陰険な目つきをして、濃紺のスーツを着けている。

「こちらさんは？」

「彼はもしかすると、あなたのことを知っているかもしれない。シラカワという」

バランコフが答えた。とたんに長野の顔色がかわった。いっせいにやくざたちが立ちあがる。

「ゆっくり話し合ってください。私は、ラオと会ってきます」

すました顔でバランコフは白川さんに告げた。

「ワシリー……」

「すまないが、時間を節約したい。君は彼らと、私はラオと。それぞれつもる話をすることにしよう」

バランコフはいって、奥の階段めがけ、歩きだす。俺は呆然とそれを見送った。

「やれやれ」

白川さんがつぶやき、首をふった。

「ここで背負い投げか」

「その声、覚えてるぞ。小杉をハジいたのは手前だな！」

長野が叫んだ。あっというまに俺と白川さんはやくざにとり囲まれた。十人はいる。

「覚悟はできてるんだろうな」

何人かが拳銃を抜いた。

「ラオにいわれて私たちを捜していたのだろう。こうしてここにきた以上、君らの仕事はない筈だが？」

白川さんは動じるようすもなく、いった。

「ふざけるな。小杉の落とし前だ。腕の一本も、もらうからな」

長野は詰めよった。

「ここで私の腕を切り落とすというのかね」

「ああ」

長野は右手をのばした。手下のひとりが白木の鞘《さや》におさまった日本刀をさしだす。うけとり、鞘を払った。

「忘れていた！」

不意に階段の上から声がした。バランコフだった。踊り場から身をのりだしている。

「その青年は警察官だ」

俺を指さし、いった。

「何を」

長野は目をむいた。

「本当か⁉」

「本当だとも。警視庁公安部に所属している、ムローイ巡査だ」

俺は思わず目を閉じた。警察官という正体がバレて、躊躇するかと思いきや、

「生かしては帰せねえってことだ」

長野は日本刀をふりあげた。

「やめてください！」

蝶タイの男が叫んだ。

「警察を呼びますよ」

「やってみろや」

拳銃を手にしたやくざがすごんだ。

「皆さん、落ちついて。店に迷惑です」

白川さんがいった。

「何をいってやがる、誰のせいで――」

「やめなさい！」

声が響いた。チャイナドレスを着た、すごい美人が階段の中ほどに立っていた。長い黒髪を首の片側に寄せ、垂らしている。光沢のある刺繍《ししゅう》入りのドレスの胸は大きく盛りあがり、深いスリットからのぞいた脚がなまめかしい。

全員があっけにとられたように女を見上げた。

「この店で暴力をふるえば、ラオ会長を敵に回すことになります、長野さん」

女がいった。まっ赤な口紅を塗った唇はぽってりとしていて、俺の目は釘づけになった。こんなときだというのに、いや、こんなときだからなのか、女は全員の視線を集めている。

「リンさんか」

長野はつぶやいて、ふりかぶった日本刀をおろした。

「あなたの部下が怪我《けが》をしたことについては、ラオ会長から補償があった筈です。それ以上を望むのは、ラオ会長の顔に泥を塗るのと同じです」

女は階段を降りながらいった。二十センチ近くありそうなピンヒールをはいている。そのせいで、白川さんや俺よりも背が高い。

「それとこれは別だ。やられっぱなしじゃ磯崎連合がなめられる。たとえ相手がお巡りでもだ」

長野はいって、俺をにらんだ。

リンと呼ばれた女は小さく首をふった。

「メンツがそんなに大切なら、ここではなく別の場所でとり返してください」

長野は大きく息を吸いこんだ。

「しょうがねえ」

床に捨てた白木の鞘を拾った。

「店の外だったらかまわねえんだな」

リンは頷いた。

長野は手下に顎をしゃくった。

「おい、ひきあげるぞ」

そして白川さんと俺に告げた。

「覚悟決めとけよ、こら」

12

　ぞろぞろとやくざたちが「西国酒家」の一階をでていくと、

「とりあえずお礼をいおう。あなたのおかげで助かった」

　白川さんはいった。

「その必要はありません。ラオ会長の気持しだいで、長野さんの出番はなくなりますから」

「ラオとは古いつきあいだ。そこまで恨まれる覚えはないが」

　リンは答えなかった。階段を示す。

「どうぞあがってください」

　俺は白川さんと顔を見合わせ、階段を上った。

「あがってつきあたりの部屋です」

　うしろから階段を上るリンがいった。二階には妙に暗い通路がのびていて、左右と正面に扉がある。古めかしく、本当にお化け屋敷のようだ。

　俺は通路をまっすぐに進んだ。つきあたりの扉の前で立ち止まる。

　ふっといい香りがしたと思ったら、リンが俺のかたわらに立ち、ノックしていた。

「リンです」

「どうぞ」

　リンはノブを引いた。大きな兵馬俑《へいばよう》が飾られた部屋だった。中央に円卓があり、正面に恐ろしく太った白髪の男とバランコフがすわっている。若い男は扉の横に立ち、円卓の上には中国茶のポットと湯呑みがあった。

　太った男は白髪をまるでおさげ髪のように編んでいた。顔の下半分が顎の肉に埋もれている。一〇〇キロは優に超えているだろう。黒い光沢のあるシャツを着て、自分だけ、玉座のようにでかくて装飾のある椅子にかけていた。

「どうやらトラブルを回避できたようだな」

バランコフがにこやかにいった。あきれて俺はにらみつけた。

「今のところは、だ」

白川さんがいって、太った男を見つめた。

「久しぶりだ、ラオ」

「白川さん。あなた、年をとったね」

ラオは目を細めた。ぼってりした指で円卓を示す。妙に甲高い声だった。

「再会のお茶を飲みましょう。あ、あ――」

俺が白川さんに並んですわろうとすると、その指を振った。

「若者は立つこと」

しかたなく俺は出入口をはさんだ、若い男の反対側に立った。

リンがお茶を注ぎ、白川さんの前においた。

「ありがとう。私がここにきた目的をワシリーから聞いたかね？」

「抗議と質問、かな」

「その通りだ。暴力団を使って、我々の妨害を企てた。情報を集め売るのが本来の仕事の、君らしくない」

「そうかね？」

訊きかえしたラオを白川さんはじっと見つめた。

「私の記憶にある限り、君との関係は悪化していなかった筈だ」

「その通り。だが常に状況は変化する」

ラオは平然と答えた。白川さんの手が動いた。拳銃をひき抜くと、ラオの胸に向けた。

「なるほど。では私も変化に対応するとしよう。若者——」

「はい」

俺は進みでた。

「ワシリーの連れから銃を預かれ」

俺は立っている男に近づいた。男が首をふり、身構えた。

「俺にさわるな」

「ワシリーが死んでもいいのだな」

白川さんはいって銃口を動かした。男が腕をおろした。俺は男の腰に留められたホルスターから拳銃を抜きとった。

「ワシリー」

白川さんがバランコフに銃口を向けた。バランコフは息を吐き、懐ろからだした銃を円卓においた。

「グロックとは。愛国心がないな」

「軽い銃がいい。もう若くないので」

バランコフが答えた。

「さて」

白川さんは銃を再びラオに向けた。

「変化について教えてもらいたい」

ラオは宙を見つめた。

「答えたくないか？　では彼女に訊こう」

白川さんは銃口をリンに向け、別人のように冷酷な口調でつづけた。

「先に喋らなかったほうが死ぬ」

「待って」

リンがいった。

「あたしが説明する。ラオ会長を撃たないで」

「リン——」

リンは首をふった。

「ラオ会長、この計画にはあたしも反対でした。そう申しあげた筈です。それにここで話しても裏切りにはなりません」

「わかった。では私から話す。白川さん、誰も撃たないでください」

「確約はできない。威されることに私も飽きてきた。誰かを撃ってこの状況をかえられるなら、喜んでそうしたい気分だ」

白川さんはバランコフを見つめ、いった。バランコフは首をふった。

「短気はよくない、シラカワ」

「我慢にも限界がある。もう若くないので」

バランコフは苦笑した。

ラオがいった。

「君らの妨害を指示したのは、ジョージ・タカムラだ」

「なんと」

バランコフがつぶやいた。

「タカムラが香港に住めるようにしてやったのは君だと私は考えているのだがな」

白川さんはいった。

「どうだったかな。忘れてしまった」

「いずれにしても、我々以上の年寄りだ。それが今さらなぜ、シラカワの妨害をする?」

バランコフがいった。

「それは本人に訊いてもらいたい。私は指示をうけただけだ。シラカワを排除しオメガの活動を妨害せよ、と」

「タカムラ本人から指示をうけたのか?」

白川さんが訊ねた。

「互いしか使わないメールアドレスに、互いしか知らない暗号で作られたメールが届いた。疑う理由はない」

「『コック』が動いている点を考慮しても、タカムラの指示なのは明白だ」

バランコフがいった。

「『コック』。あの殺し屋か」

ラオはつぶやいた。白川さんはリンを見た。

「なぜ君は反対したんだ?」

「簡単なことよ。アルファもオメガも、過去の遺物に等しい。そんなのの戦いに巻きこまれるのは馬鹿げている」

「馬鹿げているかもしれないが、実際に人が死んでいる。『コック』はアルファのメンバーだと私は考えていたが、同じアルファのメンバーだったミムラを殺した。理解に苦しむ」

バランコフがいった。

「存続の方法をめぐり、アルファの内部で対立が起こっているようだ」

ラオがいった。

「どんな対立なのだ?」

白川さんが訊ねた。

「タカムラからのメールにはこう記されていた。『かつての敵は味方となる。古いルールに支配される者は排除されるだろう』」

「それが私か?」

「そう解釈できるな」

バランコフがいった。

「つまりこういうことか? アルファとオメガは手を結ぶ。それに賛同しない私は抹殺すべきだ」

バランコフは頷いた。白川さんは首をふった。

「アルファとオメガが手を結ぶことに反対した覚えはない」

「必ず反対すると思われたのだ」

「誰がそんなことを決めたんだ？　ジョージ・タカムラか？」

白川さんがいうと、バランコフは首をひねった。

「いや、ちがうな。オメガのメンバーだろう」

白川さんは険しい表情になった。

「いいですか？」

俺はいった。全員が俺を見た。

「『コベナント』が、すべての始まりです。だとしたら、『コベナント』は、白川さんを排除しようと考えた者が発動させたとは考えられませんか」

「充分に考えられる」

白川さんは頷いて、ラオを見た。

「『コベナント』について、何を知っている？」

「警視庁の公安部が長年、神経を尖らせてきた。『コベナント』について情報が入ったら、いつでも知らせるようにといわれている」

ラオが答えた。

「警察に協力しているのか？」

あきれたようにバランコフが訊いた。

「協力しなければ、店の営業許可をとり消すと威された」

「まるでKGBだな」

「公安部はあらゆる規制や許認可制度を使って情報を集めるのを得意としている」

リンがいった。俺は訊ねた。

「ラオ会長を威したのは清水警視ですか？」

「シミズ？　いや、オオノという男だ」

「大野警部」

俺はつぶやいた。

「それで、何か知らせたのか？」

バランコフが訊ねた。ラオはすぐには答えなかった。リンがいった。

「『コベナント』が発動することを、ラオ会長は、タカムラのメールで知ったのです」

「タカムラのメールで？」

白川さんが驚いたように訊き返した。

「その通りだ。タカムラからメールがきたことで私は『コベナント』の発動を知った。そうでなければ、あなたは行動を起こさないだろうし、妨害をする必要もなかった」

ラオはいった。

「なるほど。つまりタカムラは『コベナント』の発動を知っていた」

バランコフがつぶやいた。

「ムローイがいった通り、『コベナント』を発動させた者はシラカワの排除を考えていて、それをタカムラに知らせた。そしてタカムラはラオにシラカワの排除を指示した」

「報酬は？　さぞ大金を提示されたのだろうな」

白川さんがいった。ラオの表情は動かなかった。

「答えろ、ラオ」

「金銭ではありません」

リンがいった。全員がリンを見た。

「国税局が査察に入り、ラオ会長を脱税の疑いで検察庁に告発しようとしていました。タカムラはそれをとり下げさせる、という条件を提示してきたのです」

「つまりタカムラが国税庁に圧力をかけるというのか」

バランコフの言葉にリンは頷いた。

「タカムラがかけるのか、かけられる組織なり人間なりを知っているのか」

白川さんが息を吐いた。

「いずれにしても私ひとりが逆らえる相手ではないとわかってもらえる筈だ」

ラオはいった。

「しかしなぜタカムラなんだ。引退したに等しいような人物だ」

バランコフが首をふった。

「タカムラが誰かの指示で動いたとは考えられませんか」

俺は訊ねた。

「だとしてもCIAやSVRではない。今さらタカムラを使う組織があるとは考えられない」

「だったら、アルファとしてということじゃないのですか。タカムラは創設時のアルファメンバーだったのでしょう」

「アルファもオメガも、我々の知らないところで変化が生じている。タカムラはオメガの誰かと手を結び、アルファのメンバーであった三村を手下に殺させた」

バランコフがいうと、白川さんは頷いた。

「『コベナント』の発動じたいが、罠であった可能性がでてきたな。変化に対応できないエージェントを排除する」

「冬眠中の熊を狩るには、起こさなけりゃならない。巣穴からでてこない限り、撃てないからな」

バランコフがつぶやいた。俺はラオを見た。

「『コベナント』が発動されたことを、大野警部に知らせましたか?」

ラオは頷いた。

「国税局も恐いが、警察も恐いのでね」

「タカムラと連絡をとりたい。仲介してもらえるか?」

白川さんはラオに訊ねた。

「殺すのですか」

「殺すだけならいつでもできる。何が起こっているのかを、タカムラの口から聞きたい」

ラオは頷いた。着ていたシャツのポケットからスマホをとりだした。

「メールを送ってみます」

「電話にしてもらいたい。時間が惜しい」

ラオは首をふりかけ、白川さんが手にした銃を見て頷いた。

「わかりました」

操作し、耳にあてる。

「呼びだしていますが、でません。メールでよろしいですか」

「しかたがない。タカムラは近年日本にきていたかね？」

ラオは首をふった。

「わかりません。メールをもらったのも何年かぶりで」

「それはいつのことだ？」

「二日ほど前です」

「国税庁の査察が入ったのは？」

「二週間前です」

「大野警部に知らせたのはいつです？」

俺は訊ねた。

「メールをもらった、その日に」

ラオは答えた。白川さんはバランコフと目を見交わした。

「どうやら君は罠にはめられたようだな」

白川さんがいった。

「罠？」

「私を消させるために国税庁が君を調べ、弱みを握ったと考えるべきだろう。私を敵視しているアルファかオメガのメンバーが、国税庁を動かしたのだ」

「失礼ですが、あなたにそこまでの価値があるのですか」

ラオが訊ねた。

「確かに。殺すだけなら、いくらでも手はある」

バランコフが頷いた。

「しかしその手はことごとく失敗しています。『コック』がまさにそうでした」

俺はいった。

「若者のいう通りだ。だが問題は、私にそれだけの価値があるのか、私自身にもわからないという点だ」

白川さんがいったので全員が黙った。

「知らぬ間に、値が吊りあげられたのかもしれません」

ラオがいった。白川さんは首をふった。

「この命に高い値がつく理由はない。あるのは古い知識だけで体も動かず、今さら恨まれる覚えもない。こんなポンコツを殺して得をする人間がいるとは思えない」

「『コベナント』の発動について知る人間を捜すべきだ」

バランコフがいった。白川さんは頷いた。

「有益なアドバイスをありがとう」

山谷さんとミクがそれに関しては動いているが、おくびにもださない。

ラオが咳ばらいをした。

「皆さんは今後の方針が決まったようだが、私にはまだ未来がまったく見えない。タカムラしだいで、私の運命はかわってしまう」

「確かにそうだ。アルファとオメガの問題と『西国酒家』の存続は別だ」

バランコフがいった。

「その通り。さて、私はどうするべきか。白川さんに事態の打解を任せ、ただ待つのか。それとも自分の身は自分で守るべく、今できることをするか」

ラオは目を閉じ、喋っていた。俺は嫌な予感がした。

「ラオ会長」

リンがいった。ラオは目を閉じたまま考えている。

個室の扉がノックされた。

「ラオ会長、ロンです」

女の声がした。リンが息を呑み、ラオを見た。非難するようにいった。

「ロンを呼んだんですか」

「入りなさい」

ラオがいった。

ラオには「龍虎」というボディガードがいる、と長野とのやりとりで白川さんがいっていたのを俺は思いだした。

扉が開いた。まるで子供のように小柄な女が立っていた。髪をおさげにして、チャイナ服を着ている。下はリンとちがいパンツタイプだ。女はちょこちょこと個室の中に入ってくると、ラオの前に立った。

「遅くなりました」

俺たちのことは完全に無視している。

「ロン、困ったことになった」

ラオはいった。

「ここにいるのは、私の古い友人とその知り合いなのだが、そのひとりを殺さなければ、私はこの店を失う。そう仕向けたのは、彼らよりもっと古い友人だ。どうすべきかな」

「友情は、より古いものに価値があります」

ラオをまっすぐ見つめ、子供女がいった。

「古いカメだからよい酒だとは限らない、ロン」

リンがいった。子供女はふりむきもせず、

「あなたの意見は訊いてない、リン」

と答えた。

微妙な空気が流れた。この二人の女の関係はうまくいっていないようだ。容姿からしてちがいすぎる。

「彼女は?」

白川さんが訊ねた。

「この二人は、現在の私の龍虎だ」

ラオが答えた。

「かつての龍虎はどうした?」

「ひとりは痛風、ひとりは高血圧でね。寄る年波には勝てない」

「それで女性にした?」

白川さんがあきれたようにいった。

「平和なのだな」

「ハニートラップだけが女性の出番ではない。シラカワ、君の考えは古いぞ」

バランコフがいった。

「かもしれないが――」

白川さんがいいかけたとき、ロンが動いた。まるで猿のように白川さんにとびつき、その肩にのると両足で首をはさんでひねり倒した。

「白川さん!」

俺は思わず叫んだが遅かった。白川さんは床にうつぶせにおさえこまれ、その背でロンがアグラをかいていた。手にしていた銃はロンの手に移っている。

　俺はあわててバランコフの手下からとりあげた銃をかまえた。

「動くな！」

　ロンが宙にとびあがった。トンボを切りながら俺に向かってくると、小さくて固い拳が俺の鳩尾《みぞおち》に叩きこまれた。

　息が止まり、俺は体をふたつに折った。握っていた銃はあっさりロンの手に移っていた。その銃口がうずくまっている俺のこめかみにあてがわれた。

「殺しますか」

　ぞっとするほど冷たい声でロンが訊ねた。もちろん俺ではなく、ラオに訊いたのだ。

「やめなさい。彼は警官よ」

　リンがいった。

「本当かね？」

　ラオが訊いたので、俺はけんめいに頷いた。

「本当です。白川さんを監視するのが任務でした」

「それで大野を知っていたのか」

「大野警部は、俺の上司です」

　ごりっと銃口が俺の頭を小突いた。

「殺しますか」

　またロンが訊ねた。やりとりをまるで聞いていないか、聞いていても関係ないと思っているような、冷酷な口調だ。

「撃つな」

　喘《あえ》ぎ喘ぎ、白川さんがいった。

「彼はまだ使える」

「確かに警察とのパイプにはなるな。ロン、放してやれ」

ラオがいうと、ロンの体が跳ねた。ぴょんぴょんと床を蹴り、ラオのかたわらに立つ。両手に、俺と白川さんから奪った銃があった。

人間離れした身軽さだ。ロンは銃をラオにさしだした。

「使えるというのは白川さんにとって、でしょう。あなたが死ねば意味はない」

うけとった銃を白川さんに向けながらラオはいった。

「その通りだ」

白川さんは立っているのがつらいのか、床にアグラをかいた。

「だが私を殺しても根本的な解決にはならないぞ」

「そうかな。少なくとも国税庁からは逃れられる」

バランコフが冷ややかにいった。

「弱みは握られたままだ。次はワシリー、君を殺すようにタカムラは命じてくるかもしれない」

「なるほど。一度その軍門に降《くだ》った者は生涯、逆らうことを許されないというわけか」

「その通りだ。ラオを破滅させてもタカムラに得はない。脅迫に屈するのは愚かな選択だ」

白川さんはいった。俺はラオを見つめた。

「確かに傾聴に価する意見だ」

ラオは頷いた。

「私も愚かではあった。ラオの龍虎を軽視した」

ロンがフン、と鼻を鳴らした。わずかだが喜んでいるようだ。

「さて、と」

ラオがつぶやいた。俺を見返し、訊いた。

「君は任務を続行しているのか」

「今は離脱している」

俺は答えた。

「それはまたなぜかね」

「白川さんの身柄を確保しろと命じられたんだ。白川さんを拘束したら、誰がこれを仕掛けたのかを調べられる人間がいなくなる」

「警察らしい考え方だ。怪しい者をすべて拘束すれば、犯罪は予防できる」

バランコフがいった。

「年寄りのスパイを何年拘留しようと誰も気にならどしないだろうしな」

白川さんがつけ加えた。俺はいった。

「そうかもしれません。しかし、何カ月、あるいは何年かすれば、同じことがまた起きます。メカニズムを解明せず、事態だけをおさえこもうとするのは、すごく愚かな選択です」

「お前」

不意にロンがいった。間隔の狭い、まるで人形のような目が俺をにらんでいる。

「遠くばかりを見る者は、足もとの穴に気づかない」

「どういう意味？」

俺は訊いた。

「自分のことを賢いと思っている者ほど、愚か者の掘った落とし穴にはまる」

リンがいった。

「それが俺？」

「大野のことだ。そうだろ、ロン」

ラオがいうと、ロンは頷いた。そして俺に笑いかけた。俺はぞっとした。ずらっと金歯が並んでいる。どこの歯医者にかかったんだ。

「つまり大野警部を罠にかける、ということか」

白川さんがいった。

「いいアイデアだ。ムローイがシラカワを逮捕し引き渡すといえば、オオノはでてくる。オオノを訊問すれば、この脅迫の背景にあるものが見えてくる」

バランコフがいった。

全員が俺を見た。

「待ってください。それはつまり、白川さんを連行しろということですか」

「警視庁まで連行する必要はない。いわば大野をおびきだすエサに私を使うということだろう」

白川さんがロンを見た。ロンは頷いた。

「だが、それをすれば、若者は帰る場所を失う」

白川さんのいう通りだ。確かに白川さんをエサにすれば、大野警部はでてくる。清水警視だってひっぱりだせるかもしれない。

が、そうなったら、俺の立場はなくなる。上司を罠にかければ、職務怠慢ではすまない。刑務所いきだ。

「死ぬよりはいい」

ロンがいった。ラオが頷いた。

「どうやら私の方針も決まったようです。ロン、オオノをここに連れてきなさい」

「承知しました」

ロンは床に片膝をついた。ラオが銃をテーブルにのせた。

「これを返しましょう」

白川さんはバランコフと目を見交わした。バランコフは肩をすくめた。

「友よ、水に流そう。裏切りは我々の宿命だ」

「宿命か。裏切りは女のアクセサリーだ、といった者もいたが」

白川さんは頷き、銃を手にとった。バランコフも銃をとる。

「洒落たセリフだ。ジェームズ・ボンドかね?」

「いや、ルパン三世だ」

13

「西国酒家」をでる俺と白川さんにロンはついてきた。

「お前とわたし、いっしょ」

俺の胸を指さしていう。なぜ俺に話しかけるときだけカタコトになるかがわからない。

バランコフたちは残ったので、三人で「西国酒家」の建物をでた。

一歩でるとそこは歌舞伎町の雑踏で、キャバ嬢やホストがいきかっている。見ていると、たった今までのやりとりがまるで夢か幻覚のように思えた。

「大野警部に連絡をとります。携帯をつなげば、すぐにかかってくるでしょうから」

俺は歩きながらいった。目的地はさっきのラブホテルだ。今はとにかく休みたい。

区役所通りを三人で歩いた。チャイナ服を着た子供のようなロンはかなり目立つ姿だが、さすがに歌舞伎町だ、誰もじろじろ見たりしない。

ホテル「エルミタージュ」へとつづく路地を曲がったとたん、とり囲まれた。

「まさかあれですむと思っていたわけじゃないだろうな」

長野がいった。野次馬からは見えないように、七、八人の集団で俺たちをすっぽり囲んでいる。長野の手には日本刀があった。

「忘れていたわけではないが……。困ったな」

白川さんが首をふった。

「何者だ」

ロンがいった。

「俺に訊いてる?」

ロンは頷いた。

「いろいろあって、白川さんのことを恨んでいるんだ」

「手前もだ。このクソデコスケが」

長野が声を荒らげた。

「やめませんか。ここで争っても、互いに得はありません」

俺はいった。

「損得じゃねえ。メンツの問題なんだよ」

長野はとんがった声をだした。

「そうでしたね」

白鞘を払い、日本刀をふりあげた。

「ここでぶっ殺してやるから覚悟しろや。そこのちび、どいてろ」

「彼女はラオのボディガードだ」

白川さんがいった。

「はあ? ボディガードはあのリンて大女だろう。メンがいいのを鼻にかけてる」

ロンの顔が険しくなった。

「本当にそうなんです。彼女はその、ちょっと身長には恵まれてないけれど、ラオさんにはすごく信頼されてます」

俺はいったが、

「やかましい! どけっつってんだろう」

長野は日本刀の切っ先をロンの目の前につきつけた。

次の瞬間、ロンの右足が風車のように回転した。

長野の体が宙に浮く。足を払われ、あおむけにひっくりかえった。

「なんだぁ」

「何しやがる」

やくざたちが色めきたったが、長野の顔を踏み台にしてロンは次々とやくざの肩にとびのり、足で首をひねり倒した。立とうとするたびに長野は顔を踏まれ、後頭部を地面に打ちつけ、ついに白目をむいた。

地面に倒されたやくざがようやくロンの強さに気づき応戦しようとすると、容赦なく膝蹴りが顔面に浴びせられる。その速さは、残像でロンが何人にも見えるほどだった。

あっというまに全員が倒れていた。

「殺すか」

長野が落とした日本刀を拾いあげ、ロンは俺に訊ねた。

「殺すのはよくない。恨みを連鎖させるだけだ」

白川さんがいった。ロンは目もくれず、

「お前には訊いていない」

と答えた。

白川さんは目を丸くした。

「若者のいうことしか聞かないようだ」

俺は急いで首をふった。

「殺しちゃ駄目だ。ここから逃げよう」

ロンは首をひねった。

「なぜ逃げる。悪いのはこいつらだ」

「仲間がきたら面倒だ」

「こんなに弱い奴ら、何人いても恐くない」

「でも警官がきたら厄介だ」

「お前も警官じゃないのか」

「そうだけど、とにかく、逃げよう！」

俺はいって走りだした。白川さんも小走りになる。

ロンはあっというまに俺たちを追い越した。人間離れした敏捷《びんしょう》さだ。

ホテル「エルミタージュ」のすぐ近くでよかった。玄関をくぐってしまえば、道路にやくざが集団で倒れているという通報に駆けつけた警官も全室をチェックするわけにはいかず、あきらめる筈だ。

たとえチェックしようとしても、SVRの息のかかったホテルが協力するとも思えない。

俺たち三人は、最上階の部屋「クレムリン」に入った。

ロンは目をパチパチさせ、豪華な室内を見回している。白川さんが備えつけの冷蔵庫から缶ビールをとりだし、一本を俺に渡した。

「ありがとうございます」

俺は礼をいって喉に流しこんだ。

白川さんもビールを飲んでため息を吐いた。

「やれやれだ」

ロンに気づいた。

「君もビールを飲むかね」

ロンは無視して冷蔵庫に歩みよると、ウーロン茶をだした。部屋の端にいくと、アグラをかいてすわり、飲む。

「あのう、ロンて、いくつなの?」

俺は訊ねた。ロンはうつむき、小さな声で答えた。

「三十」

「じゃお酒は飲めるよね」

「息苦しい。酒、嫌い」

「なるほど」

俺は携帯電話をとりだし、電源を入れた。メールを何通も受信していて、そのすべてが清水警視からだ。

　俺は大野警部にメールを打った。捜査のことで相談したい、清水警視には秘密で会えないか、という内容だ。

　大野警部はこれにのってくるという確信が、俺にはある。

　なぜなら三村が撃たれたときの状況から、俺はずっと清水警視を疑っていた。アルファに情報を洩らしたのは清水警視にちがいないと思っていたのだ。

　もちろんその疑いは今も完全に晴れたわけではないが、ラオに接触し、脅迫したことを考えると、裏切り者は清水警視ではなく大野警部である可能性のほうが高い。

　大野警部からすれば、俺が清水警視に疑いを抱いているあいだは利用しやすい。こっそり俺と会い、清水警視を裏切り者にしたてたほうが、今後の活動の得になる。

　メールを打って十分もしないうちに俺の携帯が鳴った。大野警部からだった。

「村井です」

「いったい何が起こっている。清水さんはかんかんだぞ」

「申しわけないのですが、その清水警視を疑わざるをえない状況です」

「どういうことだ？」

「アルファに情報が洩れているのです」

「それが清水さんのせいだというのか」

「少なくともマル対はそう考えていて、信頼できる警察官との接触を求めています」

大野警部は黙った。

「私も白川さんの考えを支持します。そうでなければ、こちらの動きが筒抜けになっている説明がつかない」

俺がいうと、

「筒抜けになっているとはどういう意味だ」

大野警部は訊ねた。

「清水警視と電話で話した直後、品川に『ますい』の大将が現われたんです。大将と警視がつながっているとしか思えません」

「めったなことをいわないほうがいい」

「わかっています。しかし大野警部しか、俺には信じられる人がいないんです」

意外なほどすらすらと嘘が口をついた。白川さんの監視任務のおかげで、すっかり嘘をつくのがうまくなっている。そんな自分に、わずかだが嫌悪を感じた。

「白川さんと会ってください」

「出頭させたまえ」

「警察内部に敵とつながる人間がいるかもしれないのに？　自殺行為です。白川さんが承服する筈ありません」

「ではどうしろと？」

「まず警部ひとりで接触していただけませんか」

「そんなことができる筈ない」

「しかしこのままでは、白川さんも俺も出頭できません。殺されにいくようなものです」

大野警部は息を吐いた。

「君らの考えを信じたわけではないが、事態の打開にそれが必要だというのならしかたがない」

「ぜひお願いします！」

「具体的にはどうする？」

「警部おひとりで動いてください。もし監視や尾行がついていたら、接触は中止です」

「わかってる」

大野警部はいらだったように答えた。

「警部は今、どちらですか」

「自宅だ。ついさっき帰ってきたばかりだが」

大野警部は答えた。その言葉が本当かどうかはわからないが、警部の自宅は三鷹《みたか》だったのを俺は思いだした。

「明日、新宿までこられますか」

「もちろんだ。何時にどこだ」

「午前十時に歌舞伎町のバッティングセンターにきてください」

「歌舞伎町のバッティングセンターだと?」

あきれたように大野警部はいった。とっさに考えた場所だが、我ながらいいアイデアだった。午前十時は、歌舞伎町に最も人が少ない時間帯だ。その上バッティングセンターなら、張り込みの人間がいれば嫌でも目立つ。

「お願いします。必ず警部ひとりできてください」

俺は念を押し、電話を切った。即座に電池を外す。

「バッティングセンターとは。確かにランデブーポイントとしてはおもしろい」

白川さんがいった。俺は暗い気分だった。これで警察官としての俺の人生は終わりだ。いや、ひとりの人間としても終わった。いかに裏切り者とはいえ、現職の警察官である上司を罠にはめるのだ。犯罪者として追われることになる。

そこから逃げられる道はあっただろうか。

白川さんをさしだせば逃げられたかもしれない。

アルファは白川さんを捕え、殺す。その手助けをすれば、生きのびられた。

俺は唇をかんだ。それをして生きのびられたとして、俺には何が残る。少なくとも警察官としては生きられない。仲間を裏切って死に追いやった者に、法を執行する資格などあるわけがない。

これは決して逃げられない道だったのだ。俺は自分にいい聞かせた。公安部に配属され、白川さんの監視任務を与えられたときから、この運命からは逃れられなかった。「コベナント」が、俺の監視中に発動されたことが、すべての始まりだ。

そう考えたとき、俺ははっとした。これは偶然なのだろうか。

「どうした、若者」

白川さんが訊ねた。俺は白川さんを見返し、小さく首をふった。何かが欠けている。偶然ではないと結論づけるのに必要な材料が、今はまだ足りない。

「お前、悩んでる」

ロンがいった。妙にやさしい口調だ。

「今は、これから起こることだけに気持を集中しなさい」

白川さんがいった。

「過去を悔いたり、未来を悩むエージェントは、命を落とす」

俺は頷いた。

「白川さん」

「何だ」

「俺が警官だとわかっていて、なぜ殺さなかったんです?」

「ラオにいった通りだ」

「まだ使えるからですか」

「そうだ」

「つまり――」

「必要なくなったら殺す？　そんなことを考える余裕などないぞ。君の命を奪う人間は、他にいくらでもいる。ちがうかね」

　俺はうなだれた。

「その通りです」

「今は体を休めることだ。明日もまた長い一日になる」

「わかりました」

「お前、寝る。わたし起きてる。だから安心」

　ロンがいった。俺は息を吐き、ベッドに横になった。ラブホテルのベッドだから、白川さんと並んでも余裕がある。

　ロンは床にちょこんとすわっている。

「明かりは消さずにおこう」

　白川さんがいった。

14

　眠れそうもないと思っていたが、実際はちがった。肩をゆすられ、目を開けた俺は腕時計をのぞいて仰天した。八時だった。

　部屋の中にうまそうな匂いが漂っている。見ると、テーブルに弁当らしい白い包みがおかれていた。

　ソファにすわった白川さんがいった。

「ロンに買ってきてもらった。二十四時間営業の中国料理店の朝粥《あさがゆ》だ」

　俺はバスルームにいき、顔を洗った。

「ロンは？」

「一度家に帰って、着替えてくるそうだ。あの格好では確かに目立つ」

俺は頷き、白川さんの向かいに腰かけた。めちゃくちゃ腹が空《す》いていた。きのうはまともに飯を食っていない。

「彼女は君に気がある」

いわれて、口に入れた粥を思わず吐きだしそうになった。

「哀れんでるだけですよ。俺があんまり弱いんで」

白川さんは首をふった。

「男女とは不思議なものだ。ロンのように強い女は、むしろ弱い男を好む」

「好まれても嬉しくありません。いろんな意味で」

俺は粥をすすりながら答えた。ゴマ油と塩味がきいていて、うまい。

「どうせならリンに好かれたほうがよかった」

「容姿に恵まれた女は、より強い男を求める。自分には選択肢が多いとわかっているのだ」

「ロンは選択肢が少ないから、俺なんですか？　なんか傷つくな」

「ロンは、半端に強い男には興味がない。徹頭徹尾、自分が守らなければならないと感じる男に魅《ひ》かれる。それができる自分に価値を見出せるからだ」

「自分のためってことですか」

白川さんは頷いた。

「ロンのような女性の心理は複雑だ。一般的な魅力に乏しいことを自覚しているが、男を愛し愛されたい。彼女の中で、異性を保護する行為は、愛情の発露と一致する」

「母性愛とはちがうのですか」

「彼女は、子供やかわいい動物などに興味がない。それらの生きものは、むしろ敵視するリンと共通のカテゴリーに属する」

俺は首をふった。

「よくわかりません」

「わからなくてもいい。大切なのは、ロンが君に好意を抱いているという点だ。君はロンの好みの男性なのだ。それを利用しなければもったいない」

白川さんが、サガンの口を開かせるために、俺に好みの服装をさせたことを思いだした。

「利用できるものは何でも利用する?」

俺がいうと、白川さんは頷いた。

「その通りだ」

部屋の電話が鳴り、俺はとびあがった。白川さんが受話器をとった。

「もしもし。ああ、私だ。話はついている。午前十時に、歌舞伎町のバッティングセンターで落ちあうことになった」

バランコフにちがいない。ふた言み言話し、了解したといって、白川さんは受話器をおろした。

「不思議に思っていたのですが、バランコフの目的は何なのですか」

俺は訊ねた。

「彼の目的? 情報以外の何ものでもない。あとは強いていうなら、退屈しのぎだな。エージェントだった者には、すべてを知っていたいという本能がある。たとえどれほどとるに足らない情報であろうと、それがあとになって大きな意味をもつかもしれないという強迫観念を捨てられないのだ」

「退屈しのぎというのは? そんなに毎日がつま

らないのですか」

　白川さんは苦笑した。

「そこまではわからないが、平和な暮らしに身をおくと、生きながら腐っていくような気持にかられるエージェントは多い。いわば危険中毒で、いつ生命を失うかわからない日々を過ごしていると、そうでない場では生きているという実感を得られなくなる。現役を退いたあと酒びたりになったり、犯罪に手を染めたりする者が多いのも、この仕事の特徴だ」

　部屋のドアがノックされた。

「届けものだ」

　白川さんがいったので、俺はロックを外し、ドアを開いた。誰もいない。廊下を見ると、携帯電話が一台、ぽつんとおかれている。

　それを白川さんに手渡した。

「使いかたはわかりますか」

　最新型のスマホだ。俺はちょっと不安になった。スマホは簡単に電池をとり外すことができない。つまり位置情報が筒抜けになりかねない。

「試してみよう」

　白川さんといじっていると、そのスマホがいきなり鳴った。

「はい」

　俺は耳にあてた。

「ムローイか。バランコフだ。ランデブーポイントの安全は確保した。ラオにも連絡ずみだ。時間になったらきてくれ」

「警察の張り込みはありませんか」

「今のところ、ない」

「本当に？　宅配便のバンとかも公安部は使います」

「ムローイ、私もプロだ」

いわれて気づいた。

「失礼しました」

「何かあれば、その携帯に電話をする」

バランコフはいって、通話を終えた。

「これはやはり君がもっていたほうがいいようだ」

白川さんがいったので、俺はジャケットのポケットに入れた。

九時半になり、

「では、いこうか」

白川さんがいって、俺たちはラブホテルをでていった。バッティングセンターまでは、歩いて五分とかからない距離だ。区役所通りには、ほとんど人の姿がなかった。酔っぱらったホストとホステスらしいグループとすれちがう。さすがの公安部にも、ここまでちゃらい外見の刑事はいないだろう。

バッティングセンターの前まできたとき、

「村井くん！」

声をかけられ、俺はふりかえった。並びのコンビニエンスストアの出入口に大野警部が立っていた。スーツを着け、ネクタイをしめている。

「大野さん」

「バッティングセンターではあまりに目立つ。だからここで待っていた」

大野警部はいった。用心しているのかもしれない。

大野警部は白川さんに目を移した。

「白川さんですね」

白川さんは頷いた。

「どこかでゆっくり話せるとよいのだが」

「本庁への出頭をお勧めします」

「残念ながらそれはできない。警察はアルファに汚染されている」

「それは村井くんからも聞きましたが、確かな証拠があるのですか」

「もちろんだ。それを見せたいがために、ひとりできてもらった」

白川さんはいった。大野警部は顎をひき、白川さんを見つめた。

「その証拠を今おもちですか？」

「もっているが、道ばたで見せるわけにはいかない。どこか、安全な場所に移動しよう」

「私が知っている飲み屋があります。この時間は営業していませんが、店の人間が二階で暮らしているので、電話をして開けてもらうことができる」

「近いんですか？」

俺は訊ねた。

「ゴールデン街だ」

大野警部は頷いた。意外だった。大野警部とゴールデン街がまるで結びつかない。

「電話をします」

大野警部はスマホをとりだし、操作して耳にあてた。

「ああ、大野だ。寝ていたか？　悪かった。実は店をちょっと借りたい。情報提供者と面談をしたいんだ」

相手の返事を聞き、

「助かる。五分くらいで着くのでよろしく」

といって切った。

「いきましょう」

大野警部は歩きだした。俺は白川さんを見た。

罠かもしれない。いや、罠である可能性のほうが高い。

「いこうか」

だが白川さんは淡々と答えて歩きだした。俺は思わずあたりを見回した。バランコフやロンの姿を捜した。が、目に入らない。

罠にかけたつもりが、あべこべにかけられる羽目になるかもしれない。大野警部が裏切り者なら、まちがいなくその店には〝敵〟が待ちかまえている。

俺は大野警部につづいた白川さんにしたがった。白川さんにはきっと考えがあるのだろう。それに賭ける他ない。

ゴールデン街には、意外にも人通りがあった。ランチ営業をしている飲み屋やラーメン屋に配達をする業者や、準備に入る従業員たちが、けっこうな数で動いている。

大野警部は何本か平行する通りの一本に入り、中ほどで足を止めた。

「ガリンペイロ」という名の店だ。木製の扉の外にビールケースに入った空き壜が積まれているのは、酒屋の回収待ちだろう。

黒く塗られた扉を、拳でガンガンと叩く。

やがて、カチャッという音がして、扉が内側から開かれた。

「おはよう」

中から現われたのは腫れぼったい顔をした、男か女かわかりにくい人物だった。おそらくニューハーフだろう。

「いいのよ、大野ちゃんなら。入って」

俺たちには目もくれず、扉を大きく開いた。声の感じでは男だ。

店内はカウンターにストゥールが八つ並んだだけの造りで、酒と煙草のすえた匂いが淀《よど》んでいた。

「上にいるから、終わったら声をかけて」

告げて、店の奥にある急な階段を男は上っていった。

ダウンライトの点った店内は、まるで夜で、明るい表から足を踏み入れた俺は妙な気分になった。

「扉を閉めて。気になるなら鍵をかけてもいい」

大野警部はいった。落ちついている。てっきり〝敵〟が待ちかまえていると思っていた俺は拍子抜けした。

俺は扉を閉めた。鍵はかけずにおく。

「証拠を見せてもらいましょうか」

大野警部は白川さんに向きなおった。白川さんはストゥールに腰をおろした。

「実は証拠はここにはない」

大野警部は首を傾げた。

「ではどこにあるというのです?」

「『西国酒家』だ。そこのオーナーのラオがもっている」

大野警部の表情はかわらなかった。

「『西国酒家』のラオ?」

「大野警部はご存じの筈です。『コベナント』に関し情報が入ったら、すぐに知らせるよう、ラオに命じていた。もし協力を拒めば店の営業許可をとり消す、と」

俺はいった。大野警部は俺に目を移した。

「私が、『コベナント』の情報を、そのラオという人物に要求した?」

まるで心あたりがないかのように訊き返す。

「そうです」

俺は不安になった。それほど大野警部の表情は自然だった。

「ラオという人物は知らない」

「ではジョージ・タカムラはどうかね？」

白川さんが訊ねた。

「もちろん知っています。ＣＩＡのエージェントだった日系アメリカ人ですね。その後ＫＧＢに買収され、一時は米ソ両方の暗殺候補リストに名前が載ったこともある」

「そのジョージ・タカムラが日本の国税庁を使ってラオに圧力をかけ、私の排除を命じた。つまりアルファのメンバーだということだ。同じくラオに圧力をかけていた君も、アルファのメンバーだと私は考えている」

白川さんはいった。大野警部は目を細めた。

「清水警視ではないのですか」

白川さんは頷いた。

「そう。君だ」

大野警部は唇をぎゅっとひき結んだ。

俺と白川さんは大野警部を見つめていた。やがて大野警部は口を開いた。

「私を罠にかけたつもりか」

「アルファのメンバーだと認めるんですね」

俺はいった。

「アルファなど、もう存在しない」

大野警部は俺を見返した。

「嘘だ」

「本当だ。オメガも同様に存在しない」

「では私は何だというのかね？」

白川さんが訊ねた。

「妄想にとりつかれている老人だ」

「裏切りをそんな言葉でごまかすんですか」

俺はさすがに腹が立った。

「じゃあなぜその老人に監視などつけた?」

白川さんは冷静だった。

「危険な存在だからだ。武器をもち、使う術にも長けている。いつ、誰を傷つけるかわからない。本来なら拘束すべきだが、過去、我が国の利益に貢献し、かつ外交上の機密にも精通していることから、可能なら平穏な余生を送らせてやろうと考えた」

「誰が考えたんです?」

むかっ腹の俺は訊ねた。

「君など思いも及ばない、政府の高いレベルだ。いわれた通りの仕事さえしていれば、それなりに報われたものを。使う必要のない頭を使った兵隊はろくな目にあわん」

吐き捨てるように大野警部はいった。

「低レベルの侮辱だな。村井くんが、君らが考えるほど愚かではなかった結果、こういう事態に至ったことへの怒りがいわせている」

白川さんが素早くいったので、俺は殴りかからずにすんだ。

大野警部は白川さんに目を移した。

「どう転がっても、お前らが助かる道はない。犯罪者か妄想にとりつかれた年寄りとして逮捕される」

「不思議なことをいう」

白川さんは首をふった。大野警部は眉をひそめた。

「なぜそこまで私を排除しようと考えたのだ? 妄想老人は妄想老人として放置していればよかったのだ。『コベナント』を発動させ、私を動かした理由がわからない」

俺ははっとした。白川さんも「コベナント」の発動がすべての元凶であることに気づいている。

大野警部は答えなかった。憎々しげに白川さんをにらんでいる。

「村井、最後のチャンスをやろう。この男を逮捕しろ。そうすれば、すべて水に流してやる」

「できません」

俺は大野警部が言葉を終える前に、きっぱりといってやった。

「『コベナント』を発動させたのは誰なんです？」

「若者も気づいていたか」

白川さんが俺を見た。

「はい。アルファもオメガも存在しないとはつまり、アルファとオメガのメンバーが手を組み、対立関係が解消されたということです。それをよしとしないメンバーを排除しようと考えた者が、『コベナント』を発動させた」

わずかだがすっきりとした気分だった。大野警部のひと言で謎がひとつとけた。

大野警部は首をふった。

「それに気づいたところでどうにもならない。お前たちに排除される以外の道はない」

「ならばあなたも同じです、大野警部。『コベナント』を発動させた者は、旧アルファ、旧オメガに属する人間すべてを排除するのが目的だった。三村を大将に殺させたのも、その前にサガンが殺されたのも、旧アルファと旧オメガの対立を促し、全員を犯罪者に仕立て一掃するのが狙いだ」

「私は犯罪者じゃない、警官だ」

「ならば被害者となる他ない。いずれにしても殺す者と殺される者しか残らないというわけだ」

白川さんが銃を抜き、大野警部に向けた。

「私は殺されるより殺すほうを選ぶ。そのために訓練をうけてきたのでね」

大野警部は目をみひらいた。

「若者、この男が武器をもっていないか調べろ」

「触るな！」

「失礼します」

俺は大野警部の上着をめくった。見たことのない形の銃が腰のベルトに留められている。弾丸のかわりにガラス製のアンプルのようなものが詰まっていた。

「何です、これは」

俺はそれをとりあげ、大野警部につきつけた。

白川さんがいった。

「おそらく注射銃だ。圧縮ガスで薬剤を注入する。心臓麻痺《まひ》か脳梗塞を起こさせるのだろう」

大野警部が俺につかみかかった。注射銃を奪おうとする。もみあっていると、パン！　というこもった銃声が頭上でした。大野警部が目をみひらいた。うしろをふりかえる。

階段の途中に、この店のニューハーフがいた。サプレッサーつきの銃を握っている。

「お前……」

大野警部の背中に血の染みが広がった。

「ごめんね、大野ちゃん。その坊やと同じ任務を、あたしはうけおっていたの。あなたを監視して、必要なら排除する」

「そんな……」

大野警部は唇をわななかせた。ニューハーフが銃口をこちらに向けた。直後、白川さんが撃った。

ニューハーフの右目を銃弾が射抜き、階段を転げ落ちてくる。ニューハーフは大野警部に体をぶつけて止まった。ひと目で死んでいるとわかった。

ぐはっと大野警部が血を吐いた。

「名前を」

冷酷な声で白川さんはいった。

「誰が『コベナント』の発動を命じた？」

「俺は、知らん」

床にひざまずき、大野警部は答えた。

「あなたに指示を与えていた人間がいた筈です。誰ですか⁉」

俺は怒鳴っていた。大野警部は唇をゆがめた。何かをいおうとしているのかと思ったが、ちがった。

笑ったのだ。そのままニューハーフの体によりかかり、大野警部は動かなくなった。

「離脱する」

白川さんは銃をしまい、アンプル入りの銃を拾いあげた。

「若者！」

俺は我にかえった。

「はいっ」

「触った場所をこれでふけ」

ハンカチを渡された。俺はあわてていわれた通り、カウンターやストゥールをハンカチでこすった。ゴールデン街で店をやっているニューハーフが公安警察官を監視するエージェントだったなんて、とても信じられない。

しかもそいつが大野警部を射殺し、俺たちも撃とうとした。

「こいつ、いったい何者なんです」

俺はニューハーフを見おろし、つぶやいた。

「『ますい』の大将と同じで、雇われたプロだろう。大野に近づき、監視下においていた」

「雇い主は？」

「生きていれば訊けたかもしれないが」

俺は息を吐いた。

「この警官が私たちの排除に成功していたら、正体を現わすこともなかった筈だ」

ドアノブをもう一枚のハンカチでつかみ、白川さんはいった。

「また振りだしに戻っちゃいましたね」

俺はつぶやいた。手がかりは得られず、罪状ばかりが増えていく。俺はいったい何件の殺人の共犯者になるのだろう。

「いこう」

白川さんはいって、ドアを引いた。

15

ゴールデン街をでた俺と白川さんの前でワンボックスカーが止まった。スライドドアが開き、バランコフが中から叫んだ。

「乗れ!」

乗りこむと同時にワンボックスカーは発進した。俺は思わず息を吐いた。

「オーノはどうした?」

バランコフが訊ねた。ワンボックスを運転しているのは、きのういっしょにいた日本人のエージェントだ。

「死んだ」

白川さんが答えた。

バランコフは眉を吊り上げた。

「私じゃない。大野の監視役が撃った。大野はこれをもっていた」

白川さんは注射銃を上着からとりだし、バランコフに渡した。

「イスラエル製だな。モサドが暗殺用に開発した銃だ」

うけとったバランコフはいった。

「警視庁に配備されているのかね？」

訊ねた白川さんに俺は首をふった。

「とんでもない。いったいどこでそんなものを手に入れたのか、想像もつきません」

「警視庁の備品でないとすれば、誰かがオーノにこれを渡した。その誰かは、オーノが君たちと会うことを知って、渡したのだ」

「大野は、アルファもオメガも、もはや存在しないといった。『コベナント』を発動させた人間の狙いは、古いアルファやオメガに固執する者を排除することにあったようだ」

白川さんがいった。

ワンボックスカーは区役所通りに入り、「西国酒家」の前で止まった。ランチの営業が始まっていて、意外に多くの客が入っている。

「ラオが待っている」

バランコフがいって、車を降りた。俺と白川さんはあとにつづいた。

黒服が俺たちを二階の個室へと案内した。そこにラオとリンがいた。ロンの姿はない。

「どうなりました？」

俺たちが円卓につくと、ラオは訊ねた。リンが中国茶を注いだ。

「今後、大野に脅迫されることはない。彼は監視役のエージェントに殺された」

ラオは首をふった。

「困ります。警官が殺されたら、今まで以上に警察はうるさくなる」

「大野を動かしていたのは、警察以外の政府機関の人間だ。心当たりはないか」

白川さんは訊ねた。

「警察以外の政府機関？」

バランコフが注射銃を円卓においた。

「イスラエル製の暗殺用兵器だ。日本の警察にこんなものは配備されない」

ラオはじっと見つめた。

「タカムラが渡したと思うかね？」

バランコフは訊ねた。ラオは首をふった。

「私には想像もつきません」

「ラオ」

白川さんが険しい声をだした。ラオはあきらめたように息を吐いた。

「ひとりだけ、そうかもしれないと思う人はいます。久保田《くぼた》という人で、一度、大野が連れて食事にきたことがある」

「所属は？」

バランコフの問いにラオは首をふった。

「知りません」

「久保田という人間は、警視庁公安部の上にはいません」

俺はいった。

「どんな男だった？」

白川さんが訊ねた。

「男ではありません、女性です。細身の美人で、年齢の見当はつきにくいのですが、大野警部よりは少し上のようでした。髪はきれいな銀髪で、白人の血が混じっているように見えた」

ラオが答えた。

「まさか」

白川さんがつぶやいた。

「知り合いか？」

バランコフが白川さんを見た。

「私が考えている人なら、ワシリーも知っている筈だ。ミシェルだ。ミシェル・伊東《いとう》」

その言葉を聞いた瞬間、バランコフは無表情になった。

「なんてことだ」

「確かミシェルは、二十年近く前に日本の外交官と結婚した筈だ。そういえば、久保田という名だったかもしれない」

白川さんがつぶやき、俺ははっとした。

「その外交官というのは、クボタヒデキではありませんか」

「ヒデキといったかもしれない。若者の知り合いか?」

「ちがいます。昨年、テルアビブで日本人外交官が事故死し、テロの可能性が疑われるという情報が回りました。その外交官の名が久保田英樹《ひでき》だったんです」

白川さんとバランコフは顔を見合わせた。

「それはテロだったのですか」

ラオが訊ねた。

「可能性は高いものの、確実な証拠は得られなかったようです」

俺は答えた。

「ミシェルが……」

白川さんはつぶやいた。

「何者なんです?」

白川さんが答えようとしたとき、俺たちのいる個室の扉が開かれた。ロンだった。地味な黒いパンツスーツを着けている。

「ロン」

「磯崎連合の連中が会長に会わせろと押しかけていて、ランチの客が恐がっています。どうしますか」

ロンがラオに訊ねた。ラオはため息を吐いた。

「しかたがない。もとはといえば、私がまいたタネだ。彼らを説得しよう」

「連中は、この二人の身柄を要求します」

ロンは俺と白川さんを目で示した。

「渡すかね？」

白川さんが訊ねた。

「いや、あなたは現役の頃と何もかかわっていない。死人が増えるだけだ。これ以上やくざや警察に目をつけられてはかなわない。ロン、この人たちを裏口から外へだせ。リン、やくざを特別室に案内しろ」

「わかりました」

リンがまず個室をでていった。

「特別室というのは？」

「三階にある個室です。磯崎連合がそこに入ったら、あなたたちを外へ逃がす」

やがて館内電話が鳴り、ロンが応えた。

「三階に入りました」

ロンがラオに頷いた。

「連れていけ。ところでミシェル・伊東というのは何者なんです？」

ロンに指示をだし、ラオは白川さんに訊ねた。

「もとはフランス情報機関のエージェントで、私の妻だ」

「えっ」

俺は思わず叫んだ。

「結婚していたんですか」

「わずか一年半だ。知りあったとき彼女はファッションカメラマンだった。それがカバーで、本当はエージェントだとわかり、私たちの結婚は破綻した」

「たとえ一年半でも、結婚したことがあるとは思いませんでした」

「ミシェルとの生活のために、シラカワは引退を一度は考えた」

バランコフがいった。

「本当ですか」

「本当だ。ミシェルとなら平和な生活ができるかもしれないと思っていた。ところが彼女には引退する気などなかった」

「ミシェルは離婚したくはなかった。シラカワなら自分の仕事を理解できるからな」

バランコフがいった。

「理解はできてもいっしょには暮らせない」

白川さんは悲しげに首をふった。

「じゃあ今でもその人のことを思っているのですか」

「何も。何とも思っていない。ミシェルは逆だろうが」

「逆？」

「プライドのとても高い女性だ。捨てられたと私を恨んでいる」

「殺したいくらいに？」

白川さんは頷いた。

「お前、話長い。もういく」

ロンがせきたてた。白川さんは苦笑した。

「エレベータに」

ラオがいった。ロンがラオの椅子の裏に回り、壁のカーテンをはぐった。小さなエレベータが隠れていた。ボタンを押し、エレベータの扉が開くと、ロンは俺たちに顎をしゃくった。

ラオが中国語を喋った。ロンに何かを命じたようだ。ロンは小さく頷いた。

エレベータの中にはボタンがふたつしかなかった。上を向いた三角と下を向いた三角だ。

ロンは下を向いた三角を押した。俺と白川さん、ロンとバランコフの四人で窮屈なエレベータは下降した。

扉が開くと、倉庫のような空間だった。紹興酒のカメが薄暗い中に並び、甘ったるい匂いが漂っている。使っていないテーブルや椅子、鍋などが積みあげられていた。それを縫ってロンは進み、鉄のシャッターの前で立ち止まった。

シャッターをあげようとするロンを、俺は手伝った。階段があった。

それを上ると、「西国酒家」に隣接した駐車場の事務所だった。事務所にいた男は驚いたようすもなく、俺たちを見た。

「車は？」

ロンが訊ねた。

「移動させました」

駐車場に止まったワンボックスを男は示した。バランコフが乗っていた車だ。日本人の運転手が乗っている。

俺たちはワンボックスに乗りこんだ。「西国酒家」の前には、磯崎連合のやくざが乗ってきたと思しい車が数台止まっている。

「どこへいく？」

バランコフが訊ねた。

「横須賀に向かってくれ」

白川さんが答えた。

「横須賀？」

「A1がいる」

「A1。あの伝説のスパイか」

バランコフはつぶやいた。

ワンボックスは首都高速にあがった。横須賀にいくなら横羽線を経て横浜横須賀道路に入るルートだ。

「移動はなるべく早いほうがいい。大野らの死体が見つかれば、警察はいずれ私たちを血眼になって捜す」

白川さんがいい、俺は息を吐いた。

「まさか警察に追われる身になるとは思いませんでした」

「警察だけならまだましだ。元妻までそれに加わっているなんて」

白川さんは小さく首をふった。

「お前の奥さん、そんなに恐いか」

ロンが訊ねた。白川さんはロンを見た。

「会えばわかる。ひとつ忠告しておこう。彼女がどんなにやさしい言葉を口にして、あたたかな笑みを浮かべても、決して心をゆるさないことだ。ミシェルは、『世界中であなたが一番好きよ』といいながら、銃の引き金をひける女だ」

「本当に⁉」

俺はバランコフを見た。バランコフは真剣な表情で頷いた。

「こと至近距離での暗殺に関して、彼女よりすぐれた殺し屋を私は知らない。一九七〇年代の終わりから八〇年代にかけて、NATO情報部がリストのトップにあげていた東側、つまりこちら側のエージェントを何人彼女に殺されたか。主に極東で」

「今、いくつなんですか」

「じき七十になる。たぶんとてもその年齢には見えないだろう」

白川さんがいった。

「オーノがミシェルと食事をした理由は何だと思う？」

バランコフが訊ねた。

「警視庁公安部は、久保田英樹氏がテルアビブで暗殺された可能性を疑っていました。大野警部が久保田氏の未亡人に会ったということは、何かそれに関係する情報があったのかもしれません」

俺は答えた。

「それは君らのセクションの仕事か」

「いえ、厳密にはちがいます。ただ――」

俺はいいよどんだ。

「ミシェルがアルファによる犯行を疑い、警視庁に情報の提供を求めたとしたら？」

白川さんがいい、俺は頷いた。

「警視庁が真剣に対応するなら、アルファの担当者である大野警部がでていっておかしくありません。元奥さんにそこまでの力があれば、ですが」

「彼女にはあったろう。古巣のフランス情報部を含め、イギリスやアメリカにも知り合いが多くいる」

白川さんはいった。

「これをオーノに渡したのがミシェルだとしよう。その理由は？」

バランコフが注射銃をとりだした。

「ひとつしか考えられない」

白川さんが暗い声でいった。

「私を殺す。それを使えば、逮捕前でもあとでも、病死を装うことができる」

「つまり大野警部と元奥さんは仲間だったということですか」

俺はいった。白川さんもバランコフも、すぐには答えなかった。

「私の知っていたミシェルはアルファのメンバーではなかった」

やがて白川さんはいった。

「本当に？　フランスの情報機関をやめたあと、何をしていたんです？」

「国連の調査機関で働いていた。そこで久保田と知り合ったようだ」

「そのときには離婚していたんですね」

白川さんは頷いた。

「一年近く、彼女は離婚をうけいれず、話し合いすら拒んでいた。別れるくらいなら殺す、というのが彼女の考え方でね」

「プライドが高いんだ。夫の側から離婚を申しでたのを彼女は許せなかった」

バランコフがいった。

「エージェントの世界で、自分は笑い者になる、といっていた。つまり、それだけ多くの男を袖にしていたからだが」

白川さんがつけ加えた。

「それはいつの話です」

「三十五年くらい前だ」

古すぎる。恨みをそんなに忘れずにいられるものだろうか。

ロンが口を開いた。

「女は古い男など覚えていない。特に自分を捨てた男のことはすぐに忘れる」

思わず、俺は白川さんやバランコフと顔を見合わせた。

「それは……君の経験か？」

白川さんが訊くと、ロンの顔が一瞬赤くなった。

「女は皆同じだ」

「まあ、確かに、そういうところはある」

バランコフがいった。

「では私を殺そうと考えた理由は別にある、と思うのかね」

ロンは頷いた。

「何だろう」

俺はふと思いついた。

「元奥さんがオメガに所属していたとは考えられませんか」

「ミシェルが……」

「アルファもオメガも、もう存在しないと大野警部はいいました。アルファとオメガのメンバーが手を組んだとすれば、オメガの側に元奥さんはいたのかもしれません」

「しかしオメガは休眠していた。『コベナント』が発動されるまでは」

「それは日本での話ですよね。海外では？」

白川さんは瞬きした。

「アメリカでは少なくとも活動していなかった筈だ。ベルリンの壁が崩壊してから九・一一までは、CIAが圧倒的な力をもっていた」

「ヨーロッパには存在した」

バランコフがいった。

「旧ソビエト連邦の国家で紛争を起こし、アルファは収益を得た。当然、対抗するための活動をオメガはおこなっていた」

「メンバーは？」

白川さんが訊ねた。

「MI6のケビン、DGSEのクロード、シュタージのシュミット」

「シュタージにもオメガのメンバーがいたんですか」

思わず俺はいった。小説でしかその名前を知らないが、シュタージは、東ドイツ国家保安省の通称だ。戦時中のゲシュタポのような秘密警察的な存在でもあったらしい。

「東西を問わず優秀なエージェントは、アルファかオメガの選択を迫られた。私ももう少し年上だったら、どちらかに加わった」

バランコフは答えた。

「離婚後、ミシェルはたぶんヨーロッパにいた。国連の仕事もヨーロッパを中心に活動していた筈だ」

白川さんはつぶやいた。

「タカムラとの関係はどうです？」

俺は訊いた。

「タカムラ？」

「『コベナント』の発動には、ジョージ・タカムラが関係しています。であるなら、元奥さんとタカムラのあいだの接点が気になります」

「そうだった」

白川さんは目を閉じた。

「思いだしたよ。タカムラの名がＣＩＡの暗殺リストに載ったとき、ミシェルは排除に動いた筈だ」

「だが殺さなかった。失敗したのですか」

「わからない。そのときはもう、私たちの離婚は成立していた」

「ミシェルがヨーロッパにいるとき、オメガのメンバーに加わった可能性はある」

バランコフがいった。

「そして今、私を排除する側に回ったということか」

俺は頷いた。

「元奥さんがタカムラの暗殺を考え、実行しなかった理由が気になります」

「おそらくA1は知っている筈だ」

白川さんがいった。

「なぜです」

「A1は、オメガにおけるタカムラの担当官だった。アルファの創設メンバーであったタカムラの暗殺も検討した筈だ。いわば宿敵だからな」

俺は頷いた。確かにA1こと佐藤伝九郎なら何か知っているかもしれない。だが不安もあった。

白川さんの話では、佐藤伝九郎は八十四歳だ。いったいどこまで任務について覚えているだろうか。

「横須賀のどこにいるんです?」

俺は訊ねた。

「海辺にある老人ホームだ。アメリカ海軍の基地も近い。軍艦が好きな人でね。昔からそこで暮らすと決めていたようだ」

「家族はいないのですか」

「いない」

俺は腕時計をのぞいた。午後三時まで二時間近くある。ミクと山谷さんはA3の息子に関して何か情報をつかんだだろうか。つかんでいたら、A1の老人ホームに現われる筈だ。

「三時には間に合いそうだな」

俺の仕草に気づいた白川さんがいった。

「ええ。何か収穫があるといいですね」

「ランデブーか」

バランコフがやりとりの意味に気づいたのか、訊ねた。

「二人のオメガエージェントとのランデブーポイントにしている。時間は十五時だ」

バランコフは片方の眉を吊りあげたが、何もいわなかった。

白川さんが運転手に道を指示し、ワンボックスは横須賀インターから東に向かった。横須賀の中心部を抜け、海沿いにたつ白いマンションの駐車場にすべりこんだ。

「ここがそうなのか」

バランコフが車内から見上げていった。二十階はありそうで、海に向かって窓が並んでいる。

「最上階の一番広い部屋がA1の住居だ」

白川さんはいって、スライドドアを開いた。バランコフと俺、そしてロンがつづいて降りた。運転手はバランコフの命令で車にとどまった。

一階の扉をくぐると、ホテルのフロントのような受付があった。

「二〇〇一の佐藤さんに会いにきました」

ナースのような制服を着た女が受付には二人いる。白川さんがいうと、

「お身内の方ですか」

不審そうにバランコフやロンを見やり、ひとりの女が訊き返した。

「友人です」

「代表者のお名前を」

「白川。白川洋介《ようすけ》です」

女が内線電話の受話器をとりあげた。誰かと小声で喋っている。

やがて受話器をおろし、いった。

「このところ佐藤様はご体調がすぐれません。面会は一時間以内にするよう、医師から指示がでています」

「わかりました」

「では三階で一度、エレベータを乗りかえてくだ

さい。このバッジを皆さんつけて」

　訪問者用のバッジを渡された。何種類もあるところを見ると、訪ねる階や部屋で異なるようだ。

　奥にあるエレベータで俺たちは三階に昇った。そこから別のエレベータで二十階に向かう。地上と直接いききできるエレベータがないのは、住人が外に迷いでるのを防ぐためにちがいない。

　二十階のエレベータホールで、制服の男女が待ちかまえていた。

「佐藤様は面会室でお待ちです」

　先に立って廊下を歩きだす。面会室というのは、建物の中央の、海に向かって半円形につきでた空間だった。一八〇度近い景観がある。灰白色に塗られた軍艦が何隻も浮かぶ海がまぶしいほど光っていた。

　厚手のガウンを着け、車椅子にのった老人がいた。じっと海を眺めている。

「A1」

　白川さんがいった。車椅子ごと老人がこっちを向いた。俺は思わず息を呑んだ。老人の顔にはケロイドのようなひどい傷跡があった。眉はなく、鼻筋もゆがんでいる。

「A5か」

　口もあまりうまく動かせないようだ。こもって聞きとりにくい声だ。

「元気そうだ」

「見ての通りだ。君がここにきたということは――」

　いいかけて言葉を切り、老人は俺たちを見やった。

「ワシリー・バランコフです。あなたの伝説は聞いています」

バランコフがいった。

「KGBか」

「今はSVRです、やっていることはあまりかわらない」

老人の目が俺を見た。

「村井です。白川さんのアシスタントをしています」

老人はそっけなく頷き、ロンに目を向けた。

「彼女はラオのボディガードでロンといいます」

「あの男、まだ生きていたか」

老人はつぶやいた。

「ここにいる全員が、『コベナント』の発動により、深刻な状態におかれています」

老人の顔がゆがんだ。少ししてそれが笑いだと気づいた。

「今になって発動されたというのか」

「私を強硬に排除しようという動きがあり、首謀者の中にジョージ・タカムラとミシェルが加わっている可能性が高い」

白川さんはいった。

「ミシェル？　君の前妻のか」

「昨年、テルアビブで日本人外交官が事故死し、暗殺の可能性が疑われている。ミシェルはその外交官の妻でした」

「その件は知っている。モサドにいた古い友人からメールをもらった。オメガの仕事だ」

「オメガの⁉　どういうことです？」

「外交官はアフリカのテログループに接近していた。情報を得るためだったようだが、とりこまれたと判断されてもしかたがないほど、グループのメンバーと親しくしていた」

俺は「ますい」の大将の言葉を思いだした。新橋で大将が殺した三村は、アフリカのテロリストグループの支援者だといった。そのグループは今はテロリストでも、いずれ新たな国家を樹立すると考えられ、三村はその後の利権を狙っていた。

「そのテロリストグループには、東洋鉱山の三村という男がかかわっていませんでしたか？」

俺は思わず訊ねた。老人は俺のほうを見もせずに答えた。

「別に驚くにはあたらん。東洋鉱山の仕事は、世界中の資源保有国とコネを作ることだ」

「その三村を、アルファのメンバーが殺しました。アルファとオメガの活動内容が、一部において逆転しています」

「つまりアルファが善で、オメガが悪になったと、この若者はいいたいのか」

老人は白川さんに訊ねた。

「ちがうのですか」

俺はいった。ようやく老人が俺を見た。

「エージェントの立ち位置に善悪などない。善だろうが悪だろうが、必要であれば人を殺すのがエージェントだ。君は善だから殺人が許され、悪だから許されない、とでもいうのか」

俺は首をふった。わかっている。スパイスリラーと現実はちがう。

「そういえばA1は、ジョージ・タカムラの排除に、私の元妻が動いていたのをご存じですか」

白川さんが訊ねた。

「ミシェルはもう少しで成功した。タカムラが死なずにすんだのは、CIAがリストから外したからだ。パイプとして奴を使うと決めた。それがなければ、ミシェルは奴の息の根を止めたろう」

「もしあのときそうしていてくれたら、この状況は生まれなかった。私は現役を長く離れすぎたようです。この先は、Ａ１の指示にしたがいたい」

白川さんがいった。老人は小さく首をふった。

「もはや我々にできることなど、何もない」

「それならばなぜ、我々を排除しようという動きがあるのでしょうか。アルファもオメガも、存在理由を失い、混沌としている中で、排除しようという動きだけが明確に我々を追ってきている」

「つまりそれは、我々が何かをできるということだ」

「アルファもオメガも存在する意味がないなら、なぜ『コベナント』は発動されたのでしょう」

「それは『コベナント』を発動させた人間に訊くしかないいな」

「Ａ１は知っているのですか」

「『コベナント』を発動させられる権限をもつのは何人もいない。そのうちのひとりが私だ」

「あとの人間は？」

老人は息を吸いこんだ。金色に輝く海上を舞っていたヘリが爆音とともに、俺たちのいる建物に近づいていた。軍用機のような色や形をしている。

ヘリは俺たちの正面にホバリングした。

「残りの者を教えてください！」

白川さんが大声をだした。

老人が白川さんを見上げた。直後だった。まっ赤な霧がその顔を包んだ。

霧と見えたのは血だった。突然、老人の首から上が消えてなくなった。

ヘリが浮上し、車椅子が転がった。

何が起こったのか、一瞬、俺にはわからなかった。

「伏せろっ」

バランコフが叫んだ。窓にぽつんと穴が開いている。

狙撃されたのだ。

誰かが悲鳴をあげた。俺は面会室の床に這《は》いつくばり、第二弾に備えた。背中が硬直し、吐きけがこみあげる。

が、弾丸は飛来しなかった。ヘリの爆音は頭上に移り、やがて遠ざかった。

「A1……」

白川さんが床に転がった老人にひざまずいた。

「大口径の狙撃用ライフルだ。窓にはあんな小さな穴しか開けず、頭を吹き飛ばした」

バランコフが立ちあがり、窓に歩みよった。

A1こと佐藤伝九郎が死んでいることはひと目でわかった。頭がきれいさっぱり消えている。

「いきましょう」

俺は白川さんの腕に触れた。面会室の床一面に老人の内臓や血がとび散っていた。

「ここにいちゃまずい」

白川さんは俺を見やり、小さく頷いた。

立ちあがった俺たちを止める者はいなかった。老人ホームの人間は皆、腰を抜かしたようにへたりこんでいる。

エレベータに乗りこみ、三階まで降りた。

「A1だけを狙ったんだな」

エレベータの中で白川さんがつぶやいた。

「それで充分だったんです。『コベナント』を発動させた人間のことさえ秘密にできればよかった」

俺はいった。受付にバッジを返した。上で何が起こったのか、まだ誰も気づいていない。

急ぎ足でエレベータを乗りかえ、一階まで降りた。

　ワンボックスに乗りこみ、老人ホームの建物をでると、俺はほっと息を吐いた。

　バランコフが葉巻をくわえ、火をつけた。

「どこにいきますか」

　運転手が訊ね、バランコフは白川さんを見た。白川さんは無言でうつむいている。

「ヨースケ」

　白川さんはのろのろと首を回しこちらを見た。

「すまない。私も、さすがに頭が動かない。まさかA1を暗殺する者がいるとは……」

「しかも金と手間をかけている。あれだけの狙撃をこなせるシューターやパイロットはそういない」

　バランコフがつぶやいた。

「でもなぜ、今日なんです？」

　俺はいった。

「今日、とは？」

「A1を殺すのはいつでもできた筈です。ヘリから狙撃するなんて、派手なやりかたをしなくても、面会人を装えばよかったんだ。今日、あんなやりかたで殺したのは、何か理由がある」

「我々に情報が伝わるのを防ぐためだろう」

　抑揚のない口調で白川さんがいった。

「今日、我々がA1のもとを訪れることを知っている人間がヘリを手配した」

　俺は頷いた。白っぽかった白川さんの顔がわずかだが赤みをとり戻していた。

「それだけじゃない。もしかしたら我々がA1の居どころを教えたのかもしれん」

　バランコフが呻くようにいった。

「待ってくれ」

白川さんは片手をあげ、目を閉じた。

「我々がA1を訪ねると知っていたのは、ごくわずかな人間だけだ」

俺はロンを見た。ロンは無言で俺を見返した。

「ラオと、他には――」

「ミクがいます。それと山谷さんも、いずれ我々がA1のところにいくと知っていた」

「いいだろう。三人のうちの誰かから、敵に情報が洩れたとしよう。だが、尾行があれば気づいた筈だ」

白川さんは目を開き、バランコフに向けた。

「無論だ。カトウはプロだ」

バランコフは答えた。カトウというのが運転手の名のようだ。偽名くさい名だ。

「ロン」

俺はいった。

「何だ」

「携帯電話をもっているか」

「もちろんだ。なぜ訊く？」

「GPS機能を使ったのかもしれません」

白川さんは首を傾げた。

「どういう意味かね」

「携帯電話の位置情報を追跡したんです」

「わたしは何もしていない」

「ロンじゃない。ラオだ」

「会長が裏切ったというのか」

ロンの目が三角になった。

「あくまでも可能性の話だ。そう考えれば、簡単に説明できる」

「ちがう！　会長裏切らない。お前、別の可能性、考える」

恐ろしい顔でロンは俺を指さした。

「だけど――」

「だけど、ない。会長、裏切ってない」

「確かにラオのやりかたではない」

白川さんが割って入った。

「信用のならない男だが、血なまぐさいことを嫌う。Ａ１を殺すのに、こんな方法をとるとは思えない」

「お前、正しい」

ロンが白川さんを指さした。

「ラオがロンの携帯電話の番号を誰かに教え、そいつらがヘリを飛ばしたのかもしれません」

俺はいった。

「まだ会長を疑うか」

「可能性の話なんだ」

ロンは腕を組み、首をふった。

「お前たちを守る、わたしの仕事。なのに会長を疑うは許せない」

「他の可能性を考えてはどうかね」

白川さんがいった。

「我々が尾行されたのでも、ラオが裏切ったのでもない可能性だ。そのどちらでもないのに、我々の行先を敵がつきとめるのは不可能だろうか」

俺は考えた。不意に大野警部とのやりとりを思いだした。

――君など思いも及ばない、政府の高いレベルだ。

「不可能ではありません。『西国酒家』を監視し、俺たちがこのワンボックスに乗ったことさえわかっていれば、警察なら逐一、動きを追えます。ただ警察だったらまず俺や白川さんを逮捕しようとした筈ですが」

「Ｎシステムかね？」

「そうです」

「我々の逮捕より、A1の暗殺を優先させたのかもしれん」

「そうだとすれば、警察のトップレベルに敵はいます」

「あるいは警察すら動かせる、政府のトップレベルか、だな」

バランコフがいった。

「同じことを大野はいった。政府の高いレベルが私に監視をつけた、と」

白川さんも覚えていたようだ。

「じゃああのヘリは、警察か自衛隊が飛ばしたということですか。まさか」

俺はつぶやいた。まるでテロリスト扱いだ。国家権力が一丸となって、俺たちを排除しようとしている。

スパイ小説どころの騒ぎじゃない。いつのまに、そんな大がかりなことになってしまったんだ。また吐きけがこみあげてきた。

「問題はそこまでしてA1を排除しようとした理由だ」

「『コベナント』」

俺はつぶやいた。

「他に考えられん。『コベナント』を発動した人物の名が我々に伝わることを、何としても阻止したい人間が、国家権力の中枢部にいるのだ」

バランコフが葉巻をふり回し、いった。

俺は息を吐いた。〝犯人〟がラオであってほしかった。国家権力からつけ狙われるなんて最悪だ。正義のエージェントだった筈が、これじゃ、国家の敵だ。

「結論を急ぐのは賢明ではない」

白川さんが首をふった。

「でも相手が国家権力だったら、いったいどうすればいいんです？　勝てっこありません」

俺はいった。舌がうまく回らないほど恐くなっていた。

「落ちつけ、若者。まだ国家権力と決まったわけではない。Ａ４たちだという可能性も排除できん」

俺は下を向いた。ミクや山谷さんだとはとうてい思えない。特にミクが俺たちを裏切ったとは考えたくなかった。

「情報が必要だな。だがその前に、安全を確保しなければ」

バランコフがいい、白川さんは頷いた。

「もし敵が国家権力なら、吉原も安全とはいえない。ワシリー、どこかないか」

バランコフは考えていたが、やがて息を吐いた。

「我々が通常使っているセーフハウスは、警視庁公安部につきとめられている可能性が排除できない。とすれば、信用のできる民間人を頼る他ないな」

「信用のできる民間人？」

俺は訊き返した。

「国家権力に決して屈しない人物だ」

「日本人ですか」

俺の問いにバランコフは頷いた。

「そんな知り合いがいるのか」

白川さんも信じられないようにいった。

「いる。カトウ、本郷に向かえ」

「了解しました」

「本郷？　東大のある本郷かね」

白川さんが訊ねた。

「そうだ。我々が『教授』と呼んでいる、こちこちのマルクス主義者の革命家が、そこにいる」

バランコフは答えた。

16

あんな騒ぎのあとなのに検問もなく、パトカーに止められることもなしに、ワンボックスは都内に戻った。カトウはバランコフの指示にしたがって、本郷通りと言問《こととい》通りの交差点、本郷弥生《やよい》で車を止めた。

「ここからは歩いて移動する」

バランコフがいい、俺たちはワンボックスを降りた。大学の校舎と校舎のあいだを抜け、細い坂道を下る。

「あそこだ。私の記憶では、二十年前までは警視庁公安部が監視対象にしていた」

廃屋かと見まがうような、木造二階建ての家があった。壁一面に蔦が繁殖し、屋根瓦のすきまからペンペン草がのびている。

だが、錆《さび》の浮いた鉄門には、

「猛犬注意！　高圧電流柵、立入禁止。セールスマンお断わり」

という手書きの札が掲げられていた。

よく見ると衛星放送を受信するためか、パラボラアンテナも立っている。

門柱にとりつけられたインターホンをバランコフは押した。やがて、

「誰だ⁉」

ひび割れた声がインターホンから流れでた。

「革命前夜を共にすごす者だ」

バランコフがインターホンに告げた。

ぼろ家の扉が開いた。ツギのあたったスラックスにカーディガンを着け、ライオンのたてがみのように白髪をのばし、壜底みたいな眼鏡をかけた老人がでてきた。門の向こうからじろじろと俺たちを眺めると、

「官憲の匂いがする」

俺を指さした。声は意外に若々しく、いって六十四、五というところだろう。

「警視庁公安部の刑事だ」

バランコフがいった。

「やはりな。私を捕えにきたのか」

老人は俺をにらんだ。どこかバランスを欠いた、危ない目つきだった。

「ちがう。彼は裏切り者として追われている」

老人はバランコフを見た。

「スラブ人だな。合言葉をいったのは君か」

「そうだ。お目にかかれて光栄だ、教授。私はワシリー・バランコフ」

〝教授〟は瞬きし、バランコフを見つめた。

「その名は聞いたことがある」

「あなたの研究の資金援助を七〇年代、我々はしていた」

教授は指を立てた。

「ルビヤンカか」

ルビヤンカとはKGB本部の通称だ。CIAをラングレーと呼ぶのと同じだ。

バランコフは頷き、門のすきまから右手をつきだした。

「たったひとりで戦った英雄として、教授の名は今でも伝説だ」

「戦いは終わっていない。今もつづいている」

さしだされた手を無視して教授はいった。

「そうだった。今もあなたは日本政府と戦っている」

「何の用だ」

「あなたの力を借りたい」

「私の力を借りる？　私に何ができるというのだ」

「我々は、好むと好まざるとにかかわらず、国家権力を敵に回してしまった。あなたなら、そういう我々によい知恵を授けてくれるのではないかと思っている」

白川さんがいった。俺は何もいえずにいた。年寄りといってもいい大人が、今にもぶっ倒れそうな門をはさんでやりとりする会話とはとても思えない。

「刑事にしては年をくっているようだが」

教授は白川さんを見つめた。

「私は……オメガという機関に属しているエージェントだ」

眼鏡の奥で教授の目が広がった。

「都市伝説だと思っていたが、実在していたのか」

白川さんは頷いた。

「するとアルファも存在するのだな」

「もちろんだ」

教授が門の閂《かんぬき》を外した。大きく門を開く。

「入りたまえ。私の知識欲を満たしてくれる者は歓迎しよう」

その目がロンで止まった。

「君は？」

「ロン」

「中国は拝金主義にとりつかれている。無理もない。ロシア革命からは百年以上が経過しているが、中国共産党が中国全土を支配下におさめてからまだ七十年しかたっていない。つまり金儲けの方法を忘れていないのだ」

ロンはぽかんと口を開けた。

「だが拝金主義者だとしても、これほどの中国美人を見るのは久しぶりだ」

からかわれていると思ったのか、ロンの目が三角になった。が、その手を教授が握った。

「かわいらしい手だ。まさか解放軍の女兵士ではあるまい」

ロンはあせったように手をふりほどいた。が、頬が赤らんでいる。

解放軍の兵士よりもっとおっかないが、それはいわないほうがいいだろう。

「きたまえ」

俺たちはぼろ家に案内された。だが教授が開けたドアを見て、俺は驚いた。内側に鉄板が貼りつけてあり、三つも錠前が足されている。

「ここにくるまで尾行は？」

四人が玄関をくぐると教授はドアを閉め、錠前をかけた。

「尾行はいません。しかし――」

「わかっている。Nシステムと設置された防犯カメラを使えば、君らがこの家を訪ねたことは容易に判明する。したがって――」

教授はいい、玄関をあがったところにおかれた空気清浄機のような箱形の機械のスイッチを入れた。ブーンという音が起こった。

「それは？」

「空気の振動を察知し、屋内の会話を盗聴する機械の働きを妨げている。電波型の盗聴を阻止するジャミング装置は、二十四時間作動している。ここでは携帯電話は使えない」

　俺はあきれて白川さんを見た。

「国家権力を敵に回しながら、その国家の中で暮らすには、それだけの覚悟と準備が必要なのだ。さ、コタツに入りなさい」

　玄関から短い廊下を進むと、八畳ほどの和室があり、中央にコタツがおかれている。まるで寒くはないが、他にいる場所もなかった。

　コタツの上にはモニターが四つあり、教授はそれと向かいあう形でおかれた座椅子にすわった。

「ロン、皆にお茶を淹《い》れてやってくれ」

「なぜわたし？」

「中国人はお茶を淹れるのが上手だ。予備の湯呑みは台所にある」

　ロンは教授をにらんでいたが、やがてあきらめたように台所に入っていった。

「女性差別ではないぞ。ロンが男性でも、私はお茶を淹れてくれと頼んだ」

　教授はいい、畳の上からコードレスのキィボードをとりあげた。俺を見る。

「所属先と階級を、もちろん名前もだ」

　俺は答えた。教授はキィボードを打ち、モニターをのぞきこんだ。やがていった。

「確かに村井巡査は公安部に実在する」

「警視庁のコンピュータに侵入しているのですか」

　俺はたまげた。

「まさか。侵入などしても、すぐに追跡される。信用のできる情報提供者に問い合わせただけだ」

「それって警視庁の人間ですか」

「答えるわけにはいかんな」

「大野という彼の上司が、私と彼を殺そうとした。

監視役に撃たれて死んだが」

白川さんがいうと、教授はキィボードを叩いた。

「休職中になっている」

「いつからですか？」

「三日前だ」

「そんな……」

「トカゲの尻尾切りと同じだ。警視庁公安部は、不祥事が発生すると、さかのぼって関係者を解雇したり、停休職にして追及を避けるという常套《じょうとう》手段をとる」

「清水警視はどうです？」

キィボードを叩き、モニターをのぞきこんでいた教授がやがて答えた。

「皇宮警察に出向中」

「馬鹿な……」

俺はつぶやいた。

「警視庁の上層部に敵がいるという仮説はどうやら正しかったようだな」

白川さんがいった。

「説明を要求する」

教授がいった。俺と白川さんは顔を見合わせた。白川さんが頷いたので、俺はこれまでに起こったことを、ミクや山谷さんなど個人名をなるべく省いて説明した。

途中、ロンがお茶を運んできて俺たちに配った。薄くて、お世辞にもおいしいとはいえない。

「つまり、君たち二人は、糸を切られた凧というわけだな」

俺の話が終わると教授はいった。

「オメガから復帰を促すコードをうけとったのに、そのオメガの実在が疑われる状況におちいっているエージェントと、エージェントの監視任務についていたにもかかわらず、直属の上司が警視庁からいなくなっている潜入捜査官のコンビだ」

潜入捜査官という言葉の響きはカッコよかったが、気分は晴れない。

「それで私に何を求めるのかね？」

「あなたは長年、日本政府と闘ってきた。たったひとりで国家権力を敵に回し、消されることもなく生きのびられたのには理由がある」

バランコフがいった。

「どんな理由だ。女、差別する？」

ロンが訊ねた。

「ちがう」

「じゃ、中国人、差別する」

「それもちがう！　敵を知り尽くしている、という理由だ」

バランコフはいった。

「敵とは、日本政府のことですか」

俺が訊くと、バランコフは頷いた。

「教授はこのすぐ近くにある大学の法学部を卒業した。同級生や先輩、後輩の多くが、日本政府を職場としている。つまり、彼らの組織、考え方に誰よりも詳しい」

「政府が反逆者に対して、どんな手段を用いるかは予測がつくというわけか」

白川さんがいった。教授は無言だ。

「そうだ。この状況を教授が分析すれば、我々の敵がどこにいるのかがわかる筈だと私は考えたのだ」

俺たち四人は教授を見た。教授は湯呑みをとりあげると、茶をすすった。

「あなたの英知にうかがいたい。何が起こっているのだろう」

白川さんがいった。

教授は湯呑みを戻した。

「アルファとオメガという組織の存在については、かなり前から耳にしていたが、私は信じていなかった。優秀なエージェントが、自分たちの必要性を世界にアピールするための、いわば仮説のようなものだと思っていたのだ。が、ソビエトの社会主義が崩壊し、資本主義の論理のみでこの世界が動かされるときがきて、むしろそれが必要であったことに気づいた」

「なぜです」

白川さんが訊ねた。

「資本主義と社会主義という対立構造が消えた結果、台頭したのは民族主義と宗教原理主義だ。どちらも対立する勢力の存在を容認しない。対立勢力を消滅させることを目的とし、さらに戦闘そのものもので自己の存在意義を証明しようとする傾向がある。しかもこうした勢力はピラミッド型の権力構造をもたないため、闘争の目的とするものが非常に個的となる。ネットワーク化と呼ばれているが、大半は原始的な細胞の自己満足に過ぎない」

何をいっているのか、俺にはまるでわからなかった。

「したがって、利益追求に特化したアルファとオメガが現実化するのは、時間の問題だった」

教授がいうと、白川さんが反論した。

「待ってください。アルファが利益追求を目的としていたことは事実ですが、オメガはちがう」

「ではこう解釈すればいいかね。アルファは利益を、オメガは存在理由を求めた」

白川さんは首をふった。

「オメガは、アルファの犯罪的な活動を阻止するために作られたのです」

「犯罪という概念でアルファの活動を規定しようとした時点で、オメガは存在理由を求めたことになる。諜報機関の作戦活動に法をてらしあわせて、いったい何の意味がある。戦争で敵兵を殺した自国の兵士に殺人罪を適用するようなものだ。諜報活動を犯罪と呼ぶことの無意味さに気づいていない」

白川さんは目をみひらいた。

「アルファを悪と決めつけることで、オメガは存在理由を得た。それは愛国心を正義のよりどころにした、東西対立構造に似ているが、よりあいまいで、勝利の到達点が見えない。ソビエト社会主義共和国連邦の崩壊が、資本主義の勝利ではなかったように、アルファもオメガも、その消滅を互いの目標にはできない。アルファはオメガであり、オメガはアルファだ。国家、国籍という帰属先をもたない以上、フィールドにおいてそのちがいが鮮明でなくなるのは当然で、あとは戦闘において立ち位置を確認するのみだ」

「お前、日本語喋れ」

ロンがいった。俺はロンを制した。何となくだが、教授のいわんとすることがわかってきた。

「要するに、アルファもオメガも、あまりちがいがない、ということですか」

俺の言葉に教授は頷いた。

「現代社会では、インターネットによる情報の共有と拡散が一瞬のうちにおこなわれる。白だと思っていた自分の立ち位置が、瞬時に黒になる。せめて灰色であれば、状況の変化を演出する手を打てるだろうが、それすら間に合わないのだ」

「そうかもしれません。俺は正義の側に立っていると思っていた。なのに今のこの状況は、まるで国家の敵です」

「それは君が賢明とは呼べない選択をしたからだ。賢い人間は常に権力の側に与《くみ》する。ただしこの権力の側とは、相対的な表現であって、君らの背後にアメリカ政府がつけば、日本政府は過ちを認めるだろう」

　俺は白川さんを見た。白川さんは首をふった。

「残念ながら、アメリカが我々の味方になることはない」

「今のはただの仮定だ。アメリカ政府は対外政策において判断基準を失いつつある。それもまた二極対立の消滅の副作用といえる。中東政策における迷走が、何よりの証明だ」

「教えてください。我々の敵はどこにいるのですか」

　俺はいった。完全に理解できたわけではないが、教授は俺たちのおかれた状況がどうして生まれたのかを、把握しているような気がしたのだ。

「では、理論から現実に話を戻すとしよう」

　教授はキィボードに指をかけた。

「村井巡査の二人の上司だが、大野警部を休職、清水警視を皇宮警察に異動させたのが何者かというのが、ひとつの答になる」

　それくらいは俺にもわかる。

「警視庁のトップレベルでしょうか」

　俺がいうと教授は首をふった。

「警視庁ではなく、警察庁だろう。これほど短時間で、人事をいじれるのは、警察庁の上級官僚と考えてよい」

「人事をいじった目的は何です?」

　バランコフが訊ねた。

「むろんある種の隠蔽工作だろうが、重要なのは、それが誰に対するものかという点だ。村井巡査による告発というのもひとつの可能性だが、それ以外の組織を意識したと考えるのが妥当だ」

教授はキィボードをカシャカシャと叩いた。モニターをじっと見つめている。

「オメガじゃないのですね」

俺はいった。教授は首をふった。

「CIA？　MI6？　モサド？」

そのどれにも教授は頷かなかった。

「ではどの組織なのですか」

「はっきりとその組織の名をあげるわけにはいかないが、ひとつの手がかりをもとに推論はたてられる」

「手がかり？」

「推論？」

俺と白川さんは同時にいった。ロンがぶち切れた。

「お前、話長い、くどい。さっさという」

「手がかりとはつまり君だ」

教授は俺をさした。

「君の身分は何ひとつ変化していない。公安部に所属する巡査のままだ。大野警部の死を隠し、清水警視を警視庁外に異動させたにもかかわらず、君については一切かえない。理由がある筈だ」

皆が俺を見た。俺は皆の顔を見返した。

「何か私たちに隠していることがあるかね」

白川さんが訊ねた。

「ありません、何も」

本当だった。

「ムローイの存在を敵対勢力が消さなかったのにはわけがある、ということか」

バランコフがおっかない顔になった。

「小物すぎて消す意味がなかったのではありませんか」

俺はいった。

「そうではない。君の存在が事態を複雑にしていることはまぎれもない事実だ。そうでなかったら、死亡した警部はともかく、警視まで動かさない。まず消したかったのは君だった筈なのに、それをしないでいるのはなぜなんだ」

白川さんがいった。

「俺が……」

俺はつぶやいた。

「そうだ。君だ」

しばらく考え、俺は首をふった。

「わかりません」

「若者――」

「本当です、白川さん。俺の存在を敵が消さなかった理由なんて、まるでわからない」

白川さんは息を吐いた。信じているとも信じていないともいえない目をしている。

「とりあえず話を前に進めましょう。敵の隠蔽工作の対象は誰なのです?」

教授に訊ねた。

「内閣官房と考えるのが妥当だろう。官僚が最も恐れるのは所属省庁に政治家による批判が及ぶことだ。それを避けるための典型的な手段が異動だ。内閣官房の目を恐れた、警察庁にいる君らの敵が、警視庁公安部の人事をいじった」

教授は俺を見た。

「ただし村井巡査についてはそれをすることが、むしろ逆の結果を生むと考えたのだろう」

「お前、内閣に友だちいるか」

ロンが訊ねた。白川さんが首をふった。

「その話はあとだ。つまり我々の敵は警察庁にいるということですね」

「警察庁だけではない。外務省や財務省などに所属する官僚のグループだろう」

「なるほど、国税庁を動かせたのも、それなら理解ができる」

白川さんはロンを見た。

「ミシェルは死んだ夫を通じて外務省につながっている」

「ジョージ・タカムラはどうなるんです」

俺は訊いた。

「ジョージ・タカムラもアルファやオメガと同じく、利用されたと考えるべきだろう。対立するふたつの組織の存在を知り、利用しようと考えたグループがいたのだ」

「何のために利用するのですか」

俺は訊ねた。教授は首をふった。

「利用方法などいくらでもある。重要なのは、君らが、白か黒かという対立構造の中で生きている点だ。互いに敵しか見ない組織は、それ以外からすれば利用がたやすい。不都合な事実はすべて敵のせいにしてしまえる」

「アルファとオメガの両方を利用して、官僚グループは何をしようというのだ?」

バランコフが訊いた。

「省利省益につながる、あらゆることだろう。オメガの古参エージェントを狙撃したヘリの存在は、航空法の見直しにつながるし、アフリカのテログループを支援していた商社マンの殺害は、ＣＩＡやＭＩ６などに対する貸しになる。細胞を殺された双方の構成者は、それを敵の攻撃だとしか考えない」

「そんな理由ですか」

俺はつぶやいた。

「そんな理由というが、単純な対立に命を賭けられる人間が、今の日本にどれだけいる。世界は複雑化しすぎた。宗教の対立と経済の対立はイコールではなく、残っている共産主義国家との経済関係が西側陣営にとっての足かせになっている。あちらを立てればこちらが立たず、目前の敵を叩けば未来の敵を利してしまうという状況だ。対外政策で画期的な成功を得ることを、どの国もあきらめている。が、国外の敵は国内の政策を前進させる材料となる。アメリカも中国も常にそれを意識してきた。それがなければ、内政や経済への不満で政府は力を失う。だが日本はどうだ？　皆、気づいている。日本には対外的な影響力などない、と。かつて日本にできるのは金をバラまくことだった。アメリカに追従し金をバラまいていたが、それが限界に達した。バラまく金が底をついたのだ。では何をする。アメリカにかわって血を流すか？　できる筈がない。理由は憲法だけではない。日本の軍隊が今以上戦闘力をもつことを、どの国も望んでいないからだ。金だけだしておべっかをつかっているうちはいいが、キレるとこの国は何をするかわからないところがある、とアメリカや中国は知っている。この小さな国がアジア全域を支配しようとしてから、まだ百年もたっていないのだから」

誰も何もいわない。俺も、教授の話のあまりの飛躍についていけなかった。

「官僚は、冷静にこの国の立ち位置を見ている。変化を望む政治家とはそこが異なる。政治家は、日本の国際的な地位の向上を口にするし、実際に望んでいる。が、官僚は常に現在を見ている。未来の夢など政治家に任せればよく、現在と地つづきの未来にしか興味をもたない。対外的な政策に決定的な材料が存在しない現在、小さな変化を将来の利益につなぐ他ないのだ。その小さな変化すら、一方通行の利益にするには複雑すぎるのが今だ。ならば、利用できる変化を演出しようと考えるのは必然の結果だ」

しばらく誰も何もいわなかった。やがて白川さんが口を開いた。

「つまり、アルファとオメガの対立を利用して利益を得ようとしている官僚が、我々の敵だというのですね」

教授は頷いた。

「エージェントにとって、敵とはつまり対立陣営と同義語だった。外部の敵か内部の裏切り者か。その習性から、君らはフレームの中で敵を捜し、見つけられずにいた。フレームの外にいるという可能性に考えが至らなかったのだ」

「それはアルファの連中にとっても同じでしょうか」

俺は訊ねた。

「同じだろう。アルファとオメガのメンバーの中で、旧来の構図にこだわる者とこだわらない者という範疇《はんちゅう》があり、こだわる者は利用される」

サガンや三村がアルファに殺されたと当初俺たちが思いこんだのは、そのせいだ。つまりアルファにもオメガが彼らを殺したと思ったエージェントがいるということだ。

「旧来の構図にこだわらない者は、あなたのいう官僚グループと手を結んだということですか」

白川さんが訊ねた。

「その可能性は高い。『コベナント』なる復帰コードを発動させられたのは、死んだＡ１を含む数名なのだろう。Ａ１が狙撃されたのは、残りの者の正体を君らに知られたくなかったと考えるのが妥当だ」

「誰だかわかりますか」

俺は白川さんを見つめた。

「Ａ１以外の心当たりは私にはない」

「Ａ３はどうなんです？　息子が『コベナント』の発動を知っていた」

俺はいった。

「可能性はある」

「Ａ３かその息子が官僚グループと手を組んだとか」

バランコフがいった。

「Ａ３に関しては調査をしている人間がいる。その結果を待とう」

白川さんがいって、俺を見た。

「今は若者に話を訊きたい」

「何の話です？」

「先ほど教授が内閣官房という言葉を口にしたとき、君の表情が変化するのを、私は見逃さなかった。何か隠していることがある筈だ」

俺は唇をかんだ。また全員の視線が俺に集中する。

「お前、話す」

ロンがおっかない顔で詰めよった。

「隠していたわけじゃないんです。本当に。ただ忘れていたというか、忘れようとしていただけで」

俺はいった。

「何を、だね」

バランコフが訊ねた。

「母親のことです。俺の両親は離婚していて、俺は父親方の祖父母に育てられました。母親は旧姓に戻り実家の商売を手伝っていたのですが、独身だった母の兄貴が死んでその仕事を継ぐことになったんです」

「仕事とは？」

「国会議員です。今は、内閣官房副長官をつとめています」

「何と！」

白川さんがいった。

「でもまったくいききはないんです。親父が去年亡くなったときも弔電をよこしたきりで、赤の他人のようなものです」

「原田《はらだ》和子《かずこ》衆議院議員かね」

パソコンを見ていた教授が訊ね、俺は頷いた。

「だいたいそんなに偉くなる筈じゃなかったって親父もいっていました。女性の閣僚を増やそうという流れの中で、たいした実績はないけど、クリーンだからという理由で白羽の矢が立ったみたいだって」

「国会議員、それも与党幹部の息子であることを、君の上司や同僚は知っていただろう」

バランコフがいい、俺は首をふった。

「知りません。俺が入庁したとき、母親は落選して家業の酒屋を手伝っていましたから」

「だが警察庁には知る者がいた」

白川さんがいった。

「官僚らしい判断だ」

教授が頷き、つづけた。

「村井巡査の母親が与党幹部であることを知り、

利用できるタイミングをはかっていた」

「利用できるってどういう意味です」

俺は抗議した。

「いったように、母親と俺のあいだにいききはありません。俺の周辺だけでなく、母親の周辺にだって、息子が現職警官だと知っている人間は少ない筈です」

「だからこそ利用できる。自分たちの首を飛ばす権力をもつ政治家を、官僚が排除しようと考えたら何をする?」

教授が訊ね、俺は答えられなかった。

「スキャンダルだ。スキャンダルをバラまき、失脚させる」

バランコフが答えた。教授は頷いた。

「その通り。息子がテロリストにとりこまれた警察官だという官房副長官のスキャンダルは、利用しがいがある」

「その信憑性《しんぴょうせい》を残すために若者を警視庁公安部に残しておいたということか」

白川さんがつぶやいた。

俺は呆然としていた。こんなところでほとんど縁が切れていたといっていい母親の話がでてくるとは思わなかった。しかも、教授のいう「敵」は、俺の存在を母親に対する攻撃材料に使おうとしているという。

母親にはもう何の感情もないが、それでも足をひっぱるのは嫌だった。

「そんなことって……」

俺はつぶやいた。ロンが心配げに俺を見つめている。

「場合によってはムローイを最初から利用する前提で、シラカワの監視任務につけたのかもしれない」

バランコフがいった。

「そうか。それでわかった」

白川さんが指を鳴らした。妙になつかしい仕草で、こんな状況なのに俺は笑ってしまった。

「若者が私の監視任務についているあいだに『コベナント』が発動された。偶然ではなく、若者を巻きこむための必然だったのだ」

俺はあぜんとした。全員が俺を見つめている。

「若者が私と行動を共にし、オメガの活動再開に協力することを敵は見越していた。その結果、政治家に対する抑止力を得ると計算したのだ」

「お前が全部悪いのか⁉」

ロンが目を三角にした。

「ちょ、ちょっと――」

エキストラだと思って舞台の端っこにいたのに、いきなり主役だとスポットライトを当てられたようなものだ。しかも俺には何の自覚もない。

「彼を責めるのは的外れだ。自分の利用価値にすら気づけなかったのだからな」

教授がロンにいった。傷つくいいかただ。

「議論を進めよう」

バランコフが咳ばらいした。俺は惨《みじ》めな気分で見つめた。

「ムローイの母親のことを知り、警察の人事を動かせる官僚が、敵のメンバーだということがこれではっきりした。教授、候補者は？」

教授はキィボードを叩いた。

「警察庁の人事課だな。しかも年齢のいった人間ではなく、警視庁公安部の活動に明るい。そうでなければアルファとオメガについて知っているわけがないからな」

「つまり警備局にいた経歴がある、ということです」

俺は力なくいった。警察庁には、警視庁とちがい公安部はない。かわりにあるのは警備局だ。警視庁を含む都道府県警察本部の監督官庁が警察庁であり、そういう意味では警察庁の職員は完全な官僚だ。

警察庁の幹部は、都道府県警察本部の幹部職を転々としながら出世する。

「これだけの候補がいる」

教授がモニターを指さした。

四つの名前が並んでいた。

「いずれも公務員I種試験を経て警察庁に入庁したキャリア職員だ」

「『コベナント』の発動を指示できる立場はどのポストだ」

白川さんがつぶやいた。

「おそらくこの男だ」

教授がひとつをクリックした。モニターの画面がかわった。

「警察庁　長官官房審議官　宇田則正《うだのりまさ》」

年齢は四十四歳で、元警視庁外事一課長・外務省出向時イスラエル駐在、といった経歴と写真が映っている。

初めて見る顔だった。年齢のわりに額が後退しているが、鋭い目つきをしている。

白川さんが息を吐いた。

「やっとひとり、敵の正体が判明したか」

そのとき、火災報知器のようなベルが家中で鳴りひびいた。

「侵入者だ」

教授がいい、別のモニターの映像を拡大した。

鉄門をまたぎ越える、戦闘服の男たちが映っていた。抗弾ベストにヘルメットをつけ、MP5を肩からさげている。

「早いな、SATか」

白川さんがつぶやいた。

「似ているがちがう。ERT、銃器対策部隊だ」

教授が首をふった。その通りだった。ERTの装備はSATとあまりかわらない。この家をとり囲むように散開している。

「どうします？　今つかまったら完全にテロリストですよ」

俺はいった。事態はどんどん悪いほうに転がっている。

「教授。手段はあるかな」

バランコフが教授を見つめた。教授は無言でバランコフを見返していたが、やがて息を吐いた。

「しかたがない。一度使ったら、もう二度と使えないが、今日がそのときのようだ。コタツをどかしたまえ」

俺たちはコタツをでると天板と布団をどけた。足もとの床にしかれたカーペットを教授がめくった。板貼りの扉があった。ひき起こすと、階段が見えた。

「大学の地下倉庫とつながっている。安田講堂陥落の翌年に完成した」

教授はいった。

「いきたまえ」

「教授は？　いっしょにいかないのですか」

「私は君らとちがって容疑の対象外だ。それに、後に残って攪乱《かくらん》情報を流す役割の人間が必要だろう」

白川さんはバランコフと目を見交わし、手をさしだした。

「感謝します」

「いや。急ぎたまえ。この通路が発見されるまでの時間は約十五分だろう。それまでになるべく遠くに移動することだ」

教授はいい、俺たちは地下通路に這いこんだ。

17

通路は狭く、湿ったカビくさい匂いが充満していた。明かりがないので、ライターの火で足もとを確かめながら進む。

一キロはない距離をまっすぐ進み、そして突然階段にぶつかった。

階段の頂上は、やはり木の扉だ。俺は先頭で上り、そっと扉を押しあげた。

薬品や標本が収納された木製の棚が、ライターの光に浮かびあがった。酸っぱいような薬品臭がたちこめている。

人けはまるでない。まさしく地下倉庫だ。俺につづいてあがったロンがつぶやいた。

「くさい、暗い。古いもの捨てろ」

「そういう場所なんだ。大学の倉庫なのだから」

白川さんとバランコフがあがってきて、俺たちは扉を閉じた。暗いせいもあるが、床にそんな仕掛けがあるとは、見ただけではわからない。

「若者、手伝え」

白川さんが標本の入った戸棚に手をかけている。扉を塞ごうというのだ。

力を合わせ戸棚を移動し、扉の上にのせた。人の力で押し開けるのは、たぶん不可能だろう。

倉庫の中は広かった。まるで迷路のように戸棚が並んでいる。出口を捜して歩き回り、ようやく見つけた。

鍵がかかっていたが、白川さんは簡単に開けた。

「古い錠前なら、まだ我々でもどうにかできるな」

バランコフがいった。

倉庫の外は明かりのついた通路だった。まるで博物館か古いデパートのような、大理石の廊下がつづいている。

廊下のつきあたりに階段があり、それを上ると、近代的な校舎にでた。ほとんど人はいない。俺たち四人は校舎の中を歩いた。奇妙な組み合わせのグループなのに誰も声をかけてこないのは、大学の中だからなのか。

校舎は、古い建物を増築したせいで、あちこちで曲がりくねっていた。建物の外にでたいのだが、出口だと思うと別の校舎の中に入ってしまうという具合で、いつまでも表にでられない。そのうち周囲に人間がどんどん増えてきて、気づくと庭園らしき広い空間に俺たちはでていた。

「やっとでられたな」

バランコフが息を吐いた。

「いや、ここはパティオだ。周りを見てみろ、我々が歩き回った建物に囲まれている」

白川さんが首をふった。その言葉通り、植えこみとベンチ、それに小さな池のある中庭だった。

ベンチに腰かけている長身の女性がいた。俺たちを見ている。上品なワンピースを着け、銀髪で、彫りの深い顔に赤いフレームの眼鏡をかけている。

その女性が立ちあがった。ショルダーバッグの中に手を入れ、歩みよってくる。

ロンがすっと俺の前に立った。警戒心を露《あら》わにして女性をにらんだ。

「あなた」

女性が口を開いた。校舎の方角を見ていた白川さんがぎくりと体をこわばらせた。女性をふりかえる。

「誰だ、お前」

ロンがいった。女性は無視して白川さんに話しかけた。

「ここで待っていれば会えると思ったわ」

「ミシェル」

白川さんはつぶやいた。

「久しぶり。元気だった？　ワシリー」

女性はバランコフを見た。バランコフは首をふった。

「教授の非常口はバレていたのか」

「トンネルを掘る資金をＫＧＢがだしたのは、大昔につかんでた」

ミシェルはいって、俺とロンに初めて目を向けた。

「この二人は邪魔ね」

右手のさしこまれたバッグがもちあがった。

「よせ！　ミシェル。彼は我々のキィマンだ」

白川さんが止めた。ロンが動いた。体を低くしてミシェルの足を払う。

バスッという音がして、俺のすぐ横の地面で小石が爆《は》ぜた。ミシェルのバッグに穴があき、そこから薄い煙がたち昇っている。

倒れたミシェルにおおいかぶさったロンが動きを止めた。サプレッサーの銃口がロンの目に押しつけられている。

周囲の視線をさえぎるように、バランコフがさっと二人のかたわらに立った。

「こんなところで人を殺す気か、ミシェル」

「じゃあこの女をわたしの上からどけて」

あおむけに倒れ、銃をロンにつきつけたままミシェルは落ちついた口調でいった。

「ロン」

俺はいった。ロンはくやしそうにミシェルの体から離れた。

「君の狙いは私だろう」

白川さんがいって、手をさしだした。ミシェルの銃がバッグに隠れ、ミシェルは左手で引き起こされた。

「もっと早くに殺しておけばよかった。あなたがすべてをややこしくしたのよ」

ミシェルは平然と答えた。

「それはちがう。君も私も、利用されている」

「誰に？」

ミシェルの右手はまだバッグの中だ。俺はあたりを見回した。騒ぎに気づいた人間はいないようだ。

「オメガとアルファの活動を再開させ、それによって起こる戦闘によって、省利省益を生もうと考えた官僚グループだ」

「馬鹿馬鹿しい」

ミシェルは首をふった。

「官僚に何ができるの。計算以外、あいつらにできることなんかない」

「その計算で、我々はふり回されたんだ。『コベナント』を発動させたのは官僚だし、ジョージ・タカムラも利用された」

ジョージ・タカムラの名を聞いて、ミシェルの表情が変化した。

「タカムラは死んだ。オメガの殺し屋に襲われたのよ」

「いつの話だ」

バランコフが訊ねた。

「二日前。その殺し屋はわたしが始末した。死ぬ前に、誰に命じられたのか口を割らせた。A5と吐いた」

俺は思わず白川さんを見た。A5とは白川さんのことだ。

「私は知らない。私が殺し屋など使わないと、君は知っている筈だ」

白川さんは首をふった。

「あなたも年をとったから、アウトソーシングしたのかと思ったの」

「馬鹿げている。二日前といえば、『コベナント』の発動から一日しかたっていない。その間に殺し屋とコンタクトする暇などなかった」

「その殺し屋は何者です？」

俺は訊ねた。ミシェルは俺を見つめた。

「何なの、あなた」

「警視庁公安部の村井といいます。白川さんの監視任務についていました」

ミシェルは小さく頷いた。

「大野の部下ね」

「大野さんは死にました」

「あなたが殺したのでしょう」

ミシェルは白川さんを見た。

「私ではない。大野を監視していた、新宿のバーのマスターに撃たれたのだ」

「あの男。元はアルファの工作員だったのに」

ミシェルはつぶやいた。

「妙だとは思わないか。アルファやオメガのエージェントが、敵味方関係なく殺し合いをしている。

『コベナント』の発動は、我々全員を罠にはめるためだったとしか思えない」

白川さんがいった。

「悪いけどあなたのいうことは聞けないい。別れた夫ほど、この世で信用のならない男はいないもの」

「お前、まだ好きなのか」

ロンがいった。ミシェルは眉をしかめた。

「何なの、このチビ」

「会ってる筈です。ラオのボディガードをしているロンです」

俺はいった。

「ラオの」

ミシェルはつぶやき、ロンを見おろした。ロンが凶悪な目つきでにらみ返す。

「君とタカムラがかかわっていることを、我々はラオから教えられた」

「あいかわらずお喋りなのね」

「そのお喋りで、奴は生き残ってきた」

バランコフがいった。ミシェルはフンと鼻を鳴らした。俺はいった。

「ご主人が暗殺されたこともこれにはかかわっています」

「当然よ。主人を殺したのは、タカムラを殺したのと同じ、オメガの殺し屋なのだから」

「その殺し屋は何者です」

「駿河啓治という男よ」

白川さんが息を吸いこんだ。俺も固まった。駿河啓治はA3の息子だ。

「いつ殺したんです? 駿河啓治を」

俺は訊いた。ミシェルは顎をひき、俺を見つめた。

「わたしを逮捕する気?」

俺は首をふった。白川さんにいう。

「駿河啓治はA4に『コベナント』の発動を知らせています」

白川さんは頷いた。

「答えてくれ、ミシェル」

「きのうよ。変な年寄りと小娘がいっしょで、すぐには仕事にかかれなかったけど」

山谷さんとミクのことだ。

「その二人も殺したのか」

白川さんの声が険しくなった。

「いいえ。知り合い?」

白川さんは小さく頷いた。

「わたしは引退していたし、テルアビブを気に入っていた。古い知り合いもいたから。夫が死ななければ、こうしてあなたに会うこともなかった」

「私のせいだというのか」

「あなたはいつもわたしの幸せを奪うわね。昔からまるでかわらない」

「待ってください」

あわてて俺はいった。ミシェルは夫だった外交官の死の責任がオメガにあると考えているようだ。

「白川さんは久保田氏の死とは無関係です」

ミシェルは首をふった。

「信用できない。初めて殺そうと決めたときにそうしておけば、わたしの人生はもっと平和だった」

人を殺して人生を平和にできるという発想にはついていけない。だがミシェルの表情は本気で、目には悲しみすら宿っていた。

「しかたがない」

白川さんは息を吐いた。

「そんなに私が憎いのなら、ここで撃ちたまえ。だが無関係な彼らまで殺すのはやめてほしい」

ミシェルは小さく頷いた。

「そうするわ」

バッグの底を白川さんに向けた。

白川さんは無言でミシェルを見つめた。ミシェルが深々と息を吸いこむ。

「馬鹿げています」

俺はいった。ミシェルはふりむきもしない。

「それがエージェントの世界だ。利用し、されて、つまらないことで命を落とす」

悲しげに白川さんがいった。

「詩人ね。もうそんなセリフにはだまされない」

ミシェルは首をふった。そしてバッグをおろした。

「でも今は撃たない。なぜかわかる？　あなたたちみたいなロートルと素人だけでこんなことができたとは思えないから。もしこれが別の誰かの描いた絵図なら、まずそいつを始末する」

白川さんがほっと息を吐いた。

「まちがえないでね。猶予を与えたにすぎないだけだから。あなたを殺すと決めたことにかわりはない」

白川さんは頷いた。

「とにかくここをでよう。このままでは全員、警察につかまってしまう」

「ついてきて」

ミシェルはいって、くるりと背を向け、歩きだした。背筋が伸び、まるでステージをいくファッションモデルのようだ。

バランコフが目配せした。小声でいう。

「終わった、と思った。疑わしきは殺す、邪魔者も殺す、が彼女の心情だ」

心情？　と思い、信条のことだと気づいた。

ロシア人なのに難しい日本語を使う。

ミシェルは歩きながらバッグから携帯をとりだすと、どこかにかけた。

立ち止まり、訊ねた。

「あなたたちの車はどこ？」

「どこかこの近くにいる」

「赤門の前に着けて」

バランコフが携帯をとりだし、カトウにかけた。

赤門の面した本郷通りは静かだった。少し先にある教授の家をERTが包囲しているというのに、パトカー一台見あたらない。

それがいかにも公安事案そのもので、俺には不気味だった。一般市民の目には触れないように、被疑者の確保にあたっている。

さらに不気味なのがミシェルだ。彼女に仲間がいるのかどうかわからないが、たったひとりで白川さんを殺そうと待ちかまえ、今は平然と行動を共にしている。俺たちが教授の家にいるという情報はどこから入手したのか。

カトウのワンボックスに乗りこんだ。

「新宿だ」

バランコフが告げ、ワンボックスは走りだした。

「ミシェルさん、ひとつ質問させてください」

俺はいったが、ミシェルはまるで聞こえなかったように無視をした。しかたなく、俺はつづけた。

「俺たちが教授の家にいることをあなたに教えたのは誰ですか」

ミシェルは答えなかった。白川さんがいった。

「答えてやりなさい」

「なぜ？　素人と話をするのは嫌いよ」

白川さんは息を吸いこんだ。

「ミシェル、彼は素人じゃないし、母親は内閣官房副長官だ。それを大野に利用された。君は大野とつながっていたが、大野には別のボスがいた」

ミシェルはいらついたようにワンボックスの天井を見上げた。

「うるさいわね。自分の考えで動ける官僚なんてどこにもいない。あいつらは自分を優秀だと思っていて、でも誰かに命じられなけりゃ何もしない。なぜなら責任をとらされたくないからよ」

感情を爆発させないよう、けんめいに抑えこんでいる、そんな表情を浮かべていた。爆発したらこの場にいる全員を殺すかもしれない。

俺はふと「ますい」のおかみを思いだした。この業界にいる女性は、誰もが恐ろしく短気で狂暴だ。もともとそういう人が入ってくるのか、業界にいるうちにそうなってしまうのか。

今はおだやかなお婆ちゃんにしか見えないA2も、かつては狂暴だったのかもしれない。

「ミシェルさん、怒らないで聞いてほしいのですが、久保田さんはアフリカのテログループと接近しすぎたのが理由で暗殺されたと、モサドは考えています」

俺はいった。ミシェルは俺を見もしないで答えた。

「接近していたのは事実よ。日本の商社のアフリカ駐在員をターゲットにしたテロ計画があるという情報を知り、主人は詳細をつきとめようとしていた。それをオメガが殺した」

「オメガエージェントは、ご主人がテロ計画に加担していると考えたのだ」

白川さんがいった。

「そんな筈ないでしょう。主人は任務で連中に接近していた」

「それが歪曲されたんです。同じテログループに接近していた、東洋鉱山の社員をアルファのエージェントが殺しています。妙だと思いませんか。アルファもオメガも関係なく、テログループの関係者を殺している」

俺はいった。

「だから何だというの？」

「それによってアルファとオメガの両方が、危険視されているのが今の状況です。警察は俺たちをまるでテログループのように追いかけています。誰かがアルファとオメガの殺し合いを演出するために『コベナント』を発動した。その結果、ジョージ・タカムラも殺されたんです」

「アルファとオメガを今さら殺し合わせて何になるの？」

「それが答です」

「どういうこと？」

ミシェルがようやく俺に目を向けた。白川さんとバランコフも俺を見ている。ロンは――、ロンは寝ていた。軽いイビキをたてている。

「官僚組織の中に、何か計画しているグループがいて、彼らにとりアルファとオメガの存在が危険だった。そこで休眠していたオメガエージェントの再活動を促す『コベナント』を発動し、殺し合うよう仕向けた」

「主人が殺されたのは、『コベナント』の発動より前」

「それもあなたを巻きこむためです。あなたはジョージ・タカムラを暗殺する任務を与えられていた。それをしなかったのはなぜですか？」

「タカムラが暗殺リストから外されたから。それだけ」

「外された理由は？」

「殺すより利用したほうがいいと考えた人間がいたからでしょう」

「同じことをＡ１もいっていた。パイプとして奴を使うと決めた、と」

白川さんがいった。

「誰とのパイプです？」

俺は訊ねた。

「アルファ、か」

「ちがうと思います。アルファ、オメガといった古い工作員のグループと、ＣＩＡがあえてパイプをもつ必要などない。なぜなら、ここにいるバランコフさんのように、つきあいのあるベテランエージェントはいくらでもいるからです。するとＣＩＡは、何とのパイプ役にタカムラを生かしておこうと考えたのでしょう」

ワンボックスの中は静かになった。ロンのイビキだけが聞こえる。

「何なの」

ミシェルがいった。

「ミシェルさんならわかる筈です」

ミシェルはしばらく何もいわなかった。が、やがて口を開いた。

「もしわたしが考えているのが、あなたの求めている答なら、これほど腹が立つことはない。まるきり、利用されていたとしか考えられないから」

「どういう意味かね」

白川さんが訊ねたが、ミシェルは首をふった。

「まだいいたくない。だって、こんな腹の立つ、人を馬鹿にした話なんて、ないもの」

「教えてくれないのか」

ミシェルは険しい表情で皆を見回した。

「昔、タカムラがある組織を考えたことがある、とわたしにいった。それは東西関係なく、優秀なエージェントの力を結集し資源ビジネスを裏から操って大儲けする。そしてその儲けを紛争の演出に投資する。民族や宗教の対立を激化させ、武器ビジネスにつなげる。資源ビジネスと武器ビジネスの循環こそが、大金と権力を生む」

「アルファの基本思想だ」

バランコフがいった。

「でも実際は国家への帰属意識がそれを邪魔するだろう。集団の利益よりも国家の利益を優先させたほうが、名誉というプラスアルファを得られるし、ベテランのエージェントほど愛国心に縛られている」

「つまりアルファは成立しないとタカムラはわかっていた」

白川さんがつぶやいた。

「そうよ。オメガなんかが現われる前に、タカムラはそのことに気づいていた。わたしはいった。愛国心なんて、目に見えないものがそんなに邪魔になるとは思えない」

「愛国心は、エージェントにとっての最後の砦《とりで》だ。人を裏切り、組織を裏切っても、国のためだと自己弁護できる」

バランコフがつぶやいた。

「タカムラにはそんなものはなかった。国家も組織も自分を守ってなどくれない。守るのは金だけだと信じていた」

白川さんがいった。

「わたしもよ。あとは主人。あの人はあなたとちがって信じられた」

ミシェルは平然といい、白川さんの顔に痛みが浮かんだ。

「つまりオメガが現われなくても、いずれアルファは崩壊するとタカムラは考えていたわけですね」

俺はいった。

「ただの泥棒や殺し屋は、目先の利益だけで生きてゆける。だけどエージェントは思想を求める。それが弱さだと、タカムラはいった。金だけでは満足できなくなる日がアルファにはきて、崩壊する」

「ミシェル、我々の問いに答えてくれ」

白川さんがいった。

「CIAは、タカムラを何とのパイプに使おうと考えたのだ」

ミシェルは荒々しく息を吐いた。やがていった。

「『キングダム』」

「まさか」

バランコフがつぶやいた。白川さんの顔が険しくなった。

「嘘だ」

「嘘じゃない」

「あれは空論だ。実在しない」

「したの」

「何なんですか、その『キングダム』というのは?」

我慢できなくなり、俺は訊いた。白川さんとバランコフは顔を見合わせている。

やがて白川さんが口を開いた。

「冷戦が終結するはるか昔、いやむしろそのまっただ中に、CIAとKGBの最高幹部が秘かに手を結んだという伝説があった。彼らは冷戦を決して本当の戦争にエスカレートさせることなくコントロールし、帰属する政府に対し強い影響力を維持する。第三国を戦場とする代理戦争は許しても、米ソの開戦だけは避けるというのが、その目的だといわれていた」

「あとは軍部に対する牽制《けんせい》だ」

バランコフがいった。

「いつの時代も、軍と情報機関は対立する。軍は戦闘を前提とした情報を求めるが、情報機関にとり、開戦は存在価値を一段低くする。戦争が始まってしまえば、政府は実戦での勝利にしか目が向かない」

「しかし冷戦時に開戦したら、ＩＣＢＭの撃ち合いで世界は壊滅したろう。それでも先手必勝を主張した将軍は、アメリカにもソ連にもいたらしい」

白川さんがいうと、バランコフは頷いた。

「アメリカ全土を焼きつくし、母なるロシアの半分でも残れば、ソ連は勝利すると本気で考えていた将軍を、私は何人も知っている」

「そうした軍部の暴走をくい止め、尚《なお》かつ自らの存在価値をより高めるために、ＣＩＡとＫＧＢの高官が、いわばプロレスの筋書きのように冷戦をコントロールした、というのが『キングダム』だ。彼ら情報機関が、アメリカともソ連ともちがう、第三の王国を作るというアイデアから名付けられた」

「だが実在したという証拠はどこにもない。冷戦終結後、引退した情報機関の幹部の回想録でもそのことは語られず、いわば都市伝説のようなものだった」

バランコフはいった。

「冷戦が終結し、仕事を失ったエージェントたちが作ったのがアルファでありオメガだった。もし『キングダム』が実在していたら、冷戦は決して終わらなかった筈だ」

「確かにその通りだ」

俺はつぶやいた。「キングダム」があったら、自分たちの価値が失われるような歴史は決して許さなかったろう。

「終わらせたのは、新しい『キングダム』」

ミシェルがいった。

「新しい?」

「そう。CIAとKGBだけが裏から世界を支配するのはまちがっていると考えた、イスラエルや中国、エジプト、インドという大国の情報機関の高官たちが、『ニューキングダム』を作ったの」

「馬鹿な。『キングダム』が実在していたら、それを許す筈がない」

白川さんがいった。ミシェルが首をふった。

「許す他なかった。冷戦を終わらせたのは政府ではなく民衆よ。それからもうひとつ、ソ連が崩壊したとき、『キングダム』のメンバーだった者は初めて表にでた。裏からではなく、表から国を操った。軍に邪魔される心配がなくなったから」

「ゴルバチョフのことをいっているのか」

「そう。ミハイル・ゴルバチョフはKGBの『キングダム』メンバーだった。ソ連の『キングダム』メンバーが表舞台に立ったことで、アメリカ側のメンバーは交渉相手を失った。そこに『ニューキングダム』が、新たな秩序を作ろうともちかけた。『ニューキングダム』が旗揚げしたのは一九九一年のことよ。そしてKGB、FSBにいたあの男も、『ニューキングダム』に加わった」

「プーチンか」

　バランコフがつぶやいた。

「今の『キングダム』は、米ソだけのエリート集団ではない。日本にもそのメンバーはいる」

「まさかご主人が――」

　俺はいった。ミシェルは頷いた。

「『ニューキングダム』にとり残されたＣＩＡは焦って、タカムラにパイプになってもらおうとした。だから暗殺リストから外した」

「待てよ、つまりＣＩＡは今の『キングダム』には加わっていないというのか」

「九・一一以降、彼らにそんな能力や余裕はなかった。『キングダム』のアメリカ側メンバーはＣＩＡではなく、たぶんＮＳＣ。ＣＩＡはテロ対策に手いっぱいで、世界をコントロールする力なんて失っている。かつては自動車メーカーだったけど、今はせいぜい修理工場というレベルでしかない」

　ミシェルは冷ややかにいった。

「話を整理しましょう」

　俺はいった。自分自身のためでもあった。

「『キングダム』と呼ばれる、世界各国の情報機関の幹部だけで作られた集団がいる。その目的は、他国との緊張を演出し、自らの存在意義を高めること」

「そんなところね。いっておくけれどテロリストグループは加わっていない。ただし歴史をさかのぼれば、アフガニスタンにおける、旧『キングダム』の工作が彼らを生むきっかけになった」

　俺は頷いた。〝代理戦争〟はベトナムだけではなかったのを、映画「ランボー」で俺は勉強した。

「今、新しい『キングダム』が世界の秩序を支配していて、日本にもそのメンバーはいる。そうか、日本のメンバーはまだ新しい。『キングダム』に加わったばかりなんだ！」

俺はいった。

「なぜそう思うのかね」

白川さんが訊ねた。

「日本には長いあいだ、情報機関らしい情報機関が存在しなかった。だからこそ白川さんはオメガのメンバーになった。もし日本にもＣＩＡのような組織があれば、そこのエージェントがオメガメンバーになった。存在していたのは警視庁公安部や、そこからの出向者で作られた内調のような組織だけです。日本に国家安全保障局ができたのは、つい最近のことでした」

「ムローイのいう通りだ。ＮＳＣが日本にも生まれたのをうけて、『キングダム』は日本人メンバーを加えたのだろう」

バランコフが頷いた。

「そのとき邪魔になるのが、アルファとオメガ、このふたつに属する、古いエージェントだと、誰かが考えたのだ」

「当然よ。オメガエージェントが、日本の『キングダム』メンバーを殺したのだから」

ミシェルがいった。

「それが私にはわからない。Ａ３の息子はなぜそんな真似をしたのだろう」

白川さんが首をふった。

「俺にはわかるような気がします」

俺はいった。全員が俺を見た。

「なぜだ」

白川さんが俺を見つめた。

「それを確かめるには、ミクたちに会わなければなりません」

「君の母親にもだ」

バランコフがいった。

「俺の？」

「今の『キングダム』は、君の母親を危険視している。だからこそ、現在の我々のこの状況がある」

「新宿に入りましたが、どこに向かいます？」

カトウが俺たちをふりかえった。

「『西国酒家』だ」

バランコフは命じた。

「西国酒家」の前にワンボックスが止まると、ロンの目がぱっと開いた。

「ロン、ラオと我々はもう一度話す必要がある」

バランコフがいった。


「何を話す？」

ロンは訊き返した。

「会長、忙しい。お前たちと話す暇ない」

「もしそういわれたら、こういえ。『キングダム』」

白川さんがいった。

「何だ、それ」

「いえばわかる筈だ」

ロンは俺を見た。

「お前もくるか」

「いや、ここで待っている」

ロンは不満げに頰をふくらませたが、

「勝手にどこかにいくな」

とだけ告げて、ワンボックスを降り「西国酒家」に入っていった。

「おそらくラオは君の正体を知っている」

白川さんがいった。

「正体――」

「母親のことだ」

　バランコフがいったので、俺は思わず見返した。

「ロンを我々につけたのは、君を守るためだ。万一君が死ねば、母親に対するスキャンダル効果は、ゼロにはならないものの半減する。ラオはそれを恐れたのだろう」

「じゃあラオも『キングダム』のメンバーだということですか」

「メンバーかどうかはわからないが、つながっていることはまちがいない」

　白川さんは答えた。

「それを我々に黙っていた。ずるがしこい男だ」

「西国酒家」の扉が開いた。でてきたのはロンではなくリンだった。どうせつききりでボディガードをしてもらうなら、このリンのほうがよかった。光沢のある銀色のチャイナドレスを着て歩みよってくるリンの美脚を見ながら俺は思った。

「会長がお会いになります。どうぞ」

　開いたスライドドアから、リンは車内に告げた。

　カトウをのぞく全員がワンボックスを降り、「西国酒家」の入口をくぐった。まだディナー営業の前なのか、フロアは薄暗い。リンは前と同じように階段を上り、つきあたりの部屋へと俺たちを先導した。

　扉をノックし、開く。玉座にラオがいるのも前回と同じだ。

「今日はあなた、すわる」

　円卓に歩みよるとラオが俺を指さした。俺は言葉にしたがった。ロンの姿がない。

　リンが中国茶を淹れ、俺たちの前においた。

「久しぶりです、ミセス」

ラオがミシェルに告げた。ミシェルの右手がバッグの中に入った。

「久しぶりね。主人を殺させたのは『キングダム』なの？　ラオ」

白川さんとバランコフが目を閉じた。いきなり核心を突く質問に、ラオも表情をこわばらせた。

俺は緊張してミシェルを見つめた。答によってはこの場でラオを撃ち殺すかもしれない。

「『キングダム』？」

ラオは訊き返した。

「ジョージ・タカムラと彼女の夫を殺したのは同じ人物だという情報がある。犯人について何を知っている？」

白川さんが早口でいった。

「『キングダム』のメンバーではないことを」

ラオは答えた。

「あなたはメンバーなの？」

ミシェルが訊いた。ラオは首をふった。

「ちがいます。私の立場はもっと微妙です。水に浮いた木の葉のようなものだ。流れしだいで、海にも川にも運ばれる」

「だが決して沈むことはない」

白川さんがいった。

「ええ。浮かんでいることだけが取柄です」

「はっきり答えて。誰が駿河啓治に、私の夫やタカムラを殺させたの」

ミシェルが尖った声をだした。

「新しい人です」

「あたらそういと……」

訊き返そうとしたミシェルの舌がもつれた。顔が蒼白《そうはく》だ。

「ミシェルさん――」

俺は異変に気づいた。白川さんとバランコフのようすもおかしい。

「ラオ……」

白川さんが呻くようにつぶやいた。ミシェルが円卓に顔を伏せ、動かなくなる。

白川さんとバランコフもほぼ同時にうなだれた。

「白川さん！　バランコフ！」

俺は肩を揺すった。力なく白川さんの首が動いた。とっさに頸動脈に指をあて、ほっとした。脈はある。

「心配はいらない。三人には少し休んでもらうだけだ」

ラオがいった。俺は円卓に並んだ茶碗《ちゃわん》を見た。リンが淹れた中国茶だ。俺を含め全員が口をつけていた。

「薬は君の茶碗だけには入れなかった。二人きりで話をしたかったのでね」

俺はラオをにらみ、立ちあがった。

「やめなさい」

リンが俺の肩をうしろからおさえた。

「すわって」

耳に息が吹きかかるほどの距離から、甘い声でいった。

「あなたを傷つけたくない」

「リンを甘く見ないことだ」

ラオがいい、俺は腰をおろした。

「いったい何の話をするんだ」

「君の母上だ」

「関係ないね。もう何年も会ってない」

「知っている。が、親子であることはかわりがない」

俺はラオを見つめた。

「『キングダム』の目的は何なんだ？」

「秩序です。アルファやオメガに代表される古い勢力が、現在の世界の混沌を生みだした。『キングダム』は、それを排除したい」

「あんたはそれを手伝うのか」

ラオは手を広げた。

「私は常に秩序を尊びます。秩序をもたらすのは、力です。力なき者が何かをなそうとしても、混沌しか生まれない。あなたの母親は『キングダム』の存在に勘づき、調査を命じた。命じられた国家安全保障局の人間は『キングダム』のメンバーでした。対処の方法はいくつかあった。ひとつは暗殺だが、いつでも可能だ。ふたつめは、母親を『キングダム』の側に引き入れ、コントロールする」

「それに俺を使おうというのか」

ラオは頷いた。

「そうした交渉に私は慣れている。『キングダム』は私にそれを依頼した」

俺はようやく気づいた。磯崎連合を使ったのは、俺たちを引き寄せるための罠だったのだ。ラオの側から白川さんに近づけば、裏があると気づかれる。そこでやくざから逆に自分のもとへとたぐってくるように仕向けた。

「わざと暴力団を使い、白川さんたちがここをつきとめるようにしたんだな」

「日本の『キングダム』のメンバーは優秀だが実務経験が豊富とはいえない。老練なエージェントの相手には、私のようなベテランの協力が必要となる。もちろん報酬はいただくが」

「官僚なんて信じたら裏切られるだけだぞ」

ラオは笑い声をたてた。

「村井さん、あなたも役人でしょう。大丈夫、いった筈です。水に浮くことだけが私の取柄だと。裏切られても私は損をしない」

「殺されてもか」

「私を殺せば、彼らの正体が明らかになる」

ラオは首をふった。

「そのリスクはわかっている筈です。若いが愚かな連中ではないので。彼らが最も気をもんだのが、ここにいるベテランたちです。老いているが実務能力がある。真相を知ったときの反応が予測できない。ミシェルまで連れてくるとは思わなかった」

それを聞いて俺は思わずミシェルを見た。眠っているミシェルは、品のいい初老の婦人にしか見えない。

「彼女はご主人とジョージ・タカムラを殺した犯人を訊問し、殺害を命じたのが白川さんだという答をひきだし、復讐のために待ちかまえていたんだ」

「白川さんは殺しを他人には任せない」

「同じことを白川さんもいった。犯人は『キングダム』に操られ、白川さんの指示をうけたと思いこんでいたのかもしれない」

俺は急にミクと山谷さんのことが気になり始めた。二人は無事なのだろうか。ミシェルは二人を殺したとはいわなかった。二人が駿河啓治といたので「仕事にかかれなかった」といっただけだ。

「日本の若い人が『キングダム』に加わっていることを彼女は知らなかったのだな。ベテランは若者を軽視しがちだ。白川さんやバランコフもそうだ。彼らは皆、自分と同等の経験を積んだ者しか信用しない。実際に世の中をかえていくのは若者だというのに」

　ラオはつぶやいた。

「だからこそ『キングダム』は『コベナント』を発動させ、オメガやアルファの古いエージェントを排除しようとしたんだな」

　俺はいった。

「すぐれた作戦だ。君というカードを手に入れ、古いエージェントに退場させる」

「誰の発案なんだ？　ジョージ・タカムラか」

「であるとしても彼が死んだ今は知りようがない」

「だがA1を殺すことまで、タカムラは指示できなかった筈だ」

　A1が狙撃されたのはタカムラの死後だ。ラオは頷き、顔をしかめた。

「ロンから聞いた。ああいうやり方は賢明とはいえない。新しい『キングダム』の中には、暴力的な方法を好む人間がいるようだ」

　教授なら、それが誰だかつきとめられるだろう。

「あんたは知っているのじゃないのか」

　ラオは首をふった。

「私の知っているメンバーはそういう手段を好まない」

「誰だ」

「知ってもしかたあるまい」

「教えてくれなかったら『キングダム』への協力はない」

「まちがえないように。君が協力しようとしまいと、『キングダム』は母親に対する圧力に君を使う」

「自発的な協力だ」

　ラオは苦笑した。

「いいだろう。どのみちその人物とは会うことになるのだからな。ひとりは警察庁のキャリアで宇田という男だ」

　俺は息を吸いこんだ。教授の読みは正しかった。宇田則正という警察庁の審議官を怪しいと教授はいった。

「知っているかね？」

　俺は首をふった。

「ノンキャリアの俺が知るわけがない」

「君のことを宇田から聞いてから、一度訊いてみたいと思っていたのだが、なぜ警察官になったのかね。母親が閣僚級の政治家だというのに」

「父親と離婚したとき、俺の母親は国会議員じゃなかった。兄弟の地盤をうけつぎ、たまたま今の地位になっただけだ。女性でクリーンだというだけの理由らしい。俺は離婚後はほとんど会っていない」

「警察官になった理由は？」

「エージェントに憧れていた」

「エージェント？」

「シークレットエージェント。スパイだ。子供の頃からスパイ映画や小説が大好きだったんだ」

「おたくなの？」

　黙っていたリンが口を開いた。嫌悪感のこもった口調で、ちょっと傷ついた。俺はリンを見返した。

「恥ずかしいとは思ってないよ。なりたいと思う職業があるだけマシだ」

　リンはあきれたように首をふり、冷たい目で俺を見つめた。

　俺は顔をそむけ、ラオに訊ねた。

「母親はなぜ『キングダム』の存在に気づいたん

だ？」

「女性特有の素朴な勘だよ。男は組みあがったシステムに疑問をもたない。警察庁や国家安全保障局の連携、情報の流れに『なぜ』を感じたのだ。『なぜあなたたちは上抜きでものごとを決めようとするの』ということらしい。それが必要な作業なのだと説明されたら、これまでの内閣官房副長官は納得していた。だが君の母親は省庁の連携に疑いを抱いた。自分で調べ、情報を共有するグループが存在することに気づき、その詳細をつきとめるよう、国家安全保障局の人間に命じた」

「なんでそんな真似を。官僚のグループを疑ってるくせに、官僚に調べさせるなんて」

「君の母親とその官僚は恋愛関係にある。だから信用した」

　俺は思わず天を仰いだ。父親と離婚しているのだから誰とつきあおうが勝手だが、よりにもよって『キングダム』のメンバーと関係をもち、『キングダム』について調べるよう命じるなんて。

「親父がいってた。悪い女じゃなかったけど粗忽《そこつ》だって」

「冷静だな。息子なのに」

「母親だという実感がないんだ」

「だったら圧力をかけることに抵抗は感じないな」

「抵抗は感じないけど、利用されるのは嫌だ」

「利用ではない。交換条件だ」

「何との？」

　リンがミシェルのバッグに手をさしこんだ。サプレッサーつきのオートマチックをとりだす。

「三人の命との」

　俺は息を吐いた。

「そう、くるよな。でも協力したって、三人や俺が殺されないという保証はない」

こういう展開では、だいたい映画の悪者は約束を守らない。

「君が説得に成功した母親を、もう一度敵に回すような愚は犯さない」

「まだ成功するとは決まってない。母親にどこまで話していいんだ?」

「すべてを。協力者になってもらうにはそれが必要だろう」

「協力を渋ったら殺す?」

「おそらく。そのときは君たちも同じ運命だ」

つまりどうあっても俺は母親を説得しなければならないというわけだ。

「わかったよ。だけどいくら息子だからって、いきなりいっても会ってくれるかどうか」

「もちろんその時間をとるように手配をしてある。明日、NSCの人間が君を連れにくる」

「母親の恋人か?」

ラオは頷いた。

「彼ら三人はこちらで預かる。君は明日の午前十時までは自由だ。ただしロンがいっしょだ」

またロンか。だが蔑んだ目で俺を見ないだけ、リンよりましかもしれない。

「馬鹿な真似はしないように。三人の命は君の行動にかかっている」

リンが俺の肩を叩いた。個室をでると、廊下でロンが待っていた。

「お前、またわたしといる」

どこでどう命令をうけたのか、そういって嬉しそうに笑った。

「お似合いね」

リンが馬鹿にしたようにいった。きっとなったロンの腕を俺はつかんだ。

「いこう」

18

「西国酒家」をでると、カトウのワンボックスは消えていた。カトウもつかまったのかもしれない。

だが俺にはバランコフが用意してくれたプリウスがある。ホテル「エルミタージュ」はすぐ近くだ。そこの駐車場に止めたプリウスのキィを俺は預かっていた。

「お前、どこへいく」

プリウスに乗りこむと、ロンが訊ねた。まずすべきなのは、ミクと山谷さんにこの状況を知らせることだ。

だがランデブーポイントになっている横須賀の老人ホームはＡ１が射殺された今、うかつには近づけない。

どうすればミクたちと連絡がつけられるのか。考えた末、俺はミクの祖母に会いにいくことにした。運転していったので、世田谷の家の場所は覚えている。

ミクの家についたときはすっかり日が暮れていた。

「ここで待っていてくれ。すぐ戻ってくる」

ロンを助手席において、俺はプリウスを降りた。木造モルタルの、あたりまえな家のインターホンを押す。

「はあい」

インターホンに応えたのは、たぶんミクの母親と思しい、中年の女性の声だ。

「あの、村井といいます。おばあちゃんにいわれて、ミクさんと行動を共にしている者です。おばあちゃんはいらっしゃいますか？」

俺の言葉をミクの母親がどう理解するかまで考えてはいられない。

インターホンは沈黙し、五分も過ぎた頃、家の扉が開いた。

初めて会ったときと同じく、リュックをしょった婆さんが立っていた。

「あなたひとりなの？」

いきなり婆さんは訊いた。

「ええと、中国人のボディガードがいっしょです」

「ミクは？」

「連絡をつけたいんです。それでお力を借りようと思って」

「白川くんは？」

「今は人質です」

婆さんは俺をじっと見つめ、

「車はあるの？」

と訊ねた。

「あります。そこに」

俺はプリウスを指さした。婆さんは頷くと家の中をふりかえった。

「ちょっとでかけてくるわ。晩ご飯はいらない。ミクちゃんがあたしに手伝ってもらいたいことがあるんだって」

少しして家の奥から返事があった。

「おばあちゃん、あんまりミクを甘やかさないでくださいよ。それでなくとも言葉づかいとか、ちっとも直らないのだから」

「はいはい。それじゃあいってきますよ。遅くなるようだったら鍵をかけて寝ちゃっていいから」

「ミクもそうだけど、朝がた帰ってくるのはやめてくださいね。ご近所にみっともないですから」

婆さんは俺を見た。何もいわないが、考えていることはわかった。

「いきましょう」

俺はいった。婆さんはリュックを背負い直し、玄関をでた。

プリウスの後部席に婆さんを乗せると、俺は発進した。

「どこにいくんだい」

「とりあえず、ランデブーポイントに向かいます」

「ランデブーポイントがあるのに、どうしてミクと連絡がつかないの？」

「ランデブーポイントは、Ａ１が入所している老人ホームでした。けれどヘリからそこが狙撃され、今は近づきにくくなっています」

「Ａ１は？」

「亡くなりました」

婆さんは小さくため息を吐いた。

「しょうがないわね。『コベナント』が発動されたら、あたしたちは現役と同じ。いつ殺されても文句はいえないから」

「でも狙撃はアルファエージェントの仕業ではありませんでした。『キングダム』がアルファとオメガを戦わせようとしているのです」

いいながらも婆さんはきっと「キングダム」のことを忘れているだろうと俺は思っていた。

「『キングダム』！」

「ええ。冷戦終結後に新しい『キングダム』ができ、日本のＮＳＣにも加わっているメンバーがいるみたいです」

婆さんはすぐには答えなかった。俺の言葉の意味がわからなかったのかもしれない。俺はルームミラーで婆さんの顔をうかがった。

「まったく男って馬鹿ね。どうしてああいうものを作りたがるのかしら」

不意に婆さんがいった。

「本当に秘密クラブが好きなのだから。ああいうものを作ったら、ものごとはかえってややこしくなると決まっているのに」

ブツブツとつぶやいている。どうやら「キングダム」について覚えていたようだ。

「あの、おトミさんはミシェルをご存じですか。白川さんの昔の――」

「何でも殺しで片づけたがる女でしょう。白川くんも変なのにひっかかっちゃって。よく生きて別れられたと思うわ」

「そのミシェルです。ミシェルの、次のご主人というのが外交官で、テルアビブにいた久保田という人物でした」

「その人は知らないわね」

「ジョージ・タカムラは?」

「もちろん知ってるわ。業界の有名人だもの」

「久保田とジョージ・タカムラを、A3の息子が殺したようです」

「息子?　ええと名前、何といったっけ、啓ちゃんだったわね。そう、啓治」

「そうです。駿河啓治が二人を殺したとミシェルはいっていました」

「なんで?」

「わかりません。A3は息子に仕事を継がせたのでしょうか」

「啓ちゃんはね、うちのミクといっしょだったわ。中学生のときに登校拒否になって」

「会ったことがあるんですか」

「何度も会ったわ。啓ちゃんが小さい頃、家が近所だったのよ。だからスンちゃんは困ってね。スンちゃんてのはA3のことよ」

駿河だからスンちゃんか。

「あたしたち仲よかったから。スンちゃんもあたしのことをトミちゃんて呼んでいたし」

こともなげに婆さんはいった。

「ミクさんとA4は、A3について調べることになっていて、A1に会いにいく我々と別行動をとっているんです」

「スンちゃんはね、息子のことをかわいがっていて、学校にいかなくなったときすごく悩んでた。自分の仕事のせいじゃないかって。エージェントてのはほら、帰宅とかも不規則だし、休みの日もいっしょにいてやれないし」

「それはそうですけど、別にエージェントじゃなくても、仕事でそうなる父親はいますよ」

婆さんと話していると、エージェントの世界と一般社会のあいだに線引きがまるで感じられない。エージェントも、ごくごくふつうの職業のような気がしてくるから不思議だ。

「スンちゃんは奥さんを早くに亡くしちゃったの。啓ちゃんが十歳のとき」

「それって――」

「病死。仕事とは関係がない。でもその後苦労はした。噂だけど埼玉に建てた家も売ったとか聞いたし」

「それがどうやら五年前で、今は生きているかどうかもわからないんです。息子のほうはミシェルが殺したようですが」

婆さんは息を吐いた。

「まったく、簡単に人を殺しすぎだね。今どきの人は」

ミシェルも、「今どきの人」とはいえないのではないかと思ったが、俺はあえて反論はしなかった。

「どう、お嬢ちゃん。そう思わない？」

婆さんはロンに話を振った。ロンはこっくりと頷いた。

「人殺すの、よくない」

俺はあきれてロンをにらんだ。凶暴になると血も涙もないくせに、よくいうよ。

「ほら。こんな小さな子でもわかるのに」

小さな子、と俺はつぶやいた。確かに婆さんから見たら、そうとしか思えないかもしれないが。


「とにかくそういう状況なんでミクさんたちのことが心配なんです」

「ミシェルはどこにいるんだい」

「白川さんといっしょで、今は拘束されています」

「誰に？」

「会長」

ロンがいった。

「あんたの会長？」

「『西国酒家』のラオです」

俺はいった。

「あのラーメン屋！」

ラーメン屋はいくらなんでもないだろう。

「昔は屋台に毛が生えたような店だったんだよ。ラオ自ら、チャーハン作ったりしてね。中華料理と裏情報の売買と、両方の商売が当たってね。今じゃ金持だけど」

ロンが怒るかと思って冷や冷やしたが、意外に平然としている。

「ラオは『キングダム』に使われているのじゃないかい？　昔からそんな仕事ばかりしていたから」

「その通りです」

「ああいうのはね、そのときそのときの権力者にうまくひっつくのさ。でもそれはそれで使い途があるから、消されずにすんでる」

婆さんは淡々といった。

「会長のこと、よく知ってる」

ロンがつぶやいた。

「そりゃあそうよ。お嬢ちゃんが生まれる前からのつきあいだもの。あなた、何ていったっけ？」

「村井です」

「ロン」

俺たちは同時に返事をした。

「ロンちゃんね。今は村井くんにいったの。ミクたちに会いたいなら、ランデブーポイントにいっても駄目よ。非常時用のポイントがあるから、そこにいくの」

「非常時？」

「大地震が起こったりするかもしれないでしょう。そういうときのために、ミクとあたしは非常時用のランデブーポイントを三カ所決めてあるの。一番目に近づけなかったら二番目、そこが駄目なら三番目って。最初のポイントでA1が殺されたとなると、ミクはそっちに回っている」

「どこです？」

「えーと」

婆さんは黙りこんだ。俺はミラーでうしろをうかがった。目をぎゅっとつむり、考えている。

まさか忘れちまったのか。もしそうなら、まるで意味がない。

「どこだっけ、ほら、あそこ」

婆さんはいったが、そんなのわかるわけがない。

「皆が待ち合わせに使うところよ」

「え？　どこで」

「駅よ、駅！」

「東京駅？」

「ちがう」

「新宿駅？」

「ちがう！　渋谷よ」

「ハチ公前か」

ロンがいった。

「そんなわけ――」

俺がいいかけると、

「そこよ！」

婆さんは目をぱっと開いた。ていうか、大地震でハチ公前はないだろう。

「ハチ公前よ、村井くん」

「了解しました。で、時間は？」

「午前零時。あそこなら若い娘がひとりでいても、交番が近いから安全だし」

ミクが誰かに襲われる心配をするあたりは、やはりお祖母ちゃんだ。俺なら襲った側を心配する。

時計を見た。午後七時を過ぎたところで、午前零時まではまだ時間がある。

「あら、いやだ。電話してみる？」

思いだしたように婆さんがいった。

「たぶんつながらないと思います」

リュックから携帯をとりだし、次に老眼鏡を捜してかけた。

「字を大きくしても読めないの。もう、本当にいやになっちゃう」

いいながら携帯を操作し、耳にあてた。

「本当だわ。つながらない」

「居場所をGPSで追われないように、バッテリーを抜いているのだと思います」

「じゃ、ご飯でも食べにいく？　渋谷においしいお店があるの。古い知り合いがやってる」

婆さんがいった。

「その知り合いも元エージェントですか」

「ちがうわよ。教えるから向かって」

婆さんが知っている店というのは、南平台《なんぺいだい》にある、超高級鮨《すし》店だった。構えを見て俺は不安になったが、女将《おかみ》と同級生だったらしく、俺たちは歓待された。さすがにカウンターというわけにはいかず、奥のこあがりで鮨を食べた。そこで俺は、母親が一件にかかわっているらしいことを婆さんに話した。

「原田和子って衆議院の？　知ってるわよ。あたしこの前の選挙のとき投票したもの。あらやだ、あなたのお母さんだったの！」

「俺が小さいときに親父と離婚して実家に戻ったんです。それで実家の商売を手伝っていたんですけど――」

「酒屋さんでしょう。お兄さんがもともと地元選出の議員だった。確か早死にしたのよね、脳梗塞か何かで」

俺は頷いた。

「伯父は独身だったんで、妹だった母親が地盤を継ぐことになって立候補したんです。そうしたら当選しちゃって」

「もう三期だか四期やってるでしょう」

「それくらいになると思います」

「なぜあなたを連れて帰らなかったのかしら。ふつうは離婚すると、子供は母親についていくものじゃない」

「親父の両親が反対したんです。渡さないって。だから俺は祖父母に育てられたようなものです」

本当の話だった。

「そのせいなのね。あなたはどこかやさしい感じがある」

「それってエージェントには向いてないってことでしょうか」

婆さんは首をふった。

「人に信用されやすいというのは武器だよ」

「でもそれで裏切ったら最低じゃないですか」

「いい人でいたいならエージェントはやめたほうがいい。ねえロンちゃん」

「お前、向いてない」

ロンまで頷いた。俺は息を吐いた。

「でもね、この歳《とし》になると、裏切ったの裏切られたのなんて、正直どうでもよくなってくるわよ。結局何のために戦ったのか。そのときは国のためとか平和のためとか信じてたけど、敵も味方も皆同じことを考えていたのだろうなって思うの。なのに戦うのを人は今でもやめられないでいる。何百年、何千年たとうと、他人を支配したいとか世の中を動かしたいって欲が消えてなくならない。人間て、進歩しないものなんだね」

「確かにそうかもしれませんが、そういう欲があるから科学や文明というのは発展したのじゃないでしょうか。争いや支配したいという欲望が、いろいろなものをかえた」

婆さんはくすっと笑った。

「村井くんはやっぱりエージェントに向いていないかもしれないね。そんな風にものごとを大局的に見てしまったら、エージェントの仕事なんてすべて虚《むな》しくなるわよ」

食事が終わり、勘定を払おうとした俺を婆さんは止めた。

「若い人がこんなところで財布をだすものじゃないわ。払うのならデートのときになさい。そうだ、ミクを今度連れてきてやって」

「ミクさんが俺と二人きりで食事をするなんて、きっとありえないです」

「あらそう？　あの子はおとなしい男の子が好きよ。あの性格だから、気の強い男の子とはすぐケンカになるの。それで別れちゃってしょんぼりしているのを何回も見たわよ」

ミクが失恋してしょんぼりしている姿なんて想像もつかない。

鮨屋をでた俺たちはハチ公前に向かった。車を止めておくのは難しいので、離れた駐車場においた。

さすがのハチ公前も、週末でもない深夜ということで、人はあまりいない。人波の大半は駅に向かっている。

久しぶりにのんびりと、しかもたっぷり、腹に食いものを詰めこんだせいで、俺は眠くなってきた。ロンも同じらしく、目がとろんとしている。

俺たち三人はハチ公前の広場にぼんやりとたたずんでいた。時刻は、あと十分ほどで午前零時になる。

元気なのは婆さんひとりだ。ふだんは夜九時には寝てしまうといっていたのに、きょろきょろあたりを見回している。

「あ、いたっ」

その婆さんが小声で叫んだ。

「どこです?」

「安全が確認できるまで声をかけたりしちゃ駄目よ。いい?」

「わかっています」

「スクランブル交差点の反対側。今、信号がかわるのを待っている」

俺は横断歩道の向こうを見やった。確かにいた。ミクは革のジャケットに白いパンツという姿になっている。スタイルがいいので、目立っていて、今もナンパと思しい男二人が話しかけていた。

山谷さんの姿は見えない。離れた場所にいるのだろうか。

「あたしがまずひとりで近づく。安全ならミクのほうから合図をよこす筈。あなたたちは少し離れてついてきて」

婆さんはいって交差点のほうに歩きだした。

俺とロンは頷き、間隔をあけてあとを追った。

歩行者用信号が青にかわった。人がいっせいに横断歩道に流れこむ。ミクのいる、駅に向かう側のほうが圧倒的に多い。

ナンパ野郎はサングラスにキャップをまぶかにかぶったガキが二人だ。両側からミクにまとわりつくようにして話しかけている。ミクはまるで無視し、目を合わせようともしない。

ミクとその二人がこちらに向かって歩いてきた。婆さんがまっすぐ近づいていくのを、四、五メートルうしろから俺たちは見ていた。

婆さんの姿が視界に入っている筈なのに、ミクの表情はかわらない。つまり安全ではない、ということだ。

婆さんがミクとすれちがった。婆さんのほうも声をかけない。

不意にナンパ野郎二人がUターンをした。ミクのことをあきらめたように、横断歩道のまん中で、センター街の方角に戻りだす。

が、それは同時に婆さんのあとを追う形でもあった。

まさかとは思いながらも、俺はロンと、婆さんとそのすぐうしろを歩くナンパ野郎二人のあとを追っていた。

婆さんはこちらをふりかえりもせず、まっすぐ歩いていく。この時間のセンター街で、リュックを背負ったその姿は思いきり浮いている。

やがて婆さんが右に折れた。ビルにはさまれた細い路地に入っていく。通行人の数が少なくなったとたん、ナンパ野郎二人が走りだした。

いきなりひとりが婆さんの背負ったリュックをうしろからつかもうとした。まるでひったくりだ。

婆さんの体が沈んだ。背中に目がついているような動きだった。ナンパ野郎の手が空を切った。

もうひとりのナンパ野郎が婆さんの前に立ち、両手を広げた。

俺のかたわらを駆けていたロンが宙を跳んだ。通せんぼをしたナンパ野郎の顔に跳び蹴りが命中する。

「うわっ」

声をたててあおむけに倒れた。その声を聞いて、俺はおやっと思った。意外に年をくった声だ。

うしろからリュックをつかもうとしていたナンパ野郎の体が硬直した。

「動くな」

俺はとりあえずいった。

こいつらがただのナンパ野郎やひったくりじゃないことは、すれちがったとたんにミクから婆さんに狙いをかえた時点で明らかだった。銃なんてもっちゃいないが、「動くな」といわれたら、もっていると思うような種類の人間だ。

案の定、ナンパ野郎の体がびくりとした。

「手をあげろ」

両手がぱっとあがる。

ロンに跳び蹴りをくらったほうは倒れたときに頭を打ったらしく、そのままぴくりとも動かない。

俺は手をあげたナンパ野郎にうしろから近づき、

「そのまま動くなよ」

といって、着ている洋服を探った。内ポケットに硬いものがあり、抜きだした。ひと目見て、俺には正体がわかった。警察バッジだ。

所属は警視庁公安部公安総務課。何てことだ。こいつらは俺と同じ、公安刑事だ。

顔を知らなかったがそれは不思議ではない。刑事部とちがい、公安部ではほとんど合同捜査がないし、交流も少ない。

「バアちゃん！」

ミクの声がして、俺は一瞬ふりかえった。路地の入口にミクが立っていた。

「大丈夫だよ、あたしは」

婆さんがふりむき、にっこりと笑った。それにつられて婆さんの手前にいた男が俺をふりかえった。

「村井！」

どうやら俺の顔を知らされていたらしい。刑事の目が広がった。俺は身分証を見た。こいつの名前は阿部主水《あべもんど》、時代劇の登場人物みたいだが、二十七歳の巡査だ。

「何、呼び捨てにしてるんだ」

俺は身分証で阿部の頭をひっぱたいた。

「ふざけるな。お前は公安刑事の風上にもおけない裏切り者だ」

「何？　こいつ刑事？」

俺のかたわらに立ったミクがいった。俺は阿部の身分証を渡した。

「いつから尾行されていた？」

「こいつらはたぶん渋谷から。その前の連中は新宿で消えたんで、まけたと思ってた。まさかこんなしつこくナンパしてくる奴が尾行だと思わなかった」

「ミクちゃんもまだまだね。女はね、自分に声をかけてくる男を甘く見るものなの。ジェームズ・ボンドが女好きなのは、そのほうがつけこみやすいからなのよ」

婆さんがいった。

「藤枝富子だな。あんたと白川洋介は、佐藤伝九郎殺害の重要参考人になっている」

阿部がいった。

「馬鹿じゃねえの」

俺はいって、倒れている阿部の相棒にかがみこんでいるロンを見た。

「死んだのか」

ロンは首をふった。

「馬鹿とは何だ、馬鹿とは⁉」

阿部が大声をあげた。その瞬間、

「うっせーよ！」

ミクがその鼻をつかんでひねった。

「痛《い》たたた」

俺はロンのかたわらにしゃがみ、倒れている男

の頸動脈を探った。どうやら脳震盪《のうしんとう》で失神してい
るだけのようだ。懐ろを調べると、やはりバッジ
と身分証がでてきた。
「ほら、しっかりしろよ！　飲みすぎなんだ、お
前。おいてくからな」
急にミクがいった。路地をサラリーマンとＯＬ
風のカップルが歩いてきたのだ。二人は俺たちか
ら顔をそむけるようにして歩き去った。
俺はのびている男の両肩の下に手を入れ、近く
のビルの壁ぎわまでひきずった。
「がたがた騒ぐなよ。殺すよ」
ミクが阿部の足を蹴った。
「そんな威しが通用すると思ってるのか」
阿部が強がった。俺は阿部の首に腕を回し、ひ
きよせ耳もとでささやいた。
「いいか、お前は何もわかってない。ＮＳＣに利
用されてるだけなんだ。このままだと、あること
ないこと責任負わされて、田舎の派出所いきだ
ぞ」
阿部は目を丸くした。
「嘘だ」
「嘘じゃない。俺もお前も、警察や外務省、ＮＳ
Ｃの権力争いの道具にされているだけだ。考えて
もみろ。こんな婆さんが、ヘリから狙撃なんてす
ると思うか」
俺は婆さんを目で示した。
「うるさい！　お前だって――」
いいかけた阿部が口を閉じた。ミクの手が股間
をつかんだからだ。
「ごちゃごちゃいってると潰す」
ミクがささやいた。
「誰の指示で、どこから彼女の監視についてた？」

俺は訊いた。

「上の命令で新宿駅からだ。駿河啓一に接触する人間はすべて調べることになっていた」

俺は思わずミクを見た。

「生きていたのか、A3は」

「生きてたけど、認知症が進んでいて、今いるホームから一歩もでられない。そうなってからもう二年たってるって」

ミクが答えた。

「警察はずっと監視下においていたんだな」

俺はつぶやいた。俺が白川さんを見張ったように、誰かがA3を監視し、見つけたミクとA4を尾行したのだ。

「村井、自首しろ。今なら間に合う」

阿部がいった。

「お前、本当の馬鹿だな。今自首したら、俺は殺されて終わりだ。大野警部がどうなったか、上に訊いてみろ。休職となってるが、もうこの世にいない」

「お前が殺したのか」

俺は阿部の首を絞めた。

「俺が殺したのだったら休職扱いになるわけないだろう。堂々と俺を殺人容疑で手配してるさ。お前、公安に向いてないよ」

ショックをうけたらしく、阿部は黙った。俺は阿部の上着にバッジをつっこんだ。のびている相棒を示し、いった。

「こいつが目を覚ますまでそばにいてやれ。こんなところに寝かせておいたら、身ぐるみはがれちまう。いいな」

「俺に指図するな」

俺はミクを見た。ミクがひねりあげた。阿部が叫び声をあげた。

「わ、わかった！」

ミクが手を放し、

「バーカ」

といって阿部の服に手をこすりつけた。阿部のプライドが折れる音が聞こえたような気がした。きっと自分のことを、若くして公安総務に抜擢《ばってき》されたエリートだと誇っていたのだろう。ちょっと前の俺と同じだ。やがて、誰を信じていいのかわからなくなる。

俺たちは二人の刑事を残し、その場を離れた。

19

駐車場に止めてあったプリウスまで戻ると、これからどこにいくかを話しあった。「西国酒家」には戻れないし、ホテル「エルミタージュ」も、バランコフがいない今使えない。といって、ミクと婆さんの家に向かうというわけにもいかない。公安の監視対象になっている可能性が高い。

考えたあげく、俺の自宅に向かうことにした。といっても本当の自宅ではない。白川さんを監視するために借りていたアパートのほうだ。時間がたち、監視対象から外されていると踏んだのだ。

アパートの前に到着したのは午前一時過ぎだった。あたりを一周して確かめたが、それと簡単にわかるような張り込みはいない。もちろん同じアパートや向かいの建物を使って張り込まれていたら話は別だ。

プリウスを商店街の端に止め、俺たちはアパートに入った。部屋の中はでてきたときのままで、内部を調べられたようすはない。

この部屋をでてすごく時間がたっているような気がする。実際はまだ三日かそこらなのに。

「ふん、意外ときれいにしてるじゃん」

ミクが部屋を見回し、いった。ロンももの珍しげに観察している。ここへくるまでの車中で、俺は白川さんとバランコフが薬を飲まされたことをミクに話していた。ミシェルについては、とりあえず白川さんの元妻というのにとどめた。

「山谷さんはどうした?」

「いっしょに動くと目立つから、老人ホームをでたときに離れた」

ミクが俺の問いに答えた。

「スンちゃんがそんなになっちゃっているとはね。まあ、しかたがないこととはいえ、悲しい話だね」

婆さんが息を吐いた。狭い部屋の大半を占領しているコタツを、俺たちは囲んでいた。

「息子については何かわかった?」

俺は訊ねた。

「ホームの話だと、週に一回は訪ねてきていたのが、今週はきていないって」

「啓ちゃんはスンちゃんのことをすごく尊敬していたからね。十歳からずっとスンちゃんに育てられたから、当然といえば当然なのだけどね」

婆さんがいった。

「駿河啓治はジョージ・タカムラとミシェルの夫だった外交官を殺しています。なぜA3の息子がそんなことをしたのか、おトミさんにわかりますか?」

「スンちゃんは、暗殺に関する自分の技術を啓ちゃんに教えた。中学時代いじめにあった啓ちゃんに、自分の身は自分で守れ、と。ところがそれが裏目にでたのよ。スンちゃんはそっちの専門家だったから」

「裏目ってどういうこと？」

ミクが訊ねた。

「高校で、ひとりを死なせ、ひとりに大怪我を負わせちゃったらしい。相手がいじめっ子だったから、罪に問われはしなかったけれど退学になった。スンちゃんはそれを不憫《ふびん》に思って、啓ちゃんと二人で仕事をするようになったのよ」

「仕事というのは、オメガエージェントのことですか」

婆さんは首をふり、ため息を吐いた。

「オメガが活動を停止し、Ａ１は老人ホームに入り、あたしは平和な暮らし、Ａ４は釣り具屋、Ａ５は待機、という状況が二十年以上つづいた。Ａ３はそれに耐えられず、フリーで仕事を始めた。できることといったら、人殺しだけなのに。奥さんを亡くしたのがそのきっかけだった」

「つまり殺し屋、ですか」

イビキが聞こえた。ロンだ。こういう話になると眠くなるようだ。

婆さんは頷いた。

「スンちゃんは啓ちゃんと親子で殺し屋を始めた。啓ちゃんはスンちゃんの教えもあって、優秀だったみたい。スンちゃんの昔を知る連中がオファーをだし、けっこう繁盛していたらしい。引退したという噂を聞いたのは五年前かしら」

ミクが頷いた。

「たぶんその頃に認知症を発症したのだと思う。ホームには四年以上いるらしいから」

「父親は引退したけど、息子は引退しなかったのか」

俺はつぶやいた。

「できなかったのよ。二人とも引退したなんて話が伝われば、これまでスンちゃん親子を使ってきた連中が口を塞ぎにかかる。引退さえしなければ、まだ利用価値があると思われ、殺されずにすむ」

婆さんがいった。

「でも結局、ミシェルに殺された」

「それはいつの話？」

「きのうとミシェルはいっていました」

俺が答えると婆さんは首をふった。

「怪しいわね。あの女はすぐ頭に血が昇る。もしかしたらやりそこなっているかもしれない。死体が見つかったって話がでないでしょう？」

「処分したのじゃないですか」

「あの女は何でもやりっぱなし。きちんとした仕事はできない。腕はいいかもしれないけど、細かなフォローは他人任せ。だいたい顔のきれいな子にはそういうのが多い」

殺し屋の話なのに、何となく頷けるものがある。

「『キングダム』が『コベナント』を発動させ、アルファやオメガのエージェントを処分しようとした結果が、今なんだ」

俺はミクにいった。

「わかんねーよ。アルファやオメガだけじゃなく、今度は『キングダム』？　メンドくせー」

ミクは髪をかきあげた。

「日本の『キングダム』は若手の官僚で、俺の母親をとりこもうとしてるんだ」

「あんたの母親って、何だよ」

「国会議員の原田和子」

「知らねーよ」

そういうと思った。

「俺が子供の頃離婚して実家に戻り、早死にした兄貴の地盤をうけついで当選したんだ。今は内閣官房副長官をやっていて、そのせいで『キングダム』の存在に気づいた」

「だから何なんだよ、『キングダム』てのは」

「白川さんの話では、もともとは冷戦時代、情報機関の天下がつづくようにCIAとKGBの幹部が結託して作ったグループで、シナリオを書いていたというんだ」

「本当の戦争は起こさないけれど、ぎりぎりまで対立を深めることで、スパイの存在価値を高めようとしたのよ。秘密組織ごっこが好きな連中が多かったの、あの頃は」

婆さんがいった。

「冷戦て、いったい、いつの話だよ。三十年近くたってるんだろうが」

ミクが吐きだした。

「冷戦が終わってKGBはなくなり、CIAも力を失った。でも同じようなことを考える情報機関の人間は世界中にいて、遅まきながら日本のNSCのメンバーもそれに加わったらしい。そのことにたまたま気づいた、俺の母親の処遇を巡って、『コベナント』が発動された」

「何それ。じゃあ、あんたの母ちゃんが原因てこと？」

俺は頷いた。本当の話をするときだった。

「実は俺、警視庁公安部の刑事で、白川さんを監視していたんだ」

「はあ？」

ミクはぽかんと口を開けた。

「近所に住むフリーターという設定で、いきつけの居酒屋で接触をもち、『コベナント』が発動されたらそれを上司に報告するのが任務だった」

「嘘だろ」

「本当だ。けれど『コベナント』が発動されたとたん、いきつけの居酒屋の大将とおかみが白川さんを殺そうと襲いかかってきた。白川さんといた俺は、いっしょに逃げることになって――」

「ちょっと待てよ。じゃ、あんたは警察のスパイだったのかよ」

「元は」

「元は？　ふざけんな。殺す」

ミクは俺の襟首をつかんだ。その瞬間、ロンのイビキがぴたっとやんだ。

「やめなさい」

婆さんが止めた。

「聞いてくれって」

「うっせー。殺す！」

ミクは俺にとびかかってきた。ロンが目を開くや、ミクの首に足を巻きつけた。

「よせ、ロン」

「放せ、畜生！」

ミクが暴れ、コタツがひっくりかえった。

「ムロイ殺すお前、殺す」

ロンは容赦なく首を絞め上げ、ミクの顔がまっ赤になった。

「やめろ、ロン」

俺はあわててロンの足をつかんだ。ミクは目をみひらき、今にも窒息しそうだ。

「やめろって！」

俺はロンの足をひきはがした。ようやく首からロンの足が外れると、今度はミクの膝が俺の鳩尾に飛んできた。息が止まるほどの激痛に俺は体を丸めた。

ロンがミクの顔に肘打ちをくらわせた。ミクが俺の上に倒れこみ、ロンがその上にのしかかる。

「やめなさいっていってるでしょう！　女の子がはしたない」

婆さんが怒鳴り、ようやく二人は離れた。うずくまった俺は動けずにいた。

「大丈夫かい」

婆さんが俺をのぞきこみ、声をだせないので、手で合図した。大丈夫じゃないが、生きてはいる。ロンが俺をかばって、ミクをにらみつけた。

ようやく息ができるようになると俺はいった。

「今の俺はスパイじゃない。直属の上司は俺を殺そうとして殺され、管理官だった警視はいつのまにか皇宮警察にトバされていた」

「信用できるかよ」

「白川さんは被害者なのに、上はつかまえることしか考えず、途中から何かがおかしいと思い始めていた。それでわかったのは、警察庁の長官官房に『キングダム』のメンバーがいることだった。宇田という審議官だ」

ミクは軽蔑しきったような目で俺をにらんでいる。

「母親が国会議員で、公安のスパイだった奴のいうことなんて、これっぽっちも信じないね」

「この子は本当のことをいってるわよ、ミクちゃん。あなたもわかるでしょう。おばあちゃん、教えてあげたのだから」

婆さんがいった。俺はほっと息を吐いた。

「第一そうでなかったら、白川くんたちが信じるわけないでしょう。とっくにこの子は死んでいるわ」

ミクはふん、と鼻を鳴らし、そっぽを向いた。

「ムロイ悪くない。お前、あやまる」

ロンがにらみつけた。

「いいから、ロン」

「それでどうだっていうんだよ」

ふくれっ面でミクは訊ねた。

「俺は明日、母親を説得しなけりゃならない。さもないと母親は殺される」

「知ったことかよ」

ミクが吐きだしたとたん、

「ミクちゃん！」

これまで聞いたこともないような権幕で婆さんが叱った。

「どうしてそういうことをいうの！　この人はあなたのことをとても大切に思ってくれているのに。敵と味方を見あやまっては駄目と教えてきたでしょうが」

何かいい返すかと思ったが、ミクはそうしなかった。そっぽを向き、頬をふくらませただけだ。

「説得がうまくいかなかったときのことが心配です。母親だけでなく、人質にされている白川さんたちがどうなるか」

俺はいった。

「白川くんたちは『西国酒家』なの？」

俺はロンを見た。ロンは気まずそうにうつむいた。

「地下に閉じこめている」

「あなたはお母さんを説得し、わたしたちは白川くんたちを助けだす」

婆さんがいった。

「助けだすって、どうやってです？」

婆さんはミクを見た。

「山《やま》ちゃんとは今後どうやって合流するの？」

「新宿にランデブーポイントを決めた。午前八時と正午の、一日二回」

ふくれっ面のミクは答えた。

つまり両方がその時間、ランデブーポイントにこられたら合流するというとり決めだ。

「新宿なら都合がいい。山ちゃんの協力も仰げる」

俺はロンが気になった。

「ラオに知らせたりするなよ」

ロンは上目づかいで俺を見た。

「わたし、会長を裏切るのか」

「ラオは『キングダム』に利用されている。『キングダム』なんてのはね、人間のことをちっともわかってない、頭でっかちの役人がこしらえた代物なの。そんな連中と組んだって、ひとっつもいいことなんてない。いざとなったら平気でラオも切り捨てられる」

ロンは不安そうに俺を見た。

「会長、殺されるか」

「わからない。だけど『キングダム』のメンバーになるような奴は、きっと自分の手をよごしたがらないのじゃないのかな」

俺がいうと婆さんは頷いた。

「まちがいないわね」

ロンはうなだれた。

「お前と会長、どっち守る。わからない」

「そりゃ、ラオだよ。ラオのところに戻れよ」

「でもお前たち、シラカワを助けるつもり。会長に何かあったら許さない」

「じゃあこうしよう。ラオの身が大切なら、ロンが白川さんたちを助けだせ。そうすれば争いは起きない」

「わたしが⁉」

　ロンは目をみひらいた。

「そうさ。明朝、俺たちは『西国酒家』に戻る。午前十時にＮＳＣからの迎えがくるとラオがいっていたからな。そのときにロンが白川さんたちを脱出させるんだ」

「それがいい」

　婆さんがいった。

「たぶん『キングダム』は同じタイミングで白川くんたちを排除しようとする。場合によっては、ラオやあなたに手を下すよう命じて。そうなったら、今後ラオは『キングダム』に逆らえなくなるから」

　ロンは婆さんを見つめ、考えていたが、

「わかった」

とつぶやいた。


　うまくいくだろうか。ロンが味方になるなら、うまくいくかもしれない。

　だがうまくいったとしても、俺にはもうひとつ心配があった。

　ミシェルだ。一服盛られたことを知ったミシェルが、ラオをそのままにしておくとはとうてい思えないのだ。

　きっと一悶着《ひともんちゃく》起きるにきまっている。ミシェルがラオを殺そうとし、それをロンとリンが止めに入る。

　そうなったら、あの古い「西国酒家」の建物が崩れてしまうような騒ぎになるだろう。

　女どうしの争いのほうが、いつだって大ごとになるのだ。

20

朝七時に、俺たち三人はアパートをでてプリウスに乗りこんだ。ミクが山谷さんと決めたランデブーポイントは、新宿駅西口のバスターミナルだった。人の出入りが激しく、目につきにくい場所だ。

ミクがひとりでランデブーポイントに向かい、俺とロン、婆さんが見張りがいないかをチェックする。

ランデブーは無事に成功したが、大事をとって、そこからは別々に「西国酒家」に向かうことにした。もちろん先行するのは、ロンと俺、婆さんの三人だ。

八時二十分に俺は、プリウスを「西国酒家」に近いコインパーキングに止めていた。十時にNSCの奴が俺を連れに現われるからには、当然、現時点で「西国酒家」は監視下におかれていそうなのに、それらしい車や人の姿がない。NSCに人が不足しているのか、『キングダム』がまだそこまで人材を確保できていないのか。

ひとつ考えられるのは、昨夜の渋谷の騒ぎで、NSCが警視庁の人間を使いづらくなったという可能性だ。

俺の話を聞いた阿部が動揺し、直属の上司に伝えたとする。警視庁の現場にまで、まだ「キングダム」は浸透しておらず、警察庁審議官の宇田の指示をうけて動いているにすぎない筈だ。

そうなると、もともとが疑《うたぐ》り深い公安部の刑事たちは、俺がいった「警察や外務省、NSCの権力争いの道具」にされるのが嫌で、動かなくなる。

何かをすれば、必ず誰かが損をして誰かが得をする、なんて状況になったら、「何もしない」が保身の術だと、公安の誰もが考えるからだ。

「キングダム」はいらだつだろうが、宇田を通じて下した指示を警視庁公安部の上層部が握りつぶし、その結果、「西国酒家」に監視員が配置されていないという事態が考えられる。

映画ではそんな馬鹿げたことは起きないが、登場人物すべてが「主人公」である現実では、保身に走った警官が現場を放棄する、というわけだ。

俺の勘が当たっているなら、「キングダム」のメンバーが予想もしていなかった状況だろう。

官僚機構において、上の命令は絶対だと俺たちは教えこまれる。命令にしたがわないのは、逆らうのと同じことで、ペナルティを逃れられない。

だが一方で、官僚ほど保身を考える人種もない。おおもとがわからず、結果として自分が危うくなるような命令が下ったときは、したがうフリをするだけで、実際は動かないのだ。

公安部には特にそのタイプの人間が多い。刑事部と異なり、善悪の判断が難しい事案が多いからだ。

早い話、直属の上司が右とだした指示が、さらに上が政治家の顔色をうかがった結果、左に変更されたとする。その指示の変更が届くのが遅れたら、政治家はヘソを曲げ、誰かが責任をとらされる。直属の上司もその上も、まるで知らぬフリをし、結局、末端がトバされる。「運が悪かった」で、片づけられて。

もちろんきっかけがあれば、返り咲ける可能性がないわけではない。きっかけがあれば、の話だが。

白川さんの監視役を命じられたとき、俺は貧乏クジだと思った。爺さんの見張りなんて、どうひっくりかえったって、手柄につながるなんて思えない。外務省に出向して、バリバリやっている同僚をうらやましく感じたものだ。

自分がパズルのピースだと、まったく思わなかった。かなり大きなピースなのに。

「西国酒家」の入口扉に、鍵はかかっていなかった。ロンがそれを引き開け、俺と婆さんはあとにつづいた。

さすがにしんとして人けがない。ランチの仕度をするにも早すぎる時間だからだろうか。

「ラオは上なのか」

俺の問いにロンは頷いた。

「じゃあわたしたちは上にいく。あなたは白川くんたちをお願い」

婆さんが小声でいった。ロンは無言で動いた。上とつながった階段の裏側に扉があり、それを開くと、細い階段が下へとのびているのが見えた。その階段を下りていく。

俺と婆さんは表の階段を上った。

二階にあがっても、まるで人の気配はなかった。廊下のつきあたりにあるラオの部屋の前まで進んだ。

まさかラオも含め、誰も出勤していないのだろうか。鍵を開けたまま、建物全体が無人なんて、いくらなんでも不用心すぎる。とはいえ、こんな古くてでかい中国料理店に人っ子ひとりいないとは誰も思わないかもしれない。

だがそれが考えちがいだったと、すぐに俺は気づいた。つきあたりの部屋の扉が開き、ワゴンを押したリンが現われたからだ。ワゴンの上には粥が入っていたと思しい食器がのっている。

さすがに驚いたのか、リンは目をみひらき、足を止めた。

「何なの⁉」

「別に驚くことはないだろう。ＮＳＣの人間が俺を迎えにくると聞いたんで、少し早めにきたんだ。ついでに朝飯も食べようと思って」

俺はワゴンを目で示した。リンは眉をひそめた。

「ロンはどこにいるの。くるときは連絡をもらう筈だけど」

「さあね。ここにきたらどこかに消えた。トイレにでもいきたかったのじゃないか」

リンはまるで信じていない表情で婆さんを見た。

「この人は何？」

「おトミさんでいいわよ。ラオとはね、まだラーメン屋をやっていた頃からのつきあいなの」

「会長が？」

話し声を聞きつけたのか、リンの背後の扉が開いた。ラオが現われ、

「これは驚いた！」

叫んだ。

「トミコさん。なつかしい！　あなたかわらない。美しいです」

「嫌だよ」

婆さんは手を口にあて、リュックをおろした。

「何年ぶりですか。二十年？　もっと？　いやあ信じられない。トミコさんがここにいるなんて」

「ねえ」

婆さんは頷き、リュックの中に手を入れ、拳銃をつかみだした。小型のリボルバーだった。

「あんたは太ったし、髪が薄くなったけど、女の趣味はかわってない」

リンを見やった。

「トミコさん！　そんなものだささないで。久しぶりに会ったのに」

ラオは首をふった。

「駄目だね。あんた、女の趣味がかわらないってことは、性格の悪さも昔のままだってことだから」

「お婆さん、それ、本物なの」

リンがワゴンをそっと横にずらして訊ねた。

「本物よ。それ以上動いたらお嬢ちゃんの眉間を撃ち抜くよ。ラオに訊ねてごらんなさい」

「やめなさい、リン。本当だ。彼女の銃の腕は白川さん以上だ」

「そうなんですか」

思わず俺は訊ねていた。

「そう。男は機械好きだから銃に憧れるけど、実際に動かすのは、女のほうがうまかったりする。もちろん手の大きさとか、いろいろあるから種類は選ばなけりゃいけないけどね」

婆さんが答えた。

「トミコさん、なぜ、そんなものをだすんです？　私たち、古い友だちなのに」

ラオが悲しげにいった。

「古い友だちに薬入りの茶を飲ませたのはあなたでしょう」

「ああしなければ、血が流れました。私が暴力を嫌いなのは、知っているでしょう」

「確かに知ってる。かわりにお金が大好きなのも。『キングダム』は、そんなに払ってくれたの？」

ラオは首をふった。

「お金もありますが、大切なのは、こういう先の見えない時代に、自分の居場所を見つけることです。彼らと組めば、それが可能だ」

「わたしたち古い人間とのつきあいは、どうでもいいわけ？」

「そうじゃありません。しかし人は、自分の幸せを追求する権利がある」

婆さんはあきれたように首をふった。

「あんたはさんざん追求してきた。もう我慢してもいい頃だ」

「トミコさん……」

リンが一歩踏みだし、婆さんはそちらも見ずにぶっぱなした。

粥が入っていたと思しい丼が粉々になった。

「動かないで、といったでしょう。あなたみたいな美人を撃つのを、男は嫌がるだろうけど、わたしは平気よ。どんな美人でも、年をとればただの婆さんだし、お骨《こつ》になったら区別もつかない」

リンがすごい形相になった。美人が本気で怒ると、本当に恐ろしい顔になる。

「生きてここをでられると思わないで」

「リン」

ラオが制した。

「バアちゃん！」

そのとき階下から声が聞こえた。ミクだ。

「こっちよ。階段の上」

婆さんが叫んだ。

ギシギシと階段が軋み、やがてミクと山谷さんが現われた。山谷さんはびしっとスーツを着けていて、釣り具屋の親爺から、大企業の重役に変貌していた。

「ラオ」

「山谷さん」

二人は見つめあった。

「出世したものだな」

山谷さんはいって、背広の下からオートマチックを抜きだし、ラオにつきつけた。

「出世しても、あなたたちにこうされるのはかわらないよ」

悲しげにラオはいった。

「それはお前があいかわらず、他人を利用して甘い汁を吸うことばかり考えているからだろう」

山谷さんは答えて、ラオを押しやった。

「中に入れ。このお嬢さんもだ」

「会長、この連中は――」

リンがいいかけ、ラオは首をふった。

「いいから。逆らわない限りこの人たちは無茶をしない。部屋に戻ろう」

俺たちはラオがでてきた部屋に入った。ミクがあきれたようにいった。

「何なの、この部屋。中国マフィアの会議室？」

「あなたは何？」

リンとミクはにらみあった。

「いいから、ミクちゃん」

婆さんがいった。ラオは玉座に腰をおろし、かたわらにリンが立った。

俺とミク、婆さんは円卓についた。山谷さんだけが立ち、銃をラオに向けている。

「こんなことをしてもどうにもならないとわかっている筈だ。白川さんたちの身に何が起きてもかまわないのかね」

ラオがいった。

「心配しなくても、俺は母親を説得しにいく」

俺はいった。ラオは首をふった。

「わかっていないな。『キングダム』は君に何も期待していない。母親が離ればなれだった息子のいうことを聞くなどというお涙ちょうだい物語を、官僚どもが信じると思うか」

「じゃあなぜ、この人を使ったの」

婆さんが訊ねた。

「私の発案だ。血を流さずに事態をコントロールできるなら、そうしたいと思った。今の人たちは、貸しや借り、面子《メンツ》を立てるといった、古いつきあいかたを信じない。トミコさん、私たちはそういう世界で生きてきた。そうでしょう?」

ラオは山谷さんを見た。

「確かに我々は古い。お払い箱にされてもおかしくないくらいだな」

山谷さんがいった。ラオは頷いた。

「私も同じです。『キングダム』は、オメガもアルファも、古いものはまとめて捨ててしまえと考えている。古いものの中にある知識や技術に何の価値も見出そうとしない。ましてや友情や連帯など、無意味だと思っている。だから私は白川さんやミシェルを使おうと考えた。古いものも使えることがある、ひとまとめにして廃棄しようというのはまちがいだとわからせたかった」

「ミシェルって、あのミシェルか。A5の女房だった——」

山谷さんが眉をひそめた。ラオは頷いた。

「馬鹿なことを。あの女を巻きこんだら、すべてをぶち壊されるぞ」

部屋の扉が蹴り開けられ、バーン! という音が建物全体に響き渡った。眉を吊り上げ、夜叉《やしゃ》のような顔をしたミシェルが立った。

「ラオ!」

正面にいるラオを指さすなり、つかつかと部屋に入ってきた。

「ミシェル！」

うしろにつづいた白川さんが叫んだ。バランコフとロンが、さらにつづいた。

リンがミシェルの前に立ち塞がった。

「おどき！　小娘」

リンは無視し、

「ロン！　裏切ったの⁉」

と叫んだ。ミシェルはあたりを見回し、お茶のポットをつかむと、いきなりリンの顔に叩きつけた。

間一髪、リンは左腕でそれをうけとめた。ポットが粉々に割れ、お茶がとび散る。リンは無言で回し蹴りを放った。ミシェルの体がふっとんだ。床に叩きつけられそうになるのを受けとめたのが白川さんだった。

「ありがとう」

乱れた髪をかきあげ、ミシェルはいった。

「どういたしまして」

白川さんの返事はミシェルには聞こえていなかった。おかれていたワゴンをリンに向け蹴るや否や、玉座にすわるラオにとびかかった。どこからとりだしたのか、ペンくらいの細さのナイフをラオの喉元につきつけている。

「やめなさい！」

白川さんが叫んだ。刃先が皮膚にくいこみ、みるみる血が浮かびあがる。一歩踏みだしたリンに、

「ボスが死ぬよ」

ミシェルは警告した。ラオが片手をあげ、リンを制した。

「薬を使ったことはあやまります。しかしそうしなければ、事態を打開できなかったのです」

「あんたはわたしたちを裏切った」

ミシェルはラオの耳もとでいった。

「裏切ってなどいません。あなたがたを殺していないのが、何よりの証明です」

ナイフの刃先から少しでも逃れようと、ラオは顔をのけぞらせながらいった。

「それはまだわたしたちに利用価値があるからじゃないの？」

「あなたがたの利用価値を認める者は『キングダム』にはいません。信じてください、ミシェル。私はあなたたちを救うために薬を使ったんです」

「信用できない。とりあえず、殺す」

ミシェルがいった。その瞬間、ロンの体が宙を跳んだ。ロンのとび蹴りが顔に命中したミシェルは倒れこんだ。

「ロン！」

俺は叫んだ。ロンはふりむきもしなかった。あおむけに倒れたミシェルの上に馬乗りになった。拳がミシェルの顔にふりおろされる。ミシェルの首が揺れ、血がとんだ。

「よせ、ロン！」

「会長、殺す、許さない。この女、殺す」

「もう、充分だ。ラオ、やめさせろ」

白川さんがいった。

「ロン」

ラオが呼びかけ、初めてロンはふりむいた。

「ヤンキーのケンカかよ」

あきれたようにミクがいうと、ミシェルの上から離れたロンの目が吊りあがった。

「お前、邪魔するな」

ミクは俺を見た。

「何なの、こいつ」

「お前も殺す」

ミクに向かっていったロンを俺は止めた。完全に頭に血が昇っているのか、いきなり肘打ちが俺の鳩尾に刺さった。息が止まり、俺は思わずひざまずいた。

「今さら会長を心配してみせたって無駄よ。この裏切り者」

リンがいい、ミクに向かいかけたロンの体がぴたっと止まった。

「わたし裏切ってない。会長は利用されている」

「誰があんたにそんな知恵をつけたの。何もわかってないくせに」

リンはせせら笑った。

「お嬢さん、あなたこそわかっていない」

白川さんが首をふった。

「私たちを『キングダム』に渡せばすべて解決すると、そう思っているのか」

「そのつもりですが、ちがいますか」

ラオがいった。ロンがとまどったようにラオと白川さんを見比べた。

「馬鹿だね、あんた。お嬢ちゃん、ボスを大切にするのはいいけれど、それじゃあ幸せになれないよ」

婆さんがいった。

「もうすぐここに殺し屋が押しよせる。標的はあたしらだろうけれど、ついでにあんたたちも片づけられないという保証はない」

「嘘よ」

リンがいった。婆さんは首をふった。

「嘘なんかじゃない。この場で、生きのびられる人間がいるとしたら、この若い人だけ」

俺を指さした。

「そうならないように、私は取引したのだ。信じてください。流血の事態を避けたいのは、私も同じです」

ラオがいった。

「無意味な議論だ。ラオの口を塞いで、離脱しよう」

山谷さんがオートマチックをラオに向け、リンがかばうように立った。

「ロン、あなたが本当に会長を裏切っていないというなら、この連中を片づけなさいよ」

ロンが目をみひらいた。

「皆さん、落ちついて！　落ちついてください！」

俺は大声をだした。ミシェルが頭に血を昇らせたせいで、全員一触即発の状況がつづいている。

「大丈夫です。『キングダム』は、人材にそこまで余裕がありません」

「なぜわかるのかね？」

バランコフが訊ねた。

「理由は、この『西国酒家』が監視下におかれていないことです。手足にできるエージェントや刑事が、『キングダム』にはいないのです。もしいたら、とっくにここは監視されている」

「あなたが見落としただけじゃないの？」

リンがいい、俺は首をふった。

「こう見えても、俺も公安刑事です。警察官が張りこんでいたら気がつきます」

「私のいうことを信じてもらえますか」

ラオがいった。

「ラオさん、それとこれとは別です。張りこみがないからといって、殺し屋がここを襲わないという理由にはなりません。むしろ警察官がいないぶん、殺し屋は動きやすい」

俺はいった。

「だがＡ３の息子は死んだ。殺し屋はいないのではないか」

バランコフがいった。

「殺したといったのはミシェルでしょう。信用できない。やりっぱなしが好きな女よ。ねえ、白川くん」

婆さんがいうと、白川さんは困ったように咳ばらいした。

「それについては何とも、判断しようがない」

「じゃあ訊くけど、うちらは危険なの、安全なの、どっちなの？」

ミクがいったそのとき、部屋の扉が開き、重武装した男が二人立った。タクティカルベストを着け、手にサブマシンガンをかまえ、目出し帽をかぶっている。

「全員、動くな」

くぐもった声でひとりがいった。その声を聞いた瞬間、俺は正体に気づいた。

「大将！『ますい』の大将」

思わず叫んだ。男は俺に向きなおり、目出し帽を脱いだ。やはりそうだった。

「村井、こちらにこい」

大将はサブマシンガンを振った。

「これがＮＳＣの迎えか？」

白川さんが訊ねた。大将はさっと白川さんに銃口を向けた。

「迎え？　何の話だ」

「シラカワ、こいつらは――」

バランコフが訊ねた。

「アルファの殺し屋だ」

「お前も殺し屋だろう。俺のパートナーを殺したくせに」

大将はいった。

「任務の上のことだ。まさか私怨を晴らしにここにきたのではないだろうな」

「大将、教えてくれ。サガンを殺したのは誰なんだ」

俺はいった。山谷さんの店で話して以来、ずっと気になっていたことだった。

「わたしよ」

にごった声がいった。顔を血まみれにしたミシェルだった。いつのまにか立ちあがり、ナイフをラオの首にあてがっていた。

「あんたたち、銃を捨てな。さもないと、この男の首をかき切るよ」

「勝手にやれ。そいつは仲間じゃない」

もうひとりの殺し屋が目出し帽の奥からいった。

俺が聞いたことのない声だ。

ミシェルが目を細めた。

「あんた、まさか――」

「死んだ筈、か？」

殺し屋がいって、目出し帽を脱いだ。見覚えのない中年男の顔が現われた。額が広く、目の下に隈《くま》がある。

「啓ちゃん！　啓ちゃんじゃないの」

婆さんがいった。

「A3の息子か」

白川さんがつぶやいた。

「これから人を撃つときは、頭を狙うんだな。今の抗弾ベストは進化してる」

A3の息子はミシェルにいった。

「ミシェル、なぜサガンを殺したんだ？」

白川さんが訊ねた。

「あの男はこいつといっしょで、金のことしか頭になかった。『コベナント』で動きだした連中に、いい加減な情報を流し、混乱させた。災いの芽は早めにつみとっておこうと思ったのよ」

「ミシェル、君はご主人の敵を討つのじゃなかったのか。本当は、誰のために動いている?」

白川さんがいい、俺ははっとした。その通りだ。ミシェルは、夫だった外交官やジョージ・タカムラの敵を討とうとしていたのではなかったのか。

ミシェルは大きく息を吸いこんだ。

「話はここまでよ。銃をこちらによこしなさい」

「断わる」

大将がいうや否や、A3の息子、駿河啓治がラオとミシェルの二人めがけ発砲した。

「会長!」

リンが叫び、ロンの体が宙を跳んだ。婆さんがさっとリボルバーをかまえ、たてつづけに撃った。

眉間を撃ち抜かれ、大将がうしろ向きに倒れこんだ。駿河啓治が銃口をそちらに向けようとして、ロンの蹴りを顔面にくらった。リンもそこに加勢し、二人に袋叩きにされる。

「ラオ——」

ラオは玉座にすわったまま、息絶えていた。ミシェルもその玉座にもたれかかるようにつっ伏している。

と思ったら、不意に体を起こし、俺の首にナイフをつきつけた。

「抗弾ベストが進化していることくらい、わかっているわ。銃をよこして」

「ミシェル——」

「この坊やが死んだらあなたたちは困るのでしょう」

ミシェルは、なぜか嬉しそうにいった。

「ミシェル、あなたは『キングダム』とは対立する側に属しているんですね」

俺はいった。ミシェルは俺に目を向けた。

「よく、わかるわね」

「そうなら、我々は同じ側ですよ」

「それはどうかしら。この女の殺された亭主は、イスラエルにいた元外交官だった。サガンは南アフリカの民間軍事会社と日本の商社のあいだをとりもっていた。そこから見えてくるものがある筈よ」

婆さんがいった。こうして話しているあいだも、リンとロンによる駿河啓治への〝復讐〟はつづいていた。バキッ、ドスッという肉を打つ音が絶え間なく聞こえる。

「なるほど、ユダヤ系資本だな」

バランコフがいった。白川さんが頷いた。

「経済力で政治に介入するユダヤ系資本と、官僚中心の『キングダム』はずっと対立がつづいていた筈だ」

「誰か俺にもわかるように説明してください」

俺はいった。婆さんの推理が当たっているのは、俺の首にあてがわれたナイフが、さらに肌に食いこんだことでわかった。

「ミクちゃん、あなたが説明してあげなさい」

婆さんがいった。

「えー、世界史、苦手なんだけど」

面倒くさそうに髪をかきあげ、唇を尖らせたミクがかわいくて、俺はちょっと見とれた。

「早く」

「えーと、第一次世界大戦以降、西欧の鉄鉱、石油、電力といった重工業を支える基幹産業は、ほぼユダヤ系の財閥が握って、政治家も逆らえないようなネットワークが作られた。彼らがイスラエル建国を陰で支えたのは間違いない。今でもアメリカやイギリスは、イスラエルに気をつかっている。政治家が逆らえないのは、金持なのと、テレビ局や新聞社、映画産業といったマスコミ業界も、ユダヤ系資本の影響が及んでいるから。資金を提供し、気にくわないとなれば、マスコミを使って政治生命を断つこともできるといわれている。わかった?」

ミクが訊き、俺は頷いた。

「そこは」

「そういう財閥と政治の関係をかえたのが、インターネットの出現で、従来のマスコミとはまるでちがう影響力をもつようになった」

「そこに『キングダム』は目をつけたというわけか。政治家に対するユダヤ系資本の影響力が低下する。インターネット産業は必ずしも、ユダヤ系資本の専売特許ではないからな」

白川さんがいった。

「そこもわかります。しかし、ミシェルの元旦那さんやサガンとどういう関係があるのですか?」

「アフリカは、かつてユダヤ系資本にとって、宝の山だった。ダイヤモンドや石油、鉱石といった、彼らが最も扱い慣れた商品を産出する国が多い。そこに今、中国や日本の商社が入りこみ、食い荒らしている。サガンは、日本の商社と現地のゲリラなどとのパイプを、民間軍事会社を通して作った。ユダヤ系資本にとっては好ましい事態ではない」

バランコフが説明した。

「ミシェルの元御主人がテルアビブに住んでいたのは、ユダヤ系資本と日本政府をつなぐパイプ役を果たすためだろう。つまり、ミシェルは彼らの利益を守る側にいる」

白川さんがつけ足した。俺は横目でミシェルを見た。

「そうなんですか?」

「現役を引退しているのに、つまらない勘だけは働くのね」

どうやら当たっているようだ。

「銃をこちらによこして」

ミシェルが婆さんにいった。婆さんは首をふった。

「それはできないわよ。渡したら、あたしたち全員を殺すだけじゃない」

「こいつが死ぬ」

「あんたも死ぬがな」

山谷さんがオートマチックの狙いをミシェルにつけた。

ようやく肉を打つ音が止んだ。リンとロンが倒れている駿河啓治のかたわらを離れた。血まみれで、生きているのかどうかわからない。

「ミシェル、ここはいったん手を引いたらどうだ?」

白川さんが訊ねた。ミシェルは首をふった。

「だからあなたは古いのよ。互いの顔が見えていた七〇年代までならそれでよかったかもしれないけれど、今の時代に『次』はないの」

「じゃあどうする? 君がその若者を殺しても、困るのは我々ではない。彼はあくまで『キングダム』の交渉道具に過ぎんのだ」

バランコフがいった。

ロンが近づいたので、ミシェルはナイフをそちらに向けた。

「そこのちっちゃくて狂暴なあなた、村井を殺されたくなかったら、銃を集めて、わたしにもっていらっしゃい」

ロンは俺を見た。

「会長、死んだ。わたしが守るの、お前しかいない」

「だったら、わたしのいうことを聞いて」

ミシェルがいった。俺は首をふった。

「駄目だ」

「あなたは黙って」

ナイフが定位置、俺の首に戻った。ミシェルは俺の体を盾にして、銃で狙えない位置に立っている。

「君の化けの皮は剝がれた。もう、ここに残っても意味はないのに」

白川さんがいった。

「意味はあります」

俺はいった。ミシェルの目的に気がついたのだ。

「彼女は、俺を迎えにくる『キングダム』の人間を殺すつもりなんです」

「黙りなさい」

ナイフが食いこんだ。

「なるほど」

「じゃあ、ちゃっちゃと殺《や》ればいいじゃん。もうメンドいよ、あんたら」

「駄目よ、ミクちゃん。そういう言葉づかいは」

「ミシェル」

白川さんが一歩踏みだした。

「確かに私たちは古いかもしれないが、その私たちが必要とされたから、ここに今いるんだ」

「必要となんてされていない。『キングダム』は、アルファ、オメガ双方が邪魔になっただけ」

ミシェルがいった。

「邪魔になるというのは、つまり脅威に感じていたということではないのでしょうか」

俺はいった。

「互いにいろいろあったとしても、我々は長いつきあいだ。ここは、お互いに大人になろうじゃないか。どうやっても君に勝ち目はないし、私は君が死ぬのを見たくない。ラオも死に、これ以上の流血は無意味だと思わないか？」

「そうよ。任務のために命を落とすのがいかに虚しいか、あなたも知っているでしょう」

婆さんがいった。

「やりっぱなしが好きな女っていったくせに。知ってるのよ。あんたは白川が好きだった。だから結婚したわたしを気に入らない」

ミシェルが荒々しく答えた。

「そうなのか。意外だ」

山谷さんがいうと、婆さんが赤くなった。

「やめて。今さら、そんな話」

「てかさ、そういう場面じゃねーだろ」

ミクがいい、全面的に俺も同じ意見だった。

「ミシェル」

白川さんがいって、ミシェルを見つめた。

「そんな目をしても無駄よ。無駄っていってるでしょう」

ミシェルはいったが、ナイフが俺の喉もとを離れた。その瞬間、婆さんが撃った。

「いけない！」

白川さんが叫んだ。ミシェルの体がのけぞった。その左目がまっ赤だった。

白川さんが目を閉じた。ミシェルはうしろ向きに倒れこんだ。

「ごめんね、白川くん。でもこうするしかなかった」

婆さんがいった。ミシェルと俺のあいだは三十センチとなかった。なのに、狙いもろくにつけずに左目を撃ち抜いたのだった。

恐ろしいほどの腕前だ。

「久しぶりでもまるで腕は衰えていないようだな」

ミシェルの死体を見おろしながら、白川さんは抑揚のない声で答えた。

「バアちゃん」

ミクがつぶやいた。婆さんはミシェルのかたわらにしゃがんだ。左目をのぞけば、まるで生きているかのようだ。驚きの表情すら浮かべていない。残った右目を婆さんがやさしく閉じた。

「たぶん覚悟していたろう」

白川さんがいった。

「覚悟？」

「私を古いといったが、彼女だって若くはなかった。このまま朽ち果てたくなくて、現場に戻ったのだ」

言葉を切り、婆さんや山谷さん、バランコフの顔を見た。

「なるほど。わかる気がする」

バランコフがつぶやいた。

「ただ消えていくのは嫌だった、ということか」

「エージェントは、もともと陽のあたらない仕事だ。引退したら、昔話の相手にすら苦労する。それぐらいなら、たとえ殺される危険をおかそうとも、現場にいたかったのさ」

いって、白川さんは俺を見た。

「若者が憧れるような仕事では、まるでないということが、これでわかったろう」

「でも……」

俺はいいかけ、やめた。たとえ殺されてもかまわないくらい、やりがいと刺激のある仕事だから、ミシェルは復帰したのではないのか。

「仕事はね、辞めてしまったら生きがいにはならない。現役時代の栄光にいつまでもしがみついたらみじめよ。家族の存在は、ずっと生きがいにできるけど」

婆さんがいってミクを見た。

「ね、ミクちゃん」

「わかんねーよ」

家族という言葉で、俺は我にかえった。NSCの人間が俺を迎えにくる。

「白川さん、俺はどうすればいいんです?」

「若者は、母上を守りたいのか?」

「正直、母親に対して、今は何の感情もありません」

「会えばかわるかもしれない」

俺は頷いた。それはそうかもしれない。

「『キングダム』は、母親を味方につけるためにラオを使って俺をとりこもうとしたんです。でもそのラオは死んでしまった」

「会長は依頼されていただけで、『キングダム』のメンバーではなかった」

リンがラオのかたわらを離れ、いった。

「だから会長が死んだ今、あなたは自由よ」

「気になるのは、ミシェルを動かしていた連中だ。『キングダム』がこれ以上力をもつのを恐れている。君が母親を説得するのを妨害したい筈だ」

「ややこしいっつーの。アルファとオメガ以外に『キングダム』がいて、さらにユダヤ系のグループがからんでくるわけ?」

ミクが首をふった。

「この状況でアルファもオメガもないわよ」

婆さんがいった。

「その通りだ。アルファもオメガも眠っていた。白川さんが頷いた。

その眠りを『キングダム』が、若者をとりこむためにさましたようなものだ。つまりバックダンサーは我々で、ステージの中央にいたのが君だったのだよ」

「あんたがメインてこと? わけわかんねー」

ミクが目を丸くした。

「俺もわからない。ずっとまん中にいるのは白川さんだと思っていた」

俺は頷いた。それこそ自分はバックダンサーの、それも端っこの存在だと信じていた。

「エージェントがステージの中央に立つことなどない。中央に立つのは、いつだって政治家や軍人だ。歴史を見ればわかる」

バランコフがいった。

そのときラオの玉座におかれていたスマホが着信音をたてた。リンが手にとり、耳にあてた。

「ラオ会長の電話です」

リンの目が俺を見た。

「わかりました」

電話を切り、

「NSCの迎えがきた」

と皆に告げた。

21

「西国酒家」の正面に黒塗りのセダンが二台止まっていた。

「堂々としていることだ。若者が主役なのだから」

白川さんがいった。ミクや婆さん、山谷さんたちは「西国酒家」に残っている。

並んだ二台の黒塗りの一台の扉を運転手が開け、スーツを着た男が後部席から降りた。会ったことはないが、教授のコンピュータで見ていたので、ひと目で誰だか俺にはわかった。

警察庁長官官房の審議官、宇田則正だ。

「村井巡査だな」

わざわざ「巡査」と階級をつけて俺を呼んだ。

「はい」

「私は――」

「警察庁の宇田審議官」

俺がいうと、宇田はわずかに首を傾げた。

「会ったことがあったかな」

「いいえ。ただ『キングダム』のメンバーの把握につとめてきましたので」

宇田は無表情になった。

「何をいっている」

「『キングダム』のメンバーです。オメガエージェントとしての務めですから。宇田審議官、こちらは私のオメガにおける管理官である白川洋介氏です」

いきなり「管理官」と呼ばれても、白川さんは平然としていた。

「よろしく」

右手をさしだす。

「待ちたまえ。今、何といった？」

宇田は俺の顔を見つめた。

「『キングダム』のメンバー」

「そのあとだ」

「オメガエージェントとしての務め、ですか」

「君はオメガに所属している、というのか」

「ご存じありませんでしたか。警視庁からの出向で、オメガに籍をおいておりましたが」

俺は笑いたいのを我慢して、いった。

宇田は混乱したようすを見せたくなかったのか、一瞬、横を向いた。どう対処したものか、考えているようだ。俺に目を戻した。

「君は警視庁公安部に、今も所属していると理解していたが」

「清水警視がいらしたときはそうでした。なにせ知らぬまに異動されていたので」

「君はオメガの監視任務についていたのではないのか」

「監視も可能ではあります。出向しているのですから」

宇田は息を吸いこんだ。

「まあいい。とにかく私ときてもらおう」

「私も同行する」

白川さんがいった。

「それは困る。あなたの同行は認められない」

「ではしかたがない」

白川さんがいきなり拳銃を抜いた。宇田は驚愕《きょうがく》の表情を浮かべた。

「何を――」

白川さんは拳銃を俺の頭につきつけた。

「オメガは任務中のエージェントの離脱を許さない」

うしろに止まっていた黒塗りから、スーツの男二人がとびだしてきた。上着の中に手をさしこみ、

「銃を捨てろ！」

と白川さんに叫ぶ。

「落ちついて!」

俺はいった。二人の右手は腰のホルスターにかかっているが、銃を抜いていいものか逡巡《しゅんじゅん》している。

公安の刑事なんてこんなものだ。目の前に今にも撃ちそうな奴がいても、銃を抜くことすらできない。

「あんたらじゃこの人には勝てない。引っこめ」

「なんだと」

ひとりがむっとしたようにいった。

「その銃を最後に撃ったのはいつだ? それも訓練場でだろ。二人とも一瞬で撃ち殺される」

「彼のいうとおりだ。命を粗末にしたくなければ、その手をおろしたまえ」

白川さんがいった。俺は宇田を見すえた。

「どうしますか」

宇田は目をみひらき、俺と白川さんを見つめていたが、やがて小さく息を吐いた。

「わかった」

「審議官――」

「ここはひけ」

「しかし――」

「責任は私がとる」

宇田がいったので、二人は顔を見合わせた。

「聞いたろう、審議官の言葉を。ひっこめよ」

俺はいった。気分がいい。本当にオメガエージェントだったら、よかった。

「乗りたまえ」

宇田は自分が降りてきた黒塗りを示した。

「ただし銃を預かるし、副長官との面会も許可しない」

「副長官が私に会いたがった場合はどうする?」

白川さんが訊ねた。

「副長官は会いたがらない」

宇田は首をふった。俺と白川さんは目を合わせた。

「若者のステージだ」

白川さんがいい、俺は息を吸いこんだ。

俺と白川さんが後部席に乗ったので宇田は助手席に移り、黒塗りは「西国酒家」の前から発進した。

宇田がスマホを手にした。メッセージを打っている。出発したことを誰かに知らせたようだ。

「どこにいくんです?」

俺は訊ねた。

「西新宿のホテルだ。そこに副長官はこられる」

「母親だけですか」

「NSCの人間も同席する」

宇田は答えた。

「『キングダム』のメンバーですね」

宇田は咳ばらいし、うしろをふりかえった。

「君は何か誤解しているようだ。我々は『キングダム』などという組織とは何の関係もない」

「では何です?」

「警察庁だ」

さも愚問だといわんばかりの口調だった。

「それ以外にはどこにも所属していませんか?」

宇田は俺をにらんだ。

「誰にそんな話を吹きこまれたんだ?」

白川さんを横目で見る。

「『キングダム』に夫である外交官が所属していた女性です。彼女は『ニューキングダム』といっていましたが」

「夫である外交官? 君がいっているのは——」

「久保田英樹氏です」

宇田は息を吐いた。

「久保田氏はアフリカのテログループに接近していたが、我々の関知しない勢力に殺害された」

「殺害した人物はオメガに関係していたが、君らも『ニューキングダム』に操られていた」

白川さんがいうと、宇田が首をふった。

「オメガがテログループであることを隠すために、『ニューキングダム』などという組織をでっちあげただけだ」

「でっちあげならなぜ、母親と俺を会わせようとするんです？　俺をテロリストだと母親に信じこませ、母親をコントロールするのが狙いなのではありませんか」

「誰が君にそんな考えを吹きこんだのだ？」

「『西国酒家』の会長のラオです。ラオは、あなた方に依頼を受けたことを認めました」

「ラオなどという人物は知らない」

宇田は冷ややかにいった。もしこの場にロンがいたらボコボコにされたろう。

「そうかね。ラオは殺されてしまってね。だが殺される直前にこういっていた。『私を殺せば、彼らの正体が明らかになる』。保険をかけていたようだ」

白川さんがからかうようにいうと、宇田は目をみひらいた。

「殺された⁉　誰にだ」

「知らない人物が誰に殺されようと、かまわないのではないかね」

ラオのスマホに電話をかけてきたくせに見えすいた嘘をいう宇田を、俺は嫌いになった。

そのとき俺のスマホが鳴った。

「はい」

「リンよ。あなたと今いるのは、宇田という人?」

「そうだけど」

「会長の遺言を実行するにあたって、宇田に事前通告をするようにいわれているの」

「ラオの遺言て?」

訊き返し、俺はスマホをスピーカーホンにした。

「会長は、自分が殺されるようなことがあったら、警察庁の幹部と交わした契約の一部始終を公表するようにわたしに命じていた」

「契約書があるのか」

「まさか。でも宇田と大野がそれぞれ『西国酒家』にきたときの映像が残っている。宇田は会長に、あなたをテロリストにしたてるよう依頼した。そのときの会話はすべて録画してある」

宇田の目がとびだしそうになった。

「それは『西国酒家』で交わされた会話なのか?」

「そうよ」

日本の『キングダム』のメンバーは優秀だが実務経験が豊富とはいえない、とラオがいっていたのを俺は思いだした。相手の縄張りでそんなやりとりをするなんて、まさに素人もいいところだ。

「今の話はすべて宇田さんに聞こえている」

俺がいうと、

「あら、手間が省けたわ。映像は十二時間以内にインターネットにアップされる」

リンは答えた。

「待った!」

宇田が叫んだ。

「ラオを殺したのは我々ではない。どうか、それはやめてもらいたい」

リンの耳にも届いた筈だが、返事はない。

「貸してくれ」

宇田は俺のスマホに手をのばした。俺は渡してやった。

「もしもし！」

「聞こえてる。今、ロンと相談していたの。ロンは村井の指示にしたがうといってる」

「君はどうなんだ？」

俺は訊いた。

「アップはいつでもできる。二十四時間遅らせて、あなたからの連絡を待つことにする」

リンはいって、電話を切った。

「どういうことなんだ……」

宇田はつぶやいた。

「今の意味がわからないのか」

白川さんがあきれたようにいった。

「録画されているなんて思わなかった。映像がアップされたら、私はおしまいだ」

宇田は呆然としたようにいった。

白川さんは首をふった。俺にも意味がわからない。リンはなぜ二十四時間、映像のアップを遅らせるといったのか。まさかリンも、ロンのように俺を気に入っていたのだろうか。

「若者、何をにやけている。君は勘ちがいをしている」

白川さんの声で我にかえった。

「えっ」

「彼女らは突然ボスを失ったんだ。そんな状況で、何を必要としているか、わかる筈だ」

「俺に新しいボスになれって――」

いいかけ、まちがいに気づいた。金だ。リンは退職金を求めているのだ。

「買いとり」

俺が小さくいうと、白川さんは頷いた。

「若者はその交渉係を任されたんだ」

「金を払えということか」

宇田が低い声でいった。

「そうだ。それも安い金額ではないぞ。映像がアップされれば、破滅するのは君だけではない。君たちのグループすべてだ。『キングダム』であろうとなかろうと」

白川さんは答えた。宇田は蒼白になった。

「たいへんだな」

俺はいってやった。

「私はラオを殺せなどと、ひと言もいっていない」

「いってないと信じよう。だが『コベナント』を発動させた結果、複数の殺し屋に暗殺の指令が下り、その結果、ラオは死ぬことになったのだ」


白川さんは冷ややかに告げた。

「そんな。引退したエージェントに復帰を命じるだけだと思っていたのに……」

「到着します」

運転手がいい、俺はフロントグラスに目をやった。西新宿の高層ホテルの車寄せに車は入っていた。

うしろにつづく黒塗りに乗っていたような男たちが待ちかまえている。

「どうする？　会談は中止するか？」

白川さんが宇田に訊ねた。

「いや。続行する。こうなったら尚さら、村井巡査には、我々に協力してもらう」

宇田は答えた。

黒塗りを降りた俺と白川さんはスーツの男たちに囲まれて移動した。すし詰めのエレベータで十二階まで上昇する。VIP扱いというより、逃亡を阻止するのが目的のようだ。

十二階のワンフロアすべてを警察庁だか「ニューキングダム」だかはおさえていた。廊下には受令機をつけたスーツの男が何人も立っている。

フロアの中ほどにある小部屋に俺たちは連れていかれた。円卓のおかれた、会議室のような部屋で中央にビデオカメラがすえられている。

宇田と二人のスーツ以外は廊下に残った。

「副長官は、あと一時間ほどで到着される」

腕時計をのぞき、宇田がいった。

「武器を預かる」

白川さんは拳銃をテーブルにおいた。スーツがそれをとりあげた。

「連れていけ」

宇田はそのスーツにいった。スーツが白川さんの肩をつかんだ。

「こちらへ」

白川さんは俺を見た。

「忘れるな。若者のステージだ」

俺は頷いた。白川さんはスーツといっしょに部屋をでていった。

「村井巡査を調べろ」

宇田が残ったスーツに指示をして、俺は身体検査をうけた。

「武器はありません」

宇田の顔がいくらかやわらいだ。

「村井巡査、本当のことを教えてくれ。君はあの年寄りに脅迫されていたのではないのか」

「何のために俺を脅迫するんです？」

俺は訊き返した。

「アルファもオメガも、妄想にとりつかれた老人ばかりだ。ただの老人ならいいが、なまじ戦闘能力が高いだけに、危険極まりない。平気で人を殺す。冷戦が終わったことに気づいていないのだ」

宇田は答えた。

「本当にそう思っているのですか。冷戦が終わったからこそアルファが生まれ、対抗するためのオメガが作られたというのに」

俺がいい返すと、宇田は首をふった。

「君は洗脳されている。彼らの好きにさせておいたら、殺し合いが延々とつづく」

「では訊きますが、『コベナント』はなぜ発動されたのです?」

「私に答えられるわけがない。彼らが勝手にしたことだ」

「俺が監視任務についたのは『コベナント』の発動に備えてのことです」

「つまりそれだけ危険視されていたのだ、彼らは」

「アルファもオメガも、いきなり現われたわけではありません。長期間、この世界に存在していた。それには理由がある筈です」

宇田は腕を組んだ。

「村井巡査、君はなぜ警察官を志した? 社会への貢献のためではないのか」

俺はあきれた。いったい何をいいだすのか。

「彼らは、社会、いやこの世界にとっての危険分子だ。たとえ彼らに戦う理由があると認めたとしても、市民を危険にさらす活動をおこなっているのは否定できない。君が行動を共にしているあいだだけでも、何人の人間が命を失ったと思う」

「そこですか」

「君があくまでもオメガエージェントだといい張

るなら、警察官の身分を失うどころか逮捕される可能性すらある」

「そうなれば、あなたたちの思うツボだ。俺の母親は立場がなくなる」

「君は母上がどうなってもかまわないのか」

俺は黙った。宇田の言葉に心が動いたわけじゃない。宇田のでかたをうかがうためだ。

「お母さんは今後、官房長官、いや日本で最初の女性総理になる可能性すらあるんだ。そんなお母さんの足をひっぱりたいのか」

「望んではいません」

「だろう。オメガが危険な組織であると認め、その活動を阻止するために潜入していたと母上に報告すれば、すべては丸くおさまる」

「そうなんですか？」

そのとき部屋の扉が開いた。母親がくるにしては早すぎる。

入口に立っていたのは、どこかお洒落な雰囲気を漂わせた五十代の男だった。白髪まじりの髪はやけに長く、警察官僚には見えない。

男は部屋の入口に立ったまま、じっと俺を見つめた。スーツ姿だがネクタイをしめてはおらず、シャツの胸元は大きく開いている。

「お母さんによく似ている」

扉を閉めると、男はいった。宇田がふりかえり、

「遅いじゃないか」

眉をひそめた。

「申しわけありません。外務省に顔をださなければならなくて」

言葉はていねいだが、まるで罪の意識を感じていないような口調だった。

「村井くん、私は岡本《おかもと》という。よろしく」

「ＮＳＣの人ですか」

何となく感じて、俺はいった。

「そうだ。本当は私が『西国酒家』にいく予定だったのだが、野暮用ができてね。かわりに宇田さんにいっていただいた」

この男が母親の〝恋人〟なのだろう。

「母親が調査を頼んだのはあなたですね」

俺がいうと、驚いたようすもなく岡本は訊き返した。

「誰からそんなことを聞いた？」

「ラオです」

「そういえばラオはどうした？　ここにはきていないのか」

宇田の顔が暗くなった。

「ラオは死にました」

俺はいった。岡本の表情はかわらない。

「殺されたんだな」

「アルファのエージェントに撃たれたんです」

「アルファのエージェントに」

岡本はおうむがえしにいった。

「そうです。『コベナント』が発動された結果、アルファのエージェントはオメガのエージェントを抹殺しようと動いた」

「『コベナント』を発動させたのは誰なんだ？」

「あなたたち『ニューキングダム』でしょうが」

岡本は首をふった。

「私たちにそんな権限はない」

「発動自体は、Ａ１、佐藤伝九郎氏の指示だった。しかし佐藤氏を動かした人間がいた。佐藤氏が入所している老人ホームで狙撃されたため、その人間の正体はわからずじまいですが」

俺はいった。岡本は深々と息を吸いこんだ。

「なるほど。であるなら、『コベナント』発動の首謀者の正体は不明のままだな」

「そのほうがあなたたちには都合がいいのでしょうね。アルファもオメガも危険なテロ組織でかたづけられる」

岡本と宇田は目を見交わした。

「問題がひとつある」

宇田がいった。

「何です?」

岡本が訊ねた。

「ラオが、私の依頼を録画していた。彼の死に伴い、その映像がインターネットにアップされてしまう」

「誰がそれをするんです?」

「たぶんラオの秘書だった女だ」

「排除しましょう」

眉ひとつ動かさず岡本がいった。俺はそれを見て、A1を狙撃させたのはこの男じゃないかと思った。宇田よりもはるかに冷酷な匂いがある。

「その必要はありません。リンは金で手を打ちます」

俺がいうと、岡本はこちらを見た。

「いくらで?」

「交渉は、俺に任されています」

「なぜ君に?」

「さあ」

俺は答えた。リンとロンの話をしても始まらない。

「面倒なことになりましたね」

人ごとのように岡本はつぶやき、宇田を見つめた。

「軽率だったことは認める。ラオは、大野警部の映像もっていたようだ」

「大野？　村井巡査の上司だった？」

岡本は訊き返した。俺は頷いた。

「なぜ大野警部が撮られたのだ？」

「わからん。話のようすでは『西国酒家』にきたことがあるようだ」

大野警部がなぜ俺を殺そうとしたのか、俺はようやくわかった。

「大野警部は買収されていたんです。ミシェル・久保田に」

俺はいった。

「ミシェル・久保田というのは……」

つぶやき、岡本は目をみひらいた。

「そうか、イスラエルがバックにいるのか」

「『ニューキングダム』の台頭を嫌がった連中がミシェルを雇ったんです」


「どういうことだ」

宇田は理解できないようにいった。

「簡単なことです。この世界を動かしている連中は、我々のような新参者が大きな顔をするのを許せない。ロートルにはロートルということで、久保田氏の未亡人を使った。彼女はずっとヨーロッパで諜報活動にも従事していた暗殺の専門家です」

岡本が答えると、宇田の顔がひきつった。

「その女は我々も狙っているのか」

「彼女は死にました」

俺がいうと、ほっとしたような表情になった。

「誰が殺したんだ？」

岡本が訊ねた。

「オメガエージェントのひとりが。感謝すべきだと思いますよ。もしミシェルが生きていたら、ここは必ず襲撃された」

俺は答えた。岡本は小さく首をふった。

「なるほど。確かにオメガに我々は救われたようだ。それに君もよく事態を把握している。年齢を考慮すれば、たいしたものだ」

「短期間でいろいろ勉強しましたから」

俺は答えた。宇田が不安げにいった。

「敵が多すぎる。オメガやアルファに加えて、ラオの手下に、イスラエルまでかかわってくるとは」

「ミシェル・久保田は死んだのでしょう。だったら心配はいりません」

岡本が答えた。

「だがモサドはしつこいぞ。ミシェル・久保田以外のエージェントが動いているかもしれない」

宇田はいって俺を見た。

「そこまでは知りません」

宇田は信じられないように俺を見つめている。

岡本が平然といった。

「敵が多いのは、それだけ恐れられている証拠でもあります」

宇田は首をふった。

「私はそんなに楽天的になれない」

「今はやるべきことに集中しましょう。村井巡査、ラオの秘書はいくら欲しがっているんだ?」

いくらだろう。金で手を打つといったのは、俺の口からでまかせだった。が、復讐だけが目的なら、リンはすぐにでも映像をアップした筈だ。

「一億」

俺はいった。

「馬鹿な」

宇田が声を荒らげた。

「内閣官房の機密費をあてればすみます」

岡本がいった。

「副長官を説得できるのか」

宇田の問いに、自信ありげに頷く。俺を見た。

「ただし大野警部の映像もこみ。バックアップはないという条件つきで」

「彼女に伝えます」

俺は頷いた。

「よろしい。次は君の条件を聞こう」

「俺の条件ですか」

「我々に協力する条件だ」

自信たっぷりの表情で岡本はいった。

「協力しない、といったら？」

「君は殺人の共犯を含む容疑で逮捕される」

「そうでしょうね」

裁判の結果など関係ない。息子が逮捕されたという、その事実で俺の母親は立場を失う。

俺は息を吸いこんだ。

「正直にいいます。母親のことなんて、どうでもいい。父親と離婚してからこっち、俺のことを気にかけたこともない人だ。足をひっぱれるなら、むしろ喜んでひっぱってやりたい」

岡本の表情はかわらなかったが、宇田は顔をこわばらせた。

「それは誤解だ。お母さんは、君のことをずっと気にしておられた」

岡本はいった。

「信じられません。ですが、本人に会えば、実際どうなのかはわかるでしょう」

「では我々への協力を拒むというのか。そうであるなら、副長官に会わせるわけにはいかない」

宇田が険しい表情になると、岡本が制した。

「問題はお母さんではなく、自分自身だ。ちがうかな?」

「その通りです。任務を果たしていただけなのに逮捕されるなんて納得がいきません」

俺の言葉に岡本は頷いた。

「理解できる感情だ。希望をいいたまえ」

「訴追の免除と報酬です」

「報酬? 報酬とは何だ。君は警察官だろうが」

宇田がいった。

「では訊きますが、訴追を免れたとして、俺は警視庁に戻れますか?」

「戻れなくはない。条件はあるが」

岡本が答えた。

「あなたたち『ニューキングダム』のメンバーになることですか。だったらお断わりします。俺は世界を動かしたいなんて思っていない」

岡本は俺の目を見つめ、首をふった。

「君の望みは何だ」

「エージェントに憧れていました。警察官になったのも、そのためです」

「なのに金を要求するのか」

宇田がいった。俺は宇田を見た。

「誰が金といいましたか」

「金じゃなければ何だ」

「オメガの復活です。オメガエージェントの立場を認めること」

「あくまでも年寄りの味方をするというのか」

宇田が訊ね、俺は頷いた。

「愚かな。連中に出番など、ないぞ」

「即答はできない。が、前向きに対処する」

岡本がいった。あきれたように宇田が見た。

「前向きだと? 何をいってる」

「ＮＳＣの傘下におけばすみます」

「年寄りどもをコントロールできると、本当に思っているのか」

岡本が宇田の体をひきよせた。小声でささやく。宇田は一瞬、動揺したような顔をした。

それで俺は耳打ちの内容がわかった。一度仲間にしてから殺せばいい、そういったにちがいない。いよいよ、岡本が信じられなくなった。目的のために手段を選ばない悪党がスパイ小説には必ず登場するが、岡本こそ、そういう男にちがいない。

俺は何も気づいていないフリをした。

「オメガには使い途があります。ラオもいっていましたが、『ニューキングダム』にはない実戦経験がある」

岡本は俺を見つめた。

「君は目的のためなら、自分の母親も利用するのか」

俺は思わず笑った。

「何がおかしい」

むっとしたように宇田が訊ねた。態度は尊大だが、人間としてはこっちのほうがまともだ。

「目的のために手段を選ばないのはそっちでしょう。俺の母親を仲間に引きこむために、俺をオメガの担当にし、『コベナント』を発動させた」

宇田は横を向いた。

「君は誤解している」

「どうなんです？　オメガの復活を認めるんですか」

無視して俺は訊ねた。

「いいだろう」

岡本が答えた。

「ただし、我々の指示にしたがうのが条件だ」

『ニューキングダム』の指示、という意味ですか。それともNSCの指示ですか」

「どちらかは、そのときによってかわる。さしあたって今は、『ニューキングダム』の指示だ」

「それを決めるのは俺じゃありません」

「白川か?」

宇田が訊ね、

「と、残った他のエージェントです」

俺は答えた。

岡本がスマホをとりだし、メッセージを打った。

部屋の扉が開き、スーツが顔をのぞかせた。

「白川を連れてこい」

岡本が命じ、やがて白川さんが現われた。無言で俺を見る白川さんに岡本が説明した。

「村井巡査は、我々に対する協力の見返りに、オメガの復活を望んでいる。それには条件がある。我々の指示にしたがうことだ」

「我々というのはどっちだ?」

白川さんも俺と同じことを訊ねた。

「今回は『ニューキングダム』ということにしておこう」

岡本は答えた。

「なるほど。で、指示というのは?」

白川さんは岡本を見つめた。

「村井巡査が母親の説得に失敗した場合、彼女を排除してもらいたい」

宇田がぎょっとしたように岡本を見た。

「つまり暗殺しろ、と?」

白川さんは訊き返した。

「そうだ」

岡本は頷いた。白川さんは一瞬、間をおき答えた。

「いいだろう」

俺は無言で息を吸いこんだ。とんでもない男だ。自分の〝恋人〟を殺せ、といっている。

母親に今さら情はないが、こんな奴に惚《ほ》れているのかと思うと、憐れだった。

岡本は俺を見た。

「何としても君はお母さんを説得しなければならないな」

さすがに怒りがこみあげた。

「あんたみたいな男にひっかかるなんて、情けない母親だ」

岡本の表情はかわらない。

「君はエージェントに憧れていたのだろう。利用できるものはすべて利用するのが、エージェントではないのか？」

後半の言葉は白川さんに向けたものだった。

「確かにその通りだ。だがそれは信念があってのことだ」

「信念？」

「たとえば愛国心であり、たとえば愛する人を守る、といった気持だ」

白川さんは答えた。

「大義名分ということか？」

岡本は訊き返した。白川さんは岡本を見返した。

「大義名分に君は命をかけられるか？　それならばかまわないが」

岡本の顔がわずかにこわばった。

「必要とあれば」

岡本は答えた。その目を見つめていたが、白川さんはやがて、

「なるほど。興味深いな」

といった。そして宇田に目を向けた。

「親子再会の場に私もいたほうがいいだろう。彼もそれだけ真剣に説得する筈だ。もしうまくいかなければ、その場で私が彼女を殺せばいい」

「何をいっているんだ。ここでそんな真似をされては困る」

宇田が泡をくったようにいった。

「いや、悪くない。アルファの仕業にすればすむことです。アルファによるテロがおこなわれたとなれば、NSCがオメガを影響下におく動機になる」

岡本がいった。

「その場にいた我々も責任を問われるぞ」

宇田が本音を吐いた。まさしく役人だ。責任を逃れることしか考えていない。

「そうですね」

岡本はむしろ楽しげにすら見える表情を浮かべていた。

「我々も命に別状のない範囲で撃たれておきますか。負傷すれば、責める声も小さくなります」

「そんな……」

宇田はまっ青になった。

「大丈夫、腕か脚の筋肉を少し削るくらいの傷で周囲は納得します」

「断わる！　冗談じゃない。別の場でやってもらいたい」

宇田は金切り声をあげた。俺はあきれた。もし俺がこのやりとりを母親に聞かせたら、いったいどうなるのか、まるで考えていないようだ。

「では、この男も殺すかね？」

白川さんが岡本に訊ねた。

「場合によってはそれが必要になるかもしれないな」

宇田は飛びだしそうなほど目をみひらいた。

「君はいったい何をいってるんだ⁉」

「『ニューキングダム』にも信念が必要だということです。それがないなら、世界をコントロールしようなんて野望はもたないほうがいい」

いいながら岡本は、拳銃を懐ろからとりだし、白川さんに渡した。

「これは返しておく。いざというときのために」

「勝手な真似をするな！」

宇田が叫んだ。白川さんは頷き、銃をしまった。

扉がノックされ、スーツが顔をのぞかせた。

「副長官がおみえです」

22

俺は混乱していた。岡本のでかたが異様なのだ。単に血も涙もない奴だと思っていたら、白川さんといっしょになって宇田を追いつめている。何が狙いなのかが、さっぱりわからない。

そこへ母親がやってきた。

扉が大きく押し開かれ、スーツ二人にはさまれた中年の女が入ってきた。濃い目に化粧をしていて、光沢のある細身のパンツスーツを着けている。部屋の空気が一変した。

最後に会ったのは、もう二十年以上も前だ。それでも俺は覚えていた。母親もじっと俺を見つめている。やがて、

「村井、巡査、ね」

と訊ねた。俺は頷いた。

「久しぶり、です」

母親はぎゅっと目を閉じ、すぐに開いた。

「ずっと、どうしてるかと思ってた。会いたいけ

ど会いにいけない。今度こそ今度こそと思っているうちに、こんなに時間がたってしまって……」

涙を浮かべていた。その涙を見たとたん、俺は逆に気持が落ちつくのを感じた。どこか嘘くさい。

母親は俺の向かいに腰をおろし、初めて周囲、白川さんや岡本、宇田を見た。

「こちらは？」

白川さんに訊ねた。

「オメガエージェントの白川洋介さんです」

俺はいった。母親は目をみひらいた。

「オメガ……。では横須賀で起こったテロ事件の――」

「殺された佐藤伝九郎氏は我々のリーダーでした。ただし『コベナント』の発動は、彼の意思ではありません」

母親は首を傾げ、宇田を見た。

「報告では、『コベナント』は、オメガがアルファと戦闘状態に入るための指令だと聞いているけど？」

「その通りです。オメガもアルファも、現状に不満をもつ危険分子の集団で、簡単にテロ組織化します」

早口で宇田がいい、俺を見た。

「そうだな、村井巡査」

俺は黙っていた。宇田はあせったようにつづけた。

「村井巡査は、この二つの集団の活動を探るため、潜入していたのです」

「そうなの？」

母親は俺を見つめた。

「たいへんな任務だったのね」

「それほどでもありませんよ。ずっと憧れていた仕事です」

　俺は冷静に答えた。

「憧れていた？」

「エージェントです。ご子息はスパイに憧れていた」

　白川さんがいった。母親は小さく息を吐き、首をふった。

「男の子ということね」

「村井巡査はたいへん優秀です。我々にとって非常に貴重な情報を収集してくれました」

　宇田がいった。母親はわずかに首を傾げ、宇田を見た。

「我々？」

　宇田は誇らしげに答えた。

「国家安全保障局です」

　母親は俺に目を戻した。

「どんな捜査をしたの？」

　俺が答えようとすると、宇田が咳ばらいした。

「まだ正式な捜査報告は提出されていません。今日の面談は特別なものです」

「ＮＳＣによれば、オメガもアルファも危険なテロ組織だということだけど、あなたはテロリストには見えない」

　母親は白川さんにいった。白川さんは軽く頭を下げた。

「そういっていただいて光栄です。私はテロリストではありません。もちろん必要とあれば、躊躇なく人を殺しますが」

　母親は驚いたように瞬きした。

「そうなんですか」

「ええ。この面談がうまくいかないときは、あなたを殺すよう、彼らに依頼されました」

白川さんは平然と答えた。母親の顔がこわばった。

「彼らって――?」

「『ニューキングダム』と呼ばれている世界的な官僚組織です。政治家とは関係なく、自分たちの秩序に根ざした国際社会を作ろうとしている。宇田氏も岡本氏もそのメンバーです」

白川さんは答えた。母親は小さく頷いた。驚くだろうと思っていた俺には意外だった。

「何をいってるんだ。副長官、この男はデタラメをいっています！　オメガもアルファも冷戦が終結したのを信じられない危険な集団です。息子さんは残念ながら、彼らに洗脳されています」

宇田が早口でいうと、母親は岡本に目を向けた。

「そうなの?」

親しみのこもった口調で、この二人の関係を俺は確信した。

「危険かどうかは見かたによってかわります。エキスパートのエージェントですから、敵に回せば、もちろん危険です。逆に味方にすれば、これほど心強い存在もない」

岡本は答えた。

「『ニューキングダム』よりも?」

母親が訊き返した。

「副長官！　『ニューキングダム』など、架空の存在です。テロ行為を正当化するためにでっちあげたのです」

宇田がいった。同時にスーツの男たちに目配せする。男たちの手が上着の内側にさしこまれた。

白川さんの手に拳銃が現われた。

「無茶はせんことだ」

宇田がはっと息を呑んだ。

「年寄りの冷や水はやめておけ」

スーツのひとりがいった。白川さんは苦笑した。

「確かに年寄りだが、君らよりはるかに多く、人を撃ってきた。死にたくなければ、指一本動かさんほうがいい」

冷たい目で見すえた。

「副長官、これが真実の姿です」

宇田がいった。

「岡本くんからもご説明したまえ」

声が裏返っている。母親は頷いた。

「説明して」

岡本は母親に頷き返すと、部屋の中を見渡した。

「息子さんは、利用されたんです。自分たち『ニューキングダム』の存在に勘づいたあなたに活動を妨害されないよう、警察幹部を動かし、息子さんをオメガの監視任務につけたあげく、『コベナント』を発動させた。結果、オメガとアルファのあいだは戦闘となり、息子さんはそれに巻きこまれた。所属していた警視庁公安部との糸を断たれ、息子さんは殺人の共犯にされてしまった。あなたを失脚させる材料です」

「岡本！　何をいいだすんだ！」

宇田があぜんとしたように叫んだ。

「大丈夫よ、宇田審議官。わたしは驚かない」

母親がいったので、宇田は目をみひらいた。

「岡本さんには、『ニューキングダム』に潜入してもらい、活動の報告をずっとうけていた。息子を、『ニューキングダム』が利用しようとしていることもわかっていた。でも、あえて知らぬフリをした。『ニューキングダム』は情報操作に長け、さまざまな部署を動かせるので、そうしなければどんな妨害にあうかわからない。岡本さんは、

『敵の打つ手が読めるあいだはそのままにさせておこう』といった。だからそれにしたがった」

宇田は岡本を見つめた。

「ど、どういうことなんだ?」

「私をNSCの、あんたの下に出向させたのは副長官だ。あんたたち『ニューキングダム』に参加するためだ」

「何だって!」

「『ニューキングダム』の活動については、アメリカだけではなく、イスラエルやインドの関係機関からも警告をうけていた。官房長官や総理とも相談し、構成メンバーを割りだすために、あなたたちのでかたをうかがうことにしたの」

母親がいった。岡本が俺を見た。

「唯一の不確定要素が、君だった。オメガエージェントと行動を共にすることで、君が何をひき起こすか、予測がつかない。最悪の場合は、副長官は辞職する覚悟でいた。重要なのは『ニューキングダム』の影響力を拡大しないことだった」

「そ、そんな……。そんなことが許されると思っているのか」

宇田は目をみひらいた。母親が冷ややかにいった。

「誰が誰を許すの? 『ニューキングダム』は、それほど立派な組織だとでもいうわけ?」

宇田の唇がわなないた。

「我々は崇高な理念のもとに、世界を秩序に導く。衆愚政治に任せれば、待っているのは荒廃と不毛な争いだけだ」

「その言葉に一理あることは認めます。しかし民主主義とはそういうものだ。有権者が荒廃と争いを望むなら、我々はそれにしたがう」

岡本がいった。宇田は信じられないというように、にらみつけた。

「後悔するぞ。十年、いや五年で、お前は後悔する」

そしてスーツの男たちを見た。

「排除しろ」

スーツのひとりが拳銃を抜こうとして、白川さんに肩を撃ち抜かれた。倒れこんだスーツに、

「警告はしたぞ」

白川さんはいった。もうひとりのスーツは息を吐き、宇田に首をふった。

岡本がどこかに電話をかけ、どやどやとやってきた集団に、宇田とスーツの男は連行されていった。警官ではなかった。

「彼らは?」

同じことを思ったらしく、白川さんが訊ねた。

「地検特捜部です。特別公務員職権濫用罪の容疑で、『ニューキングダム』を内偵中でした」

岡本が答えた。俺は岡本を見つめた。

「あんたは潜入工作員だったのか」

「『ニューキングダム』に接近するため、私はお母さんと特別な関係にあるという情報を流した。彼らはそれにとびつき、私を仲間にひっぱりこんだ。いっておくが、私とお母さんは大学の同級生だというだけで、それ以上の関係は何もない」

「途中で私は気づいたよ」

白川さんがいった。俺は驚いた。

「本当に?」

「大義名分に命をかけられるか、と訊いたら『必要とあれば』と答えた。信念がこもった目をしていた」

俺は息を吐いた。

「まるでわかりませんでした。それどころか、あんたみたいな男にひっかかった母親を、情けないとまで俺はいいました」

　母親の目が見られなかった。

「エージェントの世界はだまし合いだ。実の息子までだまさなければ、お母さんは『ニューキングダム』とは戦えなかった」

　岡本がいった。

「結果として、あなたにつらい思いをたくさんさせた。ごめんなさい。母親のくせに、なんていう資格はないけれど、本当に申しわけないと思っています」

　母親がいい、俺は目を伏せた。死にたいくらい恥ずかしく、落ちこんでいたが、どこかでほっとしていた。

23

　母親がでていき、俺と白川さんは岡本とともに別室に移った。

「とりあえずの目的を、あんたは果たせたようだが、我々の活動がこれで終わるわけではない」

　白川さんがいった。

「もちろんだ。彼の立場の問題もある」

　岡本は答え、俺を示した。俺は許可を得て、ミクに連絡をとっていた。

「彼はどうなる？」

　白川さんが訊ねた。

「このまま警視庁公安部に戻すのは難しい。私の古巣である内調に一度出向したことにして、身のふりかたを考えよう」

岡本が答えた。俺は岡本を見つめた。内調とは、内閣情報調査室、日本のＣＩＡといわれている機関だ。もっとも人員も予算も、本家の何十分の一だが。

「どーなった？」

電話にでたミクがいった。

「詳しい話はあとでするけど、うまくかたづいた」

「お袋さんを説得できたわけ？」

「そうじゃなくて、すべては『ニューキングダム』を摘発するための工作だった。俺の母親はわかっていて、わざと脅迫される作戦をとったみたいだ」

「何それ」

「とにかくおばあちゃんや山谷さんといっしょにこっちにくればわかる」

「罠じゃないよね」

「ちがうと思う、たぶん。あと、リンに、映像は、内閣官房が一億で買いとると伝えて」

「一億！」

電話を切り、白川さんと岡本を見た。

「合流するそうです」

映画なら、これで大団円だ。

が、白川さんがいった。

「訊きたいことがある。宇田以外のメンバーは、何人特定されている？」

「さっきいた小物を別にすれば、それほど多くない」

スーツの男たちのことをいっているのだろう。

「自衛隊を動かせる者はいるか？」

俺ははっとして白川さんを見た。Ａ１を狙撃させた人物のことをいっているのだ。

「横須賀の件だな。あのヘリは自衛隊機ではない。米軍機だ」

岡本が答えた。

「米軍機だと？」

白川さんが眉をひそめた。

「ＣＩＡ内部の『ニューキングダム』は力を失ったのじゃなかったんですか」

俺は訊ねた。

「そう思っていたのだが、情勢が変化していたようだ。ＣＩＡ内部のメンバーをつきとめているかね？」

白川さんは岡本に訊ねた。

「何人かは。だが上にいる者まではわかりません。おそらく『ニューキングダム』のメンバーであっても、末端にいては知りようのない幹部がいるのでしょう」

岡本の言葉に白川さんは頷いた。

「巨大な情報機関となれば、そういうものだ。縁日の宝釣りと同じで、どのヒモに何がぶらさがっているのかわからない」

岡本は苦笑した。

「宝釣りか。村井くんにはわかるかね」

俺は首をふった。

「でも、上の人間なら上の人間を知っているのじゃありませんか。岡本さんの知る、日本の『ニューキングダム』の最上位の人間は誰です？」

「宇田だ。だが宇田はＣＩＡ内部の評価が高かったとはいえない。ＣＩＡの評価は、そのまま『ニューキングダム』の評価とも一致する」

岡本は苦笑を消さずに答えた。

「もう少し長く潜入していれば、ＣＩＡ内部の幹部をつきとめることもできたかもしれない」

「それはあなたが宇田の立場を超えられたかもしれないということですね」

俺はいった。

「そうだが、もしそうなっていたら、私はあと戻りができなくなっていたろう。『ニューキングダム』は芝生にはえる雑草といっしょで、根絶やしにしようとするなら、結局芝生すべてをはがす覚悟がいる」

「一掃するのは無理、ということですか？」

「雑草と同じというのはそういう意味だ。抜いても抜いても、何日かたてばまたはえてくる」

部屋の外がにぎやかになった。ミクたちが到着したようだ。扉が開き、ミクと婆さん、山谷さんが入ってきた。バランコフはいない。

「どうなったわけ？」

訊ねたミクに岡本の紹介も兼ねて、起こったことを俺は話した。岡本が母親の命令で「ニューキングダム」に潜入していたことを告げても、驚いたのはミクだけで、婆さんや山谷さんは表情をかえなかった。

「宇田審議官はこれで終わりです。たとえ起訴を免れても霞が関にはいられない」

岡本がいった。

「問題は、A1の殺害を誰が命じたか、だ。捜査を攪乱するためだったとしても、あんなに派手なやり方をする必要があったのか」

白川さんが山谷さんと婆さんを見た。

「A1に恨みのある奴がやらせたのじゃないのか」

山谷さんがいい、白川さんは首をふった。

「A1は八十四だった。恨みをもつ人間が現役でCIAや米軍にいるとは思えない」

「そんなん、どーでもよくねえ？　今さら調べようがないし」

ミクがいった。

「結局さ、役人て、マトモでもそうじゃなくても、世の中を牛耳りたいって奴がなるわけじゃん。『ニューキングダム』みたいな集団は絶対になくならないから」

「ミクちゃんのいう通りよ。でも、誰がA1を殺させたのかをあいまいなままにするわけにはいかない。ああいう手段は、必要に迫られてとるというより、好みの問題なの。また同じことをする」

「だからって調べようがないじゃん。CIAに訊いたって教えてくれるわけないし。じゃないの？」

ミクは岡本を見つめた。岡本は頷いた。俺は手をあげた。

「何だよ」

かみつくようにミクがいう。ミクがいるとどうしてか、俺はうまく話せなくなる。

「あの、A1が撃たれたときのことなんだけど」

「だから何!?」

「A1は、『コベナント』を発動させる権限をもつ人間は数人いて、そのうちのひとりが自分だといっていた」

「残りは？」

「それをいう直前に撃たれたんだ」

あきれたようにミクは目玉をぐるりと回した。

岡本がいった。

「ひとりはわかる。警視庁公安部の『オメガ』対策班長、つまり宇田審議官だ」

「だったら宇田に決まってんじゃん」

「他にはいないと思いますか？」

俺はミクの言葉を無視して訊ねた。岡本は首をふった。

「私にはわからない」

「『コベナント』を発動したのが宇田だとばかり我々は思ってきた。もしちがうとなると、さまざまな前提が狂ってくる」

白川さんがいった。

「CIAにも同様の『オメガ』対策班があって、そこに所属する人物が『ニューキングダム』のメンバーだったなら、『コベナント』を発動させることは可能だ」

山谷さんがいい、俺は首をふった。

「それじゃあ筋が通りません」

「なぜだ」

「さっきのA1に恨みうんぬんの話と同じだね」

婆さんがいい、俺は頷いた。

「その通りです」

「わかりません。説明してください」

岡本が首を傾げた。

「現役のCIAが『オメガ』や『アルファ』を脅威と感じているとは思えないのです。脅威を感じない者が『コベナント』を発動して、わざわざ『アルファ』と『オメガ』の戦闘をしかけるでしょうか」

俺はいった。

「中にいたとしたら。あんたといっしょで、やたら古いもんが好きな奴が、CIAにもいたかもしんないじゃん」

ミクが鼻を鳴らした。

「だとしても米軍を動かしてまでA1を殺そうとするかな」

「自分の存在をあくまで隠したかったのじゃないの？」

いってから、ミクはあっという顔をした。

「そっか。A1が自分を知ってるってことを知らなけりゃ、殺そうとは考えない」

俺は頷いた。

「つまりA1と三人目の人物は、互いの存在を知っていたってことになる。現役のCIAに、そんなのがいるかな」

「じゃ誰さ」

「それがわからないんだ」

俺は白川さんを見た。

「誰か、思いつきませんか。かなりのベテランでありながら、今もCIAや米軍に影響力をもつ人物を」

「SVRにとってのバランコフのような人物ということだな。九・一一のあと、CIAのベテランエージェントはほとんど現場を外されてしまったからな」

白川さんはつぶやいた。俺は岡本に訊ねた。

「米軍から情報は？」

「ありません。もちろん公式には米軍は関与を否定しています。日本国内で米軍機が日本人を銃撃したなどという事実が公になったら、大ごとですからね。警察は事態を秘密にするかわりに米軍上層部に情報を要求していますが、おそらく外交がらみの取引の材料にされてしまうでしょう」

「外交がらみの取引材料って？」

俺は訊ねた。

「江戸の貸しを長崎で返すって奴ね」

婆さんがいった。ミクが首を傾げた。

「何それ。敵を討つじゃないの？」

「だしたくない情報を隠すかわりに、まったく別の情報を提供して貸し借りなしにする取引だ。国対国のやりとりという観点に立てば、それでことはおさまる」

白川さんが説明した。

「ずるくね、それって」

「国家というものは、いくらでもずるくなります。国の利益を盾にすれば、何をしても許される」

岡本がいう。

「要するにA1の狙撃指令を下したのが何者なのか、決してわからないということか」

山谷さんがいった。

「今の段階では。何年かたてば、別の情報を隠すための材料として開示されるかもしれませんが」

「何なの、それ」

「見かたをかえれば、エージェントはそうやって守られている。個人の責任を問われるようなら、誰も任務をひきうけない」

婆さんが説明した。

「若者の質問だが、答えられる人間がひとりいる」

白川さんがいった。

「誰です?」

「バランコフだ。自分と同じような立場の人間がCIAにいれば、彼が知らない筈はない」

俺はミクを見た。

「今、どこに?」

「『自分は遠慮したほうがいいだろう』って『西国酒家』に残ったよ」

「バランコフというのは何者です?」

岡本が訊ねた。

「ワシリー・バランコフ。元KGBで今はSVRの顧問をしている人物だ」

岡本は目をみひらいた。

「噂を聞いたことはあります。まだ生きていたのですか」

「ぴんぴんしている。ロシア人には、アメリカ人とちがい、ベテランに居場所を与える懐ろの深さがあるな」

「日本人も見習うべきだな」

山谷さんがいうと、婆さんが首をふった。

「無理ね。年寄りを邪魔者扱いすることにかけては、日本人はアメリカ人以上よ」

「それは長生きしすぎるからじゃねーの」

ミクがいうと、婆さんは、

「ミクちゃん！」

と咎めた。

「バランコフの運転手の電話番号ならわかる。ナンパされたから」

ミクがいってスマホをとりだした。

「かける？」

全員が頷いた。ミクはスマホをいじり、耳にあてた。カトウがでるといった。

「あ、ミク。話せる？」

俺はおもしろくなかった。無口だったくせに、カトウはどこでいつミクに電話番号を教えたんだ。きっとミクのことを尻の軽い〝ギャル〟だと思ったのだろう。

「あのさ、バランコフさんに会いたいんだ。どこで会える？」

「主語がない」

山谷さんがあきれたようにいった。

「それでも通じるのよ、今の人は」

婆さんが息を吐く。

「え、いいの？」

ミクが訊いている。スマホを耳から外し、

「ロシア大使館にこられるかって」

白川さんに訊ねた。

「ロシア大使館？」

「急な任務でロシア大使館に呼びだされていて、いつでられるかわからないんだって」

「大使館はまずい」

山谷さんが白川さんにいった。

「なぜです？」

俺は訊ねた。

「ＳＶＲやＦＳＢにも『ニューキングダム』のメンバーがいます。不測の事態は避けるべきです」

岡本がいい、俺は納得した。

「だったらどーすんの」

ミクはふくれっ面になった。

「ロシア大使館の近くに、公安部の借りている部屋があります。そこにきてもらったらどうでしょう」

岡本がいった。ミクがそれをカトウに伝えた。

「バランコフさんに訊いて、連絡してくるって」

ミクがいい、俺たちは先にそこに移動して待つことになった。

24

公安部が借りているというのは〝部屋〟といっても、立派な一軒家だった。狸穴《まみあな》坂を下る途中にある。まさにロシア大使館の目と鼻の先だ。インターホンを押すと、ふつうの主婦に見える女性が扉を開いた。エプロンこそしていないが、ジーンズにトレーナー姿で、眼鏡をかけている。

岡本のうしろに並んだ俺たちを見て、ちょっと驚いたような顔をしたが、すぐに、

「どうぞ」

　と扉を大きく開いた。玄関を入ってすぐの位置に上り階段があり、俺たちはそれをあがった。

「一階の奥がモニター室で、そこに監視要員が詰めていますが、二階は基本、用途がありません」

　階段をあがりながら岡本が説明した。二階は大きな広間になっていて、壁ぎわにずらりとソファが並べられている。

「ここにバランコフを呼べばロシア側に存在を知らせることになる。かまわないのかね」

　山谷さんが訊ねた。

「ロシア側もここのことをとっくに知っています。ここ以外にも数カ所の監視拠点がありますから、問題はありません」

　岡本が答え、案内した女性がお茶のペットボトルと紙コップを階下から運んできた。

「おかまいはできませんが、ご自由にどうぞ」といって降りていく。

　白川さんと婆さんが窓べに並んだ。

「ここからロシア大使館がよく見える」

「ねえ、芝大門にあったナイトクラブ、覚えている？　白系ロシア人の、名前何といったかしら、貴族の末裔《まつえい》を自称していた男が経営していた――」

「ナボコフだ。ナイトクラブの名前は『ドヴァリエーツ』」

　山谷さんがすわったままいった。

「そう、『ドヴァリエーツ』、宮殿、だった」

　白川さんが頷いた。婆さんがいう。

「あなたは『アルファ』のスパイに夢中になった。ベラという赤毛の子だったわ」

「ベラ……。それを私に思いださせるのか」

白川さんはつぶやいた。

「確かこの狸穴坂の下の公園で、彼女を殺した。死体の処分を君に頼んだ」

　昔話かと思えば、とんでもないことをいいだした。

「あの頃、水酸化ナトリウムを使った死体の処分がはやっていて、あたしも実験してみたかったから、ひきうけたのよ。でもさんざんだった。臭いはすごいし、どろどろになった液体の捨て場所にも困った」

「なつかしい思い出だ」

　ミクがあきれたように白目をむいた。

「夢中だったのに殺したのですか」

　岡本が訊ねた。

「彼女は暗殺部隊のエリートでね。日本経由でハワイに派遣される予定だった。ハワイでアメリカ海軍の提督に近づき、殺害する任務を帯びていたんだ。『アルファ』は太平洋艦隊の弱体化を狙っていた。二十年、生まれるのが早ければ、ベラはＫＧＢの超エリートになっていたろう」

「『アルファ』にＫＧＢのメンバーがかなり流れこんでいたのですね」

「ソビエト連邦の崩壊をきっかけに権力や富を手中にしたプーチンのようなＫＧＢはごく一部だ。大半はいき場を失ったエージェントばかりで、彼らは犯罪組織に接近したり、傭兵のような仕事をせざるをえなかった。その結果が『アルファ』だ」

　山谷さんがいって、ペットボトルのお茶を紙コップに注いだ。

「じゃあバランコフはとても幸運だったということですね。職にあぶれることもなく、古巣にも大切にされている」

　俺はいった。白川さんが答えた。

「たぶん信念があったのだろう。『アルファ』にも『オメガ』にも属すことなく、諜報の世界にとどまるのは、相当な苦労をした筈だ」

　ミクのスマホが鳴った。

「カトウだよ」

　いって耳にあてる。

「うん、今すぐ近く。バランコフさんはこられる？　わかった」

　電話を切り、

「一時間くらいしたら、直接ここにくるって」

といった。

「バランコフ氏はいくつでしたっけ」

　岡本が訊ねた。

「六十八だ。現役を去るにはまだまだ早い。彼の協力がなければ、浦島太郎の我々は生きのびられなかった」

　白川さんがいうと、ミクが鼻を鳴らした。

「うちらもけっこう助けたと思うけど」

　そのうちらは、どうやら俺も含まれているようで、嬉しかった。

「確かに。つくづくエージェントというのは時代に背を向けてはいかんと思い知らされた。特に、その、スマートフォン一台あれば、バックアップなど必要なくなる」

「でも携帯のせいで居場所を特定されたり情報をすべて吸いだされることもあります。諸刃《もろは》の剣です」

　岡本がいった。

「機械に頼りすぎれば、危険を察知する勘や戦闘能力を人は失う。軍隊のように複数で動くわけではないエージェントは、何より肉体的な能力が必要とされる。ひとりですべてをおこなわなければならないからだ」

山谷さんがいった。白川さんが息を吐いた。

「もう老兵の時代ではない。『コベナント』など、発動されるべきではなかったのだ」

「あたしも同じ気持。若い人にゆずりましょう」

二人が俺とミクを見たので、すごく気分がよくなった。

「冗談っしょ。エージェントなんて、好きじゃねーし」

ミクが首をふった。俺はおかしくなった。きっとそんな反応をすると思っていたからだ。

窓の外が暗くなった。階下でインターホンが鳴り、やがてバランコフが階段をあがってきた。広間に入るとぐるりと見回して、岡本で目を止めた。

「ここに全員無事でいるということは、『ニューキングダム』は排除されたと考えてよいのだな」

「その通りだ。彼はNSCのオカモトだ」

白川さんが答えた。

「初めまして」

と、バランコフは右手をさしだした。

「初めまして」

岡本が手を握ると、バランコフはいった。

「『ニューキングダム』が排除されたにもかかわらず、君がここにいるということは、ダブルエージェントだったのだな」

岡本は頷いた。

「その通りです。官房副長官と私が親しい関係にあるという噂を流し、NSC内部で『ニューキングダム』の勧誘をうけやすい環境を作りました」

バランコフは感心したように見つめた。

「それは誰の発案だ？　ムローイの母親か」

　岡本は首をふった。

「私です。『ニューキングダム』の存在をずっと疑っていて、何とかその尻尾をつかまえたかった」

「いつから気づいていた？」

「十年前、外務省に出向し、アメリカにやられました。そのとき知り合ったインドの情報部の人間に耳打ちされたのです。ＣＩＡが力を失っているあいだに、力をつけている国際的なグループがあり、構成員は各国政府中枢に身をおく官僚だと。世界情勢をコントロールする新たな秩序を作るのが彼らの望みだ。必ず日本人メンバーもリクルートされる」

「それは君に注意をうながしたのか、それとも――」

　白川さんの問いに岡本は苦笑を浮かべた。

「注意ではなく、むしろ期待だったと今は思います。自分も『ニューキングダム』にリクルートされたいし、お前もそうなったらいいな、と彼は考えていたのです」

「オカモトはそのときどう思ったのだ？」

　バランコフが訊ねた。

「とんでもないことを考える連中がいると。しかし、もしそんな組織が生まれたら、世界は安定するだろうとも思いました。ただし、あくまでも大国のエリート官僚の発想です。世界で、そう、上から二十位以内に入る国家まででしょうね。それ以下の国々は、秩序を背景にもたらされる繁栄の喰《く》いものにされる。基本的には植民地主義とかわりがない」

「君は反対の意見だったのか」

「『ニューキングダム』は、一時的には世界を安定させ、一部の国家に利益をもたらします。しかし新たなメンバーを決してうけいれない。結局は、かつての欧米列強と同じく、メンバー国のみが利益をむさぼる構造です。発展途上国はメンバー入りできない」

「いわば国家のエリート主義ね。白人の発想だわ」

婆さんがいった。

「でも不思議ですね。当時はもうＣＩＡにそんな発想のできる人間はいなかったのでしょう。いったい誰が『ニューキングダム』のアイデアを思いついたのでしょうか」

俺はいった。ミシェルは「ニューキングダム」の旗揚げは一九九一年だといった。イスラエル、エジプト、中国、インドといった国々の情報機関がその土台を作ったのだ。冷戦の終結で、米ソの情報機関は、少なくとも「ニューキングダム」の創設時は排除されていた筈だ。

「レガシー《遺産》だ」

白川さんがつぶやいた。

「レガシー？」

「旧『キングダム』のレガシーが、インドやイスラエルといった国々にもたらされ『ニューキングダム』が生まれる土台となったのだろう」

「誰がもたらしたのです？」

俺は訊ねた。

「『キングダム』に携わっていた者、つまり米ソのエージェントだ」

バランコフが答えた。白川さんがバランコフを見つめた。

「そうか、そういうことか」

俺は意味がわからず、白川さんとバランコフを見比べた。

「何が、そういうことなんです？」

「ムローイは実に優秀なエージェントだということだ。『コベナント』をきっかけに、『ニューキングダム』の存在まで暴きだした。君にここまでの力があるとは思っていなかったよ」

バランコフがいい、ようやく俺は白川さんの言葉の意味に気づいた。

「レガシーを伝えたのは、あなただったのですか」

バランコフは頷いた。

「その通りだ。エリート主義かもしれないが、平和と安定を一時的にはもたらすシステムを葬るのはあまりに惜しかった」

「しかし必ず混乱が生じます」

岡本がいった。

「オカモト、この世界に恒久の平和など、決して訪れない。なぜかわかるかね」

「人間の心には根源的に好戦性が存在するからでしょうか」

「好戦性はやがてコントロールされる時代がくるだろう。だが地球全土が原始共産主義にでも戻らない限り、経済原理から逃れられる国はひとつもない。戦争は必ず起こる。たとえ『キングダム』のシステムが機能していようが、いまいが。なぜなら、戦争こそが停滞した経済を活性化させる、最大にして最後の手段だからだ。国家という国家が利益を求めつづける限り、いきつくところは戦争しかない。戦争は人の命を消耗し都市を破壊するがゆえに、めざましい経済効果をもたらす」

「それはちがう。平和こそが繁栄の根源です」

岡本が反論した。バランコフは皮肉げな笑みを浮かべた。

「そうかね？　ではこの十年の世界経済の停滞を君はどう見る？　保護主義が台頭し、国際機関の影響力が年々低下し、一国家の財政破綻がもたらす世界経済の泥沼にあらゆる国が怯えている。戦争はこうした懸念を払拭し、復興という経済効果を生みだす。破壊と再生が文明の宿命だ。破壊のない発展など、存在しない」

「待ってください。『キングダム』は戦争を回避するためのシステムだったのではないのですか」

俺はいった。バランコフは俺を見た。

「その通りだ。互いにＩＣＢＭを撃ちあう、世界規模の核戦争に再生の可能性はなかった。現在、核戦争の脅威はゼロになったわけではないが、世界規模で起こる可能性は大きく減った。核兵器を使わなくても効果的な打撃を与える兵器が続々と開発されている。地下何百メートルまで到達するミサイルやドローンなどは、いわばポスト核兵器といえる。それらを用いた限定戦争なら『キングダム』は容認する。地球規模での破壊にはならないからだ。だがまちがえないでもらいたい。『キングダム』はあくまでも平和を維持するためのシステムだ」

「つまりこういうことですか」

岡本が訊ねた。

「停滞した世界経済の活性化のために戦争を避けることはできない。ならば戦争と戦争のあいだの平和期間に利益を確定させるシステムとして『キングダム』は有効だ」

「さすがだ」

バランコフは頷いた。

「確かにシステムは一部の国家に富を偏在させるだろう。だが新興国家の独裁者や狂信的テロリスト集団に富がもたらされるよりは、はるかに有効に使われる。一部ではあるが途上国の援助や医療、教育に再配分が期待できるからだ」

「でも不公平にはかわりがない」

婆さんがいった。

「その通り。だが公平とは何だ？　国家間で公平だったとして、国内に不公平があれば意味がない。軍隊を抱えた独裁者が海外からの援助物資を独占し、自国民に配るどころか売りさばくような破綻国家に、公平に分配する意味などあるかね？」

「その通りかもしれませんが、どの国にも混乱期はあります。独裁者もやがては民衆にひきずりおろされるときがくる。近代国家への成長過程です」

岡本がいった。

「君の考えは理想主義だ。長年エージェントだった私は、現実主義にならざるをえなかった。米ソの二カ国ではなく、新たな大国とその予備軍となる国々のエージェントに『ニューキングダム』の創設を働きかけた。まちがっていると考えるのは君の自由だが、私はこの世界に正解などないと知ってしまっている」

バランコフは答えた。

「ワシリー、君が、黒幕だったとは」

白川さんがつぶやいた。

「シラカワ、君も理想主義者だな。クロマクなど、どこにも存在しない。私はただの教師にすぎない。もし現在の世界にクロマクがいるとするなら、それは富を求めてやまない大衆だ。大衆が政治家を動かし、政治家が軍隊を動かす」

「でも、いつか暴かれるとわかっていた筈です」

俺はいった。

「無論だ。シラカワは気づくと思っていた」

「米軍を動かし、Ａ１を狙撃させたのもお前なのか」

山谷さんがいった。

「いささか派手になったが、米軍との連絡網に問題があってね」

「ＣＩＡにいるスリーパーを使ったのか」

白川さんが訊ねた。

「ネット上で暗殺システムを作動させれば、指示が現場に下る。容認のための手続きは『ニューキングダム』のメンバーが把握していた」

嫌な予感がした。バランコフは訊かれてもいないのに、狙撃指令をどう下したかについて喋っている。

「あの、もしかして――」

俺はお茶を飲んだ紙コップをつきだした。

「ラオのやり方を真似させてもらった。君らはあと二十分ほどで安らかに息をひきとることになる」

バランコフは答えた。俺はその場にいる全員が紙コップからお茶を飲んだことに気づいた。

「あの女もそちらのエージェントだったのか」

白川さんがつぶやいた。

「警視庁公安部がここに監視拠点をもっていることはソビエト連邦の時代からわかっていた。時間をかけて浸透するのは、我々ＫＧＢの十八番《おはこ》だよ」

「ワシリー」

白川さんはバランコフを見つめた。

「古い仲間をこんな方法で始末するのは残念だ」

バランコフは首をふった。

「貴様！」

山谷さんが立とうとして足をもつれさせた。いつのまにか眼鏡の女があがってきて、サプレッサーつきのMP5を俺たちに向けた。

「そのまま動かないで」

「日本には長いあいだ、KGBやCIAのような機関がなかった。オメガエージェントの選抜に、かつて我々は苦労したものだ」

バランコフがいったので、俺はにらんだ。

「それが何だというのです」

「エージェントが毎年養成されている国なら、アルファもオメガも引退のときがくる。だがそれがない日本では、シラカワたちに引退はなく、『コベナント』はメンバー全員が死ぬまで有効なコードだ。君らが引退をしてくれていれば『ニューキングダム』の活動の支障とはならなかったろう」

「わざと復帰させ、殺したと？」

白川さんがいった。バランコフは頷いた。

「何といっても君らには実戦経験がある。『ニューキングダム』が、日本から崩壊する事態は避けたかった」

バランコフはいって、眼鏡の女を見た。

「死体の処分はどうするつもりだ？」

「一階の床下に、深さ五メートルの穴を掘ってあります。全員を並べ石灰をかぶせ、穴を埋め戻します」

「あらあら、ずいぶん簡単ね」

人ごとのように首をふる婆さんの声が遠くから聞こえた。

「でも解毒剤はある筈です。だってバランコフさんもそのお茶を飲んでいた」

そういおうとして俺の舌がもつれた。だが意味が通じたことは、眼鏡の女がバランコフを見やったのでわかった。

「本当に惜しい。ムローイ、君は生まれてくるのが遅かった」

首をふるバランコフの姿が黒ずんだ視界に沈んだ。喉が渇いていた俺は、お茶をがぶ飲みしていたのだ。

体が自然に前のめりになった。床が近づいてくる。

どうやらこれで終わりのようだ。

25

どこか遠くでパン、という音がするのを聞いた。

やがて誰かが俺を抱え起こし、

「ほら、しっかりしろよ。手がかかるな」

と揺さぶり、口をこじ開けた。

ミク、とつぶやいたつもりが、声がでない。冷たいものが喉に流れこみ、俺はむせた。

「ダメだっつーの。しっかり飲めよ」

「ミク？　ミクか」

「そーだよ。解毒剤飲ませてんだから」

鼻をつまれ、俺は冷たい液体を飲みこんだ。

「ったく」

ミクが舌打ちし、俺は閉じていた目を開いた。

眼鏡の女の死体が見えた。

白川さんが拳銃をバランコフに向けている。ぴんぴんしていた。

「どうして……」

もつれる舌をけんめいに動かし、訊ねた。

「毒物はあたしの得意分野なの。ひと口お茶を飲み、気づいたからコップに戻して、昔話をした」

婆さんが答えた。白川さんも平然としている。

「昔話って、赤毛のベラ？」

「そうだ。彼女は毒殺の専門家だった。だから私もぴんときて、飲んだフリをしたのだ」

「でもミクは――」

「あたしは毒に耐性がある。子供の頃、ばあちゃんに鍛えられたんだ」

忍者かよ、とつっこもうとして突然、胃が痙攣《けいれん》し、口から中身がとびだした。

「きったね！　これ使えよ」

さしだされたコンビニ袋に顔をつっこみ、吐いた。たいして食べていないので、胃液がほとんどだ。

岡本も青ざめた顔で、俺と同じようにコンビニ袋を手にしている。山谷さんは、と見ると、横たわっていて動かない。

「山谷さん！」

白川さんが首をふった。

「解毒剤がひとり分足りなかった。自分は必要ない、といって断わった」

「そんな！　救急車を呼ばなきゃ」

「もう呼んだ」

婆さんが山谷さんのかたわらにいき、手をとった。

「今、救急車がくるわよ」

山谷さんの顔は蒼白だった。

「大丈夫だ。とてもいい気分だ。このまま死ねるなら、幸せだ」

山谷さんがかすれ声で答えた。バランコフが床に崩れた。やはり蒼白だ。

「飲むフリではなく、本当に飲んでいたのだな」

白川さんがかたわらにひざまずいた。バランコフは微笑んだ。

「飲むフリでは君らの目をごまかせないと思ったんだ。芝居は君らのほうがうまいな」

倒れたままバランコフは山谷さんを見た。

「すまない、ヤマタニ」

山谷さんが片手を動かした。

「釣り具屋の親爺で死ぬより、このほうがマシだ」

「山谷さん、どうして」

俺は這って近づいた。

「解毒剤を僕に飲ませなけりゃ――」

山谷さんは答えず、皮肉げに笑った。そしてそれきり、動かなくなった。

「山谷さん！」

俺はいって、頸動脈に指をあてた。脈は止まっていた。俺が唇をかむと、婆さんは悲しげに目を伏せた。

「シラカワ」

バランコフが小さな声でいった。

「何だ、ワシリー」

「私たちはいい時代を生きた。それがあったから、私は『キングダム』の思想を後世に伝えようと思ったのだ」

白川さんは何かをいいかけ、だがやめると小さく何度か頷いた。

「そうかもしれないな」

「『外套と短剣《クロークアンドダガー》』は永遠だ」

バランコフはいって微笑み、白川さんの手を強くつかんだ。その目から光が失われていく。

救急車のサイレンが近づき、俺たちのいる家の下で止まった。

「救急車、きました！」

下から駆けあがってきた男がいった。どうやら他の監視員は裏切っていなかったようだ。

「遅かったな」

白川さんはつぶやき、首をふった。

婆さんが大きく息を吐き、白川さんを見やった。

「あたしたち、長生きしすぎたわね」


こうして俺の潜入監視任務は終了した。だが警視庁公安部に戻されることはなく、そのままNSC出向の身となった。

NSCでは「局外協力者担当官」という身分を与えられた。局外協力者とは、要するに白川さんや婆さん、ミクのことで、彼らを所属させる下請け機関を作ろうと岡本が動いているが、いつになるかはわからない。

それまでの俺の仕事は、アルファとオメガの今回の抗争を検証し、報告書を作ることで、正直、とてつもなくつまらない。

母親にはあれきり会っておらず、秘書官から夕食を共にしたがっているという連絡がきたが、忙しいと断わった。

エージェントに憧れていた俺だが、つくづくエージェントには向いていないとわかった。

でも、この世間は俺より向いていない奴ばかりで、入ってみてわかったがNSCも同じだ。

だからとりあえず、つづけることにした。これを読んで、自分は向いていると思ったあんた、いつでもNSCの扉を叩いてくれ。

試してみよう。

［初出］本書は、二〇一七年十二月に小社より刊行された同名作品を、ノベルス化にあたり加筆・改稿しました。

本作品はフィクションであり、作中に登場する人物・団体・事件等はすべて架空のものです。

大沢在昌（おおさわ・ありまさ）

1956年3月、愛知県名古屋市に生まれる。79年「感傷の街角」で小説推理新人賞を受賞して作家デビュー。86年「深夜曲馬団」で日本冒険小説協会最優秀短編賞、91年『新宿鮫』で日本推理作家協会賞（長編部門）と吉川英治文学新人賞を受賞。94年『新宿鮫 無間人形』で直木三十五賞を受賞。2001年『心では重すぎる』、02年『闇先案内人』で日本冒険小説大賞、04年『パンドラ・アイランド』で柴田錬三郎賞、06年『狼花 新宿鮫9』で日本冒険小説大賞、10年に日本ミステリー文学大賞、14年『海と月の迷路』で吉川英治文学賞を受賞。主な代表作品に『天使の牙』『天使の爪』などがある。

編集／西澤 潤

俺はエージェント

2020年2月23日 初版第1刷発行

著者 大沢在昌
発行者 飯田昌宏
発行所 株式会社小学館
〒101-8001 東京都千代田区一ツ橋2-3-1
電話 編集 03（3230）5766
販売 03（5281）3555
印刷所 凸版印刷株式会社
製本所 株式会社若林製本工場
DTP製版 株式会社昭和ブライト

造本には十分注意しておりますが、印刷、製本など製造上の不備がございましたら「制作局コールセンター」（フリーダイヤル 〇一二〇-三三六-三四〇）にご連絡ください（電話受付は土・日・祝休日を除く九：三〇～一七：三〇）。

ISBN978-4-09-388741-0

弾正星

花村萬月

文庫判　本体七三〇+税

織田信長ですら畏れた稀代の梟雄・松永弾正久秀の凄絶なる生涯。「悪の爽快感」が人間の良心を揺さぶる。

TEN

楡 周平

四六判上製　本体一八五〇円+税

ドヤ街で暮らす「テン」と呼ばれる青年が、夢を抱いて昭和のニッポンで成り上がる、涙と歯ぎしりの一代記。

震える牛

相場英雄

文庫判　本体七二四円+税

企業の嘘を、喰わされるな。メモ魔の窓際刑事が現代日本の矛盾に切り込む、危険極まりないミステリー。

ガラパゴス　上・下

相場英雄

文庫判　上 本体六五〇円+税
下 本体七三〇円+税

貧乏の鎖は、俺で最後にしろ――。団地の一室で殺害された青年は日本中を転々とする派遣労働者だった。